KB187436

이 책 두 챕터 읽고
내일 다시 오세요

이 책 두 챕터 읽고 내일 다시 오세요

미카엘 위라스 Michaël Uras 김혜영 옮김

책/ 이/ 있/ 는/ 풍/ 경

안느,

타이스,

그리고

레오니를 위해.

"우리는 책을 읽은 게 아니다.
자신을 발견하기 위해서든 자신을 통제하기 위해서든
책을 통해 스스로를 읽어내는 것이다."

—로맹 롤랑 『스피노자의 섬광(L'Éclair de Spinoza)』—

"인생은 이따금 악몽을 가로지르는 꿈이야.
악몽을 견디고 나면 꿈이 시작되지."

—샤를 트레네—

AUX PETITS MOTS LES GRANDS REMÈDES

차례

태초에
혼란이
있었느니라

상담일지

내담자명 / 알렉상드르 판토크라토르

확인사항

알렉상드르는 얼마 전에 아내 멜라니와 갈라섰다. 멜라니는 알렉상드르를 떠나는 것은 물론 부부 생활을 아예 청산하기로 결심했다. 둘의 관계를 더 명확하게 정리하기 위해서였다. 트뤼포 영화 중에 '부부 생활'이라는 제목이 있다. 참 매력적인 영화다.

멜라니는 알렉상드르와 책의 관계를 더 이상 견딜 수 없었다. 무언가에 빠져 있다는 게 원래 그렇듯 알렉상드르의 책에 대한 집착은 정말 심각했다. 실로 대단한 열정이었다. 멜라니가 더 이상 참을 수 없었던 것들은 또 있다. 그에 대해서는 나중에 다시 이야기하도록 하겠다. 어쨌든 멜라니는 알렉상드르를 홀로 남겨둔 채 떠나버렸다. 하지만 알렉상드르는 아주 혼자가 된 건 아니다. 그의 곁에는 여전히 책이 있으니까.

알렉상드르는 막다른 코너에 몰려 있다. 그래서 이 상담 카드를 쓴다. 그는 계속 일을 한다. 그의 직업이 그를 지금의 시련에서 벗어나게 해줄 테니. 알렉상드르는 멜라니를 되찾고 싶다.

해결의 실마리 찾기

멜라니를 다시 한 번 유혹해보기 위한 책 읽기.

추천서 / 쇠렌 키르케고르, 『유혹자의 일기(Forførerens Dagbog)』

주의 / 상담 일지를 쓰는 사람도, 내담자도 바로 나, 알렉상드르라는 사실!

◆ ◆ ◆

나는 누군가를 차갑게 외면한 적이 없다.

문이 열리면 반응은 항상 똑같다. 불신이 가득한 눈빛에, 놀란 표정. 그리고 분명 모두들 속으로는 이런 질문을 던지고 있을 게 뻔하다.

'도대체 책으로 어떻게 나를 구해준다는 거지?'

이야기 상대에 적응하는 시간이 얼마 걸리지 않을 때도 있다. 이야기를 어렵지 않게 건네고 나면 다른 주제, 즉 내가 방문한 이유로 바로 넘어갈 수 있다. 이것이 나에게 가장 좋은 경우다.

최악의 경우는 '그래, 한번 해봐라.' 하는 식으로 나올 때다. 이럴 때는 상대에게 선뜻 다가갈 수가 없다. 그렇게 되면 나는 그가 무슨 이야기를 하든 쓸데없는 말이라고 생각하게 되어 책을 펼치기도 힘들다.

나는 상담할 사람들을 만나러 직접 출장을 가기도 하고, 사람들이 나를 찾아오기도 한다. 내가 하는 일은 순전히 그들을 돕기 위한 것이지 그들의 존재 자체를 혼란스럽게 만들기 위한 것이 아니다. 나는 여느 의사들처럼 직접 만져보며 진찰하지 않고도 그들을 도울 수 있다. 나에게 도움을 청하는 사람이라면 이런 사실에 대해 어느 정도 확신을 가져야 한다.

"너는 누군가를 차갑게 외면한 적이 없어."

어머니는 이 말을 수없이 되풀이했다. 어머니는 대학에서 문학을 가르쳤는데 정작 무슨 문제가 생겨 설명해야 할 때는 말주변이 없었다. 어머니의 목소리가 내 머릿속에 맴돈다.

너는 누군가를 차갑게 외면한 적이 없어.

너는 누군가를 차갑게 외면한 적이 없어.

너는 누군가를 차갑게 외면한 적이 없어…….

어머니는 언어 실력이 부족하다는 사실을 털어놓듯 똑같은 말을 계속 반복했다. 사실주의 소설에 정통한 사람이라면 이 문장이 내용의 절정이라고 느낄 만큼.

어머니는 왜 하루 종일 이 문장을 되뇌었을까? 아마 내가 어머니와 같은 길을 따라가지 않을 거라고 생각했을지도 모른다. 어머니의 세상에서는 모든 사람이 서로 닮아 있었다. 나만 빼고.

어머니가 내 묘비명에 쓰일 문장에 대한 영감을 주었다는 것만은 분명하다.

'너는 누군가를 차갑게 외면한 적이 없어.'

하지만 그 외에 어머니가 나에게 준 건 별로 없다. 슬프지만 사실이다. 어머니는 자신의 분야에 대해서는 모르는 게 없었다. 박식하고 명석했으며 대부분의 사람들은 그 존재도 알지 못하는 형용사의 의미를 알고 있었다. 그리고 어떤 단어가 로마 황제 통치 시절에 생겨났을 때는 어떤 의미였고 현대 사회에서는 무슨 의미로 사용되고 있는지 설명할 수 있었다. 어머니는 이런 지식을 매우 중요하게 여겼다.

"어떻게 '소급제시'를 모를 수 있어? 이게 무슨 낯부끄러운 병이라도 되니? 도대체 왜 웃니? 웃지 마, 이 단어에는 비위생적인 의미가 전혀 없어. 이건 문학 용어라고!"

어머니가 아는 것이라고는 이런 것들뿐이었다. 너무 난해해서 무슨 뜻인지 알기가 두렵기까지 하거나, 어떤 경우에는 생각보다 너무 노골적이어서 웃음을 터뜨릴 수밖에 없었다. 나는 이 단어들이 붕대 같았다. 상처를 입은 데가 없다면 굳이 붕대는 필요 없지 않은가. 이처럼 그 분야에 관심이 없다면 꼭 알아야 할 이유가 없는 말들이었다.

문 앞에서 굵고 커다란 글씨로 '정숙'이라고 적힌 표시를 발견하자, 나는 조심스럽게 문을 두드릴 수밖에 없었다. 간혹 입구에서부터 무턱대고 공격적으로 나오는 집도 있기 때문이다. 그런 경우 순식간에 내쫓기고 싶지 않다면 몸을 낮출 줄도 알아야 한다. 나는 몸을 숙이는 데 익숙하지도 않고 그러고 싶지도 않지만 어쩔 수 없이 그렇게 해야 할 때가 종종 있다.

문이 열리고 내 귓가에 "네?"라는 소리가 들려왔다. 이런 반응은 나의 등장으로 방해를 받았다는 의미다. 보통 누군가가 집에 오면 "어서 오세요."라는 인사말로 맞이하는 법인데 이 집은 그러지 않았다.

오십대의 여자가 험상궂은 표정으로 내 앞에 서 있었다. 다행인 것은 내가 무엇을 팔아야 하는 사람이 아니라는 사실이었다. 학창 시절에 한 가전제품 매장에서 고객을 가장하여 매장 직원의 서비스 등을 평가하는 미스터리 쇼퍼로 고용된 적이 있었는데, 나는 그 일을 잘 해내지 못했다. 나를 고용했던 사람은 내가 조심성이 부족해서라고 했다. 사실 다른 점원들에게 내 정체를 비밀로 하는 게 쉽지 않았다. 게다가 문지방에 서 있는 이 여자처럼 점원들이 나에게 인사를 하지 않았다고 해서 그들이 해고당하게 할 수는 없었다. 나에게 어울리지 않는 일 같았고, 친절이라는 것이 가치가 없는 세상에서 친절을 평가한다는 게 그들을 유린하는 것만 같았다. 완벽한 세탁기를 찾고 있는 미스터리 쇼퍼가 되기란…….

—안녕하세요, 저는 알렉스입니다. 2시에 찾아뵙기로 했죠.

—아, 네, 기다리고 있었어요. 들어오세요.

그녀는 무뚝뚝하게 대꾸했다.

그녀를 따라 어둡고 긴 복도를 걷고 있자니 프란츠 카프카의 『성(Das Schloss)』에서 성을 찾아가려는 주인공의 험난한 과정들이 떠올랐다.

내가 발을 내딛을 때마다 떡갈나무 마루 위로 소리가 울렸다. 터무니없이 비싼 가격으로 산 이 구두 때문이다. 이런 소리가 난다면 신발을 살 때 알려주었어야 하는 것 아닌가. 식기세척기나 세탁기를 팔 때는 소음이 있으리라는 이야기를 해주는 게 일반적인데 신발은 왜 그런 말을 해주지 않는지 모르겠다. 만약 그 사실을 알았다면 나는 이 신발을 사지 않았을 것이다. 사실 나는 이 구두를 사고 싶지 않았다. 신어보았을 때 느낌이 편하지 않았기 때문이다. 모두가 내 발을 쳐다보고 있는 것 같았고 불쾌한 기분이 들었다. 그런데도 왜 나는 이 구두를 샀고, 또 지금 신고 있는 것일까? 기념 삼아 샀던 것일까? 나는 그 누구도 외면하는 법이 없으니까, 그게 이유일 수도 있다. 그래, 딱 한 사람만 빼면 나는 그 누구도 외면하지 못한다. 내가 사랑했던 그녀…….

집주인은 동굴 속 유령처럼 보였다. 동굴의 수호자 같기도 했다. 그녀가 걸을 때는 아무 소리도 나지 않았다. 그녀의 구두는 애초에 소리가 나지 않게 만들어진 것 같았다. 오죽하면 그녀가 공중에 떠 있는 건 아닐까 하는 생각까지 들었다. 그러다 나는 그녀가 정말로 공기 부양선 호버크라프트처럼 발뒤꿈치를 전혀 닿지 않고 걷고 있다는 걸 알게 되었다.

우리는 커다란 방에 다다랐는데 그곳은 초현대적이면서도 거울로 써도 될 만큼 반들반들한 가구들로 꾸며져 있었다. 그녀가 쇼룸에 사는 느낌을 좋아하는 게 틀림없었다. 그런데 가구들이 하나같이 차가운 느낌이라 소름이 돋았다. 내가 실내 인테리어 디자이너가 아니라는 사실이 집주인에게는 참 안된 일처럼 느껴졌다.

—그쪽에 앉으세요.

그녀가 나에게 의자 하나를 가리키며 말했다. 이름이 뭐라고 했는데, 엉덩이를 올려놓는다는 의미와는 상관이 없어 보였다. '디자인', '세련된', '절제', '분위기' 같은 단어들이 내 머릿속에서 맴돌았다. 인테리어 잡지 속 장면을 실제로 보는 듯한 느낌.

나는 나를 집으로 들여보내 준 사람들의 호의를 가볍게 생각하는 사람이 아니기 때문에 보통 집주인이 하라는 대로 하는 편이다. 그녀는 팔짱을 낀 채 계속 서 있었다. 내가 사기꾼들일 뿐이라고 생각하는, 소위 신체언어 전문가들에 따르면 이런 자세는 방어적인 태도다.

—통화했을 때는 다른 날 뵈었으면 좋겠다고 말씀드렸죠. 어쨌든, 얀은 특별하고 연약한 아이예요. 중학교 때도 고등학교 때도 그리고 지금까지 얀은 희생양일 뿐이에요. 남편과 저는 이런 잔인한 상황이 벌어지는 이유가 도대체 뭔지 모르겠어요. 저는 얀을 향한 지속적인 폭력에 동요하지 않는 편이 낫다고 생각했어요. 요즘 얀은 방 안에 틀어박혀 하루하루를 보내고 있어요. 저는 얀을 이 세상에 없는 존재로 만들어버렸어요.

—어머님은…….

나는 더 이상 말을 이어갈 수 없었다. 한마디 내뱉고 나니 그게 끝이었다. 내가 할 수 있는 최소한의 공격이었다. 나름대로 세게 나가려고 했던 것인데 그녀의 태도에 말문이 막혀버렸다. 그녀는 여전히 팔짱을 끼고 있었다.

얀은 프루스트 소설의 현대 버전인 『갇힌 여자(La Prisonnière)』였다. 더 이상 고통받지 않기 위해 갇혀버린 것이다.

—선생님께 연락을 드린 건 다름이 아니라 선생님의 치료 방식이 흥미롭고 참신했기 때문이에요. 우리는 이제 아이를 이런 불행에서 꺼내주고 싶어요. 할 수 있는 건 이미 다 해보았거든요.

그녀는 나에게 큰 기대를 하고 있었다. 나는 다른 사람이 나에게 기대하는 것이 좋다.

사실 내가 엄청나게 놀라운 기적적인 방법을 제시하는 건 아니다. 내가 그런 대단한 제안을 한다고 해서 그걸 할 수 있는 사람이 있기나 할까? 게다가 나는 기적이라는 것을 전혀 믿지 않는다. 오로지 사람의 의지를 믿을 뿐이다. 의지라는 단어는 비만 미국인들을 위한 웰빙 입문서에서 자주 언급되는데, 그런 책은 의지만 있으면 해결 못 할 일이 없다는 것을 강조하는 내용이 주를 이룬다.

'당신의 체중이 150킬로그램이고 체질량지수는 50이 넘지만 이건 문제될 게 없습니다. 약간의 의지만 있다면 당신은 세 달 안에 100킬로그램 이하로 감량할 수 있습니다.'

—얀에게 갔다 올게요. 잠시만 기다려주세요.

나는 계속 회전의자에 앉아 있었다. 거대한 방 안 전부를 목이 부러져라 둘러보다가 발견한 의자였다. 그러니까 주위를 둘러보려면 몸과 머리의 방향이 같아야 사물들이 눈에 더 잘 들어오는 법이다. 나는 의자에 앉아 돌고 또 돌았다. 이런 행동은 아주 바보 같은 짓이다. 주변 사람들을 불쾌하게 할 수도 있고 어지러워 구토를 일으킬 수도 있다. 주로 어린아이들이 즐겨 하는 행동이다. 다행히도 나는 어린아이가 아니기 때문에 이 바보 같은 행동을 곧 멈췄다.

나는 방문하는 집마다 일단 눈으로 서재를 찾는 나쁜 버릇을 갖고 있다. 책들은 물론 그 책들이 정리된 모습과 책의 상태는 집주인에 대한 긴 이야기를 전해준다. 모든 집에는 최소한 책이 한 권쯤은 있다. 그마저도 없다면, 그래도 잡지 한 권은 있지 않나? 꼭 서재라는 공간이 아니더라도 책이 놓여 있는 곳의 모습을 살핀다.

이를테면 북엔드, 서랍을 열 일도 없는데 자리만 차지하고 있는 협탁, 책 제목은 『파라오의 딸(Le Roman de la momie)』인데 다만 인테리어용인 듯한 책…….

집주인은 나에게 기다려달라고는 했지만 꼼짝 말고 있으라는 말은 하지 않았다. 그래서 나는 책장 앞으로 갔다. 백 권쯤 되는 책들이 내 앞에 있었다. 예술서, 마르크 로스코, 에드워드 호퍼, 프랜시스 베이컨, 플레야드 시파(詩派) 등의 예술서 전집이 알파벳 순서로 꽂혀 있었다. 마치 서점에 온 것 같았다. 나는 발자크의 책을 한 권 집어 들었다. 우연인지 또 두꺼운 책을 집게 되었다. 나는 항상 두꺼운 책에 먼저 손이 간다. 사실 두께에 끌리는 건 자연스러운 일이기도 하다.

『절대의 탐구(La Recherche de l'absolu)』, 발타자르 클라에스라는 인물과 그의 광기. 파멸, 절망……. 나는 책을 다시 책장에 꽂았다. 전집은 아름다웠지만 읽는 건 불가능해 보였다. 종이는 너무 얇고 글자도 너무 작아서 계속 보다 보면 눈이 멀어버릴 것만 같았기 때문이다. 안 읽고 말지 시력을 잃어버리면 책이 무슨 소용인가. 책장의 오른쪽 면과 플레야드 시파 마지막 책 사이에 있는 한 권의 책이 눈에 들어왔다. 그리 화려해 보이지는 않았다. 그 책은 너무 꽉 끼여 있어서 빼내려 하니 손톱이 다 상할 정도였다. 조리스-카를 위스망스의 『피항지에서(En rade)』였다.

이 책에는 몇 주 동안 나를 악몽에 시달리게 했던 대목이 있는데, 바로 돌아가신 할머니를 기리며 케이크를 준비하는 장면이다. 시체를 조리하는 법을 배우는 요리 수업…….

—아가, 너도 네 할머니를 기억하지?

아이는 생각했다. 현명한 할머니의 추도일에는 고인의 바디 에센스로 향기를 낸 쌀 케이크가 준비되었다. 이 에센스는 특이하게도 할머니가 살아 있을 때는 코담배 향이 났고 돌아가신 이후로는 오렌지꽃 향기가 났다.

책을 읽어나갈수록, 작가는 점점 미쳐갔고 나는 당황할 수밖에 없었다. 이런 장면을 상상하다니. 할머니를 먹는다는 설정이라니! 읽지 말았어야 했다. 하지만 이미 늦어버렸다. 나는 매일 밤 악몽에 시달렸다. 내가 화려한 앞치마를 하고 부엌에 있다. 앞치마에는 피투성이의 닭이 그려져 있다. 왜 하필 닭이지? 게다가 왜 피투성이일까? 도대체 이유를 알 수 없었다. 나는 간식으로 먹으려고 요구르트 케이크를 만든다. 케이크 틀을 오븐에 넣을 준비를 한다. 그런데 아버지가 부엌으로 들어와 회색 가루가 가득 담긴 병을 내민다.

"네 할머니란다! 반죽에 이걸 넣어라."

아버지의 말에 나는 주저한다. 그러자 아버지가 외친다.

"명령이야!"

나는 결국 그 회색 가루를 넣는다. 한 시간 후, 아버지와 나는 식탁 앞에 앉는다. 우리 앞에는 케이크 한 조각이 놓여 있다. 디저트 접시에 담기는 했는데 케이크 조각이 너무 커서 접시가 보이지 않을 정도다. 그렇게 나는 할머니를 먹는다. 아버지는 늘 할머니를 싫어했다. 놀랍게도 맛이 아주 좋다. 두 번째 조각을 먹는데 딱딱한 조각이 씹힌다. 아마도 뼈다귀이지 싶은 생각에 나는 소리를 지르고 만다.

영화 애호가가 찍은 공포영화라 해도 손색없을 만한 악몽이다. 저예산 영화지만 이 정도면 흥행은 보장이다.

나는 다시 회전의자에 앉았다. 의자에 앉아 몇 바퀴 돌면 조리스-카를 위스망스 때문에 느낀 공포를 조금은 덜고 이 집의 음산한 분위기에서도 벗어날 수 있을 것 같았다.

—5분 뒤면 얀이 올 거예요. 이제 막 옷을 입었다는군요.

순간 나는 조리스-카를 위스망스의 소설책을 놓쳐버렸다. 흠 하나 없는 마루 위로 쿵 소리를 내며 떨어졌다. 얀 엄마의 마루는 고급 스키장에 설치된 스케이트장만큼이나 매끈매끈 윤기가 났다.

—죄송합니다. 댁의 서재에 넋이 나가서 그만.

—죄송하다니요, 별말씀을요. 이제 아무도 들춰 보지 않는 책들이랍니다. 물론 저도 그렇고요. 우리 집에서는 유일하게 남편만 이 책장을 들여다봐요. 얀의 경우는 굳이 말씀드리지 않아도 아시겠죠. 얀은 책보다는 다른 데 관심이 더 많아요.

—감히 말씀드리지만 댁의 전집은 정말 멋지네요.

—네, 저는 계속해서 이런 책들을 사고 싶어요. 얀도 나중에는 읽게 되겠죠. 아니면 얀의 아이들이……. 아, 제가 제 소개하는 것도 잊고 있었네요. 제 이름은 아나예요.

아나, 어둠 속에 비치는 눈부신 햇살 같은 이름이다.

—얀은 좋아질 거예요, 분명히.

—기다리시면서 케이크 좀 드시겠어요? 오븐에 아주 맛있는 케이크가 준비되어 있거든요. 특히 오렌지꽃은 맛이 정말 끝내준답니다.

—아, 괜찮습니다. 마음은 감사하지만 오렌지꽃을 좋아하지 않아서요.

가끔은 문학으로 삶이 회복되는 경우가 있다. 문학은 글로 쓰인 것이고, 점점 더 많은 사람들이 글을 쓴다. 수많은 작가들과 수많은 독자들이 있다. 나는 글을 쓴 적도 없고 앞으로도 글을 쓰는 일은 없을 것이다. 나에게 글을 쓴다는 것은 어설프게 흉내를 내는 일일 뿐이다. 나는 쓰는 것에 비해 지나치게 많이 읽는다.

아나가 갑작스럽게 케이크를 권하자 의심스러운 마음이 들었다.

왜 갑자기 기분이 좋아진 걸까? 미소까지 짓고 말이다. 그때까지 아나는 나를 그저 GPS나 철자법 교정 소프트웨어 같은 '도구'로 여겼을지도 모른다. 아들에게 도움을 주는 도구. 그런데 이제는 인간으로서의 지위에 올랐다고 할 수 있다. 어떤 의미로는 승격을 했다고 볼 수도 있다. 분명 무슨 이유가 있는 것이 분명했다. 5분 뒤에 그녀가 발자크의 『버림받은 여자(La Femme abandonnée)』의 한 대목을 연기하는 모습을 보고서야 나는 그 무엇인가의 의미를 알게 되었다. 그 무엇은 바로 아나의 '슬픈' 인생과 부재중인 남편이었다. 창가에서 보낸 시간들, 기다림, 그녀의 아들, 그리고 그녀의 문제들……. 아나는 나라는 존재에는 그다지 관심이 없었다. 아나가 하는 말을 잘 들어보면 '나'라는 말은 많이 사용했지만 '당신'이라는 말은 들리지 않았다. 조르주 페렉이 특정한 '알파벳'이 들어간 낱말을 피해서 글이나 시를 쓰는 리포그람(lipogramme)에 뛰어났다면, 아나는 특정 '단어'를 피해 말하는 리포무토스(lipomuthos)에 능했다. 나는 우리 어머니처럼 이런 신어 사용을 싫어한다. 어머니는 프랑스어 수호협회의 열성 회원이었다. 프랑스어 수호협회는 곧 퇴직을 앞두고 있는 많은 대학 교수들의 동아리 같은 개념의 모임이었다. 더 골치 아픈 단체로는 아카데미 프랑세즈가 있다. 어머니는 신어를 사용한다는 것을 신성모독쯤으로 여겼는데, 그런 말을 쓰는 학생이 있다면 아마 목을 조를 수도 있는 사람이었다. 반항을 할 때도 감당할 수 있는 정도의 반항을 해야 한다.

10여 분 동안 아나의 긴 독백이 이어졌다. 아나는 나에게 보수를 지급하는 사람이기 때문에 나는 인내를 가지고 예의를 갖추어야 했다. 공연 시간이 아주 긴 연극 한 편을 보는 관객처럼 말이다.

아나는 이야기를 끝내자 진이 다 빠진 듯이 보였다. 아나는 마치 토해내기라도 하듯 자신의 삶에 대한 모든 이야기를 털어놓았다. 이제 더 이상 할 이야기는 없는 것 같았다.

—얀이 왜 안 오는지 가볼게요.

아나는 다시 아들 방으로 건너갔다. 그런데 이번에는, 돌아온 그녀의 손에 종이 한 장이 쥐어져 있었고 얼굴은 일그러져 있었다.

—오늘은 얀을 만나게 해드릴 수 없겠어요. 얀이 기진맥진해 있네요. 내일 다시 오셔야 할 것 같아요. 이거 죄송해서 어쩌죠? 죄송합니다. 괜히 오늘 오시라고 했나 봐요. 얀이 피곤하다고 하긴 했거든요.

—괜찮습니다. 그럴 수 있죠, 이해합니다. 내일 이 시간에 다시 오겠습니다.

—그런데 이것 좀 봐주세요. 얀이 전하고 싶은 말이 있나 봐요.

그녀는 들고 있던 종이를 내밀었다.

—네, 읽어보겠습니다.

아나는 말없이 나를 현관까지 배웅했다. 덕분에 나는 헤매지 않고 아나의 '성'에서 빠져나갈 수 있었다.

—그럼 내일 뵐게요. 오늘 방문하신 데 대한 비용은 걱정하지 마세요.

아나가 곤란해하며 내게 말했다.

—네, 알겠습니다. 내일 봬요.

구체적인 성과나 눈으로 보이는 육체적 노동을 하지 않는 직업을 가진 사람들은 가끔 보수를 책정하기가 힘들 때가 있다. 실제로 진료를 하는 동안 아무런 대화도 나누지 않았던 적이 여러 번 있었다. 그렇다고 해서 비용을 주지 않으면 별다른 방법이 없다. 내게는 책밖에 없으니까 말이다. 그런 사람에게 책 한 권 들이밀며 협박해도 효과는 없다. 사실 초등학생 말고는 누가 책 때문에 겁을 먹겠는가?

◆ ◆ ◆

오후 3시, 나는 그렇게 나의 오후를 망쳐버렸다. 얀을 만나러 가기 위해 약속 두 개를 취소했는데 말이다. 내가 아침마다 모닝커피를 마시러 가는 맥주집까지 걸어가기로 했다.

—안녕하세요, 알렉스? 오늘도 커피 한잔 드릴까요?

—네, 커피 주세요.

가게 주인은 매력적인 사람이다. 그가 일상적으로 던지는 이 문장, "안녕하세요, 알렉스? 오늘도 커피 한잔 드릴까요?"는 내가 이 가게에서 가장 많이 들었던 말이다. 그는 마치 이 말 말고는 아는 인사말이 없는 것 같았다.

바깥은 11월 날씨치고는 기온이 너무 높았다. 게다가 카페 주인이 준 커피까지 마음에 들지 않았다. 너무 뜨거웠고 맛이 너무 진했다. 시원한 음료수나 마실 걸 그랬다는 생각이 들었다. 커피 값을 내려고 일어서는데 얀이 나에게 전해주라고 했다던 쪽지가 툭 떨어졌다. 나는 그 종이를 집어 들어 펼쳐보았다.

알렉스 선생님, 오늘 뵙지 못해 죄송합니다. 엄마가 다른 말은 많이 했을지 몰라도 아마 내 문제에 대한 이야기는 하지 않았을 거예요. 저는 얀이라고 해요. 열일곱 살이고요. 저는 6년 전에 도로에서 끔찍한 교통사고를 당했어요. 운전한 사람은 아빠였고요. 혀는 절단되었고 얼굴은 우그러졌어요. 그 후 저는 단 한 마디도 내뱉을 수 없었어요. 저는 벙어리예요. 게다가 참을 수 없을 정도로 고통스러운 두통도 자주 있어요. 저는 시끄러운 걸 참지 못해요. 엄마는 이런 이야기를 선생님께 말하지 않았을 거예요, 분명해요. 엄마는 선생님이 오시지 않으면 어쩌나 걱정이 정말 많았어요. 이제 제가 어떤 사람인지 아시겠죠. 그럼 또 뵈어요.

얀

◆ ◆ ◆

〈11월 한 달 동안 놀라울 정도로 포근했습니다. 어떤 지역에서는 두 달 전부터 비가 내리지 않았다고 합니다. 후천성 면역 결핍증, 에이즈가 이제는 만성 질환이 되는 것일까요? 뉴스 말미에 파르종 교수와 이야기 나눠보도록 하겠습니다. 이번 여름에 자동차

도난 사고가 눈에 띄게 늘었습니다. 자동차 절도범들이 가장 선호하는 차종의 순위를 알려드리겠습니다. 프랑스 축구 대표팀이 영국에서 3대 0으로 완승을 거두면서 겨울 원정경기를 계속 이어가고 있습니다. 스타 공격수 안토니 폴스트라의 2연승을 기대할 수 있을 것 같습니다.〉

라디오를 알람으로 아침에 일어나는 것은 굉장한 용기를 필요로 한다. 왜냐하면 집 안에 라디오만 울려 퍼지는 아침을 맞이하면 처절한 고독을 맛보게 되기 때문이다. 멜라니가 우리 부부의 운명을 결정한 후부터 나는 라디오를 듣기 시작했다. 내 곁에서 말을 걸던 그녀는 더 이상 내 곁에 없다. 내 머릿속에서는 여전히 멜라니의 목소리가 들려오는 듯하다. 그러나 일어날 시간이라고 나에게 말해줄 멜라니가 이제는 없다. 라디오가 멜라니를 대신하기 시작했다. 라디오는 시간이 되면 정확하게 켜진다. 실수를 하는 법이 없다. 하지만 멜라니처럼 내 팔을 만지거나 내 몸을 어루만지기 위해 손을 뻗지는 못한다. 내가 코를 골면 멜라니는 손을 뻗어 내 팔을 세게 붙잡곤 했다. 하지만 라디오는 그렇게 할 수 없다.

나는 그때의 기억을 떠올리지 않기 위해 책을 읽고 또 읽었다. 하지만 실패였다. 어처구니없게도 계속 실패였다.

〈신발을 가장 못 신는 사람들은 바로 구두 수선공들이라고 합니다. 최근 연구에 따르면 정작 자신의 건강을 제일 돌보지 않는 사람들이 의사들이라고…….〉

나는 라디오를 껐다. 의사들이 스스로 건강을 돌보지 않는다면 그것은 아마도 치료를 받으러 가면 진료실이나 대기실에서 두세 시간씩 마냥 기다려야 한다는 걸 너무도 잘 알기 때문일 것이다. 의사들에 대해 잘 모르는 서민들이 푸대접을 받는 것도 사실이지만, 다행인지 불행인지 건강이 좋지 못해 죽는 건 의사들도 마찬가지다.

매일 아침 눈을 뜨면 멜라니가 없다는 사실을 새삼 실감했다. 홀로 있는 이 공간에 불꽃이 들이닥치고 검은 구름이 몰려와 세찬 비가 내리는 것만 같았다. 이런 상황에서도 나는 밖으로 나가 다른 사람들을 도와주기 위해 애써야 했다. 얀, 나는 얀을 만나야 한다. 망신창이가 된 청춘……. 나는 어릴 때 운이 좋게도 한 작가를 만나 따뜻한 손길을 느꼈다. 바로 은둔 작가 제롬 데이비드 샐린저였다. 청소년들 사이에서도 유명한 그는 모든 것에 경계심을 드러내는 여드름투성이의 아이들조차 문학을 좋아하게 만들 수 있는 사람이다. 『호밀밭의 파수꾼(The Catcher in the Rye)』!

뉴스 듣기를 끝내고 나서야 나는 겨우 몸을 일으켰다. 내 방에는 전신 거울이 놓여 있다. 멜라니와 함께 살던 때의 추억이다. 사실대로 말하자면 멜라니를 만나기 전에 나는 이런 종류의 물체가 세상에 존재한다는 사실조차 몰랐다. 이 거울로는 전신을 비춰 볼 수 있다. 마른 몸에 정맥이 드러나 보이는 피부. 흉근은? 흉근 같은 건 없다. 다리가 가늘고 길다. 그리고 짧은 머리. 내가 여자였다면 패션 디자이너의 쇼를 위해 런웨이를 걸었을지도 모른다!

멜라니는 나의 '소박한' 몸매를 좋아했다. 이 지구상에서 일어나는 일들 중에서 정말 믿기 힘든 일이 있는데, 바로 자신을 사랑해 줄 사람을 언젠가는 꼭 만나게 되어 있다는 것이다. 나는 마지막으로 다시 한 번 멜라니를 만나보고 싶었다. 멜라니에게 하고 싶은 말이 있었다. 무슨 말을 하고 싶은 걸까? 언제나 그렇듯 나는 책 이야기를 하고 싶을 뿐 다른 건 잘 떠오르지 않는다. 사랑에 관한 책을 이야기하면 좋을 것 같다. 예를 들면 『영주의 애인(Belle du Seigneur)』 같은 책 말이다. 불행히도 나는 내가 영주가 되는 상상을 하기가 어렵다. 하물며 내가 애인이 되는 생각은 더더욱 해볼 수 없다. 많은 사람들이 이 책에 대해 이야기하고 심지어 정치인들까지 이 책을 언급한다. 아마도 자신들이 더 개성 있고 현대적인 사람이라는 것을 드러내고 싶어서일 것이다.

나는 문자 메시지를 하나 썼다. 문자는 직접 만나지 않으면서 친밀감을 느낄 수 있는 최고의 방법이다. 커플들을 보면 꼭 이별을 '당한' 사람이 만나달라고 매달린다. 마치 왕자나 교황을 만나려고 하는 것처럼. 사실 모든 것이 계급의 문제다. 그런데 막상 문자를 쓰고 보니 보낼 용기가 나지 않았다. 나의 용기는 다 어디로 가버린 걸까? 어디선가 길을 잃고 헤매고 있나 보다! 자, 이제는 정말 '전송'을 눌러야 한다. 딱 한 번 누르기만 하면 된다. '전송'을 누르는 것은 아주 쉬운 일이다. 어린아이라도 하고도 남을 일이다. 솔직히 두 살짜리 애라도 할 수 있다. 하지만 나는 아니었다. 나는 젖먹이보다도 못한 사람이었다. 루이 14세가 말하길, "어린 시절은…… 사방에 있다."라고 했지만, 그건 잘못 알고 하는 소리다! 나는 일단 문자를 임시저장해 두었다. 내게 용기가 생겨 마음이 엄청나게 여유 있어질 때까지 이 문자는 임시보관함에 간직될 것이다.

나는 다시 얀을 생각했다. 그리고 그 아이의 편지 내용을 떠올렸다. 혀가 잘리다니 너무 끔찍한 일이다. 존 어빙의 『가프(The world according to Garp)』에 등장하는 엘렌 제임스도 그런 고통을 겪었다.

문학은 절대로 나를 그냥 내버려 두지 않았다. 모든 상황에 문학이 함께하게 되자 싫증이 나기 시작한 적도 있었다. 당신은 스시를 좋아하는가? 혹은 연어롤만 좋아하는가? 20년 동안 그걸 아침, 점심, 저녁 계속 먹어보라. 그러면 생선이라고는 쳐다보기도 싫어질 것이다.

그래도 결국에는 이런 유언을 남기게 될 게 뻔하다.

'내가 죽으면 화장해주시고 유해는 바다에 뿌려주세요. 되도록이면 노르웨이 바다에…….'

고대인들과
현대인들

최근에 새로 페인트칠한 병원 복도를 보고 있자니 여기서 그냥 살고 싶다는 생각이 들었다. 그런 걸 보면 벽 색깔이란 우리 삶에 매우 중요한 역할을 하는 것 같다.

일주일에 두 번씩 이곳을 방문한 지도 한 달이 되었다. 안내 데스크에는 늘 같은 여직원이 앉아 있었는데 그녀는 나를 꾸준히도 지켜보았다. 그 직원은 나를 볼 때마다 항상 놀란 얼굴이었다.

'저 사람은 여기에 뭐 하러 오는 거지? 의사도 아닌데……'

책임자인 앙투안 역시 같은 생각을 하고 있었을 게 뻔하다. 물론 나에게 선뜻 물어보지는 않았다. 그는 아마도 오랫동안 연구했을 것이다. 내가 그의 환자들과 함께 책을 가지고 도대체 무엇을 하는지 알고 싶어 죽을 지경이었을 것이다. 하지만 그의 부모가 그런 것은 묻지 않는 것이라고 가르쳐준 게 분명하다. 아주 바람직한 교육이다.

—안녕하세요, 알렉스? 조만간 또 뵙고 싶습니다. 시간 나실 때 언제든 들러주세요.

—네, 그러죠, 앙투안.

행여 다시 오게 될지에 대해서는 나는 알 수 없다. 그건 나를 불러주는 사람이 있느냐 없느냐에 달려 있는 문제다.

—그런데 자크 뷔리 씨에 관한 제 메시지 받으셨죠? 대답이 없으셔서요.

—네, 받았어요. 요즘 일이 많아서 바빴거든요. 답변을 해드려야지 생각하고 있었어요. 메시지 감사합니다.

—별말씀을요. 디노 부차티에 대해 조언을 해주셔서 오히려 제가 감사하죠. 『늙은 사냥꾼들(Cacciatori di vecchi)』이 정말 좋았어요.

앙투안은 환자들에 대해 전권을 행사하고 싶어서 노인 병동을 선택한 사람이다. 일종의 지배욕이랄까. 80세가 넘으면 목청을 높이는 일도 줄고 의사의 말을 듣지 않는 일도 드물며 치료에 대해서도 별다른 이의를 제기하지 않는다. 궁금한 것은 인터넷 기사로 읽으면 그만이기 때문이다. 이곳 환자들은 입을 다문다. 항상 피곤해한다. 앙투안은 노인병학 전문의로 사는 것이 행복했다. 책을 읽거나 외출할 시간도 있고 삶을 아주 단순하게 살 수도 있다. 물론 연애질할 시간도 있다. 의사에게는 절대적인 권력이 주어진다. 앙투안은 상냥한 사람이고 게다가 자신감도 넘친다. 그런데 그가 계산을 잘못한 것이 있었으니 바로 잠재적 방문객들의 나이였다. 나이 차이가 있으니 환자들과는 당연히 연애를 할 수 없을 것이다. 오, 생각만 해도 끔찍하군! 원래 감정을 섞지 않는 데 익숙한 직업인 데다 검버섯에 틀니, 보청기……. 연애의 가능성은 완전히 제로다. 게다가 앙투안은 꼿꼿한 직업정신을 지니고 있는 사람이다. 하지만 방문객의 경우는 이야기가 다르다. 환자들을 찾아오는 남자 손님은 물론 여자 손님들도 있을 것이다. 그러면 결국 대화를 주고받기도 하고, 미소를 짓거나 호감을 보일 수도 있을 것이다. 당연히 있을 수 있는 일이다. 그런데 또 생각해보면, 과연 누가 이 노인들을 만나러 올까? 바로 그들의 자녀들이다. 노인의 딸이라……, 그래봐야 어차피 또 노인이고 최악의 경우에는 이미 죽었을 수도 있다. 조금 더 접근하기가 편하리라 생각되는 손자 손녀들은 병문안 자체를 잘 오지 않는다. 젊은 사람들은 바깥에서 할 일이 천지이기 때문이다. 그래서 앙투안은 산책하는 사람이라면 남자든 여자든, (보청기 없이) 대충 알아듣기라도 하면, 그리고 눈살을 찌푸리지 않는 사람이라면 무턱대고 들이대고 보았다. 이를테면, 바로 나 같은 사람이다. 나는 스포츠를 좋아하는 사람 같은 외모에(실제로는 개 경기장에서 사냥개들을 흥분시키는 일을 하는 사람 같았겠지.) 어린 시절 반복되었던 중이염에도 아무런 손상 없이 살아남은 성능 좋은 양쪽 귀, 그리고 안경을 쓸 필요 없이 좋은 시력의 두 눈을 가졌다. 독서에 대한 지나친 애정에도 불구하고 나는 가족 중에서 안경을 쓰지 않은 유일한 사람이다. 가족사진을 보면 안경테가 걸쳐진 볼품없는 얼굴들이 수두룩한데 나만 안경을 쓰지 않고 있다. 안타깝게도 지금까지 안경은 나의 패션 아이템이 되어본 적이 없다.

내 귀에 대해 말하자면, 내 유년 시절 부모님의 걱정거리 일순위였다. 참 신기한 것이 그렇게나 고막이 작은데 어떻게 그 수많은 공격을 감내할 수 있었을까? 심지어 우리 가족의 늙은 주치의는 그의 의학 사전을 잃어버리기까지…… 했다는데 말이다. 사실 지금 와서 생각해보면 그가 고막의 존재를 알고 있었는지조차 의심스럽다. 그는 매번 진료를 할 때마다 나의 외내이도를 조금 더 깊이 들여다보려고 애썼지만 소용없었다. 나는 청진 테이블 위에 올라앉아 있었고 주치의는 무릎을 테이블 위에 올리고 내 아픈 쪽 귀를 살폈다. 그는 나에게 머리를 숙이게 하고는 내 왼쪽 귀의 꾸불꾸불한 길을 여행하기 시작했다. 놀랍게도 오른쪽 귀는 중이염에 대한 자동 치유력을 지니고 있었다. 주치의는 과연 무엇을 보기는 보았던 걸까? 무언가를 찾기는 했을까? 벌레였을까? 혹시 세균이라고 찾은 게 크기가 너무 커서 하마터면 눈인사를 건넬 뻔하지는 않았는지 모르겠다. 결과적으로 늙은 의사는 내 귀 속에서 아무것도 발견하지 못했다. 나는 늘 똑같은 처방을 받았다. 치료할 필요도 없는 균들까지 싹 없애버리는 항생제를 먹어야 했던 것이다.

어쨌든 앙투안은 시저처럼 잠재적으로 모든 여성들의 남자였고, 그의 병동 복도에 멋모르고 들어선 모든 남성들의 여자이기도 했다.

◆ ◆ ◆

— 안녕하세요, 자크 씨? 오늘 컨디션은 좀 어떠세요?

— 더할 나위 없이 아주 좋아요, 알렉스. 저는 한 시간 뒤에 퇴원해요. 제 모습 좀 봐주세요. 괜찮은가요?

자크가 일어서 있는 걸 본 건 그때가 처음이었다. 게다가 환자복이 아닌 평상복을 입고 있는 모습도 처음이었다. 그는 다시 파리의 거리를 천천히 거닐 수 있는 일반인이 되었다. 몇 년 전부터 수척한 몸속으로 흘려 넣어야 했던 약품들로부터 자유로워진 것이다.

언젠가 자크는 나에게 이런 말을 한 적이 있다. 그는 안 아픈 적이 없었던 사람이라고……. 그는 마흔 살이 되던 날부터 아프기 시작했다. 지역 최고의 파티시에 가게에서 산 생일 케이크와 마주하고 뻥 터져버렸다. 아마 스탕달 신드롬이었을 것이다. 스탕달이 〈비너스의 탄생〉을 보고 그랬던 것처럼, 자크 역시 케이크가 너무 아름다워서 그만 기절해버리고 말았다. 그러고는 목걸이에 구슬이 하나하나 끼워지듯 연달아 건강 문제가 나타났다. 자크의 진료 기록은 『인간 희극(La Comédie humaine)』만큼이나 길다. 의학 사전이 아닌가 하는 생각이 들 정도로. 다행인 것은 그나마 건강상의 모든 문제들이 이제 곧 끝이 날 거라는 사실이다.

—대단하시네요. 퇴원을 축하하는 의미의 작은 선물로 재미있는 구절을 소개해드릴게요. 사샤 기트리의 『어느 사기꾼 이야기(Mémoires d'un tricheur)』에 나오는 재미있는 대목이에요. 그런데 자크 씨는 워낙 버섯을 좋아하시니 실망할 수도 있겠네요. 그래도 유머와 음식 이야기라서 마음에 드실 거라 생각해요. 자, 시작합니다! 〈그날 저녁식사 자리에는 모두 열두 명이 있었어요. 하지만 다음 날, 나는 전날 저녁식사의 메뉴 때문에 이 세상에 홀로 남겨졌죠.〉 더 이상은 말씀드리지 않을게요.

—고마워요, 알렉스. 당신이 날 위해 해준 모든 일에 감사 인사를 전하고 싶었어요. 그런데 내가 할 수 있는 게 이런 인사뿐이네요. 선물이라도 주고 싶은데 방 안을 한번 둘러보면 알겠지만 줄 만한 게 없어요. 그리고 말로 하는 게 더 당신 스타일일지도 모르죠! 마음에 드는 선물이 되었길 바랍니다.

—아, 그럼요, 물론이죠, 마음에 들어요! 감사합니다. 자, 저는

이제 다른 분을 만나러 가야겠어요. 자크 씨, 잘 가요.

— 알렉스, 잘 가요. 당신을 만나게 된 건 내게 행운이었어요.

자크는 미소를 짓고 있었다. 자크에게 남은 시간은 이제 고작 몇 달뿐이다. 〈지금 그는 노인이었다. 그리고 그의 차례가 왔다.〉 부차티 책의 한 문장이 내 머릿속에서 계속 맴돌았다.

앙투안이 나에게 보냈다던 이메일의 내용은 간단했다.

'자크 뷔리가 우리 병동을 떠날 예정입니다. 우리는 동의를 했고요. 자크의 몸 상태는 이제 더 이상 해줄 것이 없는 상태에 이르렀습니다. 이제 여든두 살인 자크 뷔리에게도 여생을 누릴 시간이 있어야 하겠지요.'

자크가 곧 세상을 떠날 거라는 이야기였다. 사람 일은 아무도 장담할 수 없다지만 자크의 상태가 그 정도인 줄은 짐작도 못 하고 있었다. 나는 믿기지 않았다. 병원 미화원들은 분명 알았을 것이다. 돌이켜보니 잠시나마 내가 그에게 평안한 시간을 줄 수 있었던 것 같아 행복했다. 우리는 미소 짓고 또 웃을 수 있기 위해서, 함께 책을 읽었다. 가끔은 우리가 노인 병동에 있다는 사실조차 잊어버렸다. 우리는 글을 통해 먼 여행을 떠났다. 사샤 기트리와 그의 독버섯 이야기로 우리는 아름다운 시간을 보낼 수 있었다.

이제 남아 있는 일은, 병원 밖에서 나를 만나려면 어떻게 해야 하느냐는 앙투안의 질문이다. 그에게 답변을 해주어야 했다. 답을 하지 않으면 앙투안은 사냥개처럼 미끼를 쫓는 일을 멈추지 않을 테니까. 그 생각을 하니 나는 피곤해지기 시작했다. 하지만 병원에 가는 일을 완전히 중단하고 싶지는 않았다. 어쩌면 앙투안이 언젠가 병원 복도에서 나 말고 다른 미끼가 될 만한 훌륭한 사람을 발견할 수도 있는 일이 아닌가. 그리고 오히려 내가 그에게 멜라니가 떠났다는 내용의 편지를 쓰고 싶은 순간이 올지도 모를 일이다. 왜냐하면 나 역시 조금이라도 알고 지내던 누군가를 붙들고 내 사연을 말하고 또 말하고 싶을 때가 있으니까 말이다. 사실 나는 원래 나의 감정적 비애에 대해 떠드는 사람이 아니다. 토로하는 거라고는 한심한 불만들뿐이다. 하지만 불평을 하는 것도 사람을 초라하게 만들 때가 있다. 막심이라는 대학 친구가 생각난다. 어느 날 동물 심리학을 전공하는 애인이 퉁명스럽게 그의 호의를 거절했다면서 막심은 계속해서 울고, 또 가슴이 답답한 듯 가쁜 숨을 몰아쉬었다. 막심이 그렇게 충격을 받은 모습을 보이자 곧바로 아주 상투적인 광경이 연출되었다. 한 열 명쯤 되는 친구들의 무리가 '상처받은 영혼'의 주위로 자연스럽게 모여들었다. 그중에는 나도 있었다. 그런데 날이 갈수록 막심은 자신의 고통 속에서 허우적대면서 상황을 마냥 즐기는 듯 보였다. 처음에는 우리도 공감하며 함께 아파했지만 점점 짜증이 나기 시작했다. 막심의 슬픔이 와 닿아 내밀었던 손수건들과, 등을 토닥이던 다정한 손길들, 그리고 "금방 괜찮아질 거야." "그녀가 돌아오겠지." 같은 위로의 말들도 점점 줄어갔다. 동물 심리학 전공이라는 그 여자가 돌아오지 않을 거라는 것을 우리는 확신했다. 그리고 그 여자가 떠나기로 결심했던 건 너무나도 옳은 결정이었다. 막심 곁을 지키던 열 명의 친구들이 시간이 지나니 여덟 명, 그리고 여섯 명으로 줄어들었다. 그리고 어느 날 밤, 막심은 결국 혼자 남게 되었다. 그제야 막심은 더 이상 징징거리지 않게 되었다.

잘 생각해보니, 정말 앙투안에게 편지를 쓰는 게 좋을 듯했다.

하지만 내 불평 따위를 토로하는 것이 아니라 그에게 미화원을 채용하는 심사 과정에 참여해보라는 조언을 해주는 것이다. 그 지원자들 중에 사랑스러운 남녀 젊은이들이 있을 테니 말이다. 의사 가운의 매력이 제대로만 발산해준다면 그는 왕좌에 앉은 시저처럼 남자든 여자든, 니코메데스든 클레오파트라든 유혹할 수 있을 것이다.

◆ ◆ ◆

병원에서 돌아오는 길에 이상한 메일을 받았다. 언젠가 상담 치료를 받고 싶으니 전화번호를 남겨달라는 내용이었다. 사람이 전혀 예상하지 못한 일을 겪게 되면 화들짝 놀라기 마련이다. 물론 기대하지 않던 크리스마스 선물을 받을 때만큼은 아니지만. 그런데 내 눈앞에 펼쳐진 메일에서 나는 그 어디에서도 목격한 적 없을 정도로 심각한 수준의 맞춤법과 마주하게 된 것이다. 나는 정말이지 큰 충격을 받았다.

〈통하가 가능하신 헨드폰 버노를 저에게 난겨주실 수 잇쓰실까요? 감사함니다. 선생님이 피료해요.〉

어린애인가? 어떤 말을 선택하는지를 보면 그 사람의 삶이 보이는 법이다. 이런 정도의 맞춤법으로 메일을 보내는 사람이라면 너무 이른 시기에 교육을 중단한 게 아닐까 하는 생각이 들었다.

물론 나는 그에게 내 핸드폰 번호를 '난겨' 주었다. 그러면서도 이렇게 맞춤법에 서툰 사람이 문학을 접할 자격이 있을까 하는 생각이 든 것도 사실이다. 그런데 또 생각해보면 위대한 작가들의 원고라고 해서 교정자가 할 일이 전혀 없었을까? 물론 교정자가 작가의 최종본을 다 뜯어고칠 일은 없겠지만 교정을 제대로 하기 위해서는 아무리 명성이 있는 작가라고 해도 원고를 다시 읽고, 수정을 하고, 작품 전체적으로 문구를 바꾸는 등의 과정을 전혀 겪지 않을 수는 없을 것이다. 나는 이 사람에게 호기심이 생겼다. 내가 메일을 보낸 때가 한밤중이었는데도 그새 메일을 확인했는지 바로 내 핸드폰이 울렸다. 발신자 표시 제한으로 걸려온 전화였다. 어쩌면 대륙성 기후에서 삼중 유리 사용에 대해 설문조사하는 콜센터에 걸려들 위험도 없지 않았지만, 나는 그 사람이라는 걸 본능적으로 느끼고 전화를 받았다.

—안녕하세요? 독서 치료사이신가요?

그의 목소리를 듣는 순간 이상하게도 전혀 낯설지가 않았다. 나는 우연이라고 생각하면서 가볍게 넘겼다.

—네, 안녕하세요? 알렉스라고 부르세요.

문학의 텍스트는 얼마나 신비로운지! 전혀 예상하지 못한 순간에 그 상황과 절묘하게 맞아떨어지는 문장이 존재한다. 물론 상대는 아무것도 몰랐겠지만 나는 알았다. 내가 방금 한 말이 허먼 멜빌과 그의 『모비 딕(Moby Dick)』에 나오는 문장이라는 것을. 정말이지 못 말리는 능력이다……. 나는 갑판 위에 서서 작살을 들고 고래가 오기만을 기다리는 사람처럼, 긴장한 채 수화기 너머의 목소리에 귀를 기울였다.

—알렉스, 네, 알겠습니다. 저는 안토니라고 해요. 제 목소리가 잘 들리시나요?

—서로 자기소개는 이쯤이면 된 것 같네요. 상담 치료가 필요하

신 건가요?

—네, 이제는 그래야 할 것 같아요. 상황이 복잡해졌어요.

모든 내담자들이 자신들의 상황을 복잡하다고 여긴다. 사실 그렇게 생각하지 않으면 나를 만날 이유가 없지 않겠는가. 나를 찾아오는 사람들 중에는 자신의 삶이 성공했다거나, 아내와의 사랑에 아무런 문제가 없다든지, 혹은 일적으로도 마음껏 능력을 발휘하고 있다는 사람은 아마 없을 것이다. 모든 상황이 좋다면 그냥 혼자 도서관에 가지 굳이 독서 치료사를 찾지 않는다!

—지금 바로 말씀을 하고 싶으신 건가요? 아니면 만나서 이야기를 나누는 게 좋을까요?

—지금 곤란하신가요?

—아니요, 선택의 여지를 남겨드리는 겁니다.

나는 '남겨'라는 말을 하면서 그가 메일에서 '난겨'라고 썼던 것이 떠올랐다. 치료를 받겠다는 사람 앞에서 '이런 생각'은 떨쳐버려야 한다. 사탄아, 물러가라! 내가 스스로 이 문제를 해결하지 않으면, 안토니에게 그가 활자 대화 상황에서 얼마나 큰 문제가 있는지에 대해 설명해야 한다. 그와 그런 과정 없이 대화를 이어나가려면 내가 잊어버리는 게 낫지 않을까?

—감사해요.

—별말씀을요. 괜찮아요. 그럼 지금 이야기할까요? 아니면 나중에?

—지금 했으면 좋겠어요.

—알겠어요.

—저는 남자들만의 거친 세상에 살고 있어요. 뭐, 좋아요. 그런

데 가끔 내가 다르다는 생각이 들 때가 있어요.

—어……떤 경우……에 그런……가요? 아, 죄송해요. 제가 어젯밤에 잠을 잘 못 잤거든요. 보름달이 떠 있는 시기에는 제가 잘 못 잔답니다.

나는 하품이 연신 나왔다. 이렇게 늦게 일을 하는 건 정말 드문 경우였다. 아주 이른 아침 시간도 마찬가지다. 나는 보통 낮 시간에 일하는 사람이다. 보통 직장인들이 근무하는 시간에 일을 하는 상담치료 담당 공무원인 셈이다. 하지만 가끔은 모험에 끌릴 때가 있다. 그럴 때는 신체적으로 그 상황에 적응할 시간이 필요하다. 아무튼 나는 안토니에게 적응 시간을 좀 달라는 말을 조금 돌려서 했던 것이다. 그가 눈치를 채야 할 텐데……. 사실 보름달이 떠 있는 시기에만 그런 건 아니다. 그럴듯한 변명거리를 찾았던 것인데 상대가 천문학자가 아닌 게 천만다행이었다.

—저는 축구 선수예요. 잘 아시다시피 많이 움직이고 부딪히기도 하고 밀치기도 하죠. 저도 그렇게 하지 않으면 안 돼요. 당하기만 하면 명성은 수포로 돌아가고 말아요.

—그런데 축구 선수 말고는 직업이 뭔가요? 실례될 수도 있겠지만 제가 안토니 씨의 상황을 잘 이해하기 위해서는 구체적인 사항들을 알아야 하거든요.

—실례될 건 없어요. 저는 프로 축구 선수예요. 직업이 축구 선수입니다.

어린 시절, 집에서 친구들과 생일 파티를 할 때면 어머니가 어김없이 하던 끔찍한 습관이 있었다. 어머니가 알고 있는 거창한 문학적 개념들을 친구들 앞에서 설명해대는 것이었다. 의도는 좋았다.

어머니는 우리가 그냥 방에 틀어박혀 있기보다 무료하지 않도록 나름대로 즐겁게 해주고 싶었던 것이다. 만약 어머니가 미용사였다면 최신 유행하는 헤어스타일을 퍼뜨렸을지도 모를 일이다. 만약 어머니가 의사였더라면 세균이 확산되지 않는 손 씻기 기술을 가르쳤을 수도 있다. 하지만 불행히도 나의 어머니는 대학에서 문학을 가르치는 교수였다.

내가 열 살이 되던 날 어머니는 말을 할 때 강조하고 싶은 경우 동의어를 반복하여 말하는 방식에 대해서 우리에게 설명했다. 똑같은 생각이더라도 여러 가지 다른 방식을 통해 전달할 수 있다는 이야기였다. 안토니는 '프로'라는 말과 '직업'이라는 말을 반복적으로 사용했다. 그건 아마 어머니가 설명을 해댔던 것처럼 내가 '프로'라는 단어의 의미를 잘 이해할 수 있도록 강조하고 싶어서였을 것이다.

—네, 잘 이해했습니다. 그러니까 축구 선수로 살고 계시다는 거죠.

같은 뜻, 새로운 문장. 세 번째 반복은 내가 하게 되었다. 그런데 다시 생각해보니, 어린 아들의 생일에 그런 수사학을 논한다는 건 정말이지 잔인한 일이었다.

—네, 맞아요.

—어떤 걱정거리들이 있나요?

—내가 다르다는 사실을 받아들이기가 힘들어요.

—어떤 부분이 다르다고 느끼나요?

그런데 이 말을 하며 오기로라도 버텨보려고 애를 썼지만 이미 몸이 말을 듣지 않았다. 다시금 얼굴 근육이 풀리고 호흡마저 힘들어졌다. 육체와 영혼이 분리되는 것 같았다. 이런 몹쓸 체력 때문에 체면을 구기는 경우가 많았지만 언젠가 헬스장에 등록해 운동을 하면 조금은 나아질 거라는 생각만 해온 터였다.

—아, 이제 주무시는 게 낫겠어요. 내일 훈련에서 돌아오면 다시 전화 드릴게요. 11시쯤 괜찮으세요?

상대의 '간절한' 호소에 나는 못 이기는 척 양보하고 제안을 받아들였다. 축구는 약물 복용으로 부패한 사회다. 하지만 독서 치료는 그렇지 않다. 흥분제를 투여하면 실력도 좋아지고 피곤하지 않을 수도 있다. 나는 단 한 번도 금지 약물을 복용한 적이 없다. 파라세타몰이 금지 약물 목록에 포함되었을 때로 돌아간다면 또 모를까.

◆ ◆ ◆

아나가 이번에는 현관문을 열면서 미소를 지었다. 반짝이는 치아들을 보니 치과 치료에 대단한 애정이 있는 듯했다. 이 정도로 반짝이는 치아를 가지려면 아마도 연간 세 번의 치석 제거와 두 번의 미백이 필요했을 것이다. 덕분에 치과 의사를 떠올리니 순간 공포가 몰려왔다.

나는 이 약속을 잡기까지 몇 주 동안 핸드폰을 앞에 두고 망설였다. 약속을 잡으려고만 하면 이상하게 구실이 생겼다. 파리교통공사 RATP가 파업을 한다든지, 라디에이터가 고장이 난다든지 이상하게 불길한 징조들이 나타났다. 어쩌면 내가 먼저 수시로 다른 핑곗거리가 없나 머리를 굴렸는지도 모른다.

아나가 아주 자연스럽게 날씨 이야기로 말문을 열었다. 라디오

날씨와 똑같은 이야기가 반복되고 대화는 물 흐르듯 흘러갔다. 사실 모든 사람들이 이런 식이다. 날씨 이야기를 시작으로 다음 대화는 해도 그만 안 해도 그만인 쓸데없는 이야기들로 채워진다. 어느 정도 대화가 됐다 싶은 순간이 온 걸까, 아나가 나를 얀의 방으로 데리고 갔다. 방문이 반쯤 열려 있었다. 아나가 문을 두드리고 나는 안으로 들어갔다. 그녀는 문턱에 서 있다가 내가 방 안으로 들어가자 방문을 닫았다.

얀은 등을 보이고 앉아 있었다. 모습을 보니 글을 쓰고 있는 듯했다. 얀이 마침내 뒤로 돌았다. 나는 누군가를 차갑게 외면하며 돌아서는 법이 없다. 얀도 외면할 수 없다. 얼굴에는 사고의 흔적이 남아 있었다. 마치 밀랍인형 같은 얼굴이었고 청소년다운 모습은 찾아볼 수 없었다. 온몸이 경직된 듯 보이고 그 긴장이 쉽사리 풀릴 것 같지 않았다. 오직 두 눈을 통해서만 얀의 감정을 엿볼 수 있었다. 얀은 놀란 것처럼 보였다.

그때였다. 얀이 나에게 태블릿을 내밀었다.

〈저는 전부 글로 써야 해요. 지난번에 쪽지에 쓴 내용들은 거짓말이 아니에요. 선생님에게는 제 삶이 정리된 것처럼 보일 수도 있어요. 하지만 저는 제가 실패한 조각품처럼 느껴져요.〉

—미리 써놓은 글이구나. 너는 내가 놀라기를 기대했겠지만 너 역시 나를 보고 놀랐다는 걸 알고 있어. 우리는 공통점이 있네. 너나 나나 누구를 볼 때 쉽게 지나치지 못한다는 거야.

〈저번에 엄마는 선생님께 묘한 인상을 받았어요. 엄마는 선생님이 어떤 분일까 수많은 생각을 했었죠. 엄마는 선생님을 지금의 모습과 다르게 상상했거든요. 정장 차림의 조금 더 위엄 있는 모습을요. 여성적인 면을 봤다고 할까요……. 그런데 엄마는 너무 수줍음이 많아요. 엄마는 감히 선생님에게 말도 못 붙일 거예요. 외할아버지, 외할머니는 엄마가 울 때도 방해가 된다면서 구석으로 가서 울라고 가르쳤대요. 엄마가 차가운 사람 같지 않으세요?

저는 메모지나 태블릿을 통해서만 의사를 전달하게 되고부터 거리낄 게 없어졌어요. 그냥 생각나는 대로 쓰는 거죠. 선생님도 제가 글로 이야기하는 데에 큰 의미를 두지는 마세요. 장애의 이점이라면 내가 무엇을 하든 항상 용서를 받는다는 사실이에요.〉

—어머니께서 놀란 건 이해할 수 있어. 내가 직업에 어울릴 법한 옷은 또 잘 안 입는 편이거든. 나에게서 여성적인 면을 발견하셨을 거라는 말에는 전적으로 동의해. 사람들은 그걸 가리켜 특징이라고 하지. 인간은 누구나 특징을 가지고 있기 때문에 큰 의미는 없어. 그런데 네가 가진 장애도 특징으로 생각하면 돼. 그건 특혜를 받을 만한 지위가 아니야. 사람들은 장애를 특별하게 생각하지 않거든. 어머니에 대해 다시 이야기하자면, 난 네 어머니가 매력이 있다고 생각해.

얀이 아나에 대한 내 생각을 믿었는지는 확신할 수 없다. 하지만 아나를 '매력 있다'고 말해준 사람은 내가 처음이라는 것만은 확실했다. 솔직히 아나는 별 매력이 없었다. 하지만 아나의 아들에게 그렇게 말할 수는 없는 노릇이었다.

〈정말 저를 도와주실 수 있으세요? 그동안 난다 긴다 하는 고학력자들이 찾아왔지만 제 경우에는 대부분 실패했거든요.〉

—나는 의뢰인과 동행을 시작할 때 그 어떤 확신도 하지 않아. 의심은 이 상담 치료의 일부이기도 해. 나는 의사가 아니란다. 시

작하기에 앞서 네가 텍스트 하나를 읽었으면 해.

> 전쟁은 가장 큰 혼란 속에서 시작되었다. 이런 무질서는 이쪽 끝에서 저쪽 끝까지 계속되었다. 이상한 욕심을 부리거나 이를테면 의미 없는 데 너무 힘을 쓰는 바람에 전쟁이 계속 연장되어 여기저기서 전쟁이 계속 발생했고 군사 훈련이 지속되었는데 그로 인해 전쟁이 진보하고 또 반대로 실패하기도 했기 때문이다.
>
> 정부는 정부의 일원들 중 한 명의 고지식한 방책을 따라 이제 막 파리를 떠난 상태였다. 사실은 마른 강 전투의 승리를 준비하기 위해 보르도로 갔던 것이다…….

나는 장 콕토의 소설『사기꾼 토마(Thomas l'imposteur)』의 첫 열네 페이지를 얀에게 읽어주었다. 얀은 잠자코 듣기만 했다. 그러더니 갑자기 무언가 말을 하고 싶어진 것 같았다. 마침 태블릿의 배터리가 다 떨어졌기 때문에 얀은 작은 메모지에 글을 적기 시작했다. 글씨를 쓰는 소리가 신경에 거슬렸다. 독서 치료에 있어서 첫 텍스트는 매우 중요하다. 어떤 부분의 글에서 그 사람을 간파할 수 있는지 알 수 있게 해주기 때문이다. 이것이 바로 문학적 다공성(多孔性, porous)이다. 처음 상태는 스펀지일 수도 있고 돌멩이일 수도 있다. 독서 치료의 진행 과정은 돌을 변화시켜야 할 때 복잡해진다. 하지만 마침내 이 돌이 변화를 보였을 때의 그 기쁨은 이루 말할 수 없다!

얀의 경우, 이제 막 장 콕토의 텍스트와 뻔뻔한 거짓말쟁이의 이야기를 조금 맛보았다. 이를 통해 얀은 어린 시절로 돌아가 정신적으로 움츠러들지 않았을 때의 엄마를 떠올리고 그때의 엄마가 얀을 재우면서 이야기를 들려줄 때를 기억할 것이다. 내담자들에게 다가가려면 그들이 깊은 신뢰를 느끼던 시기로 돌아갈 수 있도록 해주어야 한다. 이불을 덮은 채 세상에서 가장 사랑하는 사람의 목소리를 들으며 따뜻하게 있을 때는 그 장벽이 생각보다 쉽게 산산조각 난다. 사랑해, 엄마. 그리고 잠시 그대로 있는 것이다. 물론 얀이 짐작할 수 있는 건 아무것도 없다. 다른 사람들과 마찬가지로 얀도 길을 잃어야 한다. 문학이라는 세계에 마음이 활짝 열리기 위해서는 물질주의적인 우발적 사건들은 잊어야 한다.

내가 장 콕토를 선택한 것은 얀의 상황에 완벽하게 부합하기 때문이다. 장 콕토는 그걸 뭐라고 했더라, 아……, 거만한. 그래, 거만한 목소리들로 가득한 상류 사회의 작가였다. 이런 부르주아의 아름다운 집에서, 사교계에서 낭독을 하던 장 콕토처럼 책을 읽어보기로 한 것이다. 비록 지금 나에게는 장갑도 없고 주머니에 손수건도 없으며 몸에 딱 달라붙는 옷도 없지만 책을 읽을 수 있는 목소리는 가지고 있다. 그리고 우리에게는 책 대신 프랑스 국립 시청각 연구소 오디오비쥬엘(INA, the Institut National de l'Audiovisuel)의 압축 파일이 있다.

읽기가 끝나고 나니, 얀이 나에게 태블릿을 건넸다.

〈계속 읽어주실 수 있을까요?〉

―물론이지.

그리고 나는 계속 읽어나갔다. 목소리를 높여 40분을 그렇게 읽었다. 토마와 함께 떠난 모험들, 낭만주의, 전쟁, 사랑, 죽지 않을 거라는 희망. 늘 감정을 고무시키는 콕토의 글에 사로잡혀 나는 결국 펄쩍 뛰기까지 했다. 우스운 부분을 어설프게나마 연기하면서, 각각의 느낌표와 물음표를 표현하면서 또 펄쩍 뛰었다. 마치 청소년 방청객이 감동을 받기를 원하는 교수와도 같은 모습이었다. 하지만 갑작스러운 고갯짓들과 한숨 소리가 늘어나다가 결국엔 교실의 절반이 조용히 졸고 있다는 사실을 깨닫게 될 수도 있다.

순간, 얀이 태블릿을 내미는 바람에 나는 책 읽기를 중단할 수밖에 없었다.

〈피곤하네요. 이제 그만했으면 해요. 머리가 아프네요.〉

―그래, 알았어. 이 소설이 네 마음에 들어서 다행이야. 다음에 만나 다시 이야기하자.

얀은 고객으로서 자격이 꽝이었다. 만약 얀이 상처 입은 사람이 아니었더라면 나는 그를 싫어했을지도 모른다. 이토록 감정이 충만한 순간에 어떻게 감히 중단을 시킬 수 있단 말인가! 얀은 내가 너무 과장해서 책을 읽고 있다고 여겼을지도 모른다…….

어쩌면 삶에 의해 학대를 받은 사람들은 더 쉽게 용서를 받는다는 얀의 생각이 옳을 수도 있다. 지금의 상황은 분명했다. 나는 얀이 타인들과 그 자신 사이에 만들어놓은 벽을 허물려고 하는 모습을 보고 싶었고, 물론 돈도 필요했다. 멜라니가 떠났다. 나는 혼자 집세도 내야 하고 같은 층에 사는 집주인 아주머니는 나만 보면 성질을 낸다. 집주인은 문학적 감수성이 없는 사람이기 때문에 마음을 움직여보기란 불가능하다. 그녀는 셰퍼드처럼 내가 오가는 모습을 열심히 지켜보았다. 우리 집 문 뒤에서 그녀의 호흡이 느껴지기도 했다. 너무나 불쾌했다. 나는 애완동물이라면 그게 어떤 동물이든 좋아하지 않는다. 그들은 어린 시절부터 나에게 두려움의 존재였다. 한 친구의 생일 파티가 있던 날, 파티에 초대된 나는 두 팔로 선물을 안고 친구네 집으로 들어섰다. 순간 바로 코앞에서 한자리에 모여 있는 달마시안 가족과 마주쳤다. 정확하게 말하자면 내 코와 개 코가 마주한 것이다. 심지어 애니메이션 영화에서처럼 달마시안들이 송곳니를 드러내고 있었다. 그날은 비가 많이 오고 음산한 일요일이었다. 친구네 아빠는 이 믿을 수 없는 상황에서 친구만 꺼내 데려갔다. 그러고는 마치 전문 사육사라도 된 것처럼 별일 아니라는 듯이 사라져버렸다. 디즈니 고전의 유명한 장면이 눈앞에 펼쳐졌다. 친구의 생일날, 가진 거라고는 작은 선물 상자뿐인 꼬마의 도착에 달마시안들이 환영식이라도 해주기로 결심한 듯했다. 나는 친구에게 선물을 건네주지도 못한 채 부리나케 도망쳐 나왔다. 탈출은 결코 쉽지 않았다. 어쩌면 빠져나오지 못할 수도 있었다. 나는 다리를 물리는 대신에 선물 상자를 희생할 수밖에 없었다. 그렇게 땀으로 흠뻑 젖은 채 집으로 돌아왔다. 두 팔의 털들이 모두 바짝 서 있었다. 내가 굉장히 지독한 땀 냄새를 풍겼는데도 불구하고 엄마는 독서에 빠져서 내가 돌아왔는지도 모르고 있었다. 그날 나는 집에 있던 〈101 달마시안〉 비디오테이프를 부숴버리기로 마음먹었다.

집주인이자 관리인 또는 두 발 달린 모순어법

나는 층계참에서 허둥대고 있었다. 서둘러 열쇠를 찾아야 했다. 그리고 얼른 몸을 피해야 한다. 하지만 공포영화를 보면 주인공은 항상 따라잡히고 자동차는 시동조차 걸리지 않는다. 심지어 새로 뽑은 차인데도 말이다! 어떻게 그럴 수 있는가? 열쇠가 땅에 떨어지고 말았다. 이런, 너무 늦어버렸다! 얼른 불을 껐다. 하지만 결국 집주인 아주머니가 모습을 드러내어 다시 불을 켰다. 아주머니의 숨소리는 정말이지 불쾌하고 뜨겁고…… 윽, 고약한 냄새까지 난다. 그녀의 호흡이 빨라지기 시작했다. 나는 뒤를 돌아볼 수밖에 없었다. 우리는 그렇게 마주하게 되었다. 아주머니와 나 사이의 거리는 불과 몇 센티미터밖에 되지 않았다. 차라리 바짝 붙어 있다고 말하는 편이 나을 수도 있었다. 그녀는 마치 상대에게 말을 하기 위해서는 상대방의 귀 대신 입 속에 말을 넣어주어야 한다고 느끼는 존재 같았다. 빌어먹을! 소리는 귀로 듣는 것이지, 입으로 듣는 게 아니란 말이에요!

— 집세를 내야 한다는 것 잊지 말아요!

—아, 아주머니, 안녕하세요? 걱정하지 마세요. 제가 요즘 소소한 문제들이 좀 있어서 그랬어요. 이제 다 해결될 거예요. 집세는 곧 내겠습니다.

—꼭 그럴 수 있길 바랄게요. 어차피 삶이란 모든 사람들에게 힘든 법이랍니다.

—다음 주에 꼭 내겠습니다.

—그리고 아내분은 이제 여기에 살지 않나요? 당신 혼자서 집세를 감당할 수 없다 싶으면 나에게 꼭 말해줘야 해요.

나는 이 말을 통해서 집주인의 두 가지 감정을 알아챌 수 있었다. 내가 불행하다는 사실에 기뻐하고 있다는 것, 그리고 멜라니를 더 이상 볼 수 없다는 슬픔, 이 두 가지였다.

멜라니는 예의 바르고 늘 미소를 짓고 있으며 머리카락이 풍성한 여자다. 집주인은 아마도 멜라니가 아니라 차라리 내가 없어졌어야 했다고 생각했을 것이다. 하지만 어쩌랴, 떠난 건 내가 아니라 멜라니인 것을. 덕분에 나는 프랑스 최초의 카페 '프로코프(Procope)'를 배경으로 찍은 낡은 사진 속 폴 베를렌과 닮은 한 여자와 마주하고 있다. 하지만 이곳에는 압생트는 없고 대신 기분 나쁜 입김만 존재할 뿐이다.

마르셀린 아주머니는 건물의 절반을 소유하고 있으며 최상위 계층에게 부과되는 부유세 납세 의무자다. 그런데도 나 같은 사람 한 명이 집세를 딱 한 번 내지 않았다고 마치 삶이 망가지기라도 한 것처럼 굴었다. 나이 칠십에 친절이라고는 눈곱만큼도 없다. 여류 시인 마르셀린 데보르드 발모르와 이름은 같은데, 시는 없다.

—멜라니는 일 때문에 출장 중이에요.

— 그렇군요. 어쨌든 잊지 말아요. 다음 주예요.

— 네, 다음 주는 꼭이요. 그리고 할머님께도 안부 전해주세요.

— 안부라고요? 우리 엄마는 '그쪽 안부' 필요 없어요.

납득하기 어려웠지만 집주인에게 아직 엄마가 있었다. 그분이 바로 오거스틴 할머니다. 할머니는 칠십대의 딸과 함께 따뜻한 집에서 편안히 지내고 있었다. 그런데 혹시 할머니도 길에서 인생을 마감하지 않으려고 딸에게 집세를 내고 있는 건 아닌지 모르겠다. 오거스틴 할머니가 바깥출입을 할 수 있을 때 두세 번 보았는데 다정함이 느껴지는 분이었다. 아침부터 저녁까지 하루 종일 딸을 감내하고 있는 걸 보면 따뜻한 사람인 것이 분명하다. 구십대의 할머니치고는 용기 있는 분이다.

불이 다시 꺼졌다. 나는 집주인과 함께 어둠 속에 있었다. 그녀가 어둠 속에서 남자와 함께 있는 것은 최소한 50년은 되었을 것이다. 그런데 50년 만의 그 남자가 불행히도 나다. 남편이 세상을 떠난 뒤 처음이지 않을까. 우리가 그나마 사이가 좋았을 때는 나를 붙들고 '너무 일찍 떠나버린' 남편과의 '예전' 삶에 대해 이야기하기도 했다. 나는 지금 왜 남편이 일찍 세상을 떠났는지 이해가 될 것도 같은 심정이었다. 심술궂은 여자와 사느니 차라리 죽음이 나았겠지.

집주인은 다시 스위치를 눌러 불을 켰다. 그러자 환한 불빛 덕에 집주인의 치아가 또다시 눈에 들어왔다. 살짝 벌어진 그 치아들 사이로 숨결이 흘러나왔다. 참아내야 하는 건 내 몫이었다. 자연의 섭리는 실로 대단하다. 고역스러운 것이 있으면 또 감내해주는 존재가 있기 마련이다. 집주인은 돌아가 바로 문 뒤에 섰다. 그녀가 좋아하는 장소로, 그녀의 전망대다. 나는 마침내 열쇠를 주워 들고 그녀의 시야에서 벗어날 수 있었다. 나는 욕실로 들어가 세면대에 물을 받아서 거기에 얼굴을 담갔다. 그리고 그 안에서 소리를 질렀다. 내가 분노를 표출하는 유일한 방법이다. 물속에서 소리치고 나면 그 행동이 얼마나 어리석은지를 알게 된다. 숨이 차오르고 눈은 벌겋게 되고 귀는 먹먹해진다. 자칫하면 고막에 염증이 생길 수도 있다. 아주 바보 같은 짓이다. 나는 절망이란 감정을 다룰 줄 모른다. 갑자기 한 여자 친구가 생각났다. 어느 날 그 친구는 삶을 마감하기 위해서 유통기한이 지난 요구르트 한 통을 억지로 들이켰다. 하지만 소용없었다. 그저 일시적으로 장이 불편했을 뿐이었다. 친구가 구급차를 불러달라고 했는데 구급차는 그 친구를 데려가지 않았다. 친구는 그냥 화장대에 엎드려 있어야 했다. 그래도 그나마 말은 할 수 있었다. 요구르트 한 통의 대가는 그것이 다였다. 내가 상담 치료를 했던 한 육십대 내담자에게 이 친구 이야기를 한 적이 있다. 그 내담자는 책을 읽으면서 하루에 열 판의 피자를 먹게 되는 걸 그만하고 싶다고 했다. 그 소리는 나의 '처방'이 그에게 전혀 효과가 없다는 소리와 같았다. 어쨌든 그에게 그 친구 이야기를 하니, 모든 사람들이 이 악마같이 고약한 세상 속에서 길을 잃었으며 내 친구의 경우는 주변 사람들이 얼마나 이기적인지를 보여주는 것이라고 했다. 그러면서 나는 알지도 못하는 그의 시대에는 의사가 차 안에서부터 펄쩍 뛰었을 테고 당장에 판단력을 잃은 내 친구를 구하러 갔을 거라고 덧붙였다. 진정하세요, 진정하시라고요, 이기심과는 아무런 상관이 없답니다.

거울아,
나의 아름다운
거울아……

상담일지

내담자명 / 얀 B.

확인사항

얀 / 외부 세상에 관심이 없다. 그는 세상의 밖에 있다. 하지만 얀을 비난할 수 있는 사람이 누가 있을까? 외상 후 그의 존재는 결국 모욕 그 자체가 되어갔다. 얀은 세월이 감에 따라 최고의 희생양이 되었다. 자신이 아닌 다른 사람들에게 맞추어 살아가야 했다. 그래서 타인의 공격을 피하는 데만 몰두해야 했다. 정말 복잡한 사례이지만 그만큼 흥미가 생긴다. 이런 사례에 대한 치료 경험이 한정적이다. 하지만 얀의 능력을 과소평가하지 말자. 내 능력도 의심하지 말자. 나는 놀라운 분석 능력이 있다. 나의 부족함은 얀에게 보이지 않을 것이다. 얀에게는 한계가 전혀 없으며 말을 품위 있고 지적으로 한다. 자신을 찾을 수 있다면, 그러면 해결책도 쉽게 찾을 수 있을 것이다.

아나 / 내담자의 보호자. 새롭게 규정되는 역할. 얀을 아주 어린아이처럼 감시하며 얀이 세상을 다시 발견한다는 사실을 반기기도 하면서 동시에 반감을 가지기도 한다. 아들이 휘두르는 공격을 완화시키는 완충기 같은 역할이다.

해결의 실마리 찾기

얀을 위한 추천서 / 장 콕토, 『사기꾼 토마(Thomas l'imposteur)』

제롬 데이비드 샐린저, 『호밀밭의 파수꾼(The Catcher in the Rye)』

아나를 위한 추천서 / 알베르 코엔, 『내 어머니의 책(Le Livre de ma mère)』

그런데 이 책이 어머니를 향한 아들의 사랑에 대한 책이라서 아나에게 추천할지 주저 중이다.

◆ ◆ ◆

—안토니예요.

—네, 목소리 듣고 이미 알았어요. 안토니 씨의 상황에 대해 곰곰이 생각해보았습니다.

—생각이 바뀌셨나요? 제 치료를 맡아주지 않으시려는 거군요. 알겠습…….

안토니가 꼬맹이처럼 말했다. 마치 내가 꼬마를 속이기 위해 무언가를 은밀히 들이밀고 있는 나쁜 어른이 된 것 같은 기분이 들었다.

—아니에요, 아니에요, 안심하세요. 마음이 바뀐 게 아니고요. 상황에 대해 생각해봤다는 말은 어떤 책을 읽어야 할지 고민했다는 이야기랍니다.

—아, 다행이에요! 그럼 전화로 계속 이야기할 수 있나요?

—만나서 이야기하는 게 더 허심탄회하게 마음을 터놓을 수 있고 좋을 것 같은데요.

—제가 시간이 별로 없어서 만나는 게 너무 어려워요. 나가는 일이 드문 데다 비밀을 유지하고 싶거든요.

—장거리 치료는 별로 달갑지 않아서요. 우리는 만나야 합니다.

—알아요, 저도 알죠. 치료실로 찾아뵐게요. 그럼, 함께 읽을 책은 생각해보셨나요?

—네, 호메로스의 『오디세이아(Odysseia)』예요. 당신과 아주 잘 맞을 거예요. 자, 그럼 상담일을 정해볼까요?

—오디세우스의 모험담에 대한 책을 말씀하시는 건가요?

—네, 맞습니다. 다음 주 어떠세요?

—그 책은 어릴 때 학교에서 읽어봤어요. 아, 잠깐만요.

그리고 종이가 구겨지는 것 같은 소리가 들렸다. 마치 전화를 끊지 않고 핸드폰을 그대로 주머니에 집어넣는 것 같은 소리였다. 그러더니 거친 남성들의 목소리로 가득 찼다. 그리고 웃음소리가 들려왔다. "너 또 뭐 하냐?" "우리랑 같이 갈래?" 청소년 시절, 핸드볼을 했던 적이 있었는데 그들의 목소리를 들으니 그때가 떠올랐다. 그 지옥에서의 6개월을 보내면서 나는 그렇게 골을 넣어보려

애썼지만 헛수고였다. 볼을 잡는 힘이 너무 약해서 공을 던지면 그대로 골키퍼에 걸리고 말았다. 누가 보면 골을 넣는 게 아니라 골키퍼에게 패스하려고 했던 것처럼. 골키퍼는 굳이 막으려고 애쓸 필요도 없었다. 나는 그렇게 계속 에너지 낭비만 하고 있었다. 6개월 동안 단 한 골도 넣지 못했다. 아마 나는 역사상 최악의 선수였을 것이다.

핸드볼 감독은 교육자로서 뛰어난 분이었다. 어느 날 훈련이 끝난 뒤 저녁에 나를 따로 불러냈다.

"알렉스, 널 생각하면 조금 걱정이 되는구나."

나는 감독이 무슨 이야기를 하려는 건지 모르는 척했다.

"알렉스, 너는 골을 단 한 번도 넣지 못했잖니. 그런데 넌 항상 경기에서 더 오래 뛰고 싶어 해. 그건 불가능한 일이야."

나는 감독에게 경기장에서 더 많이 뛰면 내가 득점할 수 있는 기회도 반드시 늘어날 것이라고 반박했다.

내 상황에 아무런 도움이 되지 않는 대화가 계속 이어졌다. 감독은 그래도 긍정적인 조언을 해주고 싶었던 것 같다. 나에게 빈 골대 앞에서 골 넣는 연습을 해보면 골대 안으로 볼이 뚫고 들어가는 쾌감을 느낄 수 있을 거라며 격려를 해주었다. 하지만 나는 연습을 하고 싶지 않았다. 그때 이미 나는 지쳐 있었다. 그날 감독에게 한 소리 듣고 난 후, 나의 파란만장했던 핸드볼 경력은 곧바로 막을 내렸다.

그들과 대화하는 안토니의 목소리는 나와 이야기할 때와 완전히 달랐다.

"응, 갈게. 그렇게나 배가 고파? 2분만 기다려, 가방 가지고 갈게."

긴장이라고는 전혀 느껴지지 않는 웃음소리가 들리더니 이내 사라졌다.

—오디세우스에 대해서는 생각해본 적이 없었던 것 같아요.

—지금 계속 말씀하실 수 있나요?

—아니요, 안 되겠어요.

—다음에 책을 마련해서 읽어보세요. 제가 왜 이 책을 고르게 되었는지 설명해드리겠습니다. 그리고 전화로는 이 모든 게 더 복잡해진다는 걸 아셔야 해요.

—네, 알겠습니다. 연락드릴게요.

—언제 연락하실 건가요?

—저도 모르겠어요.

—말씀드렸다시피 정확하게 약속을 잡는 게 중요합니다.

갑자기 조금 전의 그 거친 목소리가 다시 들려오는 바람에 우리의 대화는 또다시 중단되었다.

"서둘러, 안토니!"

—알렉스, 이만 끊어야겠어요. 걱정하지 마세요. 곧 뵈어요. 오디세우스, 알겠습니다.

—『오디세이아』예요. 오디세우스는 주인공 이름이고요. 그럼 곧 만나죠.

이렇게 은밀하게 진행해야 하다니, 안토니에 대한 궁금증이 더욱 커졌다. 이런 경우는 처음이었다. 안토니와 상담 치료를 하려면 그 과정이 쉽지 않을 것 같았다. 왜냐하면 안토니의 주변 사람들은 픽션의 세상과 상당히 거리가 있는 것 같았기 때문이다. 현실에 닻을 내리고 있는 사람들처럼 느껴졌다. 현실이라는 땅에서 꼼짝 않고 서 있는 두 발, 더 단단히 딛고 서 있기 위해 장착한 아이젠이 보였다. 축구 선수들이라……. 이 스포츠 종목을 떠올리면 머리보다는 다리가 먼저 생각난다. 축구공이 머리에 닿는 경우는 그리 많지 않다. 실수 때문에 어쩔 수 없는 경우거나 다시 그라운드 바닥으로 잘 내려주어야 할 때도 머리를 사용한다.

어쨌든 내 직업 덕에 생각지도 않았던 신선한 만남을 앞두게 되었다. 자택 상담치료에 이어 전화 상담치료도 시도하게 되었다. 하지만 안토니의 시간을 따라갈 수밖에 없다……. 그래, 하지, 뭐. 일하자!

◆ ◆ ◆

나는 여느 때처럼 오랜 시간을 책을 읽으며 보냈다. 너무 많은 글자들, 아려오는 두 눈, 그리고 두통까지……, 너무 오래 책을 읽으면 몸이 아파온다. 하지만 죽을 정도는 아니다. 바로 내가 산증인이다. 일주일 동안 졸라의 책을 모두 읽었다고 죽었다는 사람의 이야기를 들어본 적이 있는가? 청소년 작품들, 단편, 소설, 극작품, 편지…… 읽을거리는 차고 넘친다. 글을 읽는다고 죽지는 않을 것이다. 그런데 사람들과 어울리지 않는 사람이 될 가능성은 훨씬 높아진다.

어린 시절, 내 친구들이 같이 놀자며 당시 부유했던 우리 집의 문을 두드리곤 했다. 하지만 나는 매번 거절했다. 어머니는 아들의 그런 모습을 보고 얼마나 답답했을까. 쟤는 왜 저렇게 밖에 안 나가는 거지? 그 이유는 간단했다. 친구들이 올 때마다 내가 책을 읽고 있었기 때문이다. 독서에 대한 중독은 책의 종류를 가리지 않았다. 글이 있는 모든 것을 읽어야 했다. 정말이지 내가 자제할 수 없는 욕구였다. 나는 하루 종일 시립 도서관에서 살았다. 도서관 안에서 매일 읽고 또 읽었다. 그야말로 은둔의 삶이 따로 없었다. 그렇다고 내가 수도사의 삶을 원했던 건 분명 아니었다. 나는 다른 사람들과의 스킨십 없이는 살 수 없는 아이였다. 하지만 어머니는 그런 내 모습을 알지 못했고, 나는 어머니가 모르건 말건 상관없었다. 나는 어머니가 내 유일한 관심거리가 오로지 책이라고 믿는 걸 오히려 즐겼다. 사실 나는 마주치는 모든 소녀들을 사랑했다. 나는 그 소녀들과 대화를 시작하면 이런저런 작가들에 대한 이야기를 하지 않을 수 없었다. 나로서는 소녀들의 마음에 들 수 있는 나만의 방식이었으니까. 하지만 그것은 내가 잘못 생각한 것이었다. 소녀들에게 문학은 지루한 것일 뿐이었다. 소녀들은 혈기왕성하고 용감한 연인을 만나길 꿈꿨다. 거침없이 공중제비를 넘는 수컷들을 좋아하지, 그저 수영장 주변에서 라신을 낭독하는 소년을 원하지는 않았다.

어머니 역시 책을 사랑했지만 나처럼 중독 수준은 아니었고 사회생활을 못 할 정도도 아니었다. 나는 세상으로부터 차단된 얀으로 돌아갔다. 친구들의 방문은 뜸해졌다. 우정은 만남이 있어야 유지된다. 서로 마주 보며 웃고 시시콜콜한 일들을 이야기함으로써 비로소 만들어지는 것이다.

순식간에 나는 더 이상 아무도 만나지 않게 되었다. 그러다가 나는 책 읽기야말로 삶의 균형을 잡아주고 감정을 진정시킬 수 있으며 고통받는 사람들을 도와줄 수 있다는 것을 이해하게 되었다. 그게 바로 독서 치료였다. 이렇게 독서를 통해 치료를 하는 것이 내 직업이다. 글은 절망하게도 할 수 있고, 지구상의 각각의 요소들은 긍정적이든 부정적이든 각자의 모습을 지니고 있기 때문에, 글을 읽는 것만으로 구원의 능력을 경험하기도 한다.

내가 어머니 앞에서 '독서 치료'라는 단어를 내뱉자, 어머니는 내가 결국 이단에 빠졌다고 생각했다. 내가 L. 론 허버드가 완성한 사이언톨로지의 다이어네틱스나 『성공의 법칙들』, 『행복은 어디에나 있다』, 『너다운 사람이 되라』 등의 자기계발서류에 현혹되고 말았다고.

나는 이런 장르는 다루고 싶지 않았다. 오로지 문학만을 원했다. 그래서 이단의 광신적인 믿음에 빠질 위험이 전혀 없었다. 그러나 어머니들은 항상 걱정하는 존재다. 나는 어머니가 아니었다. 그렇다고 아버지였던 적도 없었다. 멜라니는 아이를 원했지만, 나는 나에 대해 아무것도 아는 게 없었다. 책 말고 육지에서의 삶으로부터 기인하는 것은 나로 하여금 걱정에 휩싸이게 한다. 그리고 나의 아이가 못생겼다면? 다른 사람들에게 아이의 못생긴 얼굴을 보도록 강요하는 꼴이 될지도 모른다. 그리고 아이가 전신 거울을 통해 자신의 모습을 본다는 생각을 하니 아이를 갖고 싶다는 마음이 전혀 들지 않았다. 그리고 만약 아이가 멍청하다면? 예를 들어, 굵은 팔을 가진 핸드볼 마니아라면 아이와 나는 무엇에 대해 이야기할 수 있을까? 경기당 여섯 골을 넣었다고 해야 할까? 아니면 나는 쓸모없는 선수였다고 솔직하게 말해야 할까?

날이 갈수록 멜라니와 나 사이에는 잦은 말다툼과 의미 없는 약속들만 난무했다. 이 모든 게 나의 부족한 부성(父性) 때문이었던 것이다. 아마도 집주인은 우리 집 현관에서 이 모든 상황들을 듣고 있었을 것이다. 그러지 않고서는 우리의 일을 그렇게 잘 알 수는 없다. 그리고 어쩌면 집주인이 이 아파트 구석구석에 몰래 소형 카메라를 설치해놓았을지도 모를 일이다. 우리가 바닥재를 상하게 하지는 않는지 감시하기 위해 부엌에, 내가 진짜 남자인지 확인하기 위해 욕실에, 그리고 우리가 사랑을 나누는 모습을 보기 위해 침실에……. 혹시 지금도 나를 보고 있는 것은 아닐까? 나는 지금, 완전히 혼자가 되어 집주인 마르셀린 파르베르가 세놓은 이 집에서 책에 파묻혀 있다.

멜라니는 나에게 책들을 정리하는 의무를 부여했다. 말이 의무지 사실 명령이나 다름없었다. 멜라니는 책을 전혀 읽지 않았다. 내가 어떻게 책을 읽지 않는 여자를 사랑할 수 있었을까? 여름에 멜라니가 '반드시 읽어야 할' 도서 목록을 만들어달라고 하면 나는 메모장을 열고 책 제목을 하나하나 적어나갔다. 그러다가 메모장이 새카맣게 책 제목으로 채워지면 나는 그중에서 추천 목록을 추릴 여력이 없어졌다. 그러면 나는 멜라니에게 그냥 도서관에 가서 소설책 한 권을 집으라고 했다. 물론 멜라니는 그렇게 한 적이 없다. 책을 정리하는 일 외에, 여행 가방을 꺼내놓는 일이라든가 속옷을 다림질하는 일, 햇빛 차단제를 잘 챙기는 일은 내가 할 일이 아니었다. 그런 일은 남자가 해서는 안 되는 일이라고 멜라니는 생각했다. 딱히 이유는 없었다. 이런 일들은 여자들이 할 일이라고 여긴 것일까. '바캉스 준비 능력'이라는 제단 위에서 여성 해방 운동이 유린당하고 말았다.

멜라니는 잠이 오지 않을 때면 내가 읽은 책 이야기를 해달라고 했다. 그러면 나는 잠이 오는 데 효과가 있는 고전의 줄거리들을 죽 말해주었다. 혹시 집주인은 이런 시간에도 몰래 귀를 기울였을까?『비곗덩어리(Boule de suif)』와 주인공 불 드 쉬프의 소시지 같은 손가락,『웃는 남자(L'Homme qui rit)』와 주인공 그윈플레인의 입가에서 귀 쪽까지 나 있는 칼자국……. 고전의 이야기들이 펼쳐지던 이 시간들을 집주인도 감내했기를 바란다!

한참을 책에 빠져 있던 나는 멜라니에게 베를렌의 시 몇 구절을 보내고 싶어졌다. 베를렌을 떠나려던 랭보, 그를 붙잡으려는 술주정뱅이 베를렌을 생각하니 왠지 나와 닮은 듯이 느껴졌다. 나는「지상의 사랑(L'amour par terre)」한 구절을 옮겨 적었다.

〈지난밤의 바람이 사랑을 낮은 곳에 던져버렸다 / (……) 그리고 우울한 생각들은 가고 / 깊은 슬픔이 고독하고 운명적인 미래를 떠오르게 하는 / 내 꿈속으로 다시 온다〉

이번에는 '전송'을 누를 여력이 있었다. 그런데 보내자마자 나는 다시 그 메시지를 되찾고 싶어졌다. 하지만 어디에서 찾지? 문자 메시지는 어디에 있을까? 나는 메시지가 취소되기만을 마냥 기다릴 수밖에 없었다. 전달되지 않길 원하는 편지를 회수할 수 있도록 허락해달라고 집배원에게 요구할 수도 없는 일이었다. 할 수만 있었다면 적어도 열 번은 이미 했던 짓일 테니 집배원도 나를 잘 알 것이다.

"알렉스, 안녕하세요? 오늘도 박스를 열어드리면 될까요?"

나는 그만 너무 슬프고 비참한 베를렌의 시에 취해버렸던 것이다. 그렇다고 메시지를 보낸 후 바로 '취소'를 할 수 있는 기능의 혁신적인 어플을 내가 만들어낼 수도 없는 노릇이었다. 만약 누군가 이런 어플을 개발한다면 곧바로 팡테옹에 들어갈 자격을 얻을지도 모른다. 하지만 그게 나는 아닐 것 같다. 이런 어플을 만들기 위해서는 고도의 수학 교육을 받았어야 했다. 나에게 수학 교육은 이미 제6학년*에서 끝난 셈이나 마찬가지다.

후회가 몰려왔고 '나는 왜 수학 선생님들의 수업을 제대로 듣지 않았을까?'라는 딱히 답도 없는 질문으로 나 자신을 괴롭히고 있었다. 그러다 순간 휴대폰 위로 작은 우편 봉투가 모습을 드러낸 것이다. 새 메시지가 왔다! 픽토그램은 모든 사람들이 이해하기 쉽게 그림이 매우 단순하다. 상징주의 시와는 아주 거리가 멀다.

멜라니는 평소에 답장이 매우 느린 편이었다. 그런데 베를렌의 시 때문에 놀란 것일까? 아……, 드디어 다시 연락을 할 수 있게 되는 걸까. 이야기를 나누고 어쩌면 술 한잔을 하게 될지도 모른다. 어쩌면 함께 저녁을 먹게 될지도. 이런 생각을 하니 기분이 좋아졌다. 나는 메시지를 열었다.

〈선생님, 오늘 오후 3시에 기다릴게요. 『사기꾼 토마』 너무 좋네요.〉

얀이었다.

집주인에게는 좋은 소식, 나에게는 나쁜 소식이었다. 나는 계속 멜라니 없이 불행할 테니 집주인은 좋아할 것이다. 하지만 내 입장에서는, 멜라니의 문자 메시지일 거라고 한껏 기대감에 부풀어 있었는데 생각지도 않았던 얀의 연락이라니, 이보다 불행할 수는 없

---

* 우리나라의 중학교 1학년에 해당한다.–옮긴이

었다! 만약 그보다 가까운 존재인 부모님의 연락이었더라도 짜증이 나기는 마찬가지였을 것이다. 나에게 돈을 벌게 해주는 고객의 문자라 할지라도 별반 다르지 않다.

나는 사랑이 필요했다. 내 곁에 이제 더 이상 아내는 없었지만 내 손에는 핸드폰이 있었다.

핸드폰이라는 건 사회적 관계 속에서 소통을 하기 위해서 만들어진 것이 아니다. 미용사가 헤어스타일을 망치는 바람에 직장을 잃은 사람을 위로하기 위해 만들어진 것이다. 다행히 내가 다니는 곳의 미용사는 미용실에 디스코볼을 설치하거나 한쪽 의자에서 다른 쪽 의자로 옮겨 가면서 춤을 출 때만 빼고는 마음에 드는 인간이다. 커트 시간이 10분을 넘지 않는데도 결과는 늘 만족스러웠다. 안 그래도 나는 이틀 전에 그 미용실에 다녀왔다. 이번에도 역시 마음에 들었다. 나는 멋지게 셀카 한 장을 찍어서 내가 특히 좋아하는 SNS에 올려보기로 마음먹었다. 나는 사랑받고 싶은 의욕 때문에 전신 촬영을 감행했다. 거울을 등에 지고 사진을 찍었다. 노먼 록웰의 그림인지 사진인지 모르겠지만 이런 식의 구도가 있었던 것 같은데……. 하긴 그게 중요한 게 아니다. 그게 누구인지 신경 쓸 사람도 없다.

2분 뒤, 반응이 왔다.

〈너무 멋지고 보기 좋다, 귀여워…….〉

나는 칸 영화제의 레드 카펫 위에 서 있었고 관중들은 나의 관심을 끌기 위해 내 이름을 부르짖었다. 사진 기자들도 마찬가지였다.

〈너무 멋져.〉

또 반응이 왔다.

그렇게 우울해하고 있었는데도 사진 속 내 얼굴은 신기하게도 건강미가 넘쳐흘렀다. 마치 다른 세상에서 온 또 다른 알렉스 같았다. 친구들의 칭찬은 그칠 줄 모르고 계속됐다.

〈어쩌면 이렇게 변하지도 않아. 여전히 멋지네.〉

고마웠다. 그동안 잠도 못 자고 밖에 나가지 못해 얼굴이 칙칙했는데 부드러운 빛이 얼굴에 비치니 그런 흔적들이 모조리 사라졌나 보다.

핸드폰은 이렇게 나를 위로하며 나의 문제들을 해결해주었다.

〈세상에나, 도저히 못 믿겠네, 너무 멋져요!〉

아니, 믿어야지! 나는 잘 살고 있다고! 컨디션도 좋아졌다. 그렇게 관심을 한 몸에 받는 상황은 몇 분 동안 계속됐다. 나는 잘 알지도 못하는 사람들이 쏟아내는 수많은 칭찬의 말들을 통해 다시 살아났다. 아마 피에르 드 롱사르가 나를 알 기회가 있었더라면, 10음절 14행으로 이루어지는 소네트 형식의 시로 나를 찬양했을 것이 틀림없다. 하지만 나는 그 수작에 넘어가지 않을 것이다.

‘알렉상드르를 위한 소네트’, 조금은 장난스러운 가상의 시 제목을 짓고 보니 문득 연주곡 하나가 떠올랐다. 〈아드린느를 위한 발라드〉였다. 이 곡은 어느 연주자에게 대단한 명성을 안겨준 곡이다. 그런데 좋은 연주자치고는 머리 손질에 너무 공을 들인 것 같았다.

나 ‘알렉상드르 판토크라토르’를 향한 SNS상의 반응들이 조금씩 줄어들고 있었다. 한창 시끄럽던 친구들은 이제 배고픈 고양이들처럼 건반 위로 뛰어올라 햇볕을 받으며 쉬고 있는 듯했다. 그렇다면, 사진 한 장 더! 그런데 셀카를 또 찍으려니 쉽지 않았다. 아까 올린 사진과 어차피 같은 집인데 새로운 각도와 배경을 담기가 어려웠다. 그래서 나는 얼굴만 나오게 하여 사진을 한 장 더 찍었다.

〈너 좀 수척해진 거 아니야?〉

친구의 친구들과 식사할 때 한 번 만난 적이 있는 사람이었다. 수척해졌다고? 나는 살이 쪘던 적이 없다. 체중계를 발끝으로 건드리고, 숫자 '0'이 나올 때까지 기다리고, 체중계에 올라가고, 또 숫자가 나타나기까지 기다리는 이 모든 과정이 나에게는 정말 스트레스다. 그리고 이런 종류의 기계를 신뢰한다는 자체가 위험하기 짝이 없는 일이라고 생각한다. 도대체 이 숫자를 어떻게 믿으라는 건지. 저울 하면 물리학에서 사용하는 로베르발 저울만 한 게 없다. 다소 녹슬고 낡았지만 가장 믿음이 가는 저울이다.

나는 그 사람의 말대로 진짜 내 체격에 변화가 있나 싶어 전신 거울에 비춰 보았다. 역시 달라진 건 모르겠다. 도대체 무슨 권리로 나에게 그런 소리를 해서 사람을 찝찝하게 만드는 걸까? 수척하다는 것은 사라지기 시작했다는 뜻이다. 더 이상 사라지게 할 게 아무것도 남지 않을 때가 되면…… 정말 롱사르의 시구처럼 될지도 모른다.

나는 이제 뼈만 남았다, 마치 해골처럼.
자비 없이 망자의 모습이 덮쳐 와
야위고, 힘줄도 없고, 쇠약하고, 신경도 죽어 있다.
나는 바들바들 떨릴까 봐 감히 내 팔만 쳐다본다.

(피에르 드 롱사르, 『마지막 시집(Derniers vers)』의 첫 소네트
「나는 뼈밖에 없다(Je n'ai plus que les os)」)

사회적 관계는 불행을 위로하는 것을 목적으로 형성되지 않는다.

약간의
고유명사에 관한
연구

알렉상드르, 알렉스.

부모님은 나를 알렉상드르라고 불렀다. 내 이름은 알렉상드르여야 했다. 다른 선택은 없었다. 아마 내가 딸로 태어났더라도 내 이름은 알렉상드르였을 것이다. 호적 담당자와는 실랑이가 있을 수 있었겠지만 담당자도 부모님의 의견을 따를 수밖에 없었을 것이다. 그 무렵에 어머니는 알렉상드르 뒤마에 관한 논문을 준비하고 있었다. '알렉상드르 뒤마의 작품 속 역사적 인물과 허구의 인물'이었는데 덕분에 어머니는 허구와 현실 사이에서 왔다 갔다 하고 있었던 것이다. 결국 나라는 사람은 현실 속에 모습을 드러내기 전까지 그저 어머니 머릿속에만 허구로서 존재하던 알렉상드르라는 작가였다.

나는 태어나서도 여전히 문학의 현실과 허구 사이에 머물러야 했다. 알렉상드르라는 이름이 하루에도 수백 번씩 어머니 눈앞에서 왔다 갔다 했다. 알렉상드르, 알렉상드르, 알렉상드르, 알렉상드르…….

알렉상드르는 마침내 내 염색체에까지 침범해 교란시키더니 자리를 빼앗고 말았다. 불쌍한 내 염색체들! 알렉상드르 때문에 내가 여성스러운 인상을 가지게 된 건지도 모른다.

어쨌든 어머니는 현실주의 쪽으로 방향을 잡기로 했다. 하지만 여전히 내가 태어나기 전 어머니의 머릿속에 살고 있던 허구의 알렉상드르를 더 좋아하는 것 같았다. 어머니는 자신이 상상하던 알렉상드르의 모습처럼 볼이 통통하고 머리숱이 많은 씩씩한 아들을 원했다. 500쪽짜리 두꺼운 책을 '쓸' 수 있는 사람을 원했던 것이다. 나는 제아무리 두꺼운 책이라도 읽어치울 수 있었지만, 읽을 수 있는 것만으로는 어머니를 만족시킬 수 없었다.

그렇다, 내 이름은 알렉상드르다. 내 인생을 내가 통제하고 싶은 마음에, 나는 스스로 알렉스라고 부르기로 했다. '알렉스'라는 애칭을 가진다는 것은 '알렉상드르'라는 이름에 대한 어머니의 절대적 권력을 축소시키는 일이었다. 어머니는 기호나 상징을 절대로 인정하지 않는 사람이었고 이런 줄임식의 이름은 더더구나 받아들이지 않았다. 어머니는 '알렉상드르'의 마지막 음절을 너무 세게 발음했는데, 마치 '알렉상드루!'라고 소리치는 것처럼 들렸다.

소리치는 것은 감정을 강하게 표현하는 것이다. 내가 소리를 친다면 그 감정은 바로 환멸일 것이다.

어머니는 내가 작성한 책에 관한 보고서를 보고 실망했다. 나는 하나의 소설 안에서 이런저런 단어들을 개별적으로 고려하지 않았고, 책이 가지는 의미에 대해 심각하게 고민하지 않았다. 나는 하나의 텍스트에 대해 여러 사람들이 내놓은 해석들을 보고도 누가 옳고 그른지를 따지지 않았다. 나는 책이 가진 능력과 감정을 찾는

데 열중했다. 이 책 속의 글은 무엇을 외치고 있는가!

내 이름은 알렉스이고 나는 글을 쓰지 않는다. 앞으로도 글을 쓰는 일은 절대로 없을 것이다. 아들이 작가 알렉상드르를 닮기를 그렇게도 원했건만……, 불쌍한 우리 어머니! 그런 어머니에게 정말이지 큰 실망을 안겨준 일이 있었다. 그날 나는 대역 죄인이나 다름없었다. 신발 바닥이 밤색인 핸드볼화를 사겠다며 어머니의 애장품인 뒤마의 『삼총사 20년 후(Vingt ans après)』 희귀본을 골동품을 사는 사기꾼에게 팔아버린 것이다. 핸드볼 전용 운동화였는데 나는 그걸 딱 두 번 신었다. 너무 꽉 끼어서 발가락이 잘릴 것만 같았기 때문이다. 나는 그 신발을 그냥 고향집 낡은 벽장에 넣어두었다. 그 벽장은 아무 데도 쓸모가 없는 물건들을 으레 놓아두는 장소로, 쓰레기장으로 가기 전 잠시 머무는 대기실이나 다름없었다. 그런데 어느 날 어머니가 벽장 깊숙한 곳에서 그 신발을 발견한 것이다. 그날 어머니가 내보인 분노는 실로 대단했다.

〈크리스마스가 다가옵니다. 우체국이 산타클로스 사무실을 열었다는 것을 잊지 마세요. 산타클로스는 어린이는 물론 어른들이 쓴 편지에도 모두 답장을 해줍니다. 여전히 실업률이 높습니다. 총리는 내일 기자회견에서 이에 대해 언급할 예정입니다. 스포츠 소식입니다. 프랑스 축구 대표팀 주장 안토니 폴스트라가 영국과의 경기에서 승리한 후 소속 팀에 합류하지 않았습니다. 안토니는 사실상 파리 생제르망과 힘겨루기에 들어갔는데 그 이유는 휴요양을 떠나고 싶어서라고 합니다. 뉴스 말미에 안토니 선수와 독점 인터뷰가 예정되어 있습니다.〉

내가 절대음감을 지닌 사람은 아니지만 인터뷰 도중 흘러나오는 축구 선수의 목소리를 단번에 알아챌 수 있었다. 그 안토니가 안토니 폴스트라였던 것이다.

나는 안토니에 대해 조금 더 자세히 알고 싶어서 인터넷에서 프로필을 찾아보았다.

〈프랑스 축구 선수, 1985년 생테티엔에서 태어났다. 출생지 연고 팀인 생테티엔에 소속되었다가 현재는 파리 연고 팀에 소속되어 있다. 프랑스 대표팀의 주장으로 포지션은 공격수다.〉

안토니와 동료 선수들의 관계를 이해하는 데는 별로 도움이 되지 않는 내용이었다. 하물며 안토니와 독서의 관계에 대해서는 더더욱 알 길이 없었다. 간략 프로필 아래로 그의 사진들이 끝도 없이 이어졌다. 대부분이 그의 다양한 헤어스타일에 초점을 맞춘 사진들이었다. 긴 머리, 짧은 머리, 묶은 머리, 곱슬곱슬한 머리, 하얀색 파란색 빨간색으로 염색한 짧게 민 머리……. 이 사진들을 보니 길에서 마주치는 많은 청소년들이 이 모습과 닮아 있었던 것이 생각났다. 마침내 축구 선수들이 작가들의 자리를 차지하게 되는 시대가 온 것이다! 19세기에 시인들은 모두 보들레르로 여겨졌고, 소설가들은 플로베르, 그다음은 졸라로 여겨졌다. 20세기는 끝없는 미사여구들이 이어지는 프루스트 식의 글들로 장식되었으며, 그 후에는 루이 페르디낭 셀린 식의 '점 세 개(...)'로 대표되는 실험적인 문체가 나타났다. 청소년들은 그들이 이상형으로 생각하는 유명인들의 외모를 닮고 싶어 한다. 그러나 랭보가 보들레르의 작품을 모사할 때 랭보의 옷차림은 보들레르 같지 않았다. 그리고 모파상도 플로베르의 뚱뚱한 배를 꿈꾼 적이 없었다. 다행히 안토니 폴스트라는 헤어스타일의 유행을 이끌고 있다. 그가 어떤 공헌을 했는지는 나에게 중요한 것 같지 않았다. 시대마다 주 관심사는 계속 변화해왔다.

◆ ◆ ◆

상담일지

내담자 / 안토니 폴스트라

확인사항

부자이고 유명하고 건강하다 해도 삶이 쉬운 건 절대 아니다! 이것은 안토니에게 촌극의 시작이 되어줄 것이다. 안토니는 역량과 영향력이 뛰어난 영웅을 찾는 사회에서 자신의 위치에 대해 자각하지 못하고 있다. 수많은 과제들이 그를 짓누르고 있다.

해결의 실마리 찾기

추천서 /

호메로스, 『오디세이아(Odysseia)』

가사 문학 (크레티앵 드 트루아나 월터 스콧의 작품을 하나씩 보면 어떨까? 추격, 결투, 승리, 아름다운 젊은 여인들……. 안토니가 좋아할 만한 것들이다.)

그가 나아질 거라고
쓴다면
그건 거짓말이다

얀과의 두 번째 만남은 그가 태블릿에 작성한 글을 읽는 것으로 시작되었다.

〈저는 저에 대해 잘 말하지 않는 편이에요. 제가 이렇게 말하면 선생님은 배꼽을 잡고 웃겠죠. 저도 알아요. 제가 말을 한다라……, 저는 글을 쓴다고 해야 말이 되죠. 프랑스어는 사용하기 편한 언어이기도 하면서 어렵기도 해요. 잘 모르겠어요. 어쨌든 전달하지 못할 게 없는 언어예요.

절단 수술을 받은 사람들은 수술받고 나서도 그 부위를 여전히 느끼는 것 같아요. 저 역시 머릿속으로는 제가 말하는 소리가 들려요. 꿈에서도 물론 말을 하고요. 전 거짓말을 해요. 『사기꾼 토마』가 마음에 들었던 것도 바로 그 때문이었어요. 우리는 만성적인 거짓말쟁이들이죠. 선생님 역시 그렇고요. 만성적인 질병에 걸린 사람들이라면 이 책에서 자신들의 모습을 발견할 거예요. 거짓말쟁이 얀, 거짓말쟁이 알렉스, 이런 식으로요.

내가 곧 나을 거라고 쓰면 그건 거짓말이에요.

내 삶이 전처럼 될 거라고 생각하면 그건 거짓말이에요.

내가 울지 않는다고 하면 그건 거짓이에요.

엄마에게 내가 엄마를 미워한다고 느끼게 한다면 그건 거짓이에요.

내가 아빠를 보지 않는 게 전혀 고통스럽지 않다고 이야기한다면 그건 거짓말이에요.

선생님과 함께하는 이 시간 동안만 유일하게 진실을 말하게 되는 것 같아요.〉

나는 얀이 까다로운 사람이라는 것을 알고 있었다. 어느 순간, 나는 얀이 나를 평가하고 있다는 느낌이 들었는데, 참 난감했다. 나 역시 거짓말을 한다는 말은 맞는 소리였다. 하지만 나는 나에 대해 말을 하려고 얀의 집에 온 게 아니다. 얀은 내가 이 책을 큰 소리로 계속 읽기를 원했다. 얀은 혼자서 이미 많이 읽은 상태였다. 우리는 곧 이 책 읽기를 끝낼 참이었다.

—자신의 있는 그대로의 모습을 드러내고자 하는 의지가 보이는 것 같아 참 감동적이야. 그런 의지가 없다면 이런 시간을 아무리 갖는다고 해도 아무런 열매를 얻을 수 없을 거야. 넌 너를 둘러싼 사람들에 대해 매우 예리하게 파악하고 있어.

〈다른 사람들이 말을 하는 시간에 저는 주로 관찰을 해요. 저는 다른 사람들이 저를 보고 불편해하는 모습이 잘 보여요. 그들은 드러내지 않았다고 생각하겠지만 아니에요. 나를 향한 불쾌감이 정말 크게 다가와요. 장 콕토의 소설은 저 같은 사람에게 완벽한 선택이에요. 사람들과 함께 존재한다고 생각하는 건 환상일 뿐이에요. 저는 낙오자예요. 바로 토마의 이야기가 그런 거죠. 그리고 내 이야기도 그렇고요. 그래서 저는 이렇게 깊이 생각할 시간을 가질 수 있게 해주신 선생님께 감사해요. 장 콕토라면 〈미녀와 야수〉밖에 알지 못했거든요. 예전에 반쯤 미친 늙은 선생이 이 작품을 연구하게 했죠. 장 마레는 야수 분장이 어설펐어요.〉

—난 네가 이 책을 읽고 감동받을 거라는 걸 알고 있었어. 짐작했던 대로 되어서 다행이지만 어쩌면 도박이었을지도 몰라.

〈우리 모두가 도박을 하죠. 저 같은 경우에는 온라인으로 내기를 해요. 특별할 것 없는 평범한 활동이죠.〉

—맞아. 파스칼의 내기라고 아니?

〈아니요, 왜요?〉

—오래전부터 모든 분야에서 사람들이 내기를 해왔다는 것을 이야기하려는 거야.

〈파스칼이 마권업자였어요? 몰랐어요.〉

—어떤 의미로는.

〈그럼 파스칼은 내기를 하면 이겼나요?〉

—그가 여기에 없으니 결과는 알 수 없어. 그 내기를 했던 건 아마 파스칼뿐이었을 거야. 파스칼은 신을 믿는 것이 신을 믿지 않는 것보다 통계적으로 더 유리하다고 생각했어. 신에 대한 부분이라 파스칼이 내기에서 이겼는지 졌는지는 모를 수밖에…….

〈저는 이겼어요! 저는 영국과 프랑스 축구 경기에서 프랑스 대표팀이 이긴다에 내기를 걸었어요. 아무도 믿지 않았죠. 안토니는 정말 대단한 선수예요. 운동선수라기보다 예술가 같아요. 안토니가 공을 전달하고 운동장을 누비는 모습을 보면 마치 화가가 운동장 위에 그림을 그리는 것 같아요. 각자의 자리에 각각의 그림이 있다고 생각해요. 모두 의미가 있는 그림이에요. 마치 핀투리키오의 그림 속 세상처럼 여러 이야기가 있는 거죠.〉

—그 축구 선수 얘기를 하니 나도 호기심이 생기는구나. 나는 나의 내담자들과 축구 이야기를 하게 될 줄은 생각도 못 했어. 하지만 축구라는 스포츠가 요즘은 사회의 일부라고 해도 과언이 아니지. 그래서 축구에 대한 이야기를 피하려고 든다면 사회를 이해하는 데 큰 어려움이 생길 게 분명해.

그러고는 알베르 카뮈의 전기를 찾아보았다. 발견한 책은 『나는 왜 연극을 하는가(Pourquoi je fais du théâtre)』였는데, 표지를 보니 한 스포츠맨의 운동 장비가 눈길을 끌었다. 알베르 카뮈는 대학 시절에 축구팀의 골키퍼였다. 그는 머리와 다리를 모두 갖춘 완벽한 사람이었다. 최소한의 신체적 노력조차 겁을 내는 지식인들에게 한 방을 날린 셈이다. 나는 이 책을 읽어본 적이 없다. 책장을 넘기자 본문이 시작되기 전에 이 철학가이자 소설가이며 축구 선수이자 극작가인 알베르 카뮈의 인용글이 실려 있었다.

〈내가 아는 정말이지 아주 조금의 도덕은 축구 그라운드와 연극 무대에서 배운 것이다.〉

그러니까 축구는 카뮈의 지적 형성의 기본이었다. 그에 반해 나는 텔레비전에 등장하는 잔디 경기장을 보며 채널을 이리저리 돌릴 뿐이다……. 축구가 세상에서 가장 많이 실행된 스포츠라는 사실은 우연한 일이 아니다. 모든 것에는 의미가 있다. 그라운드 위에서 안토니가 하는 모든 활동에도, 얀의 짧은 말들에도, 얀이 했던 내기에도, 그리고 『사기꾼 토마』를 읽는 이 모든 일에 의미가 있다.

◆ ◆ ◆

곰, 그는 생각한다. 죽은 척을 하지 않으면 나는 잃게 된다.

하지만 그의 머릿속에서 허구와 현실은 하나일 뿐이었다. 기욤 토마는 죽었다.

소설은 끝이 났다. 나는 내가 책을 읽는 동안 나에게서 계속 눈을 떼지 않고 있던 얀을 쳐다보았다. 얀은 글을 놓치지 않고 감정을 제대로 느끼기 위해 내가 책을 읽는 내내 집중해야 했을 것이다……. 나는 얀의 굳은 얼굴을 보자 불안해졌다. 첫 만남 이후 얀의 눈은 그 어떠한 감정도 드러내지 않으려고 했다. 침묵 속에서도 시간은 계속 흘러갔다. 나는 답답했다. 그는 그의 태블릿을 잡지도 않았고 움직이지도 않았다. 나는 이 침묵을 깨야겠다고 결심했다.

—이야기는 다 끝났어, 얀?

여전히 아무런 움직임이 없었다. 어쩌면 내 발음이 이상했나 싶어 다시 물었다.

—이야기가 다 끝났다고, 알고 있는 거지?

얀은 여전히 미동이 없었고 불안에 사로잡힌 것처럼 보였다. 나는 아나를 부르러 가야겠다고 생각했다. 그런데 그 순간, 아나가 방으로 들어왔다. 마치 방문 앞에서 상황을 살피고 있었던 것 같았다. 나는 아나를 뚫어지게 쳐다보다가 꼼짝도 하지 않고 있는 얀을 다시 보았다.

—무슨 일이 있었던 거죠?

아나가 물었다.

—몸이 좀 안 좋은가 봐요.

내가 대답했다.

얀은 나를 계속 쳐다보고 있었다. 아나는 당황하지 않고 얀에게 다가가 손을 잡았다. 어머니와 아들……. 아들 얀은 방금 배터리 충전이 끝난 아동용 로봇처럼 갑작스레 정신을 차렸다. 그리고 태블릿에 짧은 몇 마디를 두드렸다.

〈그냥 두세요, 엄마. 괜찮아요. 생각 좀 하느라 그랬어요.〉

얀의 말에 아나는 아무 일 없었던 것처럼 방을 나갔다. 그래서 나는 이제 무슨 일이 일어났던 것인지 얀이 나에게 설명해줄 것이라 기대했다. 그런데 얀은 그러지 않았다. 다시 얼음처럼 얼어버렸다.

—오늘은 그냥 이렇게 마무리하도록 하자. 이틀 뒤에 다시 올게.

얀이 키보드를 두드리자 벽에 걸려 있는 커다란 모니터로 내용이 보였다.

〈네, 목요일에 봬요.〉

아나가 복도에서 나를 기다리고 있었다. 아나는 나에게 얀이 사고를 당한 후부터 잠깐 동안 반무의식 상태에 빠지는 경우가 종종 있다고 설명해주었다. 얀의 육체는 존재하지만 영혼은 없는 상태였다. 스테판 말라르메가 『아나톨의 무덤(Le Tombeau d'Anatole)』에 쓴 것처럼 '내가 없는 나'의 상태가 되어버리는 것이다. 하지만 이 시집에는 이런 상황에서 '내가 없는 나'가 되어버린 이를 목격하게 되는 나 같은 사람에 대한 언급은 없었다. 하지만 얀을 통해 나는 이렇게 육체만 남고 영혼이 사라지는 순간이 얼마나 공포스러운지 조금 '맛'을 보게 되었다.

—얀은 이런 순간이 오면 일종의 사물이 돼요. 숨 쉬는 기계나 다름없죠. 의사들은 긴장과 스트레스 상태가 이런 상황을 야기한다고 하더라고요. 얀이 그런 상태가 되기 직전에 혹시 선생님께서 무슨 말씀을 하신 건가요?

—우리가 함께 읽던 소설을 제가 다 읽고 나서 얀에게 소설이 끝났다고 얘기했을 뿐이에요. 그게 다예요.

매우 유능한 의학조차도 얀에게 제시할 수 있는 건 아무것도 없었다. 의학적 치료로는 얀을 위해 해줄 게 없었다. 아프더라도 치료가 된다면 희망이라도 있을 텐데 얀에게는 그마저 없었다. 그런 절망 속에서 얀의 뇌가 스스로를 보호하기 위해 휴지 상태로 들어가 버리는 것이다. 마치 과열된 기계처럼 말이다. 나는 아나가 그녀의 아들 얀에 대해 이야기하는 걸 듣고 나서 아나의 의견을 뒷받침해 얀을 도울 수 있는 문학적 자료들을 찾아보았다. 여러 가지를 발견했지만 말을 하지 않는 편이 낫겠다는 생각이 들었다. 아나는 나의 내담자가 아니었다.

고통의 재발,
어원 연구

뇌는 심장이 멈춘 후에도 몇 분 정도 더 살아 있다. 죽음이 임박했을 때 삶의 중요한 순간들이 가속이 붙어 빠르게 돌아가는 것을 보았다는 사람들의 말을 뒷받침해 주는 과학적 검증이라 할 수 있다. 마구 돌아가는 낡은 비디오, 손상된 듯 낡은 이미지들……, 빠르게 돌아가느라 소리는 들리지 않는다. 다 돌아가고 나면 더 이상 아무것도 없다. 우리의 뇌가 그것을 알고 있다는 것이다.

나는 죽음의 순간 어떤 이미지들이 떠오를까? 아마도 책과 멜라니일 것이다. 멜라니는 내가 항상 그녀를 뒷전으로 미뤄둔다며 나를 떠나갔다. 이런, 말을 다시 해야겠다. 내 머릿속에는 어떤 이미지들이 떠오를까? 멜라니와 책들일 것이다.

멜라니와 그녀의 온기, 그녀가 끊임없이 반복했던 "괜찮아."라는 말……. 파리의 거리에서 수많은 시위자들이 그들의 증오를 토해낼 때도 멜라니는 괜찮다고 했다. 왜냐하면 그녀가 어디로 가든 내가 곁에 있었기 때문이다. 내가 남자로서 그녀를 안심시킬 수 있다는 건 기분이 좋은 일이었다. 사실 정작 나는 마음을 놓지 못하고 있었다. 말하자면 시위에 필요한 물품 세트의 구성품으로 바람막이 재킷이나 편한 신발 한 켤레 다음으로 내가 들어갔다고 볼 수 있다.

멜라니는 모든 것을 위해, 모두를 위해 시위에 가담했다. 게이 결혼식, 이주 노동자들의 수용, 불법 체류자들의 합법화 등 시위에 나서는 이유를 가리지 않았다. 나는 이런 시위가 피곤하게 느껴졌다. 내가 이런 사유들을 지지하지 않아서가 아니다. 반대로 생각해보면, 모두를 걱정하는 것은 결국 아무도 돌보지 못하는 것이다. 돌보아야 할 이유가 너무 많았다. 그리고 시위가 보통 이쪽 아니면 저쪽 편으로 나뉘어 한쪽을 선택해야 하는 것이다 보니 주로 상대편에게 쫓겨 도망가는 걸로 끝나는 경우가 많았다. 그런데 이런 경험을 통해 우리는 짜릿한 기분을 느끼기도 했다. 친구들과의 저녁 모임에서 예전에 우리가 아시아 레스토랑의 쓰레기로 가득 찬 컨테이너 안에 숨어가며 어떻게 스킨헤드 무리를 피했었는지에 대한 추억을 이야기하며 흥을 돋울 수도 있었다. 사실 짜조와 캐러멜 돼지고기 요리가 버려진 쓰레기통은 추억이라기보다 불쾌한 경험이었다.

멜라니는 어느 날 갑자기 집 색깔을 바꿔야겠다고 결심하는 아마추어 화가들을 연상시켰다. 여기는 파란색, 저기는 빨간색, 이쪽 벽은 초록색, 여기는 방이 작아 보이지 않게 하기 위해 너무 진하지 않은 회색, 연보라색, 갈색빛이 도는 회색을 입힐 것이다. 색을 칠하기 전에 먼저 집 안 곳곳에 보수 작업을 한다. 그리고 세 시간쯤 지나면 마침내 이게 쉬운 일이 아니라는 걸 깨닫게 된다. 우선 보기에는 형편없는 것 같더라도 실현 가능한 뚜렷한 목표를 가지고 움직일 줄 알아야 한다. 나는 멜라니에게 라르작 고원에 사는 암염소를 후원하라고 한 적이 있었다. 내 생각에는 이런 후원이야말로 실현 가능하고 용기 있는 시위였다. 아무도 이렇게 작은 동물들에게는 관심을 가지지 않는다. 게다가 후원받는 동물이 어떻게 커가는지 보여주기 위해 규칙적으로 사진까지 보내주었다. 멜라니는 퉁명스럽게 거절했다. 그 후 우리 집에서는 오랫동안 염소젖 치즈가 금지되었다. 멜라니는 그 치즈를 자신의 시위 활동에 대한 일종의 도발로 여겼다. 개인적으로 나는 염소젖 치즈가 정말 부드러웠던 기억이 있었다.

"괜찮아질 거야."

그러니까 죽음이 임박했을 때 가장 먼저, 늘 '괜찮다'고 말하던 멜라니와 지나간 우리의 이야기가 끝없이 펼쳐질 것이다.

그리고 그다음에 책들이 보일 것이다. 책과 다른 형식의 글들, 알베르 코엔의 책들, 사랑, 교만, 연민, 아름다움. 그런데 알베르 코엔의 모든 작품이 보일까? 아니, 선택해야 한다. 뇌는 시간이 별로 없을 테니까. 그럼 『소랄(Solal)』을 골라야겠다. 프루스트의 작품도 좋지만 너무 길다. 그럼 차라리 시인은 어떨까. 쉬페르비엘의 시, 말을 타고 대초원 위를 달리는 모습, 대양, 그리고 침묵……. 이제 더 이상 아무것도 보이지 않게 된다.

나는 늘 나 자신의 깊은 곳에 혼자 가지 않는다.

그리고 나는 나와 함께 한 명 이상의 살아 있는 존재를 이끌고 간다…….

(쥘 쉬페르비엘, 『미지의 친구들(Les Amis inconnus)』 중 「시인(Un poète)」)

◆ ◆ ◆

나는 얀과 목요일에 보기로 했던 약속을 지키지 않았다. 이제 그를 돕지 않겠다는 의도를 얀이 알아채기를 바라며 이틀을 연기했다. 나는 우리의 마지막 만남을 이해하기 힘들었다. 나는 단순히 책을 읽는 사람이 아니다. 나는 내가 내담자에게 제안한 책을 공유하고 또 이야기를 나누길 원한다. 나는 얀이 더 많은 생각을 할 수 있도록 도와줄 수 있었다. 상담 치료는 공동 작업이다. '공동 작업'은 모든 일을 '함께' 해나간다는 의미다. 첫 만남, 만약 모든 게 잘 되었다면 조금의 돈을 벌고 나는 그 돈으로 집주인에게 집세를 지불했을 것이다. 집주인은 내 밀린 집세가 얼마인지 알려주기 위해 수령증과 함께 등기우편을 보내왔다. 하지만 나는 1800유로라는 이 밀린 금액을 잘 알고 있었다. 두 달이 연체되었기 때문이다. 어서 해결해야 했다. 집주인은 이런 협박 편지를 보내기 위해 5유로를 지불했다. 차라리 그냥 내 집 문 밑으로 밀어 넣었으면 그 돈을 아낄 수 있었을 텐데 말이다.

아나는 나 때문에 약속이 미뤄지는 상황을 이해하지 못했다.

"이틀이요? 하지만 얀은 선생님을 뵙는 걸 너무 행복해했어요. 선생님, 잘 생각해주세요. 다시 오실 거죠? 그렇죠? 저도 지난 만남이 힘들었다는 걸 알아요. 하지만 앞으로는 그런 일이 없을 거라는 걸 보장할게요. 우리를 외면하지 마세요."

아나는 내가 그만둘까 봐 두려운 듯했다. 그녀는 하루 종일 휑한 집 안에서 외로이 아들과 단둘이 지냈다. 소통이 없던 카프카의 가족들처럼 얀의 집도 그랬다. 그리고 바깥세상을 느낄 수 있을 만한 것도 아무것도 없었다. 소음도, 냄새도 더 이상을 경험하지 못하며 살아갔다.

"물론 돌아갈 거예요. 저는 그 누구도 도중에 포기하지 않아요. 마지막 순간까지 책임을 집니다. 걱정하지 마세요. 다시 갈 겁니다."

아나는 내가 오래전부터 버림받은 사람들을 맡아왔다는 것을 알지 못했다. 나는 이런 역할이 너무 잘 맞아서 내 피부에 스며들어 몸의 일부가 되어버렸다고까지 말했다.

나에게는 멜라니가 있기 전에 엘로이즈가 있었다. 멋진 이름이었다. 엘로이즈라는 이름 네 글자로 루소의 『신 엘로이즈(La Nouvelle Héloïse)』를 전부 보는 듯했다. 나는 엘로이즈를 본 적도 없이 사랑하게 되었다. 대학 다닐 때 교수가 학생들의 과제를 돌려주면서 그녀의 이름을 부르는 순간 나는 사랑에 빠져버렸다. 엘로이즈의 철자 'Héloïse'에는 멋진 분음기호 'ï'가 들어 있다. 교수가 그녀의 이름을 부를 때면 나는 마치 그녀의 품 안에 안기는 기분이 들었다. 문학 작품 속 여주인공의 이름은 항상 나를 사로잡았다. 아, 여주인공을 뜻하는 프랑스어 'héroïne'에도 역시 분음기호가 있다. 어쨌든 나는 타오제르, 베레니스, 에스메랄다, 퀴네공드(테오필 고티에의 『미라 이야기』, 라신의 비극, 빅토르 위고의 『노트르담 드 파리』, 볼테르의 『캉디드』에 등장하는 여성 인물의 이름) 등의 여주인공들에게 빠져들었다.

그날은 나의 아름다운(나는 그녀의 아름다움을 확신했다.) 엘로이즈가 결석을 하여 강의실 앞으로 내려올 수 없다는 걸 알게 되었다. 나는 엘로이즈의 과제를 친구인 척하며 대신 받았다. 그리고 며칠 뒤, 과제를 대신 받아놓았으니 돌려주고 싶다는 쪽지를 보냈다. 나는 강의실 위쪽에 앉아 누가 돌아볼지 살펴보았다. 만약 그 여학생이 유독 못생겼다면 나는 그냥 눈을 내리뜰 작정이었다. 그리고 그녀의 과제를 강의실에 그냥 두고 재빨리 나오려고 마음먹고 있었다. 하지만 역시 엘로이즈는 아름다웠다. 요하네스 베르메르의 그림 속 소녀만큼이나 아름다웠다. 우리의 만남은『파르마의 수도원(La Chartreuse de Parme)』에 대한 과제의 제자리 찾기로 그렇게 시작되었다.

그 뒷이야기는 결국 지긋지긋하게도 진부하다. 우리는 늘 하루 종일 함께 보냈다. 요컨대, 우리는 음식들을, 지나치게 훌륭한 식사를 먹어치웠다. 어느 날 아침, 우리는 식탁이 비어 있고 냉장고도 마찬가지라는 사실을 깨닫게 되었다. 엘로이즈는 달리기를 하러 나가더니 돌아오지 않았다. 더 이상 아무것도 없을 때 사랑을 다시 찾는 것은 불가능하다. 수년간 그 과제는 수많은 책들 아래 자리를 지키고 있었다. 나는 확실히 보았다. 20점 만점에 3점……. 너무 늙은 교수라서 수업이 끝날 때마다 혹시 숨을 거두는 게 아닐까 생각됐던 그 교수의 코멘트가 빨간색으로 적혀 있었다.

'재미있고 지혜롭게 이야기를 풀어가는 부분에서 문학 작품 속 여주인공의 이름을 가지기에는 조금 부족하군요.'

문학이 우리의 삶을 좌지우지하게 내버려 두어서는 절대로 안 되겠지만 그 문학 안에 살고 있는 사람에게는 불가능한 일이기도 하다. 어머니는 오랫동안 나를 이 위험으로부터 보호하려고 애썼다. 하지만 실패했다. 어린이는 부모가 과오를 범할 수도 있다는 생각이 들 때 눈앞이 캄캄해진다.

멜라니는 정말 아이를 갖고 싶어 했다. 나는 우리의 아이가 어머니라는 존재에 대해 이런 의문을 품게 될 순간이 두려웠다. 나는 이 주제를 피했다. 우리는 서두르지 않았다. 『자기 앞의 생(La Vie devant soi)』. 너무 앞에 있어서 오히려 멜라니는 그것을 느끼지 못했다.

슈퍼마켓에서, 귀여운 할머니와 축구 선수

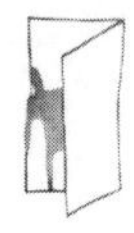

슈퍼마켓에서 장을 보고 있는데 핸드폰이 울렸다. 먹을 수 있는 책이 발명되면 좋으련만 나도 어쩔 수 없이 다른 사람들처럼 먹고 살아야 한다. 핸드폰 위로 안토니의 이름이 보였다. 내 앞에는 두 가지 선택의 기로가 있었다.

첫째, 일단 전화를 받지 않고 내가 나중에 다시 연락한다. 어쨌든 지금 당장은 치료실에서 만날 약속을 잡고 싶은 생각이 없었기 때문이다.

둘째, 어떤 할머니가 나에게 높은 곳에 있는 두루마리 키친타월을 꺼내달라고 했지만 그런 방해에도 불구하고 전화를 받는다. 어디서든 무언가를 요구하는 할머니는 항상 있는 법이니까.

사실, 내 결정은 빨랐다. 삶 속에서 선택의 여지를 가진 사람들은 많지 않다. 나처럼 다른 사람들도 남의 눈을 속이면서 몸짓과 표정으로 의심하는 척, 생각하는 척 연기를 한다. 실제로는 순식간에 이미 결정은 끝났으면서도 말이다. 내가 사르트르를 제대로 이해한 것이 맞는다면, 이런 생각은 개념적으로 매우 반사르트르적이다.

나는 전화를 받았다.

—선생님, 혹시 지금 전화 받기 힘드신가요?

—뭐 괜찮아요, 지금 독서 치료 심포지엄에서 나왔거든요.

—그럼 잠깐만 시간을 내어주실 수 있을까요?

—물론이죠. 약속을 잡는 것 때문에 그러시나요?

핸드폰을 소유한 수백만의 남녀 거짓말쟁이들을 위해 자동 카메라 기능 같은 건 개발되지 않을 것이다. 심포지엄이라는 단어는 분명 슈퍼마켓보다 더 진지하게 들린다. 나는 눈으로 조용한 곳을 찾았다.

—그것도 중요하죠. 그보다 먼저 말씀드리고 싶은 건 제가 오디세우스의 다른 모험담들을 읽었답니다. 정말 충격적이에요.

—용감하고 혈기왕성하고 단호한 인물이죠. 혹시 누가 생각나지 않던가요? 그런데 안토니, 우리가 직접 만나면 전부 다 다시 이야기하게 될 거예요.

—책의 다른 인물을 말씀하시는 건가요?

—아니요, 아니요, 실제 삶 속에서 살아가고 있는 인물이죠.

나는 동물을 위한 식품 코너 쪽 구석으로 갔다. 반려 동물 주인들은 그 시간이면 그들의 앙증맞은 짐승들을 산책시키고 있을 것이기 때문에 그쪽 코너에는 사람이 없을 게 분명했다. 그런데 내가 이곳에서 계속 어슬렁거리면 곧 경비원이 올 것이다. 경비원 등장 2분 전! 누군가 슈퍼마켓에서 같은 코너를 한참 동안 계속 돌고 있다면 그 사람은 도둑으로 의심받을 게 뻔하다.

—잘 모르겠는데요.

—운동선수들이죠! 안토니 당신 같은 사람 말이에요, 안토니! 당신이야말로 현대 서사시의 영웅이라고 생각해요.

—너무 멀리 가신 것 같은데요.

—아니요, 전 그렇게 생각하지 않아요. 안토니, 당신이 이런 고대 영웅들과 같은 역할을 하고 있는 거예요.

경비원이 내가 있는 코너로 들어섰다. 만약 내가 경비원이었더라도 나 같은 사람은 의심을 하고도 남을 것이다. 이 코너에는 내가 관심을 가질 만한 게 아무것도 없다. 나는 집에서 키우는 동물들을 싫어한다. 그 동물들에게서 나는 냄새도 싫고 다가와서 부비는 것도 싫다. 발을 올리는 개들도, 새를 잡아 오는 고양이들도, 밤새도록 달리고 또 달리는 설치류 동물들도 나는 싫다.

나는 다른 코너 쪽으로 갔다. 아침식사를 위한 코너였다. 나는 한 손으로는 핸드폰을 잡고 다른 한 손은 어깨 위에 올린 채 서성거렸다. 머릿속으로는 계속 오디세우스를 떠올리고 있던 그때, 벨트랑 할머니가 눈에 들어왔다. 아래층에 사는 이웃이다. 오디세우스와 그의 파워, 벨트랑 할머니와 90세라는 나이……, 참 대조적이었다.

—오! 알렉스, 안녕하세요? 저 위에 있는 잼 좀 꺼내줄 수 있겠어요?

벨트랑 할머니 때문에 통화에는 방해가 되겠지만 할머니의 부탁을 들어주는 게 좋을 것 같았다.

—안토니, 잠깐만요. 동료가 질문을 해서요.

—네, 기다릴게요.

벨트랑 할머니가 꺼내달라는 잼은 선반 맨 꼭대기에 있어서 바닥보다 천장에 더 가까워 보였다.

—네, 물론이죠, 할머니.

벨트랑 할머니는 고령의 나이 때문에 현실 감각이 떨어지는 것 같았다. 그렇게 높은 데 놓여 있는 잼을 꺼내려면 키가 190센티미터는 되어야 한다.

90세, 190센티미터. 뭔가 딱딱 들어맞는구나 싶었다. 나는 첫 번째 선반에 올라섰다. 팔을 최대한 뻗으니 마치 성배처럼 느껴지던 잼에 손가락이 닿았다. 이보다 더 불편할 수는 없는 자세로 안간힘을 쓰면서 나는 뒤를 돌아보며 벨트랑 할머니에게 물었다.

—이건가요?

—아니요, 산딸기 말고, 바로 그 옆에 배잼이요.

최고의 운동선수들이 하는 경기도 소파에 앉아 텔레비전으로 시청하면 쉽게 보이기 마련이다. 3미터 높이의 바구니에 오렌지색 공을 내려놓기, 시속 200킬로미터로 달리기, 골을 넣기 전에 다섯 명의 수비수를 제치기…… 보는 건 쉽다.

나는 운동선수였고, 고령의 이웃님은 시청자였다. 나는 할머니의 명령을 듣는 척하면서 할머니를 슬쩍 쳐다보았다. 그리고 발을 두 번째 선반에 올렸다. 이번에는 배잼을 잡아채려는 순간. 이게 이토록 어마어마한 노력을 쏟아부을 만큼 대단한 물건이라니. 나는 벨트랑 할머니가 보답으로 이 잼을 맛보러 오라고 말해주길 바랐다. 할머니의 크레이프 솜씨는 둘째가라면 서러울 정도로 훌륭하다. 가끔 준비가 잘 안 됐다거나 꼬마 손님들이 오기로 했는데 바람을 맞은 경우 할머니는 나에게 크레이프 몇 개를 가져다주고는 했다. 평소에 나를 좋게 생각했던 게 분명하다. 나는 곧 크레이프를 먹게 될 것이다.

—말씀하시는 게 이 배잼 맞나요?

—네, 맞아요, 그거. 알렉스, 미안해요. 내가 너무 성가시게 하는 건 아닌지 모르겠어요.

—괜찮아요, 별말씀을요.

—꼬마 녀석들이 이 배잼을 먹으러 오거든요. 크레이프를 좀 가져다줄게요.

—그럴 줄 알았…….

—뭐라고요?

—아, 아무것도 아니에요. 어쨌거나 제가 꺼낼 수 없겠어요. 죄송해요. 직원에게 부탁해보시는 게 좋겠네요.

나는 딛고 서 있던 선반에서 내려왔다. 자칫하다가는 위험할 수도 있기 때문이었다. 나는 오디세우스가 아니다.

—아, 그래요. 억지로 꺼내려다가 다치면 큰일이죠.

—제가 도와드릴 수 있었으면 좋았을 텐데, 안타깝네요. 그럼 할머니, 다음에 뵈어요.

—그래요, 알렉스. 언제든 우리 집에 들러요.

할머니의 크레이프라면 나는 망설일 이유가 없다. 크레이프 냄새가 내 코끝을 스치면 나는 바로 할머니네 집으로 달려갈 것이다. 그런데 내가 크레이프를 상상하느라 존재조차 잊고 있던 이가 있었으니, 내 바지 속에서 나를 애타게 찾고 있을 안토니였다. 램프에 갇힌 작은 지니를 잊고 있었다니!

—알렉스, 알렉스…….

안토니였다.

—미안해요, 안토니. 기다리고 있다는 걸 깜빡했네요. 이야기를 다시 시작해봅시다. 그러니까 내 말은 당신 같은 운동선수가 바로 고대 영웅의 현대적 모습이라는 거예요. 사람들이 꿈꾸는 위업을 수행해내잖아요. 안토니, 듣고 있나요?

—네, 듣고 있어요. 위업이라……, 일단 알겠어요. 하지만 내가 현대판 오디세우스라는 사실이 내게 무슨 도움이 되나요?

—천천히 잘 생각해봐요. 개념을 잘 잡아야 해요. 오디세우스는 복잡한 인물이죠. 일반적으로 알려진 것보다 훨씬 더 복잡해요. 곧 이해하게 될 거예요.

—그러고 싶네요.

—소속팀을 바꿀 건가요?

—잘 모르겠어요.

—라디오에서 들었거든요. 목소리가 아주 좋던데요.

—구단 회장도 그걸 들었어야 했는데 말이에요.

—두 분 사이가 조금 아슬아슬할 수도 있겠다는 생각을 했어요.

—그게 말할 수 있는 최소한이에요.

—프랑스를 떠나고 싶으신 거죠?

—가능하다면요.

—나는 기자가 아니에요. 말해도 괜찮아요.

—제가 의심이 좀 많은 사람이에요. 제 입장이 되어보면 아실 거예요.

—저도 직업상 비밀 유지의 의무가 있답니다. 안토니, 걱정하지 말아요.

안토니에게 솔직하게 털어놓으라고 했던 데에는 사실 내가 궁금했던 이유도 컸다. 내가 통화하고 있는 남자는 프랑스 언론을 휘어잡고 있는 사람이고, 어쩌면 다음 시즌에 어느 팀에서 뛰게 될지 내가 가장 먼저 알게 될 수도 있었다. 이보다 더 최고의 뉴스거리는 없을 것이다! 그가 독서에 대한 나의 생각들에 대해 반응하지 않았거나 나의 치료 방식에 무례하게 나왔다면 어쩌면 나는 뉴스 채널과 접촉해보려고 시도했을지도 모른다. 사실 그렇게 수치스러운 방식으로 돈을 좀 번다고 해서 나에게 해가 될 것도 없을 것이다. 나는 독서 치료계의 랭보 같은 불량소년이 되어야 할 것이다. 랭보가 「투시자의 편지(Lettre du Voyant)」에서 문학의 세계를 버리고 현실의 삶에 뛰어들겠다는 의미의 말을 했던 것처럼 나 역시 어느 나이 든 교수에게 이제는 '방탕하게' 살고 싶다고 편지를 쓸지도 모를 일이다. 하지만 안타깝게도 더 이상 신사의 모습으로 머물고 싶지 않다는 나의 반항 심리는 안토니의 한마디에 자취를 감추고 말았다. 나는 칭찬의 말을 가볍게 흘려들을 재간이 없다.

—알렉스, 당신이 진정한 전문가라는 걸 알고 있어요. 아내가 스페인을 정말 좋아해요. 그래서 아마도 그쪽으로 가게 되지 않을까 싶어요.

—최소한 화창한 날씨는 누리게 되겠군요.

—그런데 현재로서는 파리도 그리 나쁘지 않아요.

—그렇겠네요. 하지만 이게 오래가지는 않을 것 같아 걱정이군요. 어쨌든 우리의 독서 이야기를 다시 하자면, 안토니, 키르케 대목과 칼립소 대목을 읽어보시면 좋겠어요.

—읽을게요.

—그리고 시도 한 편 읽으시고요. 조아심 뒤 벨레의 「오디세우

스처럼 행복한(Heureux qui comme Ulysse)」이에요.

—읽어야 할 것들을 문자로 보내주세요. 제가 지금 메모를 할 수 없어서요.

—이틀 뒤에 봅시다.

—내 문제에 대해서는 아무 말씀도 안 하실 건가요?

—무슨 말을 하죠? 아내가 스페인을 좋아한다는데 무슨 말을 더 하나요?

—잘 아시네요.

—제가 할 수 있는 말은『오디세이아』가 당신이 정말 좋아할 만한 책이라는 것뿐이에요.

—네, 알겠습니다. 아, 그리고 어디 가서 저에 대해 말씀하시면 안 돼요. 제가 치료를 받고 있다는 게 언론에 알려지면…….

—아마 프랑스 사람 반이 이 치료를 하려고 들겠죠.

—그럼 큰일 나죠.

—맞아요. 안토니, 이틀 뒤에 볼까요?

—몇 시에요?

—오후 5시, 제 치료실에서요.

—치료실이라……, 곤란한데요.

—노력해보세요, 중요해요. 그래야 성과가 있을 거예요.

—잘 알겠어요, 가보도록 할게요.

—책도 계속 읽으시고요. 세이렌이 나오는 대목에 대해서 같이 이야기해보고 싶어요.

안토니는 이미 전화를 끊어버린 상태였다. 마지막에 내가 한 말을 안토니가 들었을지는 알 수 없었다.

계산대에 서니 벨트랑 할머니가 내 앞에 있었다. 잼 한 병, 1리터짜리 우유 한 팩, 일인용 샐러드, 햄 슬라이스 두 개, 햄버거 패티 하나가 놓여 있었다. 고독한 인간의 삶이 슈퍼마켓 계산대 위에까지 연장되고 있었다. 계산대의 움직이는 검은 벨트 위를 보면 어떤 사람이 장을 본 것인지 파악할 수 있다. 가족과 함께 사는 사람들은 다량의 요구르트, 기저귀, 알록달록한 색감의 물건들이 보이지만 혼자 사는 사람들은 물건들조차 무미건조해 보인다. 집 안에는 관심을 끌어야 할 상대가 없다는 게 이유일 것이다.

나도 구입 물품들을 올려놓았다. 우유 6리터, 과자들, 엄청나게 단 음료수들, 빵가루를 잔뜩 입힌 생선가스……, 나는 무엇이든 양이 많았다. 계산하는 직원이 나에게 이해할 수 있다는 의미의 미소를 지어 보였다. 마치 이렇게 말하는 것 같았다.

"가족을 꾸리면 이 정도의 장을 보는 건 보통 일이죠."

계산원은 내가 혼자 사는 걸 알지 못할 뿐이다. 그런데 장을 보는 것보다 훨씬 더 외로운 일이 있다. 집에 가서 장 본 물건들을 혼자 풀고 정리하는 일이다.

나는 카트에서 물건들을 꺼내놓으며 또다시 안토니를 생각했다. 슈퍼마켓 한복판에서 독서 치료를 하는 날이 오다니……. 나에게도 책에 대한 질문을 받고서 적절한 대답을 찾느라 진땀을 빼던 때가 있었는데 말이다.

약간의 거만함

내가 캐나다에서 살다가 돌아올 때 가지고 온 것이 두 가지가 있다. 하나는 프랑스에서는 거의 찾아볼 수 없는 독서 치료 학위, 그리고 '높은 곳'에 올라가서 책을 읽는 걸 좋아하는 독특한 습관이다. 높은 곳이란 지붕을 말하는데 그 위에 올라가 책을 읽으면 바보 같은 인간들로부터 확실히 거리를 둘 수 있다. 퀘벡 출신의 친구 제프가 나를 바로 그 높은 곳으로 인도한 시조인 셈이다. 제프는 아메리카 혈통이라는 사실과는 관련 없이 삶이 방탕했으며 인류 역사상 가장 비천한 음식이라고 생각되는 감자튀김 요리 푸틴에 환장하는 사람이었다. 제프는 도시의 모습을 사진에 담았다. 사진에서 높은 곳의 아찔함이 느껴지도록 하기 위해 그는 높은 장소로 올라가곤 했다. 제프를 보면 랭보가 되살아난 것처럼 보이기도 했다. 물론 랭보처럼 귀엽기는 했지만 글을 쓰지는 않았다. 절필 선언 후 에티오피아에서 무기를 팔던 랭보의 2세 같기도 하고, 조금 살찐 랭보 같기도 했다. 제프는 나를 참 좋아했고 나는 그의 사진들을 좋아했다. 고속도로의 모습이 담긴 사진들이 있었는데 내가 어릴 때 먹던 막대사탕을 보는 듯했다. 그 사탕은 조금만 먹어도 충치가 생길 위험이 다분했다. 제프는 나에게 도시에서 가장 높은 지붕들 위로 몰래 올라가는 법을 가르쳐주었다. 나는 내 주머니 속에 책을 넣어 다니면서 제프와 함께 지붕 위에 올라가면 나만의 시간을 누렸다. 우리는 둘이서 지붕 위에서 만나기도 했다. 세상에 단둘뿐인 기분이었다. 우리는 고지에서 우정을 만들어갔다. 마치 몽테뉴와 라보에티 같았다. 늘 서로를 경계하는 우정이기도 했다. 제프가 시 같기도 하고 아닌 것 같기도 한 긴 혼잣말에 취해 있을 때면 나는 정말이지 괴로웠다. 제프는 새들에게, 구름에게, 굴뚝에게 정말 별난 그의 생각들을 일정의 단어들을 사용해 마구 외쳐댔다. 하지만 별다른 의미는 없었다. 제프의 외침이 점점 고조될수록 그의 모습은 마치 시체 같았다. 그것도 우아한 시체였다. 계속되는 제프의 외침은 결국 울부짖음으로 끝이 나곤 했다. 어떤 때는 그가 자신의 연설을 멋지게 마무리하고 싶은 마음에 나를 던져버리면 어쩌나 두려워지기까지 했다. 그야말로 초현실주의적 마침표가 아닐 수 없을 것이다. 그래서 나는 제프의 연설이 다 끝나간다 싶으면 반드시 슬그머니 움직여서 제프에게서 멀찌감치 떨어졌다.

나는 제프 없이도 지붕 위로 올라가 책을 읽으며 시간을 보냈다. 나를 방해하는 사람은 아무도 없었다. 가끔씩 새 한 마리가 날아다니는 것만 빼면. 그 새는 제프의 고함 때문에 깜짝 놀란 경험이 있을지도 몰랐다. 새도 나도 각자 조용히 있고 싶은 욕구를 서로 존중해주었다. 나는 큰 소리를 내지 않았다.

나는 파리로 돌아와서도 지붕 위로 올라가는 버릇을 버리지 못했다. 그런데 프랑스의 특수성 때문이겠지만 지붕 위로 올라가는 게 여간 어려운 일이 아니었다. 파리에서 지붕 위로 올라가는 것은 엘리제궁 입구 앞에서 장애물 경주를 하는 것보다 더 복잡한 일 같았다. 그럼에도 관리인들이나 주민들의 감시를 따돌리고 그들의 머리 위로 올라서는 느낌이 좋았다. 그들이 식사를 하고 사랑을 나누고 서로 말다툼을 하는 동안 나는 책을 읽었다. 나는 그들의 삶을 방해할 생각도, 그들을 감시할 생각도 전혀 없었다. 그들의 삶에는 관심이 없었다. 그들이 존재한다는 것만으로도 충분했다. 사실 그들이 나를 발견한다면 그게 더 이상한 일이었을지도 모른다. 대부분의 사람들이 높은 곳에 올라가는 걸 좋아한다고 하면 타인의 정사 장면이나 훔쳐보는 변태 성욕자로 본다. 좋아하는 것이 타인들과 다르다는 것만으로 사람들은 나에 대해 색안경을 끼고 본다. 가끔은 누군가의 기이함을 삶이 타락한 것으로 받아들이기도 한다.

끝없이 펼쳐진 잿빛 풍경 앞에 앉아, 나는 책장을 넘겼다. 책장은 슬픔을 호소하는 듯한 춤을 추면서 시간이 지나가며 햇빛에 따라 색이 변해갔다. 파리 오페라극장 위에서 만끽하던 태양의 춤은 평생 잊지 못할 추억이다. 나의 『젊은 베르테르의 슬픔』 위로 펼쳐지던 태양의 무희, 여주인공 로테의 모습에 나는 황홀했다.

그녀가 이야기를 하면서 내 손 위에 그녀의 손을 얹거나, 대화 중에 나에게 바싹 다가올 때, 그녀의 숭고한 입김이 내 입술에 와 닿기라도 할 때면, 나는 마치 벼락이라도 맞은 것처럼 정신을 잃고 쓰러질 것만 같아.

하지만 나는 오페라극장 지붕에서 내려온 후 경비원들에게 쫓기는 신세가 되었다.

"그가 무용수들을 죽이려고 했습니다."

나는 '그'도 아니고 '테러리스트'도 아니다. 나는 독서 치료사다. 나는 아무도 죽이지 않는다. 나는 무용수들에게 관심이 없다. 드가의 그림 속 여인들이라면 또 모를까. 하지만 그 그림들은 너무 비싸고 진부하게 느껴지기도 한다. 나는 몸을 혹사시키는 무용수들보다 그저 호화로운 건물이 좋았을 뿐이다. 나는 경찰서에서 해명을 해야 했고, 220쪽짜리의 책에 불과한 나의 '무기'를 보여주어야 했다. "아니요, 나는 미치지 않았습니다." "네, 신분증 속 얼굴이 제가 맞습니다." 이런 말을 하면서 신분증을 내 얼굴에 바짝 가져다 댔다. "보세요! 제가 맞는다니까요! 저도 알아요, 제 모습이 좀 많이 변하기는 했죠." 경찰들은 식별 전문가가 아니었기 때문에 전문 인력이 필요했다. 경찰들은 내 사진을 내 관자놀이 옆에 댄 채 신분 식별 전문가를 불렀다. 곧 경찰들이 미소를 지으며 나를 쳐다보았다. 오, 이제 곧 광명을 찾겠군! 나는 거뭇거뭇하게 수염이 올라온 얼굴로 중얼거렸다.

〈나는 아름답다, 오, 인간들이여! 마치 돌의 꿈같이.〉

— 뭐라고요?

— 아무것도 아니에요.

— 지금 뭐라고 했잖아요. 당신이 뭐라고 말하는 걸 들었는데요.

이렇게 말한 사람은 바로 그 식별 전문가였다. 그는 한눈에 사진 속 그놈이 내가 아니라고 생각한 게 분명했다. 그 정도의 실력이라면 카니발 행렬에서 자기 아이들도 찾아내지 못할 것이다. 내가 나라는 것을 어떻게 모를 수가 있을까?

—그냥 보들레르 시를 중얼거린 거예요. 「아름다움(La Beauté)」이라는 시죠. 시를 외웠다고 처벌받나요?

—시를 낭송했다! 그쪽은 지금 학교에 있는 게 아니에요. 다시 한 번 해보시죠, 끝까지 들어나 봅시다.

—〈나는 아름답다, 오, 인간들이여! 마치 돌의 꿈같이.〉

—무슨 의미인가요?

—모르겠어요.

—의미도 모르는 것을 그렇게 읊어대다니, 바보예요? 지금 놀리는 겁니까?

—놀리다니요. 저는 그저 당신들이 나를 너무 뚫어지게 쳐다보는 바람에 나름대로 긴장을 푼 것뿐이에요.

—그다음은 알고 있나요?

—이제 무슨 일이 일어날지 아냐고요?

—아니요, 지금 읊은 시요. 그다음은 어떻게 이어지냐고요. 이젠 제 말도 이해를 못 하시는군요.

—〈누구든 차례로 상처 입고 마는 내 젖가슴은 물질처럼 말이 없는 영원한 사랑을 시인에게 불어넣어 주기 위해 만들어진 것…….〉

—아, 됐어요, 대단한 보들레르 씨, 이제 가세요. 거기까지 듣는 걸로 하죠.

쌀쌀맞은 대우를 받게 되면 그저 앉아 있다고 해도 이미 감금된 것이나 다름없다. 또 다른 감옥인 셈이다. 나는 술도 거의 마시지 않을뿐더러 미치지도 않았다. 정말 어처구니가 없었다. 일련의 확인 과정을 거치고 나자 그들은 마침내 나에게 자유를 허락했다. 두 시간 전만 해도 나는 여기에 앉아 단 한 걸음도 내딛을 수 없었는데 말이다. 특별한 사건이 없어 할 일이 없었던 경찰 두 명이 나를 호위했다. 그들에게는 그게 그나마 일다운 일이 되어주었을지도 모른다.

—내 책은 돌려주실 수 있죠?

—아, 네, 책이요. 그게 저희에게 있는 줄 몰랐네요. 조금 이따가 찾으러 다시 오세요. 제가 심문을 해야 해서요. 할 일이 산더미랍니다.

—제게는 중요한 책이에요.

—가만히 좀 계세요. 서점에서나 할 것 같은 말은 여기서는 이제 그만하시고, 나가시면서 프낙이나 들르세요. 거기에 책들은 많으니까요.

생각해보니 그가 말하는 방식은 내가 핸드볼 신발을 사기 위해 어머니의 『삼총사 20년 후』 희귀본을 팔고 난 후 어머니에게 변명했던 그때의 내 대사와 닮아 있었다.

삶은 항상 우리를 벌할 준비가 되어 있다.

선의의
사람

누군가가 문을 두드렸다.

나는 문을 열었다. 모르는 사람을 향해 나아가는 첫 단계이다. 나는 아무도 외면하지 않는다. 나와 마주하고 선 남자가 한참 망설이며 움직이지 않았다. 컴퓨터에 버그가 걸린 것처럼 그의 내면이 요동치고 있다는 것을 느낄 수 있었다. 너무 조용해서 라디에이터의 소음이 들려왔다. 그의 얼굴에는 땀방울이 맺혀 있었다. 그는 너무 큰 정장을 입고 있어서 마치 몸이 옷 속에 둥둥 떠 있는 것처럼 보였다. 영업을 하는 사람들이 주로 입는 비즈니스 정장이었는데 여름의 뜨거운 날씨에는 도저히 입고 있을 수 없는 복장 같았다. 나는 판촉을 하는 사람들과 마주치게 되면 보통 "관심 없습니다."라고 대답하지만 이번에는 왠지 그렇게 하지 못했다. 그가 무슨 말이라도 시작하려고 한다면 들어줄 의향이 있었다.

—안녕하세요, 저는 로베르 샤프만이라고 합니다. 땀을 너무 많이 흘린 상태로 이렇게 오게 돼서 너무 죄송하네요. 그런데 바깥이 너무 더워서요. 이런 날씨에는 일하기가 쉽지 않네요.

— 로베르 씨, 안녕하세요? 들어오세요, 괜찮습니다.

로베르는 주머니에서 손수건을 꺼내어 이마의 땀을 닦았다. 한 10여 년 전부터는 그 씨가 말랐다고 생각했는데 누군가의 주머니에서는 또 이렇게 비밀스럽게 살아남아 있었던 모양이다.

로베르 샤프만(Robert Chapman), 자신의 동거녀들을 독살하는 악취미를 가지고 있었다고 전해지는 19세기의 영국인 연쇄 살인범 조지 채프먼(George Chapman)을 떠올리게 하는 이름이었다. 그 동거녀들은 지속적인 위장병으로 괴로워했다. 하지만 아무도 그녀들의 말에 귀를 기울여주지 않았다. 이상하게도 조지 채프먼만 빼고 모두 위가 아팠는데도 말이다. 그는 결국 교수형에 처해졌다.

어쨌든 '나의' 샤프만, 로베르는 조금도 공격적인 것 같지 않았다. 단지 조금 피곤해 보일 뿐이었다.

로베르는 친구 중 하나가 독서 치료를 해본 경험이 있다는 이야기를 듣고서 나를 찾아왔다고 설명했다. 그 친구의 치료는 성공적이었다고 한다. 로베르는 대부분의 시간을 일하는 데 할애하게 되면서 스트레스 때문에 삶이 좀먹고 있다는 생각이 들어 나를 만나러 왔다고 했다. 이를 '번아웃 증후군', '탈진 증후군'이라고 한다. 나는 로베르에게 이케아 안락의자에 앉게 했다. 이 의자는 멜라니가 내게 남겨두고 간 것이다. 멜라니는 비록 이 의자를 두고 가기는 했지만 무척 애정을 가지고 있었다. 나는 언젠가 멜라니가 이 의자를 찾으러 돌아올지도 모른다는 생각을 하고 있었다. 그리고 어쩌면 나를 찾으러 돌아올지도 모를 일이다. 어쨌든 멜라니는 내 메시지에 계속 답이 없었다.

나는 로베르에게 그의 하루가 어떤 방식으로 흘러가는지 이야기해달라고 말했다.

—저는 5시 반에 일어나야 해요. 아이들이 일어나기 전에 먼저 이메일을 확인하고 서류들을 살펴봐야 하거든요. 7시 반에 사무실로 가요. 8시 반까지 출근이지만 제일 먼저 도착하는 게 낫거든요. 제 상사는 지각하는 사람을 싫어해요. 그는 사무실에 일찍 도착하는 사람을 더 인정하죠. 그리고 정오까지 일을 합니다. 점심시간은 단 20분이고요. 다시 사무실로 돌아와서 저녁 7시 반까지 일을 해요. 만약 그 시간에 내가 맡은 서류들이 많이 진척이 된 상태라면 집으로 돌아갈 수 있어요. 그렇지 않으면 밤늦게까지 사무실에 남아서 일해야 하죠. 선생님은 믿지 않으시겠지만 자동차에서 잠을 자는 일도 있어요. 고작 한 시간 반 자려고 새벽 4시에 집으로 가는 건 좋을 게 없거든요. 제 차는 모노스페이스 형태예요. 몸을 쭉 펴고 누울 수 있죠. 아내는 내가 바람을 피운다고 생각해요. 아내의 동료들도 그렇게 생각하고요. 어쩌면 이런 상황에서 불륜을 의심하지 않는 게 더 이상할지도 모르죠. 하지만 저는 바람을 피우지 않았어요. 이런 생활을 하는데 어떻게 바람을 피울 수 있겠어요? 어느 시간에요? 그리고 제가 삶의 대부분의 시간을 사무실에서 보낸다고 해도 저는 아내를 사랑해요. 집으로 돌아가면 이미 밤이죠. 우리 집 응접실을 환할 때 본 적이 언제였던가 싶어요. 말할 힘도 없어요. 그리고 계속 스마트폰을 들여다보죠. 산소 봄베를 사용하기도 해요. 그리고 베개를 베고 누우면 더 숨이 막히는 기분이 들어요. 그래서 잠을 거의 못 자요. 항상 전화기에 눈이 가고요. 새로운 메시지가 왔나 확인하느라고 말이에요.

—로베르 씨, 저를 만나러 온 건 잘한 일입니다. 당신과 같은

경우 독서 치료를 해보는 것이 좋습니다. 우리가 당신을 도와드릴게요.

나는 혼자 일을 한다. 하지만 이렇게 불행한 삶 때문에 힘들어하는 사람에게 말을 할 때 '우리'라는 표현을 사용하면 나 스스로가 이 일에 대해 좀 더 큰 확고함과 중요성을 부여할 수 있다. '우리'라는 말은 항상 마음을 놓이게 해준다. '우리'라는 말을 발음할 때면 마치 내가 15명의 협력자들과 함께 팀을 이뤄 일하는 기분이 든다. 그리고 성과를 얻는 듯한 기분도 느껴진다. 사실 독서 치료라는 분야는 아무것도 확신할 수 없다. 정신을 다루는 모든 것은 항상 불확실하다. 그런데 내가 이렇게 단어 하나에 의미를 부여하는 동안 로베르는 내 이야기를 듣지 않는 것 같았다. 그는 시간이 필요해 보였다. 로베르에게 가장 큰 어려움이 바로 이 시간이었다. 그런데 시간을 많이 빼앗기는 독서로 치료를 해야 했다……. 나는 서두르지 않기로 했다. 그에게 읽히고 싶은 작품은 천천히 말해주어도 문제될 것 없다. 수년에 걸쳐 독서 치료사로 일해오면서 나는 유능한 장사꾼의 면모도 갖추게 되었다. 사람은 결국 필요한 능력을 갖추게 되는 법이다. 나는 판매가 좋지 않은 고객지원 담당 직원과 많은 공통점을 가지게 되었다. 그들과 내가 다른 것은 단지 옷차림뿐이다. 나는 정장을 잘 입지 않는다.

—감사합니다. 믿고 가볼게요. 그런데 너무 의학적으로 진행되지 않았으면 좋겠어요. 저는 의사들에 대한 공포심이 있거든요. 아버지가 의사셨어요. 선생님께 말씀드릴 수 있는 건 아버지가 아주 독특한 방법으로 나를 '치료'했다는 거예요. 처방전에 구타가 있었나 봐요. 흔히들 말하는 가정의였지만 다른 사람들의 가정의였죠.

아버지 자신의 가족을 위한 가정의는 아니었어요. 아버지 눈에는 그가 돌보고 있는 노인들이 중요했지 저 같은 건 중요해 보이지 않았나 봐요. 그분은 그냥 의사였을 뿐 아버지는 아니었어요. 아버지는 늘 하얀 가운을 입고 있었어요. 심지어 '진료' 중이 아닐 때도요. 제가 병원으로 가지 않고 독서 치료를 받으러 온 이유가 그거예요. 의사 가운은 정말이지 진절머리가 나거든요.

—아, 그러시군요. 저와 함께 치료를 진행하면 의사 가운을 보실 일은 절대로 없을 거예요, 절대로! 그리고 저는 화학 약품을 제안하지도 않는답니다. 오로지 글이에요. 로베르 씨 안에 울림을 줄 수 있는 일련의 글들이죠. 제가 바라는 건 그거예요. 오늘 로베르 씨에게 작품 하나를 읽게 하고 싶은데, 그전에 질문 하나 해도 되겠죠? 독서와 본인의 관계는 어떤가요?

—저는 원래 독서광이었어요. 지금은 그렇지 않지만요. 선생님께 조금 전에 이미 설명했듯이 제가 시간이 없어서요. 하지만 이제는 변하고 싶어요! 다시 독서의 세계로 흠뻑 빠져들고 싶어요.

—로베르 씨가 독서광이었을 때는 어느 시기였나요?

—구체적으로 말하자면 열네 살부터 스물다섯까지요. 열네 살 때 어머니가 돌아가셨거든요. 『이방인(L'Étranger)』을 읽었어요. 〈오늘, 어머니가 죽었다.〉 저에게 두 가지 의미가 있는 시기였어요. 나에게 가장 큰 의미였던 사람을 잃어버린 시기이자 동시에 문학을 발견한 시기예요. 책들이 나를 도와주었어요. 나는 내 손에 스치는 모든 것을 읽었어요. 세상을 잊어버릴 수 있는 하나의 방법이었고 우울한 생각들로부터 벗어날 수 있는 통로였죠. 그리고 스물다섯 살이 되고는 진지하게 일할 수 있는 직업을 찾게 됐어요. 그렇

게 한 매장에서 일하게 되었는데, 명품 시계를 판매하는 곳이었죠. 그때부터였어요, 책을 내려놓게 된 시기가요. 명품 시계 매장에서는 책을 거의 읽지 않아요. 고객들은 유복한 사람들이지만 그들 역시 책을 읽지 않죠. 내가 문학을 이야기한다고 해서 크게 이득이 될 게 없었어요. 부자들이 오히려 책을 읽지 않는다는 사실을 선생님도 아시죠?

—부자들이 책을 읽지 않는다는 것은 생각해본 적이 없네요. 뭐라고 대답해야 할지 모르겠어요. 어떻게 그렇게 확신하게 되었죠?

—책은 아무것도 가져다주지 않거든요! 작가들의 비참한 삶을 한번 생각해보세요. 아주 오래전부터 작가들은 그들의 가난에 대해 불평해왔죠. 제가 판매하는 시계들은 가격이 3만, 4만 유로 하는 것들이에요. 책 한 권에 누가 그만큼 지불을 할까요? 절대로 안 할걸요.

—수집가들은 할 거예요. 자, 일단 작가들의 금전적 빈곤에 대해서는 제쳐두자고요. 여기 로베르 씨가 읽었으면 하는 텍스트들이 몇 개 있어요. 일단 조용히 이 텍스트를 읽으세요. 그리고 조금 이따가 여기서 우리가 얻을 수 있는 것들에 대해 이야기를 나눠보도록 하죠.

그리고 나는 A4 용지에 프린트한 종이들을 로베르에게 내밀었다. 그 텍스트들이 로베르에게 흥미가 있기를 바랐다. 잉크는 세상에서 가장 비싼 액체다. 잉크는 곧 검은색 금, 여러 가지 색깔의 금인 것이다. 기나긴 11월을 마무리하기 위해 나는 내게 남아 있던 돈으로 이 금을 구입했다.

—죄송하지만 제 손이 조금 축축하네요. 덥고 긴장해서요. 이

프린트물들이 망가지지 않았으면 하는데……, 지하철에서 읽을게요. 우리 언제 다시 만날까요?

—편안하게 읽으시고 일주일 뒤에 여기로 다시 오세요. 이 텍스트에 대해 이야기를 나누어보도록 합시다.

—일주일이요? 숙제를 할 시간이 있는 거네요, 아주 좋아요. 저녁 8시쯤에 올게요.

—저녁 8시요?

—8시 전에는 올 수가 없거든요. 오늘 같은 경우는 예외적으로 여유가 있었어요. 상사는 내가 외과에 간 줄 알아요. 전문 사이트에서 가짜 서류도 구입했답니다.

—그런 사이트가 있는지 몰랐네요.

—그럼 8시로 해도 될까요?

—네, 그러죠. 즐거운 독서이길 바랍니다.

나는 현관문 뒤에 서 있을 집주인의 얼굴 표정이 상상이 되었다. 그렇게 늦은 시간에 내담자들이 찾아오는 것을 집주인이 알게 되면 아마도 내가 쓸모도 없는 분리주의 운동에 빠져 이상한 비밀 조직에 가입했다고 생각할지도 모른다. 아니면 나를 청소년 시절부터 말보로 라이트를 피우고 응급실에서 밤을 보낸 경험이 있는 사람으로 간주하고 지금은 불법으로 물건을 팔고 있다고 짐작할 수도 있다. 집주인은 그 시간에 누가 우리 집으로 들어왔는지 알아보고도 남을 사람이다. 그러면 나야말로 로베르가 말한 사이트에서 증명서를 떼야 할지도 모른다.

〈저녁 8시, 알렉상드르는 로베르 샤프만의 방문을 받음. 임대인에게 지불하지 않은 집세를 해결하기 위한 약간의 자금을 마련하

고자 하는 목적이었음.〉

이 서류에는 '원본 대조 필'을 인증하는 도장이 필히 찍혀 있어야 할 것이다.

— 너무 늦은 시간에 끝나지는 않나요?

— 모르겠어요. 저녁으로 시간을 잡고 싶어 하신 건 로베르 씨잖아요.

— 꼭 봐야 하는 축구 경기가 있거든요. 9시에요.

— 서둘러 진행해보도록 하죠.

— 어쩌면 안토니가 프랑스에서 하는 마지막 경기가 될지도 모르거든요.

— 또 안토니…….

— 안토니를 아세요?

— 이름만요.

우리는 모든 사람을 '이름으로' 안다. 어느 날, 나는 높은 곳에 앉아 있는 퀘벡 출신의 제프에게 빅토르 위고를 아는지 물어보았다. 여기서 '아는지'는 그의 책을 '읽었는지'라는 의미였다. 그런데 제프가 나에게 이렇게 대답했다.

"응, 이름만."

이 이상한 대답에 나는 그만 공포에 질려버렸다. '안다'라는 동사는 참으로 고약하다. 성경 속에서 이 단어는 더 이상해져서 '관계를 가진다'는 의미로 사용되기도 한다.

〈아담이 다시 자기 아내와 동침하매 그가 아들을 낳아(Adam connut* encore sa femme; elle enfanta un fils)…….〉

내 내담자 목록에 안토니 폴스트라가 올라 있다는 사실을 로베르에게 말했다면 로베르는 그날 집에 가려고 하지 않았을지도 모른다. 내 소파에 거의 눕다시피 하고는 안토니가 언제 찾아올까 기대하면서 저녁을 함께 먹자고 했을 수도 있다. 어른들은 축구 이야기만 나오면 다시 어린아이가 되어버린다. 연쇄 살인범을 떠올리게 하는 이름을 가진 어린아이라니…….

◆ ◆ ◆

로베르는 신발 끈이 풀려 층계참에서 발이 걸려 넘어질 뻔했다. 그는 신발 끈을 제대로 맬 줄 몰랐다. 청소년 시절에 그의 너무 형편없는 신발 끈 묶는 솜씨를 애석하게 여긴 한 친구가 방법을 가르쳐준다며 나선 적이 있었다. 그런데 그때 배운 방법이 하도 어설퍼서 로베르는 하루에도 네다섯 번씩 몸을 구부려야 했다.

"고리 두 개를 만들어. 그리고 그 두 고리를 교차시켜 묶으면 끝이야."

로베르는 이 기술이 체계적이고 그럴듯해 보였다. 하지만 잘못되었다는 것도 꽤 빨리 알아차렸다. 마가린은 절대로 버터 맛을 낼 수 없다.

로베르가 허둥지둥하는 사이 불이 꺼졌다. 그는 더듬거리면서 스위치를 찾았다. 그리고 마침내 발견하여 누른 것이 다시 알렉스

* 프랑스어 'connut'의 기본형 'connaître'는 '알다'라는 뜻이지만 여기서는 '육체관계를 맺다'라는 의미로 사용되었다.–옮긴이

의 집 초인종이었다. 알렉스가 문을 열자 방 안의 불빛이 층계참을 훤히 밝혔다. 로베르의 눈빛이 흔들렸다.

— 잊은 거라도 있나요?

— 아니에요, 죄송해요. 스위치를 찾고 있었어요.

— 괜찮아요. 스위치 위치가 너무 안 좋죠. 못 찾는 사람이 로베르 씨가 처음은 아니에요.

알렉스가 나와서 불을 켰다. 로베르는 여전히 바닥에 구부리고 있는 자세였고 알렉스가 그 옆을 지나갔다. 이런 자세로 있는 사람을 지나치는 일은 흔치 않다.

— 다음 주에 뵈어요.

로베르가 신발 끈을 다 묶고 몸을 일으키는데 윗옷 주머니에 넣어두었던 편지봉투 하나가 떨어졌다. 하마터면 떨어진 줄도 모를 뻔했다. 천만다행이었다. 로베르는 봉투를 세게 쥐고 만족의 미소를 지었다. 로베르에게 중요한 물건이었다.

문에 두 사람의 이름이 적혀 있었다.

멜라니 아탈, 알렉스 드뤼.

로베르가 이곳에 도착했을 때는 이 이름들을 보고 어색하다는 생각을 하지 않았다. 그런데 지금은 이름에서 불협화음이 들리는 것만 같았다. 마치 레코드판이 긁히듯이.

알렉스라는 이름이 이상하게 느껴졌다. 아니, 알렉스라는 이름 자체가 나쁠 건 없었지만 이름이 갑작스레 짧아진 것만 같았다. 로베르에게는 분명 무언가 모자란 느낌이었다.

불이 다시 꺼졌다. 최악의 프루스트라고 불려도 손색이 없을 만큼 별 의미도 없는 고유명사 연구에 심취해 있던 로베르에게는 자동 타임스위치가 또 꺼질 거라는 걸 예상할 만한 센스 따위는 없었다. 다행인 일은 그나마 아까보다는 쉽게 스위치를 찾았다는 것이다. 스위치의 위치를 기억하고 있었기 때문이다. 로베르는 '멜라니 아탈'이라는 이름도 여러 번 읽어보았다. 이 이름은 성과 이름이 잘 어울린다는 생각이 들었다. 모자라는 느낌이 들지 않았다.

19세기에는 개인 우편함이 보편화되었는데도 편지를 받지 못하는 사람들이 있었던 모양이다. 그래서 지금까지도 우편물이란 으레 문 밑으로 밀어 넣어야 하는 것이라고 생각하는 것 같다. 나는 이런 고정관념이 싫었다. 누군가 그런 식으로 우리 집에 편지 한 통을 밀어 '넣다시피' 하고 갔다. 편지는 반은 집 안에, 반은 층계참에 걸쳐 있었고, 반은 찢기고 반은 멀쩡했다. 여전히 문 위에 적혀 있는 이름인 멜라니에게 온 편지였다. 멜라니는 이 집을 떠나고 없었지만 문 앞에 내 이름과 함께 적혀 있는 멜라니의 이름을 없애지는 않았다. 나에게 그녀의 이름을 없앤다는 것은 언젠가 그녀가 돌아올 거라는 희망마저 버린다는 의미였다. 발신자는 멜라니가 이 집을 떠났다는 사실을 모르는 것 같았다. 그런데 누구일까? 편지에는 우체국 소인도 찍혀 있지 않았다. 영화 장르로 보면 미스터리이자 서스펜스 같은 일이었다. 편지는 멜라니가 돌아오면 주어야 하니 따로 챙겨두었다. 그런데 멜리니가 편지가 찢어진 걸 보면 나 때문이라고 할 것이 분명했다. 어차피 감옥에 갇힐 것도 아니니 그렇게 생각해도 상관없다. 다행히도 나는 질투하는 사람이 아니다. 질투에 눈이 멀어 밤새 멜라니를 찾아 파리를 누빈다면 이 얼마나 비참한 일인가! 멜라니의 일과를 계속 캐물어 봤자 나에게 좋을 게 뭐가 있겠는가. 언젠가 나는 질투 같은 걸 하지 않는다고 멜라니에게 말한 적이 있었는데 그녀는 믿지 않았다. 그렇더라도 나는 이런 감정이 무엇을 나타내는지 정말 몰랐다. 아무튼 그래서 나는 편지를 개봉해보고 싶은 생각이 전혀 들지 않았다. 사랑을 고백하는 편지일 수도 있고 반대로 비방하는 내용일 수도 있었다.

◆ ◆ ◆

상담일지

내담자명 / 로베르 샤프만

확인사항

탈진 증후군. 독서는 로베르에게 자신의 시간을 되찾는 방법을 배우는 재교육의 의미가 될 것이다. 놀라는 표정에 신경 쓰지 말 것. 그에게는 분명 감수성이 숨어 있다. 고통스러울 것이라는 것을 알면서도 자발적으로 찾아왔다.

해결의 실마리 찾기

추천서 /

이반 곤차로프, 『오블로모프(Oblomov)』: 필수!

밀란 쿤데라, 『느림(La Lenteur)』: 추천, 비방 드농과 함께 말을 타보는 거다!

미셸 드 몽테뉴, 『수상록(Essais)』: 기회가 될 때 읽어보자.

◆ ◆ ◆

〈함께 주의합시다. 모두의 안전을 위해 본인의 가방은 스스로 살피시고 잘 들고 계시기 바랍니다. 잃어버린 물건이 있다면 주저하지 말고 우리에게 알려주세요.〉

포르트 마이요 역

그날 아침, 로베르는 세탁기가 더 이상 작동하지 않는다는 것을 알게 되었다. 로베르는 깨끗하게 세탁된 바지를 꺼내러 지하실로 갔다. 그런데 바지들이 말라 있는 것이 아닌가! 세탁기가 고장 나 있었기 때문이다. 바깥 날씨는 아마 포근할 것이다. 그는 지하실을 가로질러 가다가 예전에 여기저기 놓아두었던 쥐덫들 중 하나를 그만 밟고 말았다. 이런 아침 시간에는 유독 조심성이 없는 그였다. 짤깍! 이런 무시무시한 무기로도 도저히 박멸이 안 되는 고약한 설치동물이었다. 눈에 쉽게 띄지 않는 적에 맞서 몇 주가 흘렀지만 줄은 물어뜯기고 여기저기에서는 배설물이 발견되었다. 로베르는 절망스럽게도 텅 비어 있는 덫들을 보니 한숨만 나왔다. 쥐들은 이미 함정에 가까이 다가오면 안 된다는 것쯤은 알고 있었다.

제대로 돌아가는 게 아무것도 없었다. 쥐들만 아무런 문제 없이 잘 살고 있었다. 계절들은 서로 얽혀 제 색깔을 잃어버렸고 더 이상 남자와 여자를 구별하는 시대는 지나가 버렸다. 플랫폼에 서 있는 로베르 앞에 지하철이 멈춰 섰다. 혁신적인 기기의 장점들을 찬양하는 거대한 광고가 그의 눈에 들어왔다.

'물 한 잔이면 충분하다!'

세상에 이렇게 멋진 발명품이 있다니! 로베르는 광고를 더 가까이에서 살펴보기로 했다. 5킬로그램의 세탁물을 세탁하기 위해 필요한 건 딱 물 한 잔! 안 그래도 세탁기가 고장 났던 참인데 마침 이런 광고가 눈에 띄다니, 행운이 그에게 미소를 짓는 것 같았다. 우연히 벽을 쳐다보았을 뿐인데 말이다. 물 한 잔! 정말 적은 양이다. 인간이 하루 동안 소비하는 물은 그보다 훨씬 많다. 과학은 날로 발전하고 있다. 기술자들은 물의 소비를 줄이려고 애를 쓰고 있다. 이 얼마나 유익한 사명이란 말인가! 로베르는 이런 의외의 수확을 그냥 지나치지 않고 얼른 스마트폰에 메모를 했다.

아르젠틴 역

유니세프

〈7억 8천만 명의 인구가 식수를 구하지 못하고 있습니다.〉

스마트폰의 접속 상태가 좋지 않은 탓에 로베르는 액정만 들여다보느라 이 포스터는 미처 보지 못했다.

샤를 드골 에투알 역

지하철은 인간이 저지를 수 있는 대부분의 악행들이 모이는 장소다. 마치 향유 함량이 매우 높은 향수, 에센스 드 파르팽처럼 비참함의 진한 향기를 내뿜는, '타락수'라고 불릴 만한 곳이다. 별로 중요하지도 않은 대화에 끌어들이려고 일부러 주변 사람들의 눈에 띄는 행동을 하는 사람도 있다. 어떤 사람은 직접 가서 말을 걸기도 한다. 그러면 상대는 의무적으로 약간의 인간미를 가미해 그를 상대해준다. 여러 가지 마찰 덕에 에너지와 생명력이 발생한다. 소매치기들, 스스로를 세계적 음모의 희생자라고 생각하는 광신자들까지 모여드는 곳이 바로 이곳이다.

프랭클린 디 루스벨트 역

책에 심취해 있는 사람들도 있다. 책을 가지고 있지 않은 사람들은 책을 읽는 사람들의 책 표지에 쓰여 있는 제목을 보려고 온갖 수단을 다 쓴다. 독서 중인 사람의 신경을 건드리지 않으려면 조심스레 미간을 좁히며 제목을 확인해야 한다. 안 그러면 책 읽던 사람이 짜증을 내며 책을 덮고 치워버릴 수도 있고, 혹은 책을 기울여 제목이 잘 안 보이게 할 수도 있다. 그런데 어쩌면 그는 일부러 문학을 읽고 있다는 것을 드러내 사람들의 마음을 사로잡으려고 하는 나쁜 의도를 가진 사람일 수도 있다.

콩코드 역

로베르는 소형 서류가방을 열어 알렉스가 준 프린트물을 읽기 시작했다. 옆에 앉은 젊은 여자가 로베르의 종이 위로 슬쩍 눈길을 주었다.

가로호바야 가, 군청 소재지의 대부분의 주민들이 살고 있다고 해도 될 법한 거대한 아파트 촌. 어느 아침, 일리야 일리이치 오블로모프가 침대에 누워 있다. 그는 서른두셋 정도의 나이에, 신장은 평균이며, 훤한 인상에 짙은 회색의 눈빛을 가지고 있다. 그런데 그의 얼굴 표정을 보면 딱히 특별한 이념도 집중력도 없어 보였다. 마치 자유로운 새가 날아다니듯, 생각은 얼굴을 그저 훑고 지나갔고 눈 안을 이리저리 날아다녔으며 반쯤 벌어진 입술 위에 내려앉았다가 완전히 자취를 감추기 위해서 이마의 주름 사이로 숨어버렸다. 그래서 일리야 일리이치의 얼굴에는 온통 무사태평의 평온한 서광이 서려 있었다.

로베르는 책을 펼치자마자 오블로모프와 맞닥뜨려 처음에는 조금 놀랐지만 금세 친숙해질 수 있었다. 이반 곤차로프는 이런 식이다. 일단 통성명을 하고 독자의 마음을 사로잡는다. 그러면 독자는 계속 읽어나갈 수밖에 없다. 마치 책에는 이렇게 쓰여 있는 것만 같다.

'너는 이 책을 읽어야만 해. 책을 내려놓지 마.'

작가는 무기력에 빠진 인간의 마음을 흔들고 있었다. 1859년에 쓰인 텍스트가 21세기의 탈진 증후군 파리지앵의 마음을 빼앗았다.

때때로 그의 시선이 흐려졌다. 피곤해서일까, 아니면 지루해서일까? 그런데 그가 피곤하거나 지루할지라도 그 어떤 순간에도 그의 얼굴에서 온화한 표정은 사라지지 않았다. 그의 온화함은 얼굴에서뿐만 아니라 마음속에서도 우러나왔기 때문이다.

로베르는 소설에 너무 빠져버리는 바람에 내려야 할 그의 역을 놓치고 말았다. '그의' 역이라고 하니 마치 그가 소유한 역인 것같이 들린다. 로베르는 이곳을 그냥 지나다녔을 뿐인데 말이다. 유령들 사이를 지나는 유령처럼……. 그렇다면 이 지하철역들은 정말 누구의 것일까? 가지고 싶어 할 사람들이 있기나 할까? 이렇게 더럽고 나쁜 인간들이 다 모여 있는 곳을 가지려는 사람이 있을까?

로베르 옆에 앉아 있던 여자가 벌떡 일어나 나가면서 로베르의 발을 밟았다. 하지만 로베르는 잠자코 있었다. 조금 더 정확하게 말하자면, 굳이 별다른 행동을 해볼 시간이 없었다. 로베르의 책을 훔쳐보던 그 여자는 이미 승강장에 내려버렸기 때문이다. 그 여자에게 발을 밟히는 바람에 로베르의 값비싼 가죽 신발에 자국이 남을 듯했다. 로베르는 밟힌 부분을 손으로 매만지기 위해 신발을 벗고, 들고 있던 프린트물은 빈자리에 놓아두었다. 그런데 한 남자가 로베르 쪽으로 와서 옆자리에 털썩 앉는 바람에 로베르의 프린트물이 그의 엉덩이 밑에 깔려버렸다. 그 남자는 자기가 종이를 깔고 앉은 줄도 모르고 있었다. 로베르는 한 손에는 신발을 들고 저 종이들을 어떻게 빼내야 할지 생각만 할 뿐 감히 그에게 말을 걸 엄두도 내지 못했다. 그 남자의 인상이 너무 안 좋아 보였기 때문이다. 남자는 자신이 무슨 일을 저질렀는지도 모른 채 음악을 들으며 그저 고개만 끄덕거리고 있었다.

'헤드폰을 끼고 저러고 있으니 무슨 말을 해보겠어. 세상과는 완전히 단절하겠다는 거군. 이것 참, 어쩌나. 저 프린트 내용이 정말 마음에 들었는데. 알렉스에게 다시 달라고 해야겠어. 어쨌든 그냥 글일 뿐이잖아.'

오블로모프는 집에 있을 때면 넥타이도 매지 않으며 조끼도 입지 않는다. 편안하게 있는 게 좋고 자유롭게 지내고 싶어서였다. 그의 슬리퍼는 길쭉하고 부드럽고 넓찍하다. 그가 침대에 앉으면 슬리퍼를 벗으려고 굳이 눈길을 주지 않아도 스르륵 벗겨져 발이 빠져나왔다……

"다음 정차역은 리옹 역입니다."

다음 역을 안내하는 방송이 나오는 순간, 로베르는 그의 신발에 비해 보잘것없다고 여겼던 프린트물에 대해 생각하고 있었다. 로베르가 파리 지하철을 이용해온 세월 동안 그가 내려야 할 역을 지나친 건 이번이 처음이었다. "다음 정차역은 바스티유 역입니다." 다시 돌아가야 했다. 로베르가 신발을 신으려고 지하철 바닥에 잠깐 발을 딛자 습기 찬 지하철 칸에 비해 바닥은 산뜻하게 느껴졌다. 어쨌든 지하철 안에서는 더운 바깥 공기가 느껴지지는 않았다. 로베르가 한쪽 신발을 벗은 채 이러지도 저러지도 못하고 있는 동안 그를 이상하게 보는 사람은 없었다. 놀란 모습으로 그를 쳐다보는 사람도 없었다. 로베르는 마침내 신발을 신고 그가 앉아 있던 비좁은 자리에서 빠져나올 수 있었다. 로베르의 옆자리 남자는 자신 때문에 누군가 곤란해하고 있다는 것을 여전히 모르고 있었다. 그런 사람에게 로베르는 "실례합니다."라는 인사를 하는 것도 잊지 않았다. 남자는 여전히 꿈적도 하지 않았다. 음악에 온몸을 맡기고 있었을 것이다. 자신의 무관심 속에서 러시아 문학의 대표적인 걸작이 깔아뭉개지고 있다는 것을 눈치 채지 못한 채…….

로베르는 드디어 지하철역 바깥으로 나올 수 있었다. 탁 트인 공간으로 나오자 집으로 돌아가는 길이 평소와는 다르게 즐겁게 느껴졌다. 그는 아내에게 오늘의 이야기를 해주어야겠다고 생각했다. 이전에는 겪어보지 못했던 경험이었다. 그는 연신 젖은 이마를 닦아냈다. 독서 치료사를 만난다거나 내려야 할 역을 놓친다는 것은 정말이지 결혼 생활 30년 만에 이례적인 사건이었다. 그동안 로베르가 아내에게 사무실에서 일어난 별다를 것도 없는 이야기들과 그녀가 아는 것이라고는 이름뿐인 동료들의 이야기를 꺼낼 때면 아내는 슬그머니 자리를 피하곤 했다. 아내에게는 흥밋거리가 될 만한 내용이 아니었기 때문이다. 저녁 준비를 하는 아내에게 로베르가 아무리 주절거려도 그의 이야기를 듣는 둥 마는 둥 했던 것도 무리는 아니었을 것이다. 하지만 오늘은 아주 잠깐 동안은 귀를 기울여줄 것 같았다.

반죽 풀기.

"여보, 내가 오늘 약속이 있다고 이야기했던 거 기억나지? 우리 독서 치료사 선생님은 정말 사람이 좋아. 조금 이상하지만…… 아무튼 좋아. 원래 열심히 책만 읽는 사람들은 조금 이상하기 마련이잖아."

라돈과 네모나게 썬 잠봉을 넣기.

"우리는 이야기를 나눴어. 선생님과 나는 죽이 잘 맞는 것 같아. 선생님이 남자랍시고 거칠고 투박할지도 모르겠다고 생각했는데 전혀 그렇지 않아 놀랐어. 나는 진심이 느껴지는 사람이 좋아."

혼합한 재료를 오븐 용기에 붓기. 강판에 치즈를 갈아 완전히 덮기.

"선생님이 나에게 '숙제'를 내줬어. 러시아 소설인데 시작 부분을 읽어야 해. 오블로모프라는 사람이 나와. 여보, 내가 읽어줄까, 어때?"

오븐 180도에서 40분간 익히기.

"여보, 내 말 듣고 있어?"

—뭐라고?

—선생님이 나에게 말해준 책 같이 읽을 거냐고.

—무슨 책?

—독서 치료사가 말해준 책 말이야.

—아, 물론이지. 같이 읽을게. 그런데 나 저녁에 빨리 자야 해. 그 책이 너무 길지 않았으면 좋겠네.

—나도 그 책에 대해서 잘은 몰라. 첫 부분 20쪽만 가지고 있었거든. 맞아, 그 얘기를 까먹고 있었네. 그런데 어떤 사람이 지하철에서 그 위에 앉아버린 거 있지……. 오븐을 켜놓아서 그런지 집이 엄청 덥네.

그릴에 구운 채소 샐러드 만들기.

마늘 다지기로 마늘쪽을 곱게 다지기.

볼에 올리브유를 뿌리고 다진 마늘을 넣기.

"아, 그리고 세탁기 고장 난 거 봤어?"

—응, 당신한테 말해주려고 했어.

—그런데 엄청난 세탁기를 발견했어. 세탁할 때 물을 아주 조금만 쓴대. 이제는 최신형 기계에 투자해야 한다고 생각해.

—여보, 그래, 나도 정말 그렇게 생각해. 이번 주말에 가전제품 매장에 가보자.

—이거 봐봐. 이 세탁기야.

로베르가 아내에게 스마트폰을 내밀며 말했다.

그러자 로베르의 아내는 한없이 진지한 얼굴로 스마트폰 위에 펼쳐진 최신형 세탁기에 대한 설명에 빠져들었다. 그러는 동안 키슈는 완성이 되었고 샐러드는 냉장고에서 시원해져 있었다.

아이로 사는 어려움

로베르가 가고 난 후, 나는 얀에게 다시 연락을 해봐야겠다고 결심했다. 얀의 상황이 어떤지 가늠해보기 위해서는 다시 만나야만 했다. 하지만 이번에는 새로운 시도를 해보기로 했다. 바로 얀의 집이 아닌 다른 장소에서 만나는 것이다. 얀과 이야기를 나누는 동안 얀의 어머니와 거리를 두기 위해서는 그것이 좋은 방법이었다.

나는 얀에게 내가 커피를 마시곤 하는 맥주집에서 다음 날 오후 3시에 만나자고 제안했다. 그러나 얀은 내 메시지에 답을 하지 않았다. 얀이 바깥으로 나오는 일은 거의 없었다. 아니, 어쩌면 전혀 없었을지도 모른다. 나의 이런 요구에 얀은 소파에서 꼼짝도 못 하고 굳어 있을 게 분명했다. 얀은 늘 마음속으로만 꿈을 꿔야 했고 최소한의 바깥출입도 두려워하며 살아왔을 것이다.

내가 한창 책 읽기에 빠져 있던 청소년 시절에 아버지는 인간이라는 존재는 햄스터가 아니기 때문에 꽉 막힌 공간에서 만족하며 지낼 수도, 만족해서도 안 된다는 말을 끊임없이 했다. 아버지는 쳇바퀴가 아무리 좋아도, 그 안의 음식이 아무리 달콤하고 풍부

할지라도 밖으로 나가야 하는 사람이었다. 하지만 나는 햄스터였다. 아버지는 늦게 집으로 돌아오는 고양잇과 동물이었다. 우리는 너무 달랐다. 고양이 아버지는 사냥에 성공하면 가끔 전화를 했다. '거의 딸'이나 다름없는 나의 소식을 듣기 위해서였다. 아버지가 어머니와 싸울 때였는데, 아버지가 나를 '거의 딸'이나 다름없다고 말하는 걸 듣게 되었다. 이 말은 나에게 지옥이나 다름없는 표현이었다. 아버지는 내가 아버지의 친자식이라서 그런 말도 서슴없이 했던 것일까? 그런데 솔직히 말해서 내가 사생아였다 해도 나는 그다지 실망하지 않았을 것이다. 그리고 나는 엄마의 배 속에 자신의 유전자를 던져 넣고 떠나버린 아버지를 찾아 전 세계를 돌아다닐 인간도 아니었다. 아버지와 갈등이 많았던 작가여서인지 나는 또 카프카를 떠올렸다. 어쨌든 나는 나의 혈통이 어떻든 상관없었다. 아니면 여자처럼 유약해 보이는 내 신체적 조건 때문에 아버지는 그렇게 말했던 것일까? 성인이 되고 생각해보니 그런 아버지에 대한 원망이 생겼다.

부모님이 싸운 그날 저녁, 그리고 '거의 딸'이라는 표현이 탄생한 그날 저녁, 나는 감히 아버지에게 왜 나를 그렇게 부르는저 설명해 달라고 말하지 못했다. 아버지는 너무 크게 소리를 질렀고 어머니도 마찬가지였다. 예전에 이탈리아에서 성행하던 희극, 코메디아 델아르테가 파리 한복판에서 펼쳐지고 있었다. 두 사람의 몸짓은 컸고 온갖 협박이 오고 갔다. 그 어디에서도 보지 못할 대단한 작품이었다. 그리고 동시에 슬픈 겨울 저녁 시간을 보내기 위한 모든 조건이 담겨 있는 장면이었다. 나는 계단에 앉아 두 사람의 공연을 보았다. 배우들은 허술했지만 그래도 여자 쪽 연기가 조금 더 나은 것 같았다. 감정을 전혀 억제하지 않았고 품위 따위를 신경 쓰지 도 않았다. 완벽한 여배우의 모습이었다. 어머니는 프랑스의 형편없는 연속극에서 역할을 하나 맡아도 손색이 없을 것 같았다. 연극 공연은 계속되었고 나는 장면 하나도 놓치지 않고 지켜보았다. 그럼에도 청소년들은 금방 싫증을 내기 마련이다. 다툼이 10분쯤 지속되었을 때 나는 결국 자리에서 일어났고, 나의 위안의 장소인 냉장고에나 가봐야겠다고 생각했다.

"뭐?"

"다시 말해봐!"

"괴물!"

"쪼다!"

"못 알아듣겠어?"

대화가 이런 식으로 짧은 단어나 표현만 오고 가는 격행대화(隔行對話)*의 형식으로 치달으며 드디어 절정에 다다랐을 무렵에서야 나는 거실을 무기력하게 가로질러 탄산음료 한잔을 마시러 갔다. 히치콕 영화의 진정한 주역 배우는 바로 나였다. 하얀 옷을 걸친 채 시선은 차가웠고 얼굴에는 신비로움이 묻어났다.

"알렉스, 그래도 옷은 좀 점잖게 입을 수 있지 않니?"

아버지가 나에게 말했다.

고양잇과 아버지는 스타일에 너무 집착했다. 그런데 나는 '점잖게'라는 부사의 의미가 정확히 무엇인지 파악할 수 없었다. 나는 아

---

*비극에서 두 사람이 서로 한 행, 또는 한 구절씩 대칭적으로 나누는 대화.-옮긴이

버지의 그런 엉뚱한 견해에 대해 굳이 대답을 하려고 들지 않았다. 그런데 아버지의 의견에 어머니가 굳이 반대를 하지 않는 것을 보니 둘 다 같은 생각인 듯했다. 아버지와 어머니의 전쟁은 나의 면 플란넬 파자마 때문에 그렇게 중단되고 말았다.

"그런데 가정부가 알렉상드르를 붙들고 너무 이야기를 늘어놓지 말라고 해야 해. 이 녀석이 너무 순진하거든. 사랑하게 된다거나 이상한 일이 생기면 안 된다고."

아버지가 다시 시작했다.

"그건 다른 이야기지. 뭐, 그렇지만 말은 해볼게."

냉장고는 자신의 자리를 떠나지 않고 부엌에서 나를 기다리고 있었다. 항상 나를 맞이해주는 존재다. 냉장고를 보면 내가 마치 높은 사회 계층에 속하는 것 같은 기분이 들어 좋았다. 음료수도 많고 먹을거리도 풍부했다. 나는 소다수 캔 하나를 집었다. 단맛이 다른 건 몰라도 고통받는 뇌를 잠깐이나마 달래주는 건 사실이다.

그런데 얀은 계속 답을 주지 않고 있었다.

—알렉스, 안녕하세요? 오늘도 커피 한잔 드릴까요?

—네, 커피 한잔 부탁합니다.

나는 자리에 앉아 테이블에 놓여 있던 신문을 들춰 보았다. 주요 기사는 몇 주째 똑같은 내용이었다. 프랑스 전역을 휩쓸고 있는 전례 없는 고온 현상에 대한 이야기였다.

〈낮고 무거운 하늘이 마치 뚜껑처럼 짓누를 때.〉(샤를 보들레르, 『악의 꽃(Les Fleurs du mal)』 중 「우울(Spleen)」의 첫 구절)

그 어디에도 새로울 것이 없는 신문이었다. 날씨 전문가들은 텔레비전, 라디오는 물론 신문과 잡지에서까지 똑같은 소리를 해댔다. 그들은 이제 없어서는 안 될 존재들이 되었다. 추위가 곧 다시 찾아올 것이다.

얀을 기다린 지 15분이 지나자 마침내 맥주집 주인이 나에게 다가왔다. 누군가가 들어올 때마다 내가 문을 쳐다보는 것을 지켜본 모양이었다. 아마도 그런 내가 안쓰러워 보이기도 했을 것이고 이유도 궁금했을 것이다. 그가 나를 그렇게 가까이에서 마주한 것은 처음이었다.

—커피 마시기에는 너무 덥네요. 탄산음료 한잔 드릴까요?

—아, 그래주시면 고맙죠.

—커피는 건강에 아주 안 좋아요. 사람을 예민하게 만들죠. 저는 커피를 전혀 마시지 않아요. 커피 맛을 싫어한답니다. 의외죠?

—아……, 네. 그럴 수도 있죠.

—이런 말도 있잖아요. 대장장이 집 부엌에…….

—그런데 탄산음료도 건강에 아주 좋은 건 아닌 걸로 알고 있는데요.

—아, 그건 잘못 알고 계신 거예요! 저는 그런 잘못된 정보에 넘어가지 않는답니다. 우리 아버지는 하루에 소다수를 거의 1리터를 마셨어요. 그런데 아흔 살에 돌아가셨죠. 엄청 오래 사셨죠. 네 명의 아내에 아이는 여덟이었고요.

—정말이지 반박할 수 없는 논거네요.

—8번 테이블에 콜라 하나!

나는 맥주집 주인과 탄산수에 대한 논의 같은 건 하고 싶지 않았다. 둘 중에 누가 옳고 그른지 굳이 따지고 싶지 않았다. 그의 아버지는 아마도 남다른 유전자를 가지고 있었을 것이다. 설탕과 색소를 삼키는 기계처럼 말이다. 기관지염 한번 걸리지 않고 70년 동안 담배를 피울 수 있는 사람도 있는 법이다. 니체는 〈인간은 동물과 초인 사이에 놓인 팽팽한 줄이며 심연 위에 걸쳐진 밧줄〉(프리드리히 니체, 『차라투스트라는 이렇게 말했다』)이라고 했다. 어떤 사람들은 한쪽으로 쏠려 있다. 왜? 그 이유는 알 수 없다. 모든 경우들에 대해 전부 설명할 수 있는 건 아니다. 상황에 대해 복잡하게 생각하는 건 철학자들의 몫이다. 내가 철학자가 아니라 독서 치료사가 된 이유가 바로 이것이다. 하지만 철학에 대해 무지한 사람이 아니기 때문에 나 역시 몇몇 관념들을 인용할 수는 있다. 이를테면 하이데거의 '현존재(現存在, das Dasein)', '세계관(世界觀, Weltanschauung)' 같은 것들이다. 나는 이런 이해할 수 없는 독일어 단어들이나 이론들을 좋아한다. 식사 자리에서 조용히 있고 싶으면 다른 건 필요 없다. 옆 사람이 내 마음에 들지 않으면 인사를 건네는 순간부터 이런 소화하기 어려운 이론들에 대해 이야기를 꺼내면 게임 끝이다.

다행히 맥주집 주인에게는 그런 철학적 개념들까지 들먹일 필요는 없었다. 오후 4시가 되자 가족 손님들이 몰려들기 시작했기 때문이다. 우유를 타고 케이크는 짓이겨지고 여기저기에서 고함소리가 들리고 또 어떤 사람은 기저귀를 갈기도 했다. 멜라니가 꿈꾸던 것이 바로 이런 장면들이었다. 자기 새끼를 먹이기 위해 뒤쫓아 다니고 혹여 시끄러워서 쳐다보는 사람들이 있으면 양해를 구하는 일들 말이다. 하지만 멜라니 말고는 이런 상황을 곱게 볼 사람은 없다. 인간이라는 존재는 참 야박하다. 하지만 멜라니는 부러운 듯이 아기를 데리고 온 엄마들을 쳐다보았다.

"당신도 봤어?"

한 아이가 손을 흔들며 인사하는 모습을 보고 멜라니가 말했다.

"응."

나는 대답했다. 하지만 나는 두려웠다. 우리의 아이를 낳지 못할까 봐, 그렇게 되면 멜라니가 나와의 삶을 재미없어 할까 봐 두려웠다. 참 바보 같은 생각이었지만 멜라니는 나의 1.3킬로그램짜리 뇌를 그 정도로 장악하고 있었던 것이다. 나는 모든 생각이 멜라니에게 초점이 맞추어져 있었다.

맥주집 주인이 나에게 얼음이 가득 들어 있는 콜라 한잔을 가져다주었다. 이 귀한 음료보다 물이 훨씬 싸다. 그는 하얀색 냅킨이 바닥에 떨어지자 그걸 주우려고 몸을 숙였다. 아가씨의 관심을 받으려고 냅킨을 줍는 남자가 있는 낡은 선술집이 바로 여기 있었다. 참 낭만적인 선술집이라는 생각이 들었다. 귀스타브 플로베르가 『감정 교육(L'Éducation sentimentale)』에서 이런 장면을 이야기한 적이 있는데 그보다 훨씬 성공적이었다. 술집 주인은 일어났고, 그가 내 표정을 살폈다. 그가 나를 올려다보고 있었다. 다양한 앵글로 사물을 보면 그 사물을 더 잘 이해할 수 있다. 마침내 내가 누구인지 이해하기 위해서 나의 표정을 사진이라도 찍으려는 것 같았다. 그는 내 피부의 아주 작은 부분까지 살필 기세로 엄청난 집중력을 발휘해 나를 관찰했다. 하지만 나는 그에게 내가 무슨 생각을 하고 있는지 들키고 싶지 않았다. 멜라니는 내 얼굴에 대해 완벽하게 알고 있었지만 그렇다고 불편하지는 않았다. 물론 다래끼나 뾰두라지가 빨갛게 도드라져 있을 때는 빼고 말이다. 하지만 맥주집 주인은, 아이고, 맥주집 주인이 왜 나의 얼굴에 대해 그렇게까지 꿰뚫어 보려고 드는가 말이다! 내가 아무리 아무도 외면하지 않는다고는 하지만, 그래도 이건 아니지!

—아휴, 저 조무래기들 때문에 시끄럽네요. 돈을 벌어야 하는 것만 아니면 저 아이들을 못 들어오게 했을 거예요. 문 앞에 예쁘게 게시판을 걸어둘 텐데 말이죠. '아이들 출입 금지', 이렇게요.

그가 내 귀에 대고 속삭였다.

그의 뜨거운 입김이 내이도 속으로 침입하더니 더 깊숙한 안쪽으로 퍼져나갔다. 나는 그의 입술에서 떨어지려고 해보았지만 무슨 일인지 그는 나에게 더 가까이 다가왔다.

—알렉스, 혹시 아이가 있나요? 저는 없어요. 아이가 없다고 아쉬운 마음은 전혀 없네요.

그가 말을 마쳤나 싶더니 갑자기 내 입술 앞에 자신의 귀를 들이댔다. 나의 대답을 듣겠다는 너무나도 적극적인 자세였다. 마치 근접 촬영이라도 하듯이 얼굴을 들이밀었다.

—아니요, 저도 마찬가지예요.

나는 더 이상의 이야기는 하고 싶지 않았을 뿐만 아니라 귀에 대고 말하는 것이 너무 불편했다.

—자, 한잔 마셔요! 다 잊으시고요. 탄산음료는 커피보다 건강에 좋아요!

맥주집 주인이 드디어 물러섰다. 그런데 그때였다. 그의 거대한 덩치 뒤로 얀의 초췌한 얼굴이 나타났다. 맥주집 주인은 일그러진 젊은 남자 때문에 놀라 순간 멈칫했다.

—얀, 탄산음료 한잔 마실래? 네가 드디어 왔구나. 너무 기뻐.

얀은 길이가 긴 레인코트를 깃을 올려 입고 얼굴을 가리기 위해 모자를 쓰고 있었다. 얀은 자신의 모습을 가리고 싶어서 이런 기이한 옷차림을 했겠지만 얀의 바람대로 되지는 않았다. 모두들 얀을 쳐다보고 있었기 때문이다.

얀은 내 앞에 앉더니 수첩과 펜을 꺼내 들었다.

〈탄산음료 감사해요. 엄마는 탄산음료는 안 사주시거든요. 미국 제국주의 같은 식의 이상한 논거들을 좋아하시죠. 저는 엄마에게 더 이상 반박하지 않아요. 저는 이런 음료 한잔에서 세계 일류 국가의 정치적 의미를 찾지 않거든요. 아, 늦어서 죄송해요. 나오기 전까지 정말 고민을 많이 했거든요. 적당한 옷들도 골라야 했고요. 그런데 여기, 예쁜 여자들만 있는 게 아니네요.〉

얀은 겨우 미소를 지었다. 그리고 힘겹게 음료수를 마시기 시작했다. 얀의 경직된 입술로는 무엇인가를 마신다는 게 어쩌면 형벌일지도 모른다는 생각이 들었다. 보고 있는 나 또한 힘들어서 그 어떤 말도 감히 할 수가 없었다.

〈개의치 마세요, 선생님. 나는 얼굴 수술을 열일곱 번 했어요. 얼굴이 죽은 척하면서 복수를 하는 것 같다는 생각이 들기도 해요. 더 이상 움직이기를 원하지 않더라고요. 독서 치료에 대한 인터넷 사이트에서 선생님의 인터뷰를 읽었어요. 선생님은 문학을 통해 사람을 보신다고요. 각각의 상황, 각각의 순간들이 문학 작품으로 귀착된다고 하셨고요. 선생님에게 문학을 가르친 선생님들은 선생님을 사랑해야겠어요. 지금 이 순간, 제가 선생님이라면 이게 생각났을 것 같아요.

여우는 납작한 접시에 수프를 담아

황새 앞에 놓았어요.

하지만 황새는 긴 부리 때문에

수프를 조금도 먹지 못했어요……. 〉

—얀, 라 퐁텐의 우화『여우와 황새』잖아. 이걸 다 외웠어?

〈꽤 오래전에 학교에서 배웠는데 아직 기억에 남아 있네요. 난 어린아이였죠. 내 방의 거울 앞에서 이 우화를 낭송해보면서도 내가 나중에 이 우화를 글로 쓰게 될 거라고는 상상하지 못했어요, 심지어 술집에서……. 그리고 내가 아주 짧은 단어 하나조차 발음하지 못할 거라는 것도요……. 저는 정말 멋지게 암송을 해냈었답니다. 20점 만점에 19점이었어요. 인간이라는 존재는 원래 발전해 가는 법인데 나는 반대로 퇴행하네요.〉

—역시 예리하구나. 사실, 나도 이 우화를 생각하고 있었거든! 그런데 너도 느꼈겠지만 인터뷰를 할 때 내가 조금 과장해서 이야기한 면도 없지 않아. 이 독서 치료라는 분야가 아직 프랑스에서는 인정받지 못하고 있거든. 10년이나 15년쯤 뒤에 프랑스에서 독서 치료 분야가 활성화되면 그때 다시 인터뷰를 해보고 싶어.

〈전에도 말씀드렸지만 선생님도 정말 저처럼 귀여운 거짓말쟁이예요. 그리고 지난번 만남 때 저의 행동 때문에 화가 나셨을 거라는 거 알아요. 엄마가 계속 물어보셨어요. 그날 무슨 일이 있었는지 알고 싶어 했죠. 엄마들은 항상 모든 걸 알고 싶어 해요.〉

—원래 그런 거야. 그리고 어머니께는 네가 지금 걱정스러운 상태에 있는 것이 맞기도 하고. 하지만 어머니들이라면 누구나 자식

걱정을 하지.

〈아버지는 걱정하지 않았어요! 아버지는 아무것도 걱정하지 않아요, 전혀요. 사고 이후에도 나를 바라볼 때, 나에게 이야기할 때, 아무 일도 없었다는 듯이 그래요. 그런데 저는 그게 너무 상처가 돼요. 아버지는 의사들이 내 모든 문제들을 아주 쉽게 정리했다고 생각해요. 여기 혀 끝, 저기 피부 조각, 그럼 다 끝났다 이거죠. 아버지는 그의 사랑 자동차와 나를 혼동하는 게 분명해요. 아버지는 자동차를 살리려고 모든 걸 다 했어요. 그리고 성공했죠. 그런데 사실 생각해보면 엔진 말고는 원래의 것은 아무것도 없었어요. 나와 그 자동차 사이에는 공통점이 많아요. 자동차와 내가 다른 건, 자동차는 거울로 자신의 모습을 바라보지 않는다는 거예요. 아무것도 눈치 채지 못하겠죠.〉

—얀, 정말 가혹한 생각을 하는구나. 세상에 조금 더 관대해져 봐. 내가 줄곧 거짓말을 하는 건 아니란다. 나는 네 아버지가 아주 인정이 없는 사람이라고는 생각하지 않아. 그랬다면 이런 이야기조차 너는 하지 않았을 거야. 그건 확실해. 자신이 완벽하다고 자랑할 수 있는 사람이 얼마나 될까? 잘못 하나 저지르지 않고 사는 사람이 있을까? 우리는 과오를 범하기 쉬운 존재들이야. 아버지들조차 실수를 하지. 어머니는 자식들에 대한 사랑이 지나칠 수도 있고 말이야. 그리고 아들이나 딸들도 자기 부모에 대해 잘못 생각할 수 있어. 간단하게 생각할 수 있는 건 없어. 어쨌든 네가 읽은 『사기꾼 토마』에 대해 이야기해보고 싶었단다. 이 소설을 읽는 것으로 우리 함께 시작해보기로 했었잖아.

〈저는 선생님의 '우리'라는 표현이 좋아요. 그런데 확실히 해둘

게 있어요. 저는 제 삶 속에서 스스로 결정하는 것이 거의 없어요. 내 의지로 사는 게 아니라 어쩔 수 없이 살아갈 뿐이거든요. 선생님은 이 작품을 저에 대해 고민해보지 않고 고르신 거죠? 제가 그저 선생님의 일정을 적어두는 달력 위에 휘갈겨 쓴 이름으로 있을 때 말이에요.〉

—얀, 그런 식으로 발톱을 세울 필요는 없어. 내 직업은 너에게 말을 해줄 수 있는, 네가 생각할 수 있도록 이끌어주는 글을 찾는 거야. 네 상황에 대해 알게 되면서 이 소설을 고르게 된 거야. 그게 당연한 거지. 자, 책에 대해 이야기해봐.

〈처음에는 속도가 조금 느리고 시대에 뒤떨어진 듯한 느낌이 들었어요. 그리고 내가 토마와 공통점이 많다는 것을 깨달았어요. 바로 거짓말하는 거 말이에요. 전 인생 자체가 거짓말이에요! 보세요, 오늘도 기온이 25도인데 제가 입은 것을 보면 15도도 안 되는 날씨 같잖아요. 믿을 수 없을 만큼 놀라운 것은 바로 소설의 끝 부분이에요. 토마는 토마에게 총을 쏜 군인들이 정말 그가 죽었다고 믿게 하고 싶어 해요. 토마는 군인들을 속이고 싶었던 거예요. 하지만 토마는 정말 죽게 되잖아요. 토마는 눈앞의 죽음을 인정하지 않아요. 더 이상 코미디가 아니라 진짜인 거예요. 정말로 진짜요. 저는 토마처럼 착각 속에서 죽고 싶지 않아요. 제 삶의 끝을 거짓말 없이 스스로 선택하고 싶어요.〉

—네가 이 책을 이해한 방식이 참 흥미롭구나. 토마는 환상의 왕이야. 토마 주위에는 진짜로 존재하는 게 아무것도 없지. 토마는 거짓말 속에 자신을 가두었어. 얀, 너도 착각 속에서 나와야 한다고 생각해. 그리고 세상 속으로 뛰어들어.

〈당장은 그럴 수가 없어요. 하지만 제 삶의 끝은 꼭 제가 선택할 거예요. 저의 지금 상황을 보면 토마보다 더 복잡하거든요. 토마는 혼자죠. 저는 혼자가 아니에요. 엄마는 항상 곁에 있어요. 선생님은 제가 엄마를 대동하지 않고 외출하려면 뒤에서 무슨 일을 꾸며야 하는지 모르실 거예요. 그런데도 엄마는 오늘 저를 몰래 따라왔어요. 실력 없는 스파이죠. 지금 건너편 인도에 있어요. 그리고 제가 이곳에 5분 이상 머물면 여기로 쳐들어올걸요. 아마 소름끼칠 정도로 무서운 얼굴을 하고 있을 거예요. 사람들은 무장 강도라도 들어온 줄 알 거예요. 만약 착각한 누군가가 엄마를 바닥에 눕히기라도 한다면 저는 또 그 틈을 타서 사라지겠죠.〉

고개를 돌려보니 이내 아나를 발견할 수 있었다. 아나는 맥주집 맞은편 골동품 가게의 유리창을 들여다보는 척하고 있었다. 실제로는 가게 안에 진열되어 있는 판매용 거울을 이용해 이쪽을 보고 있는 것이다. 아들이 들어간 가게 안을 살피기 위해서. 얼마의 시간이 지나자 골동품 가게 주인이 밖으로 나왔고 이 가짜 고객과 대화를 하기 시작했다. 그런데 아나가 골동품 가게 주인을 어지간히도 푸대접했는지 얼마 지나지 않아 그가 신경질을 내면서 다시 가게 안으로 들어갔다. 만약 아들을 따라온 상황이 아니었다면 아나는 아마도 골동품 가게의 물건들에 관심을 가졌을 수도 있을 것이다. 하지만 지금으로서는 아나와 아들 사이에 그 무엇도 끼어들 수 없었다. 그 어떤 장애물도 허용되지 않았다.

—너는 상상력이 풍부해. 그런데 내 생각에는…….

〈나 같은 얼굴을 갖게 된다면 상상력을 가질 수밖에 없어요.〉

—암, 그렇고말고.

얀은 점점 더 강도를 높여 빈정대기 시작했다. 나는 그런 얀에게 반박하고 싶지 않았다. 가끔은 인내로 분노를 가라앉혀야 한다. 모든 독서 치료사들은 교육을 받는 중에 이 사실을 배우게 된다. 치료사라는 집단은 상대가 분노를 쏟아내면 쏟아내는 대로 그것을 받아주는 사람들이라고 할 수 있다. 오타와 대학에서 공부할 때 교수가 우리에게 반복해서 한 말이 있다.

"화를 내고 싶어진다면 차라리 다른 걸 생각하세요. 흥분하지 마시고요. 긍정적인 생각을 하세요! 여러분의 아이들, 여러분의 아내를 떠올리세요. 좋아하는 음식이 긍정적인 생각을 하게 한다면 그걸 생각하고요. 그리고 마지막으로 그 외의 생각은 통로를 아예 닫아버리세요."

나 같은 경우는 아이가 없으니까 아이를 떠올릴 수는 없다. 그렇다면 아내는? 시작은 아름다운 결혼식 장면이었다. 시청 출구에서 감동한 얼굴로 서 있는 우리의 가장 소중한 친구들의 모습도 보였다. 하지만 나는 이렇게 결혼식을 상상하다가도 마치 공포영화를 보듯 긴장감을 떠올리게 된다.

다음은 그레고리 코르소의 글이다.

결혼

나는 결혼을 해야 할까? 나는 착한 사람이어야 할까? (……)

그녀가 나를 그녀의 부모님에게 소개할 때,

나는 등을 바로 펴고, 마지막으로 머리를 다듬고, 넥타이를 꽉 조인 다음

긴 소파에 다리를 모으고 앉아야 할까?

그리고 화장실이 어디인지는 물어보지 말아야 할까?

긍정적인 생각을 하기 위해서 이제 나에게 남은 것은 좋아하는 음식을 떠올리는 것뿐이다.

〈상상 속에서 나는 평범한 사람이에요. 잘생기지도 않고 딱 중간이요. 모든 사람을 차갑게 외면하지 못하는 누군가죠. 청소년일 때는 눈길을 끌 정도로 잘생기고 싶은 마음이 커요. 하지만 저 같은 얼굴을 가지게 되면 단지 드러내고 다닐 수만 있기를 바라게 되죠. 인간의 90퍼센트는 그렇게 할 수 있어요. 그런데 저는 2퍼센트에 속해요. 이 2퍼센트에는 동정심을 유발시키고 웃음거리가 되는 얼굴을 가진 사람들이 속해 있어요. 정말 유감스럽지만 바로 저 같은 얼굴이요. 얼굴 말고 나머지는 모두 정상이에요. 이 얼굴만 아니면 친구들도 사귈 수 있었을 거고, 결혼할 사람도 만날 수 있었을 거예요. 상상 속에서는 그 모든 걸 할 수 있어요.〉

—이 모든 생각들을 글로 다 쓴 거니? 얀, 너는 정말 최고의 표현력을 가졌어. 젊은 사람들은 보통 너처럼 그렇게 글을 잘 쓰지 못해.

〈아니에요, 저는 이렇게 대화하면서 쓴 글 중에 남길 만한 건 단 한 줄도 없어요. 떠날 때가 되면 다 버려버릴 거예요. 아무것도 남지 않게 말이에요. 저는 작가가 아니에요. 그저 불쌍한 소년일 뿐이에요. 그게 다예요.〉

—작가들 중에 불행한 삶을 산 사람이 많아. 문학은 슬픔에서부터 나오거든. 글을 쓰려면 세상으로부터 고립되어야 하는데 행복할 때는 그러고 싶지 않지. 얀, 한번 글을 써봐.

〈아니요, 고맙지만 됐어요. 엄마가 나에게 내 상황에 대해 같이 이야기할 수 있겠느냐고 물어보면 이 말을 하죠. 아니요, 고맙지만 됐어요. 사실 진짜 내가 하고 싶은 말은, 저를 그냥 내버려 두세요, 언제까지고 혼자 생각하게 두세요, 이거예요.

상상 속에서는 여자 친구가 있어요. 이름은 아리안이에요. 아름다운 이름이죠. 끈을 떠올리게 하는 여자예요. 저 같은 사람에게는 끈이 필요하잖아요. 단단한 끈을 잡아야 하니까요.

저에게 글 쓰는 자질이 있다고 하셨죠? 선생님은 이런 말을 아시겠죠? '장애로 고통받는 아이들은 다른 사람들보다 더 성숙하며 사실을 더 직접적으로 솔직하고 정확하게 표현한다'는 말이요. 잘린 팔이 두뇌의 능력을 배가시킬 수 있다……. 이런 바보 같은 소리가 어디 있나요! 제가 있었던 시설에는 바보라고 불러도 될 만한 '동지'들이 많았어요. 다리가 없는 청소년들, 또는 손이 없거나 앞이 보이지 않았죠. 그 시설은 마치 장애의 용광로 같았어요. 불운한 사람들의 행렬 같았고요. 모두들 학교에서는 미운 오리 새끼들이에요. 얼굴이 제대로 남아 있으면 달력이든 브리오슈든 뭐든 팔 수도 있겠죠. 우리들에게는 동정심을 불러일으킨다는 공통 능력이 있어요. 하지만 저는 그들과 전혀 달라요. 저는 그들 중 그 누구의 운명도 부러워한 적이 없어요. 어느 날, 한 다리를 잘린 소년이 저에게 오더니 다리를 얻을 수 있다면 제 머리라도 좋다더라고요. 다리 하나에 깨진 머리통을요? 말이 되나요? 분명 장애인이면서 바보였을 거예요.〉

—나도 전적으로 동의해. 하지만 그 아이들은 모르는 게 약일 수도 있어. 얀, 네 어머니가 밖에서 정말 초조하신가 봐. 네가 가서 안심시켜 드리는 게 좋을 것 같다.

사실 더 이상 무슨 말을 해야 할지 몰랐다. 얀은 우리의 대화에서 천천히 우위를 차지해가고 있었다. 그리고 그런 얀에 대해 인내하기 위해서 음식을 생각하는 것도 별 도움이 안 될 거라는 것을 깨달았다. 왜냐하면 우리 집 냉장고는 거의 비어 있다시피 했기 때문이다. 긍정적인 상상을 할 수가 없었다. 계란 한두 개가 있을까 말까 한데 그것으로 무엇을 해 먹겠는가. 말라붙은 버터, 바닥이 보이는 우유, 그리고 어쩌면 요구르트도 있을지 몰랐다.

〈네, 그래야 할 것 같네요. 오늘은 이 정도로 됐어요. 저에게 또 다른 책을 읽도록 하고 싶으신가요?〉

—응, 나에게 아주 각별한 책이야. 시시한 말장난이 없는 책이지. 『호밀밭의 파수꾼』이라는 책인데, 아니?

얀은 책을 받아서 쳐다보지도 않고 망토 주머니에 넣었다. 그러고는 다시 테이블 위에 손을 올렸다.

〈아니요, 몰라요. 이번에도 소설책이네요. 독서 치료가 이렇게 소설책으로만 하는 것인지 몰랐어요. 선생님은 또 저를 처음 만났을 때 이 책을 떠올리셨겠네요.〉

나는 또다시 『가프』를 떠올렸다. 책 내용 중에 내가 형광펜으로 표시해둔 부분이 있었다.

사춘기의 일부는 그 어디에도 당신을 이해해줄 만한 사람이 아무도 없을 것 같은 감정 속에 있다.

◆ ◆ ◆

안토니 폴스트라가 우스꽝스러운 옷차림을 하고 내 치료실로 들어왔다. 가발을 쓰고 있지를 않나, 커도 너무 큰 선글라스에, 빨간 가죽 외투까지 입고 있었다. 빨간색은 외투로 입기에 너무 눈에 띄는 색이다. 축구 선수들에게는 최고의 취향이겠지만 독서 치료사로서는 절대로 이해할 수 없는 스타일이다. 내가 그의 모습 때문에 놀랐다는 걸 안토니도 느낀 것 같았다.

— 걱정 마세요, 요즘 자꾸 기자들이 따라와서요. 그들의 시선을 다른 데로 돌리기 위해서 변장을 조금 했어요. 눈에 띄지 말아야 하거든요.

— 성공하셨네요.

— 꼭 그런 것 같지는 않아요. 층계참에서 소리가 났는데 누군가 있는 것 같아요. 선생님 이웃 중에 이상한 사람은 없나요?

— 전혀요.

— 그럼 됐어요. 제가 선생님과 함께 있는 걸 다른 사람들이 보지 않았으면 해요.

— 이해해요.

너무너무 아름다운 소녀가 있었다. 그 소녀는 유치원부터 중학교 때까지 나와 같은 반이었는데 나로서는 너무나 영광이었다. 새 학기가 시작되는 매 9월마다 운동장에서 선생님이 학생들의 이름을 불렀는데 내 이름은 줄곧 소녀의 이름 다음에 호명되었다. 그때 나는 운명임을 직감했다. 그 소녀는…… 불행히도 아무것도 직감하지 못했다. 나는 소녀를 사랑했다! 다만 소녀에게 고백할 용기가 조금 부족했을 뿐이다.

그리고 내가 사춘기에 접어들었을 때 나는 마침내 소녀에게 내

불타는 사랑을 고백하기로 결심했다. 사춘기라는 시기가 나에게 날개를 달아주었던 것 같다. 하지만 소녀는 나의 고백을 거절했다. 첫 키스 후 소녀는 나에게 다음과 같은 결정적인 한마디를 던졌다.

"나도 정말 너와 사귀고 싶어. 하지만 사람들이 우리가 함께 있는 걸 보는 게 싫어."

그때 그 소녀가 했던 이 말과 똑같은 말을 안토니가 나에게 하고 있었다. 이상한 기분이 들었다. 20년 만이었다. 그 중학생 소녀가 안토니에게 이 대사를 가르쳐주기라도 한 것 같았다.

—안토니, 그 선글라스와 외투, 가발 좀 다 벗으세요. 여기에서는 변장하고 있을 필요가 없을 것 같은데요. 편하게 앉으세요. 당신은 안전해요.

—네, 그럴 생각이었어요.

내가 이렇게 변장한 내담자와 마주하게 될 줄은 나조차도 상상하지 못했던 일이다. 누군가 안토니의 모습을 본다면 70년대 가수인 줄 알았을 것이다. 그런데 이렇게 우스꽝스러운 모습 앞에서 어떻게 웃지 않을 수 있을까. 나는 그럴 준비가 되어 있지 않았다! 게다가 나는 지방 카바레 직원 같은 사람과 일하는 데는 익숙하지 않다. 드디어 안토니가 자리에 앉았다. 그가 벗어놓은 망측한 물건들은 그의 발밑에 놓여 있었다.

치료실 분위기를 한껏 기괴하게 만들어놓더니 안토니는 어느새 『오디세이아』의 독자로 돌아와 있었다.

—안토니, 세이렌들이 나오는 대목은 읽었나요?

—네, 무서웠어요.

—왜요?

—불쌍한 오디세우스가 잡아먹히기 직전이잖아요. 그의 친구들이 오디세우스의 명령을 잘 지켜서 다행이었어요.

—어떤 명령이요?

—멀리 떨어지지 말라는 명령이요.

—안토니 말이 정확하게 맞아요. 절대 혼자가 아니죠. 우리보다 능력도 없고 힘이 세지 않아도 우리를 도울 수 있는 사람들이 있어요.

—정말 그래요.

—그리고 만약 안토니 씨가 개인적인 무엇인가로 세이렌들의 혼을 빼놓는 목소리에 끌려갈 수밖에 없다면…….

—현재 저에게 주어지는 모든 제안들이 사실 세이렌들 같아요. 돈, 많은 돈, 유럽 전역에서 세이렌들의 목소리가 들려와요. 하지만 저는 꽁꽁 묶여 있어서 도망갈 수가 없어요.

안토니는 책의 내용과 자신의 현실에 대한 은유와 비유를 완벽하게 해내자 흐뭇한 듯 미소를 지었다. 그날 안토니와의 독서 치료가 성공했는지에 대해서는 나도 정확히 알 수 없었다. 하지만 그 순간만큼은 자신의 놀라운 적용 능력에 행복해하는 것 같았다. 안토니는 오디세우스의 세계로 빠져드느라 "볼을 나에게 보내!" "센터링!" "골!" 등의 축구 어휘로부터는 이미 멀어져 있었다. 이미 이것은 승리한 것이나 다름없었다.

나는 어떻게
내가 될까

독서 치료사는 어떻게 되는가?

얀이 읽었다던 인터뷰는 이상한 소녀가 나를 찾아와 진행했던 것이다. 전형적인 블로거였던 그 소녀는 유명인이 되기 위해 비밀 블로그를 운영 중이었다. 소녀는 유명해지고자 하는 목적을 달성하기 위해 지금 성공한 사람들 말고 나처럼 곧 성공할 사람들을 찾아가 인터뷰를 했다. 소녀가 목적을 달성하려면 족히 한 세기가 걸릴 일이었다. 나중에 그들이 유명해져서 정말 진지한 인터뷰를 하게 되는 날, 그들은 옛날 그 소녀와 처음으로 인터뷰하던 때를 떠올리게 될 것이고 다시 소녀를 찾을지도 모른다. 소녀가 비로소 '영향력 있는 블로거'로 우뚝 설 수 있게 되는 것이다. 나는 주요 치료사들의 세상 속에서 두각을 나타낼 수 있는 기회를 굳이 거부할 필요가 없었기 때문에 소녀의 인터뷰 요청을 거절하지 않았다. 뒤늦게 문학적 재능도 발견한 사랑스러운 소녀였다. 소녀는 기자가 되어가고 있었다. 나는 소녀의 질문 세례를 기대했다. 그래서 나는 진지하게 임하기 위해 엄청난 양의 노트를 준비했다. 그런데 막상 인터뷰를 시작해보니 소녀 블로거의 질문은 하나밖에 없었다.

독서 치료사는 어떻게 되는 건가요?

내가 소녀에게 더 많은 이야깃거리를 주지 못한 것 같아 실망감이 들었다.

"죄송해요. 하지만 이게 제가 일하는 방식이에요. 저는 미리 준비된 전형적인 질문서 없이 인터뷰를 이끌어가는 게 더 좋아요. 계속 이야기를 해나가다 보면 반드시 무언가가 나올 거예요."

무언가가 나올 거라고? 이게 무슨 말이지? 소녀의 말은 나에게 무엇을 물어보고 싶은지에 대해 조금도 생각해보지 않고 나를 찾아왔다는 의미인 게 분명했다. 심지어 내가 딱히 해줄 대답도 없는 질문이었다.

독서 치료사는 어떻게 되는 건가요?

나도 아는 게 없었다. 나는 무엇을 할지 예정되어 있는 것이 없었다. 한 가지 확실했던 건 대학 교수는 되고 싶지 않다는 것이었다. 하지만 어머니는 내가 대학 교수가 되기를 바랐고, 따라서 어머니와 갈등해야 했다. 그렇다고 심하게 대들었다는 건 아니다. 단순하게 그냥 반역자, 그뿐이었다. 그래서 나는 책과 관련된 직업을 골랐다. 미래가 불확실한 직업이지만 업무 시간이 매력적이었다. 아침 10시가 되기도 전에 나를 찾아오겠다는 내담자는 없을 게 분명했다. 그들에게도 그 시간은 이제 막 눈 뜨는 시간일 테니까. 그렇게 이른 시간에 나와 마주하고 싶은 사람은 없을 것이다. 내담자들은 오후 2시쯤 치료실에 오면 나의 피곤한 얼굴을 목격하게 되고, 그러면 내가 아침 시간을 매우 힘들게 보냈을 거라고 생각할 것이다. 하지만 그런 상상은 틀렸다. 나는 그렇게 끔찍한 오전 시간을 보내지 않았다. 특별한 이유가 있는 건 아니고, 남자들은 화장을 하지 않으니 민낯으로 나온 것뿐이다.

소녀의 인터뷰가 조금 더 깊이를 가지려면 질문의 방향이 새로워야 했다. 만약 내가 에로 배우였더라면 나에게 첫 성관계에 대해 말해달라고 요구할 수도 있을 것이다. 또는 내가 두꺼운 허벅지를 가진 직업 사이클 선수였더라면 작은 보조 바퀴 없이 처음으로 달렸던 경험에 대해 이야기해달라고 해도 좋을 것이다. 하지만 나는 독서 치료사였고 내가 처음으로 읽었던 책이 무엇이었는지는 기억이 나지 않았다. 소녀는 나에게 이런 요청을 했다.

"선생님의 첫 내담자에 대해 이야기해주세요."

소녀는 자신이 던진 질문에 만족스러워했다. 성장 중인 블로거로서 당당한 여성 블로거로 자리매김할 자격이 있는 적절한 질문이라 여긴 듯했다. 나 역시 이 질문에 내가 어떤 대답을 하게 될지 기대가 되었다. 듣는 즐거움은 믿을 수 없는 감동을 선사해준다. 오랜 시간 동안 가르치는 일을 해왔던 어머니가 매일 후회했던 게 그것이었다. 항상 말을 해야만 했던 어머니는 사실 듣는 일에 열중할 기회가 없었다. 어머니의 학생들 중 가장 열심히 공부하는 무리에게는 어머니의 강의가 지적 흥분을 야기하는 역할을 했겠지만 사실 나머지 학생들에게는 의미 없는 말일 뿐이었다. 설령 어머니가 누군가에게 소금을 달라고 했더라도 그 학생들의 귀에는 의미 없이 들렸을 것이다.

한 여자가 내 치료실로 들어왔다. 그 여자가 나에게 던졌던 첫마디는 우리의 지능을 담당하고 있다고 추정되는 바로 그 기관에 새겨져 지금까지도 남아 있다.

"그동안 찾아갔던 치료사들은 나에게 아무런 도움이 되지 못했어요. 그래서 선생님을 뵈러 왔어요. 너무 심각해요."

나는 '너무 심각하다'는 말이 그녀의 심리 상태를 말하는 것이라고 생각했다.

— 걱정하지 마세요. 제가 도와드릴게요.

— 저를 도와주신다고요? 하지만 저는 저에 대해 아직 말하지 않았는데요. 이런 고약한 나라에서는 이렇게 언제 될지 기약도 없는 의사 진료 예약을 잡는 것보다 길모퉁이에서 외계인과 마주치길 기다리는 편이 낫겠어요.

나의 첫 내담자였다. 신체도 정신도 호감이라고는 가지 않던 첫 만남이었다. 다행히 그 후에 만났던 모든 내담자들이 전부 그런 건 아니었다. 이런 시작은 나에게 겸손을 배울 수 있는 아름다운 수업이 되어주었다. 나는 내담자들이 잠재적으로만 존재하던 대학 교육에서 벗어날 수 있었다. 대학에서는 동영상 자료나, 더 최악은 종이 위에 요약되어 있는 몇 자로 내담자를 만난다. 육체라는 실체는 없다. 그들에게 질문을 던지면 바보 같은 대답도 하지 않고, 정신 상태가 나쁘지도 않으며, 고약한 입 냄새도 풍기지 않는다.

— 그럼 이제 저에게 전부 말씀해보세요.

나는 그녀가 나와 조금 더 건설적인 관계를 만들어갈 수 있기를 바라면서 이렇게 말했다.

— 선생님께 전부 말하라고요? 설마 농담이시겠죠. 누가 전부 말하나요? 누가 전부를 말할 수 있는데요?

건설적인 관계를 위해서는 다른 방향을 모색해야 할 것 같았다. '저에게 모두 말씀해보세요'는 누수 때문에 곤란을 겪는 이웃들끼리 층계참에서나 나눌 만한 대화였다.

—아, 죄송해요. 제 말이 조금 서툴렀나 보네요. 하지만 안심하세요. 내담자분이 저를 찾아오신 구체적인 이유가 있는 게 아닌가요? 아니면 그저 제 말을 되풀이하려고 오셨나요? 저는 독서 치료사예요. 치료실 문 앞에도, 건물 앞에도 적혀 있죠. 독서 치료사를 찾아오신 게 맞나요?

—화내지 마세요. 네, 저는 독서 치료를 받기 위해 선생님을 찾아온 게 맞습니다. 그럼 얘기해보죠. 제게는 걱정거리가 몇 가지 있어요.

—이야기해보세요, 전부요.

내담자들에게는 계속 새로운 질문을 던지며 몰아세우는 것이 좋은 방법이지만 이런 특이한 경우에는 2분 전에 취소되었던 문장 하나를 반복함으로써 내가 지배적 위치를 차지하는 게 나을 것 같았다. 치료사는 절대로 내담자에게 주도권을 빼앗기면 안 된다. 내담자가 적절하지 않은 행동이나 침묵을 행사하며 치료사를 괴롭히는 경우를 제외하고는 치료사는 주도권을 잡아야 한다. 이것은 모든 치료사들이 마음에 새기고 있는 원칙이다.

사흘 뒤, 그 소녀 블로거는 나와의 인터뷰 내용을 인터넷에 올렸다. 도입부에는 나의 내담자들이 내 외모 때문에 겁을 먹었다는 내용이 담겨 있었다.

◆ ◆ ◆

나는 어린 시절을 떠올릴 때 긍정적인 기억이 하나도 없는데, 그럼에도 나를 헤아려준 두 사람에 대한 좋은 추억이 있다. 가정부(이에 대해서는 더 나중에 이야기하겠다.)와 나의 할머니, 그 두 사람이다. 나는 불멸의 사랑으로, 믿을 수 없을 만큼의 애정으로, 비인간적으로 보일 정도의 감정으로 할머니를 사랑했다. 사실 할머니는 정말 너무 못생겼다. 어느 정도로 못생겼느냐 하면, 말로 하기도 어렵고 글로 쓰기도 어려울 정도다. 문학을 접하다 보면 조부모의 이미지는 부드럽고 지혜로운 것으로 미화되어 전달되는 경우가 자주 있다. 그러나 나의 할머니는 이런 전형적인 이미지와 부합되는 사람이 아니었다. 할머니는 길에서 마주치는 아이들에게 겁을 주었다. 가끔은 어른들에게도 그랬다. 할머니는 마치 부리망을 씌운 투견처럼 신뢰감을 주지 못했다. 그리고 나는 '외모를 뛰어넘어' 할머니를 사랑했다. '외모를 뛰어넘어'라는 말은 소녀 취향의 감상적인 소설 제목으로 써도 깜찍할 것 같다. 그런데 할머니가 나를 바라볼 때 할머니의 눈빛은 단 한 번도 회의적일 때가 없었다. 쉽게 말하자면 내가 문학을 좋아하는 아이여서 유독 감성적인 면이 있었다 하더라도 할머니는 전혀 개의치 않았다. 할머니에게 나는 그냥 알렉스일 뿐이었다. 할머니의 이런 면은 나로 하여금 분별력이란 학위의 숫자로 판단하는 게 아니라는 사실을 알게 했다. 할머니는 학교를 다녀본 적이 없었다. 아주 긴 시간 동안 아무런 이유도 없이 학교를 가지 않았던 걸까? 사실은 할머니가 살던 체코슬로바키아의 마을에서는 학교가 10킬로미터나 떨어져 있었다. 이 정도면 납득할 만한 이유다.

아버지는 나에게 모국어인 체코어를 가르치려고 전혀 애쓰지 않았기 때문에 나는 체코어는 단 한 마디도 할 줄 모른다. 우리가 할머니 집에 도착했을 때 기분 좋은 인사가 될 수 있도록 '안녕하세요', '고맙습니다', '네' 등과 같은 필수 표현들은 배워서 알고 있었다. 그러다가 나의 어휘적 재고가 다 떨어지고 나면 내게 남은 건 침묵, 그리고 할머니의 눈빛뿐이었다. 할머니의 못생긴 얼굴 한가운데 부드러움으로 가득 찬 눈빛이 있었다.

나는 할머니와 단둘이서는 머리를 맞대고 대화를 이어갈 수 없었다. 아버지가 가끔 통역사 노릇을 했다. 그때 나는 진지하게 임할 것은 아무것도 없는 학교, 프랑스 생활 같은 평범한 삶에 만족해하고 있었다. 내 머릿속에는 할머니의 목소리가 남아 있다. 나는 그 당시 내가 탐독했던 『홍당무(Poil de carotte)』, 『방드르디(Vendredi)』나 안네 프랑크와 밀란 쿤데라…… 등의 책들에 대해 할머니에게 이야기해주고 싶었던 것 같다.

밀란 쿤데라는 할머니도 텔레비전에서 두세 번 알아본 체코의 자랑스러운 작가다. 그는 주름진 얼굴에 아름다움과 두려움이 뒤섞인 거부할 수 없는 묘한 매력이 느껴졌다. 할머니는 밀란 쿤데라의 이름을 몰랐지만, 할머니의 이름을 모르는 건 밀란 쿤데라도 마찬가지였다. 사실 서로에게 서로가 없어도 잘 살 수 있는 그런 존재였다.

나는 『농담(Plaisanterie)』의 첫 구절을 할머니에게 읽어주었다. 농담을 한 이유로 벌을 받는 루드비크의 여정이 담긴 책이었다. 할머니는 이 책을 나에게 구해달라고 했다. 나는 할머니와 함께 가장 가까운 도서관으로 갔다. 서로 말을 할 수 없었던 우리는 먼지투성이의 책장 선반들 위에서 밀란 쿤데라의 'K'를 찾으며 서로 말이 통하는 척했다. 내 생각에 도서관 책장에 항상 먼지가 쌓여 있는 것은 사람들의 발걸음이 점점 더 뜸해지기 때문인 것 같다.

가와바타 야스나리, 카프카, 에이, 아니네. 자, 이제 다 왔다. 키플링, 코르차크, 마침내 쿤데라.

우리는 마침내 네다섯 권의 밀란 쿤데라 책을 찾아냈다. 그렇다면 『농담』은 어떻게 찾아냈을까? 제목이 짧은 것만 빼고 나머지는 치워버렸다.

할머니는 밀란 쿤데라의 우울한 이야기들을 좋아했던 것 같다. 확실했다. 체코 국경을 넘으면 마치 태양이 휴가를 떠난 것 같은 느낌이 들었는데 그런 슬픈 분위기가 느껴지는 이야기들이었다.

"그들이 방금 국경을 넘었어. 나는 이제 갈게."

해는 왜 그렇게 금방 떠나버렸던 걸까?

내가 멜라니에게 할머니에 대해 이야기하면 멜라니는 나에게 어린애 같은 소리 좀 그만하라고 했다. 멜라니와 향수, 이 둘은 함께 떠올리면 너무 상치되어서 수사법 중 하나인 모순어법을 보는 듯했다. 할머니는 내가 불행한 순간마다 항상 되살아났다. 할머니는 콧구멍이 거의 닫혀 있다시피 했는데, 할머니가 떠오를 때면 할머니의 콧소리가 섞인 목소리가 함께 들려왔다. 할머니가 체코 말로 "밀라치쿠!", '예쁜 내 새끼'라고 말하며 나를 바라보던 모습……. 조부모는 우리를 위로하기 위해 무덤에서 나오나 보다.

〈안녕하십니까? 12월 1일 8시입니다. 고온 현상이 좀처럼 사라지지 않고 있습니다. 올해 크리스마스에는 눈이 오지 않겠고요, 오늘 오후 파리에서는 '동성 간 결혼 허용'을 지지하는 큰 규모의 시위가 예정되어 있습니다. 파리는 현재 감시 상태이며 정부 역시 군중이 몰려들까 염려하고 있습니다. 스포츠 소식입니다. 내일 프랑스 축구 국가대표팀은 다음 월드컵을 위한 원정 경기를 시작합니다.〉

할머니에게 나는 더 이상 꼬마 알렉상드르 '알레시쿠'가 아니었다. 그 사실을 깨닫자 나는 불행한 기분이 들었다. 그때였다. 전화벨이 울려 나는 간신히 침대에서, 상념에서 빠져나왔다. 계속 뉴스를 토해내고 있던 라디오도 껐다. 그러니까 라디오는 누가 꺼주지 않으면 계속 나오는 거였지? 어느 날 아침, 이런 내용의 방송도 나올 수 있다면 얼마나 좋을까? 〈8시 뉴스입니다. 아무 일도 일어나지 않았네요. 그냥 계속 누워계시고, 외출하시고, 살아가십시오. 내일 뵙겠습니다. 그리고 만약 걱정거리가 있다면 파리에서 가장 평판이 좋은 독서 치료사 알렉스에게 연락해보십시오.〉

—여보세요?

—나야, 멜라니.

뉴런의 속도가 최대치로 올라갔다. 멜라니라니……. 내 머릿속은 순식간에 와글와글거리기만 할 뿐 무슨 말을 해야 할지는 하나도 떠오르지 않았다. 사람의 두뇌가 명석한가는 적응력, 즉 갑작스러운 상황에 얼마나 재빠른 대답을 내놓을 수 있느냐로 인정받는 것이다. 이 사실에 비추어 봤을 때 나는 멍청이다. 학창 시절에 나는 영재 소리를 들어본 적도 없다. 하지만 그건 내 친구들도 마찬가지였다. 하지만 멜라니가 전화를 끊기 전에 무슨 말이든 생각해내야 했다. 일단 놀란 연기는 해야 하지만 너무 기쁜 나머지 소리를 질러서는 안 된다. 심호흡을 하고 목소리를 맑게 내야 한다. 마른기침을 하면 안 된다. 참 어려운 일이었다. 나는 매일 밤 내 곁을 지켰던 생수통을 꽉 쥐고는 한 모금 들이킬 준비를 했다.

—내 말 듣고 있어?

—멜라니…….

식도를 관통해 위를 향해 흘러간 물의 맛이 정말 이상했다. 만약 술집이었다면 생수통을 새로 바꿔달라고 했을 것이다. 하지만 지금은 집에 있었고 바꿔달라고 말할 사람이 없었다.

—놀라지 좀 마. 그런 거 상대해줄 시간 없어.

—아니야, '놀란' 게 아니야. 지금 너무 이른 시간인 것 같아서……. 당신이 전화할 줄은 몰랐거든. 나는 쉬고 있었고.

—나 오늘 오후에 시위하러 갈 거야. 같이 갈래?

멜라니는 내가 시위를 싫어한다는 것을 알고 있었다. 그런데도 나는 멜라니에게 같이 안 가겠다는 말을 해야 한다고 생각할 조금의 여유조차 없었다. 나도 모르게 곧바로 "응."이라고 대답해버리고 말았다.

—물론이지. 전혀 예상하지 못했는걸. 시위하러 가서 이야기도 조금 나누면 되겠네.

—당신도 알다시피 엄청 시끄러울 거야. 행렬을 따라가면서 이야기를 나누기는 쉽지 않을걸. 어쨌든 당신이 온다니까 좋네. 오후 1시에 포르트 도핀에서 만나.

—응, 알았어. 사랑해.

—이따 봐.

'나도'라는 표현을 쓰는 게 싫었던 것일까? 별건 아니었지만 멜라니는 아마도 '나도'라고 말하면 내가 기뻐할까 봐 그게 싫었던 것 같다. 나로서는 이런 식의 전개는 전혀 예상하지 못했다. 멜라니를 다시 보다니! 사실 행진을 하는 것보다 둘이서 머리를 맞대고 앉아 저녁 시간을 함께 보낼 수 있다면 그게 더 좋을 것이다. 하지만 무엇을 하며 시간을 보내는 게 중요한 게 아니다. 어쨌든 멜라니가 내 곁에 있을 테니까. 문학만큼이나 가치 있는 일이다. 멜라니는 내가 거리로 나가기 위한 모든 이유였다. 멜라니를 보기 위해서라면 아르데슈 강의 장어를 지켜주기 위한 시위의 판넬을 만들었을지도 모른다. 그리고 마구잡이로 낚시를 하지 말자며 또 거리로 나섰을 수도 있다. 심지어 모피 착용에 반대하기 위해 반나체로 파리 거리를 활보할지도. 사랑을 다시 되찾을 수만 있다면 못 할 게 없었다. 특히 날씨가 따뜻할 때는 더더욱.

나는 이틀 전에 얀을 다시 만날 것이라고는 예상하지 못했다. 로베르는 나중에 올 것이다. 그렇다면 안토니는? 안토니는 자기가 좋을 때 왔다가 갔다. 안토니는 한창 경기 중에 물 한잔을 마시러 간다거나, 15분 뒤에 다시 오기로 결심하기도 하는 절대 권력을 지닌 자다. 내가 먼저 신경을 쓴다고 오고 갈 사람이 아니다. 사람마다 치료의 방법은 다양하다.

◆ ◆ ◆

멜라니가 나에게 내 어머니에 대해 이야기했을 때 그리고 멜라니가 그 이야기를 좋게 해보려고 하는 모습을 보았을 때, 나는 존 팬트와 그의 소설 『삶으로 가득한(Full of life)』에 대해 생각했다.

집에 돌아갈 때마다 나는 엄마에게 인사를 하는 게 가장 어려운 일이었다. 왜냐하면 어머니는 실신 전문가였기 때문인데, 내가 3개월 이상 집에 오지 않았던 상황이라면 특히 심했다. 3개월이 채 안 됐다면 그나마 상황을 제어할 수 있었다. 이게 무슨 말인가 하면, 어머니가 바로 쓰러지지 않고 우리가 그녀를 잡을 수 있는 시간을 주기 위해 위험한 듯 살짝 비틀거리는 것으로 그쳤기 때문이다.

어머니는 존 팬트의 어머니와 완전히 달랐다. 나의 어머니는 이탈리아인이 아니다. 이탈리아 사람들은 말을 할 때 손을 많이 쓰는 편이다. 그런데 내가 그랬다. 그래서 나는 내가 차라리 이탈리아인이었으면 좋겠다고 생각했다. 그러면 내가 말을 할 때 손동작을 많이 하는 게 전혀 이상해 보이지 않을 것 같았기 때문이다. 그런데 이탈리아인들은 왜 손짓으로 이야기할까? 아마 그들의 언어가 생각을 모두 전달하기에는 너무 부족하기 때문일 것이다. 솔직히 나는 이탈리아어는 전혀 몰랐다. 내가 알고 있었던 이탈리아어 단어라고는 모차렐라와 티라미수처럼 먹는 것과 관련된 것들뿐이었다. 하지만 이런 단어들이 정말 이탈리아어인가 생각해보면 그렇지도 않은 것 같다. 이탈리아 캄파니아는 물론 이탈리아 물소라고는 단 한 번도 본 적 없는 모차렐라라니……, 프랑스의 삐쩍 마른 소 젖으로 만든 모차렐라가 정말 이탈리아 모차렐라와 같을 수는 없지 않은가.

나는 정말 내가 이탈리아인이기라도 한 것처럼 가끔 알란 소렌티의 오래된 샹송 〈당신은 나에게 유일한 여자예요(Tu sei l'unica donna per me)〉를 흥얼거리기까지 했다. 이 노래를 들을 때면, 이탈리아 하면 떠올릴 수 있는 모든 것들이 생각났다. 콜로세움과 무장한 로마군, 접근이 금지된 피사의 사탑, 베네치아와 산마르코 광장 그리고 유람선들, 청명하게 파란 하늘과 믿을 수 없을 정도로 온화한 여름 날씨가 눈앞에 펼쳐졌다.

그런데 나는 어떻게 알란 소렌티의 노래를 듣는 영광을 누리게 되었을까? 사실 이 노래는 부모님이 고용했던, 우리 집의 잡일 전반을 돌봐준 안젤라 아주머니가 좋아하던 노래였다. 안젤라 아주머니는 나에게 참 상냥하고 믿음이 가는 사람이었다. 할머니와 함께 나의 청춘 시절에 정말 중요한 역할을 한 또 한 사람이다. 안젤라 아주머니는 꼬마였던 나를 돌봐주었는데, 내가 왜 또래 아이들과 다른 관심사를 가졌는지 나에게 물어보지 않았다. 아주머니는 나에게 뜨거운 태양과 날로 높아가는 실업률 때문에 유럽 남부에서의 삶이 어렵다는 이야기를 자주 했다. 온화한 날씨의 한가운데에서 보호받으며 살았던 나에게 유럽 남부는 이국적이고 매력이 넘치는 곳이었다. 매일 저녁 깨진 이빨 모양의 산등성이 위 빨간 태양, 노랗고 건조한 이탈리아!

—아줌마는 프랑스에서 사는 게 불행해요?

—아니, 프랑스는 우리 같은 사람들에게 친절해. 여기서는 일자리도 있고.

—그래도 이탈리아가 그리울 것 같아요. 그렇죠?

—그렇지. 나는 항상 이탈리아 생각을 한단다.

—뭐가 제일 그리워요?

아주머니에게 그렇게 묻는 것은 사려 깊지 못한 행동이었다. 그렇다고 아주머니를 울리려고 했던 건 아니었는데……. 아주머니의 눈에서 조용히 눈물이 흘러내렸다. 눈물이 흐르면서 추억도 함께 씻겨 내려가는 것 같았다.

—고향의 냄새. 따뜻한 바람에 실려 오는 잡목 숲의 냄새가 그리워.

나는 안젤라 아주머니에게 중요한 존재였다. 아주머니는 아이를 가질 수 없었다. 나는 아주머니의 귀여운 꼬마였다. 게다가 아주머니는 나를 마치 엄마처럼 '알레산드로'라고 불렀다. 이런 식으로 내 이름을 발음하는 건 나의 진짜 어머니의 신경을 거슬리게 했고, 아버지는 외국인에 불과한 안젤라 아주머니가 자기 아들에 대해 지나친 사랑을 보인다며 질투를 느꼈다.

어머니는 안젤라 아주머니를 단순히 직원처럼 대했다. 하지만 나는 아니었다. 나는 빨래, 빨래 널기, 다림질, 먼지 털기 등의 일을 하고 있는 안젤라 아주머니 뒤를 졸졸 따라다니며 시간을 보냈다. 안젤라 아주머니가 하는 이야기를 듣기 위해서였다……. 바로 알랑 소렌티의 이 대단한 노래를 들은 것도 그때였다.

어머니가 안젤라 아주머니에게 말을 거는 건 지시를 할 때뿐이었다. "수건이랑 걸레는 같이 두지 마세요." 이런 식으로 말이다. 그리고 우리 집에서 잡다한 일들을 하던 아주머니의 남편에게 이야기를 전해달라고 할 때도 말을 건네기는 했다. (걸레와 수건을 함께 둔다는 건 보통 엄마들에게는 절대로 있어서는 안 되는 일이지만, 아주머니나 남편이나 프랑스어를 그리 잘하는 편이 아니어서인지 어머니의 계속되는 지적에도 불구하고 아주머니는 걸레와 수건을 섞어놓곤 했다.) 아주머니의 남편은 집수리와 관련된 일을 했다. 아버지나 어머니가 수리용품 매장을 방문해야 할 일이 있을 때만 빼고는 아버지와는 물론 어머니와도 부딪칠 일이 거의 없었다. 언젠가 어머니는 가족 서재에 알렉상드르 뒤마의 초상화를 걸기 위해 못을 찾고 있었다. 어머니 입장에서는 원주민이나 다름없는 수리공의 공간으로 들어가야 하는 순간이었다. 마치 아마존 원주민 사회로 들어가던 인류학자 클로

드 레비-스트로스처럼……. 어쩌면 그때 어머니는 예방접종을 날짜에 맞춰 잘 해두었는지 생각하느라 골치가 아팠을지도 모른다. 다행히 못을 찾는 시간은 그리 오래 걸리지 않았고, 전염병은 걱정할 필요가 없었다.

멜라니는 나를 쳐다보며 부질없는 공상은 그만하라고 말했다.

—어머님은 특이한 분이셔. 그리고 당신을 사랑하셔. 물론 어머니만의 방식으로 사랑하시지. 모든 어머니들이 아이들을 사랑하는 방식이 특별하지는 않아. 우리 엄마는 나를 끔찍이도 사랑하지. 하지만 다른 형제들에게는 무관심했어. 그렇다고 나는 엄마를 원망하지 않아.

—아마 그건 당신이 사랑을 받았기 때문일 거야.

—아마도 그렇겠지.

—당신 형제들은 분명 어머님을 미워할 거야. 아마 당신도 미워할걸.

—아니, 나는 그렇게 생각하지 않아.

—그렇게 생각하지는 않겠지만 당신도 확신하잖아?

—아니, 그렇지 않아.

—그걸 증명할 수 없을 거야. 당신은 의심하잖아, 멜라니. 내 어머니는 끔찍하다고! 하지만 어머니가 나에 대해 어떤 감정을 가지고 있다는 건 나도 알아. 그게 어떤 감정이냐 하면……, 그래, 사랑은 아니야. 그건 속임수 같은 거야. 나는 9개월 동안 어머니 몸의 일부분이었어. 어머니는 그 시기를 그리워하는 것 같아. 마치 지구가 달을 잃어버렸다고 아쉬워하는 것처럼 보여. 어머니가 아쉬워

하는 건 잠깐이야. 그러고는 이 어둡고 차가운 위성이 사라진 것이 그렇게 나쁘기만 한 일은 아니라고 생각하게 되지.

—너무 과장이야. 계속 그렇게 생각하다가는 결국 당신만 괴로워 미칠걸. 그리고 언젠가 당신이 아빠가 되면 당신도 어떻게 사랑을 해야 할지 알게 될 거야.

—내가 아빠가 된다고? 나는 이상한 아빠가 될지도 몰라. 학교 앞에 서 있으면 다들 나를 경계할 수도 있고. 나와 손잡고 나오는 아이가 있으면 아마 유괴당하는 줄 알걸.

—알렉스, 당신은 다른 사람들을 너무 부정적인 관점으로 보는 것 같아. 그 사람들은 당신에게 그렇게 관심이 많지 않아. 당신이 뭘 하는지 곁눈으로도 살피지 않아. 사람들이 세계 구석구석까지 다 관심을 주지 않듯이 당신에게도 관심이 없어. 그리고 만약 당신과 눈이 마주치게 된다면 그건 순전히 우연이야. 당신의 외모나 직업은 아무 상관이 없어. 당신은 책으로 사람들을 치료하는 사람이야. 그런데 그게 뭐? 당신은 결혼을 거부하지. 그런데 그것 때문에 누가 고통스러운지 알아? 바로 나야! 다른 사람들은 전혀 개의치 않는다고! 그런 당신을 사랑하는 내가 고통스럽다고!

멜라니는 사람들의 다름과 무관심에 대해 마치 찬양하듯이 말했다. 멜라니는 긍정적으로 확신했다. 남들에 대한 전적인 무관심, 내가 살아가고 또 타인이 살아가게 내버려 두기……. 멜라니가 이야기하는 것을 들으니 그녀가 내 자리를 대신할 수도 있을 것 같았다. 멜라니는 독서 치료사가, 그것도 생기 있는 독서 치료사가 될 수 있을 것이다. 사람들은 삶 속에서 생기 있는 사람을 만나고 싶어 한다.

강을 거슬러 올라가는 건 연어뿐만이 아니다

멜라니는 몇 주 전부터 부모님 집에서 살았다. 조금은 강제적으로 고향집으로 돌아오게 된 것이다.

어느 날 저녁, 멜라니는 절대로 돌아오지 않겠다고 마음먹고 길을 나섰다. 끝없는 달리기가 시작되었다. 아주 오랫동안 달려보기로 한 것이다. 멜라니는 달리기 분야에 혜성처럼 나타난 존재가 되었다. 문득 담배를 피우고 싶어졌다. 10년 전부터는 더 이상 담배를 피운 적이 없었던 멜라니였다. 알렉스와 함께라면 아무것도 할 수 없었을 것이다. 멜라니는 바에 들어가 담배를 사서 나오자마자 한 갑을 거의 다 피웠다. 멜라니는 자신의 문제를 다 토해내고 싶었다. 가슴속에 더 이상 아무것도 간직하고 싶지 않았다. 바깥공기가 매우 따뜻하게 느껴졌다. 테라스에 앉아 있는 사람들은 행복해 보였다. 큰 소리로 이야기하고 있었다. 알렉스는 멜라니를 기다렸다. 알렉스는 멜라니를 사랑했고 멜라니는 그런 알렉스에 대한 자신의 사랑을 확신할 수 없었다. 멜라니는 가끔 사소한 일에도 숨이 막혀왔다. 테라스에 앉아 술을 마시는 사람들을 멜라니는 하염없이 바라보며 서 있었다. 아무도 멜라니를 쳐다보지 않았다. 한 시간이 지날 때쯤 멜라니는 알렉스에게 문자를 보냈다. 알렉스는 이 문자에 맥이 빠질 게 분명했다.

'기다리지 마. 나는 떠날 거야.'

멜라니는 8호선을 타고 메종-알포르로 향했다. 늦은 시간이 되어서야 목적지에 도착했다. 부모님의 얼굴에는 걱정이 가득했다. 하지만 멜라니는 월송 거리 10번지로 오면서 걱정을 끼칠 만한 그 어떤 위험한 짓도 하지 않았다. 멜라니의 어머니에게 멜라니는 항상 우월한 딸이었다.

가족 중에 멜라니가 가장 똑똑해.

가족 중에 멜라니가 가장 다정해.

가족 중에 멜라니가 가장 매력적이야.

가족 중에 멜라니가 가장 아름다워.

가족 중에 멜라니가 가장 이타적이야.

멜라니가 가장 가장 가장 가장 가장 가장, 이 말이 바닥도 보이지 않는 깊은 우물 안으로 우수수 떨어졌다. 그리고 가끔 이렇게 덧붙이곤 했다.

"가족 중에 멜라니가 가장 사나워."

왜냐하면 멜라니는 필터 없이 직선적으로 말을 하는 편이었고 가끔은 비꼬기도 했기 때문이다.

그렇게 너무도 특별한 멜라니가 자신의 상황에 대해 침착하게 설명했다. 어머니는 멜라니의 말을 주의 깊게 들었지만 갑작스러운 그날의 늦은 방문이 어떤 결과를 가져올지에 대해서는 제대로 파악할 수 없었다. 멜라니의 설명이 끝나자 어머니가 물었다.

"그런데 알렉스는 같이 안 왔니?"

어머니는 마치 알렉스가 주차를 하느라 밖에 있다고 생각하는 듯했다. 알렉스가 최근에 정비된 낮은 담장에 차 문이 반이 긁히고 나서야 집으로 뒤늦게 들어온 적이 있었는데 오늘도 그럴 거라고 생각하는 것 같았다. 멜라니도 알렉스를 떠날 결심을 했다는 사실을 언급하지 않았다. 멜라니의 어머니는 이해력이 부족해서 어떤 경우에는 그런 부족함 때문에 다툼을 일으키기도 하는 사람이었다. 멜라니의 아버지는 늘 그렇듯 아내에게 멜라니의 말을 다시 설명하려 했다. 덕분에 어머니는 뒤늦게 이해가 된 듯했다. 어머니는 더 이상 멜라니를 쳐다보지 않았고 멜라니는 "안녕히 주무세요."라는 인사를 던지고 청소년 시절에 사용하던 방으로 잠을 자러 갔다. 멜라니의 방은 오로지 그녀만을 위한 박물관과 같았다.

마치 사라진 아이를 기리는 장소 같았다. 멜라니는 죽은 아이의 방에서 영화를 찍고 싶은 영화인이 있다면 이 방에서 촬영을 해도 아주 잘 어울릴 것 같다는 생각이 들었다. 멜라니가 떠난 이후에도 방은 아무것도 변한 게 없었다. 멜라니는 깨끗한 침구가 깔려 있는 침대 위에 누웠다. 멜라니의 어머니는 떠난 딸의 방 침구를 매주 갈면서 일종의 자부심 같은 감정을 느꼈다. 멜라니의 아버지가 보기에는 그런 수고가 아무짝에도 쓸모없고 괜히 힘만 빼는 일일 뿐이었다. 그래서 아내에게 그렇게 고생을 한다고 도대체 무슨 이득이 있느냐고 물었다. 그럴 때마다 어머니는 이런 대답을 반복했다.

"무슨 일이 생길지 아무도 모르는 거지."

물론 멜라니의 다른 형제들은 이런 대접을 받아보지 못했다. 쌍둥이 형제는 자신들의 방이 어느 날 갑자기 다락방으로 변해 있는 것을 본 적도 있었다. 멜라니의 어머니가 가족 중에서 그 쌍둥이 형제들을 가장 이기적이고 가장 매력이 없고 가장 위선적이라고 생각했기 때문이었다. 그들의 소굴을 비워버리는 것보다는 나은 결론이었다! 그들은 좋은 대접을 받을 자격이 없었다!

멜라니의 어머니는 멜라니를 너무도 끔찍하게 사랑했다. 어느 날은 알렉스에게 멜라니를 낳던 출산 장면을 영상화하면 어떻겠느냐는 제안을 했다. 사실 알렉스에게 선택권이 있었던 건 아니었다. 그저 연장자를 존중해야 했을 뿐이었다. 강력한 대의명분이나 다름없었다. 알렉스는 멜라니 어머니의 제안을 마지못해 받아들였다. 그들은 치마나 반바지를 입고서는 앉기가 난처한 면이 없지 않은 가죽 소파에 자리를 잡았다. 그리고 얼마 지나지 않아 멜라니의 아버지가 감독으로서는 재능이 전혀 없다는 걸 깨닫게 되었다. 그리고 끔찍한 영화 대본만큼이나 불 보듯 뻔한 영화의 내용도 형편없었다. 카메라는 끊임없이 움직였고 쓸데없는 괴성만 계속되었다. 독서 치료사 알렉스는 마치 뱃멀미를 할 것처럼 속이 울렁거렸다. 〈타이타닉〉의 파리 버전인 것이다. 촬영을 마친 후 영상을 보는 내내, 브라운관 속 어머니 말고 현실의 어머니가 알렉스가 놓친 것 없이 잘 찍었다는 것을 확인시켜 주느라 그에게 계속 눈길을 던졌다. 방에서 나가 있다가 들어온 멜라니는 이 영화의 내용을 속속들이 알고 있었기 때문에 다른 생각을 하고 있었다. 마치 〈그랑 블루(Grand Bleu)〉의 대단한 광팬이었지만 이 영화가 그리 걸작이 아니라는 사실을 깨닫게 되면서 152번째 관람은 하지 않기로 마음먹은 사람 같았다.

—내 인생에서 가장 아름다운 순간이야.

출생의 순간을 폐기처분하면서 그녀는 마침내 한마디 던졌다.

—당신 기분이 어떨지 알 것 같아. 정말 멋져.

알렉스가 덧붙였다.

어르신들을 존중해야 한다는 마음이 없었다면, 또는 알렉스가 만약 제정신이 아니었다면, 그는 멜라니 어머니에게 혹시 멜라니를 임신했을 때를 찍어놓은 것이 있는지 물어봤을 수도 있다. 출산 영상은 분별 있는 사람이라면 모두 지루하게 느낄 것이다. 하지만 임신 영상이라면 아마 더 폭발적인 반응을 얻게 될 것이다.

잠이 들기 전에 멜라니는 오래전부터 간직해왔던 낡은 CD 몇 개를 들었다. CD 케이스들은 거의 깨져 있었다. 그중에 뱅센 경마장에서 열린 U2 콘서트 실황 앨범이 있었다. 멜라니는 이 그룹의 CD를 몇 십 장은 가지고 있었는데 이 CD는 고유의 스타일이 담겨 있었다. 음질 때문만은 아니었다. 솔직히 음질로 이야기하면 거의 들어줄 수 없을 정도의 해적판이었기 때문이다. 그래도 이 앨범을 들으면 알렉스와의 추억이 떠올랐다. 알렉스가 멜라니를 이 콘서트에 데리고 갔고 그들은 거기서 첫 키스를 했다. 전화 통화, 산책, 영화 관람으로 몇 주를 이어가다가 마침내 이 콘서트로 멜라니의 마음이 열리게 되었던 것이다. 누군가에게 너무 쉽게 곁을 내주지 않던 멜라니였다.

기억 속에 짙은 갈색 빛깔로 남아 있는 7월의 그날 저녁, 알렉스는 상당히 위험한 짓을 감행했다. 록스타가 되어보기로 마음먹은 것이다. 사실 마음이 있는 상대를 극장에 초대하는 것은 위험할 일이 없다. 반대로 카리스마 있고 역동적이고, 땀을 흘리고 숨을 헐떡거리는 존재를 그녀에게 보여주는 것은 이제 막 싹트는 로맨스를 자칫하면 망칠 수 있는 지름길이 될 수도 있다. 너무도 좋아하는 가수에 정신이 나간 멜라니가 그 매력적인 존재를 더 가까이에서 보기 위해 그녀 앞의 수많은 관객들을 깔아뭉개는 것도 서슴지 않을 수 있기 때문이다. 그런 우려와 달리 멜라니의 맞은편에 있던 알렉스에게는 더 좋은 기회가 되었다. 군중들 때문에 앞으로 갈 수 없었고 그래서 체념한 멜라니가 알렉스에게 노골적으로 다가선 것이다. 멜라니는 보노를 껴안을 수 없으니 결국 귀여운 학생을 껴안았다. 멜라니가 다른 남자를 택한 것이다. 결과적으로 보노의 목소리는 세이렌의 목소리처럼 멜라니를 홀리지 못한 셈이다. 그 학생이 바로 U2의 노래 가사도 잘 모르고, 결국엔 어차피 문학으로 귀착하고 마는 독서 치료사를 꿈꾸던 알렉스였다. 이 무리 속에서 멜라니는 알렉스가 박자 감각이 전혀 없다는 사실을 깨닫지 못했다. 어쩌면 멜라니는 음악에 몸을 맡긴 채 흔들면서 아무나 껴안았고, 그것이 독서광 알렉스였던 것일 수도 있다. 시기가 그리 좋았던 건 아니지만 멜라니와 알렉스는 부드러운 시간을 보냈다. 멜라니는 자신이 실수하지 않았다고 생각했다. 아무리 알렉스가 낡아빠진 문화적 기준을 가졌더라도 알렉스는 멜라니가 기대했던 사랑을 진심을 다해 전했으니까 말이다.

나는 이전의 파리의 길을 산책 중이었어요

나는 환한 대낮에 거리를 걸었어요

나는 여름이 왔다는 걸 알았어요

당신의 눈을 보았을 때

당신을 볼 때……

(U2의 '여호수아 나무(The Joshua Tree)' 앨범(1987년) 중
〈With or without you〉)

고향집으로 돌아와 잠드는 첫날 밤, 침대에 누운 멜라니는 편안했다. 이불을 잡아당기는 사람도 없었고 잠을 자고 싶은데 자꾸 어루만지는 사람도 없었다. 자신을 다시 발견할 수 있었다. 멜라니의 육체가 알렉스와 떨어져 독립적으로 존재하고 있었다. 경험해보지 않았다면 몰랐을 느낌이었다.

컴퓨터는 말이 너무 많다

RTT, 근로시간단축(Réduction du Temps de Travail). 만약 오블로모프가 한 세기 더 늦게 태어났더라면 그는 아마 논란의 소지가 여전히 많은 이 정책을 확립하기 위해 활동했을 것이다. 게다가 '전부'라는 의미인 'Totale'의 'T'를 하나 더 추가해 RTTT, 즉 근로시간 '전부' 단축(Réduction Totale du Temps de Travail)을 만들어 근로시간 자체를 없애버렸을지도 모른다.

로베르는 더 이상 오블로모프라는 인물에 대해 생각하지 않았지만 글의 내용은 로베르의 마음속에서 싹을 틔우기 시작했다. 수요일 아침, 로베르는 잠에서 깨면서도 불안해하지 않았다. 그럴 필요가 없었다. 그의 상사도 근로시간단축 제도를 알고 있었다. 'RTT'라고 발음하자 새삼 새롭게 들렸다. 아주 듣기 좋은 소리였다. 집 안에는 햇빛이 들어와 온기가 있었다. 그리고 고요했다. 로베르는 아내 클레르와 하루를 보내고 싶었다. 로베르는 급기야 최근 사무실에서 아내 클레르의 이름을 언급하기까지 했다. 이런 일은 정말이지 처음이었다.

“내일 클레르를 위해 작은 서프라이즈를 준비했어.”

로베르의 동료들이 놀란 얼굴로 그를 쳐다보았다. 그러니까 로베르의 아내 이름이 클레르였던 것이다. 이제 로베르의 입술에, 그들의 머릿속에 클레르의 존재가 들어서기 시작했다.

클레르가 등을 돌린 채 아직 자고 있었다. 어깨에는 이불이 덮여 있지 않아 맨살이 드러났다. 로베르는 아내의 어깨를 가만히 바라보았다. 아내의 어깨는 정말 부드러웠다. 로베르는 그 위에 입술을 가져다 대었다. 새삼 새롭기도 하면서 아주 익숙한 느낌도 들었다. 기억 저편에 갇혀 있던 몇몇 추억들이 되살아났다. 오래전 마침내 어깨가 드러났던 그때, 클레르를 품에 안을 수 있는 기회이고 브래지어를 천천히 흘러내리게 할 수 있었던 기회였다. 절대적인 행복이란 이런 기분일 것이라는 생각이 들었다. 클레르는 아름다웠다. 얼마나 많은 이들이 클레르의 이 어깨를 갈망했는가? 오로지 로베르만이 이 어깨에 입을 맞출 수 있었다. 다른 사람들이 탐하는 것을 소유했다는 기쁨은 로베르만의 것이었다. 로베르의 입술은 계속 클레르의 어깨에 머물러 있었다. 로베르는 침대에서 나오기가 싫었다. 지금 이 순간을 충분히 즐기고 싶을 뿐이었다. 클레르의 어깨만으로 충분했다.

—지금 뭐 해?

클레르가 물었다.

—아무것도 아니야. 당신은 쉬어.

아무것도 아니었다. 로베르가 클레르와 사랑에 빠졌던 초창기에는 입맞춤이 로베르의 전부였는데 이제 더 이상 아무것도 아니었다. 시간이 흐를수록 모든 것은 구식화가 진행되어 가치는 사라진다.

— 일하러 안 가?

클레르가 잠에서 덜 깬 목소리로 웅얼거렸다.

— 안 가. 오늘은 당신이랑 같이 있을 거야.

— 나 오늘 이따가 오후쯤에 나가야 하는 거 알지?

— 응, 당신이랑 같이 갈 거야. 너무 즐거울 것 같아.

— 이제야 나한테 사랑에 빠진 거야?

클레르가 물었다.

— 나는 항상 당신을 사랑했어. 당신은 너무 아름다워.

— 아내와 하루 종일 함께 보내라고 그 독서 치료사인지 뭔지 하는 사람이 시켰어?

— 하하하, 아니야, 믿어줘. 내가 자발적으로 하는 거라니까. 독서 치료사인지 뭔지가 시켰다는 건 너무 과장이야.

— 그렇다면 아주 바람직한 현상이네.

클레르가 말했다. 클레르가 등을 대고 다시 눕자 주름진 목이 드러났다.

클레르는 휴일을 만끽했다. 피부관리를 위한 최고의 방법은 휴식이었다. 클레르는 실제로 피부관리숍을 운영했다. 숍의 직원들은 여자들이었다. 클레르는 그 여직원들을 모두 직접 교육했다. 한 사람 한 사람을 체계적으로 가르쳤다. 그녀의 관점에서 보면 자격증은 큰 의미가 없었다. 심지어 클레르는 자격증이 하나도 없었다. 하나의 직업에 대해 정말 잘 이해하려면 고객의 입장이 되어봐야 한다. 그래야 그 일에 대해 애정을 가지고 신중하게 전심을 다할 수 있다.

"얘들아, 전심을 다해, 신중하게, 애정을 가지고. 잊지 마, 전심을 다해, 신중하게, 애정을 가지고."

클레르는 매일 이 말을 반복했다.

여직원들은 클레르를 전적으로 신뢰하고 따랐다. 로베르는 그런 아내의 모습에 괜스레 자기가 자부심을 느꼈다. 클레르도 자기 자신을 매우 신뢰했다. 인류를 제물로 바칠 의향이 없는 피부관리계의 카리스마 넘치는 영적 지도자로서 인류를 발전시키고, 그들의 약점은 지워주고 결함은 숨겨준다. 오늘 아침, 로베르는 침대에서 아내와 함께 있는 시간이 정말 좋았다. 로베르는 아내와의 짧은 대화로 마음이 진정되었고 단둘이 있다는 사실이 너무 만족스러워서 자기도 모르게 계속 바보 같은 미소가 지어졌다. 로베르는 신이 나서 세탁기를 새로 주문하기 위해 컴퓨터 앞에 앉기로 결심했다. 로베르는 그의 집이 이 컴퓨터로 인해 비로소 완성이 된다고 생각했다. 집 안에서 그가 제자리에 있다는 것을 보여주기 위한 그만의 방법이었다. 1층으로 내려가자 따뜻한 커피 향이 가득했다. 덕분에 로베르는 마음이 편안해졌다. 예약 가동을 설정해두었던 커피메이커가 작동되었던 것이다! 이런 날은 흔치 않았다. 연말의 즐거운 분위기가 오랜 시간 지속되는 경우만큼이나 드물었다. 로베르는 새 세탁기가 정말 마음에 들었으면 좋겠다고 생각했다. 세탁물을 깨끗하게 세탁하고 완벽하게 탈수까지 물 한 잔으로 해내다니, 정말 매력적이지 않은가. 예약 가동도 할 수 있고 사용법도 쉽고 감각적이다. 직장 동료가 자신의 아이폰에 대해 이야기할 때 주로 사용되는 단어들이다. 감각적, 이 말은 시대를 앞서가고 있다거나 시대의 흐름에 잘 적응해 살아가고 있다고 말해주는 것 같아 참 멋지게 들렸다.

그리고 클레르도 아주 훌륭하고 아름다우며 또 완벽하게 세탁을 수행해내는 이 기계를 사용하게 되어 무척 행복해할 것이다. 로베르는 클레르에게 선물을 한 적이 없었다. 초창기 때도 터무니없이 비싼 반지, 당시 유행이었지만 너무 얇아 손톱에만 걸려도 망가질 것 같던 팔찌, 아슴푸레한 빛에서도 눈에 띄는 반짝이는 목걸이 같은 선물을 해본 적이 없다. 그런데 이제 곧 세탁기가 클레르에게 배송될 것이다. 로베르는 '결제'를 클릭하는 것으로 사랑의 모양도 다양해질 수 있겠다는 생각을 했다. 컴퓨터 화면에서 방금 본 금액을 결제하는 데 몇 초도 걸리지 않는다. 그리고 매장에 가지 않고도 집에서 바로 인터넷 사이트로 들어가 판매 물품들을 보고 결제를 하면 집으로 배송되어 온다. 로베르가 움직일 필요는 전혀 없다. 이제는 20년 전과 같은 시간 낭비는 하지 않아도 된다. 오래 뛰어다니지 않고도 이마의 땀을 닦아낸다거나 최소한의 노력으로 근육을 태운 듯한 희열을 느낄 수 있다. 마치 회의실에서 오랜 회의 끝에 원하던 결과를 얻은 후, 한껏 들뜬 마음으로 새하얀 칠판에 그 결과를 적으려고 마침내 팔을 들어 올릴 때의 기분과 비슷할 것이다. 로베르는 세탁기 구매로 인해 자신의 디지털 활동성이 향상된 것만 같아 뿌듯한 기분이 들었다. 로베르 자신도 디지털 세상의 발전에 보탬이 된 것 같았다.

모니터에는 미소 짓는 작은 사람과 함께 '주문 요청'이라는 메시지가 떴다. 이제, 로베르는 이 아름다운 세탁기가 도착하기를 기다리기만 하면 되었다. 더 이상 해야 할 일이 없었다. 그러다 다른 인터넷 창을 열게 되었다. 아무래도 이미 열려 있었던 것 같았다.

『오블로모프』 반값 세일.

24시간 안에 『오블로모프』가 집으로.

『오블로모프』를 놓치지 마세요!

우리 매장을 방문해보세요.

순간 오블로모프 광고들이 그의 시야를 뒤덮었다. 여기저기 죄다 오블로모프였다. 오블로모프라는 인물은 아마도 자신의 고유명사에 대한 독재적 이미지에 갈증이 심했었나 보다. 눈앞에는 온통 길게 드러누워 있는 오블로모프 이름들로 가득했다.

사실 이건 클레르가 로베르가 말한 소설을 검색해보려고 검색창에 '오블로모프'를 입력한 결과였다.

'이렇게 연기력이 뛰어나다니! 이 책에 대해서 혼자 찾아봤나 보네?'

로베르는 생각했다.

로베르가 이 책에 대해 이야기할 때 클레르는 제대로 듣지 않는 것 같더니 모두 기억해두고 있었던 것이다. 로베르는 어릴 때부터 이야기를 잘한다는 칭찬을 많이 들어왔는데 클레르도 주의 깊게 들었던 모양이다. 클레르가 혼자 검색해본 흔적을 찾아볼 수도 있었지만 그렇게 하지는 않았다. 로베르는 보고 있던 세션을 일단 닫고 새로운 인터넷 창을 열었다.

세탁기 반값 세일.

24시간 안에 세탁기가 집으로.

우리 세탁기를 놓치지 마세요!

우리 매장으로 보러 오세요.

로베르 앞에 세탁기 천국이 펼쳐졌다! 클릭하세요. 그러면 당신의 것이 됩니다. 로베르는 생각 없이 이 페이지에서 또 다른 페이지를 옮겨 다녔다. 자유로운 자유였다. 그러다가 문득 아내가 아직 자고 있다는 생각이 들었다. 검색 기록을 한번 볼까. 어차피 클레르는 아무것도 모를 것이다. 로베르는 주위를 흘끗 보았다. 자, 이제는 주저할 필요가 없었다. 사실 클레르는 그에게 숨기는 게 전혀 없었다.

검색 기록

검색 기록 보기

어제

열어본 페이지

검색 : 오브리가두/오브르/오블리테레/오블리가시옹/오브라모프/소설 오브로모프/오블로모프

열어본 페이지 :

—포르투갈어로 '감사합니다'는 어떻게 말하나요?

—오브로는 부르키나파소의 마을 이름으로, 남서쪽 부구리바 주의 봉디기 지방에 위치해 있다.

—오블리테레 : 의미

—오블리가시옹 : 의미

—오브라모프 : 검색어를 다시 입력하세요

—소설 오브로모프 : 오블로모프로 다시 검색하세요

—오블로모프 : 곤차로프의 소설

—무료 백과사전 : 오블로모프

—리뷰 : 『오블로모프』, 읽을 수 있어서 행복했다

클레르는 때로는 실수를 하기도 했지만 『오블로모프』에 대한 정보들을 조심스럽게 찾아나가고 있었다. 로베르는 이 여정을 그대로 따라가면서 클레르의 사랑을 느꼈다. 『오블로모프』에 대한 의견들을 살펴보니 그 평이 극과 극을 오갔다. 어느 사이트는 이 소설에 대해 10점 만점에 2점을 주기도 했다.

'『오블로모프』는 실패한 소설이자 실패한 사람의 소설이다.'

사회 안에서 책이나 의사, 미용사, 레스토랑 등에 대한 평가가 끊이지 않는다면 그 사회는 그 평가에 너무 얽매인 나머지 곧 허물어질지도 모른다. 왜냐하면 그다음은 우리가 평가를 받을 차례이기 때문이다.

로베르는 스포츠 사이트에 들어가 보는 것으로 디지털 여행을 마무리하기로 했다. 그는 안토니의 상황이 밤새 변화가 있었는지 알고 싶었다. 기사 제목 하나가 상황을 너무도 선명하게 전달해주었다.

'안토니 폴스트라, 프랑스에 머물 가능성은 10분의 1.'

(스스로)
행진하다

걷고, 소리치고, 노래하고, 알지도 못하는 사람들과 팔짱을 끼고……. 시위라는 것은 나와 정말 맞지 않는 일이다. 야외 나이트클럽 같다고나 할까? 나는 침묵하고, 책 읽는 시간의 고독을 즐기고, 늘 좋아하는 작가의 책을 손에 쥐고 있다. 말하자면 시위와 나는 대조법과 같다. 책 속에서 이런 문체는 마음에 들지만, 소란스러운 현실 속을 걸으며 시위를 하는 세 시간 동안 나는 나와 전혀 어울리지 않는 분위기를 계속 참아내야만 했다. 도대체 시위는 왜 하는 것일까?

내가 아무도 차갑게 외면하는 사람이 아니어서인지 내 주위에는 온통 나와 같은 구호를 공유하는 수십 명의 사람들이 있었다. 만약 내가 높은 곳에 올라가서 멀리까지 볼 수 있었다면 실제로는 수천 명이었을 것이다. 그런데 거기서 나를 불편하게 했던 것은 바로, 주위를 둘러보니 나와 비슷한 사람들이 보였다는 것이다. 나는 스스로를 특이하다고 생각해왔는데 말이다. 내가 다른 사람들과 다르다는 생각 때문에 나는 오랜 시간 동안 무너졌고 가족과 가족의

지인들로부터 거리감으로 두고 지내왔다. 나는 스스로를 그렇게 생각하며 인생을 살아왔다. 당연히 시위를 하는 동안에도 나는 주변 사람들과 다르다고 여겼다. 군중 속에서 불편한 한 젊은 남자, 그게 나였다. 하지만 다행히 내 곁에 멜라니가 있었다. 우리는 같은 방향으로 리듬에 맞춰 갔다. 우리 부부는 몇 년 동안 그렇게 살아왔다. 그 시절의 삶은 마치 적은 예산으로 서부극 무대를 만든 것처럼 부자연스러웠다. 상상 속의 미국 서부 술집과는 전혀 다른 모습이었다. 굳이 필요도 없는 카우보이 도어까지 달려 있고, 만약 배우가 자칫 잘못 움직이기라도 하면 마을 교회는 곧 무너질 것만 같았다. 그래도 나는 그것이 진짜 미국 서부 술집의 모습이라고 믿었다. 그다지 많은 대가를 치를 필요는 없었지만 그때 행복이라고 믿었던 삶은 나에게 부자연스러운 것이었다. 행복하다고 믿어야 한다고 스스로에게 강요했던 것 같다. 어쨌든 멜라니는 포르트 도핀에서 만나자마자 나에게 이렇게 경고했다.

"착각하지 마. 당신 책 속에는 굉장한 일들만 있겠지. 미안하지만 여기는 현실이야. 특별할 건 아무것도 없어. 데우스 엑스 마키나(deus ex machina)* 같이 우리의 상황이 갑작스럽게 바뀔 거라는 기대는 하지도 마. 당신을 다시 만난 건 기쁘지만, 우리가 이미 내려놓았던 것들을 다시 시작할 수 있을 거라고는 생각하지 마."

멜라니는 따지는 걸 좋아하지만 말을 부드럽게 꾸며서 하는 사람이 아니다. 그리고 많은 사람들이 결국에는 포기하고 마는 상황

---

*연극에서 예상치 못하게 갑자기 나타나 절망적인 상황을 해결해주는 인물이나 사건을 일컫는 말-옮긴이

에서도 멜라니는 끝끝내 해내려고 애쓴다. 나는 멜라니의 그런 성향을 잘 알고 있었기 때문에 그녀가 공격을 해와도 교묘히 피하는 방법을 알았다. 멜라니가 마침 데우스 엑스 마키나라는 말을 하는 바람에 나는 희곡 『수전노(L'Avare)』의 결말에 대해 떠올리지 않을 수 없었다. 작품 속 인물들이 결말에서 갑자기 서로의 아버지임을, 아들임을, 그리고 남매임을 알게 되는 내용이다. 물론 멜라니에게는 방금 내 머릿속에 떠오른 연극 대사들에 대해서는 말하지 않았고, 멜라니의 말에 아무런 대꾸도 하지 않았다. 그녀의 말에 동의한다는 의미로 그저 고개를 끄덕이기만 했다.

나는 머릿속으로 이 희곡의 대본에 대사를 추가해보기도 했다. 우리의 상황에 맞추려면 군데군데 대사가 부족해 보였기 때문이다.

그래, 멜라니. 과거는 다 지워버리자. 그리고 우리 다시 만나자. 다시 사랑하자. 기적은 우리만 만들 수 있는 거야.

하지만 대사가 썩 만족스럽지는 않았다. 그래서 그냥 나만 알고 있기로 했다.

나는 다시 현실로 돌아가야 했다. 몰리에르와 그 일당들이 마음속에서 내보내 달라고 아무리 아우성을 치며 문을 두드려대도 나 역시 꿋꿋하게 버티며 그들을 다시 밀어 넣어야만 했다. 아마 그들이 지쳐서 나가떨어질 것이다. 혹여 그렇지 않다면 문이 부서져버릴 테고 나는 그들의 탈출을 막을 수 없을지도 모른다. 그러면 이렇게 망자들의 무리에게 계속 시달리다가 결국 정신병원으로 가게 될 수도 있다!

시위에 참가한 사람들은 모두들 한마음이 되어 걷고 있었다. 벌써 두 시간이라는 시간이 흘렀다. 시위 참가자들은 열광하고 있었고 이 시위를 통해 모든 게 가능하게 될 것이라는 믿음이 있는 듯했다. 그 믿음대로 되지 않을 거라고 말해주는 사람은 그들 중 단 한 명도 없었다. 멜라니는 정말 행복한 모습이었다. 멜라니는 시위 주최자들을 따라 소리 높여 계속 구호를 외쳤다. 이것이 파리에서의 산책이란 말인가. 이 얼마나 낭만적인 시간인가!

비록 멜라니가 처음부터 경고를 하긴 했지만 나는 호흡을 가다듬고 멜라니에게 우리가 헤어지고 난 뒤 어떻게 지냈는지 물어보기로 마음먹었다. 그런데 주위가 너무 시끄러워서 나는 목소리를 더 높여야 했다. 그렇다고 멜라니 앞에서 고함을 지르거나 연극을 하는 듯한 인상을 주면 안 되었다. 나는 멜라니의 귀에 너무 바짝 다가가지 않고 적당한 거리에서 질문을 던졌다.

—부모님 댁으로 간 거야?

—응.

—당신 방은 그대로 있어?

—응.

—어때?

—응.

—어머님과 대화가 너무 힘들지는 않았고?

—아니.

멜라니가 '응' 아니면 '아니'로만 대꾸를 했기 때문에 대화를 이어가기가 힘들었다. 멜라니는 그 두 단어 외의 다른 79,998개의 표제어는 모두 지워버린 것 같았다.

두 시간 반이 다 되어갔다. 이제 막 형사기동대가 도착해 우리를 에스코트하고, 또 동시에 우리를 저지할 준비도 했다. 그들 대부분은 우리의 안전을 마지못해 보장하고 있었다.

내 오른쪽으로 자리하고 있는 웅장한 모습의 광고판이 눈에 띄었다. 시위를 계속해나가는 우리들은 그 광고판을 보지 않을 수 없었다. 아름답고 완전히 새것인 간판에 광고들이 자동으로 연달아 지나갔다. 한 속옷 브랜드의 광고가 나타나자 팬티 차림의 안토니가 보였다. 팔등신에 근육질 몸매였지만 결코 과하지는 않았다. 정말 지나칠 정도로 멋진 몸이었다. 현실에서는 안토니 역시 나처럼 최소한 몇 가지 정도는 결점이 있을 텐데……. 컴퓨터가 이토록 멋진 모습을 만들어낸 걸까. 이제 우리는 가던 길을 되돌아올 준비를 해야 했다. 그새 안토니는 광고판에서 밀려나고 노래하는 신부들의 무리가 그 자리를 차지했다. 사제복을 입은 그들의 모습에 눈길이 가지 않을 수 없었다. 노래하는 가난한 자들. 예술가로 변신한 신부, 그리고 원래 직업과는 상관없이 속옷 판매자로 변신한 운동선수, 이 지구상에는 제대로 돌아가는 게 없다. 가난한 죄인들만 존재할 뿐. 광고판에 다시 모습을 드러낸 안토니는 역시나 벌거벗고 있었다. 나는 안토니를 뚫어져라 쳐다보았다. 보기 좋은 몸매인 건 확실했지만 어쩐지 부자연스러워 보였다. 안토니는 천진난만한 눈빛을 하고는 거리 한복판에서 거의 발가벗다시피 하고 있었다.

우리는 금세 시위 분위기가 악화될 것이라는 걸 깨달았다. 시위가 시작될 때는 가벼운 분위기였는데 어느새 험악한 조짐들이 보이기 시작했다. 저 멀리서는 함성 소리가 들려오고 연막탄까지 터지고 있었다.

"다른 쪽으로 가자. 이쪽으로 오는 게 아니었어."

멜라니가 나에게 말했다.

그리고 우리는 큰길 쪽으로 방향을 바꿨는데 그 길도 서서히 연기로 채워지기 시작했다. 나는 어느 방향으로 가야 좋을지 궁리해 보았다. 그런데 '좋은' 길이 있기나 할까? 파리 시내의 길이란 길은 모두 난장판이었다. 문득 『레 미제라블(Les Miserables)』의 가브로슈와 그의 노래가 귓가에 들려오는 듯했다.

나는 공증인이 아니라네,
죄는 볼테르의 탓이라네,
나는 참새, 작은 참새라네,
죄는 모두 루소의 탓이라네.
쾌활하기 짝이 없네, 내 성격은
죄는 바로 볼테르의 탓,
비참하기 짝이 없네, 내 옷차림은
죄는 바로 루소의 탓.

나는 내 삶을 빅토르 위고의 이 소년처럼 끝내고 싶지 않았다. 나는 책을 읽으면서 숨을 거두기를 항상 꿈꿔왔다. 품위 있는 죽음이 될 것이며 아마 독서 치료사로서의 경력에 정점을 찍는 순간이 될 것이다. 책을 읽으면서 죽고 싶은데, 그럼 어떤 책을 읽다가 죽어야 할까? 예를 들어, 읽다 보면 얼굴빛을 납빛으로 만드는 스테판 말라르메의 시는 어떨까?

나 그대에게 이두메의 밤으로부터 아이를 데려왔다!
피가 흐르고 깃이 다 빠져버린 힘없는 날개를 단 캄캄한 밤,
향료와 금으로 불타는 유리잔을 통해,
오호라! 여전히 음울한 저 싸늘한 유리창을 통해.

(스테판 말라르메, 『운문과 산문(Vers et prose)』 중
「시의 재능(Don du poème)」(1865))

아니다, 이 시는 확실히 아니다! 나는 무겁지 않고 재미있는 책을 고르고 싶다. 이를테면, 『나는 왜 아버지를 먹었을까(Pourquoi j'ai mangé mon père)』 또는 『바보들의 음모(La Conjuration des imbéciles)』 같은 책들 말이다.

그리고 내 죽음의 순간에 대해 또 말하자면, 두 대의 프랑스 자동차 사이에 끼여서 죽는 일도 없어야 한다. 어머니가 견디지 못할 것이다. 부득이한 경우에 한 대는 독일 자동차일 수도 있겠다. 어쨌든 어머니 역시 내가 책을 읽으며 죽는 순간을 떠올린다면, 그것은 분명 뒤마의 책일 것이다.

내가 혼자 이런저런 생각을 하느라 눈도 깜짝 안 하고 있자 멜라니가 내 손을 꽉 잡았다.

—알렉스, 정신 차려. 당신 계속 책 생각하는 거 다 알아. 지금 그럴 시간이 아니라고.

우리는 혼잡한 분위기의 낯선 길 한복판으로 갔다. 그곳은 레오나르도 다 빈치의 스푸마토 기법을 보듯 뿌연 연기로 가득했다. 나는 멜라니의 손을 잡았다. 멜라니도 내 손을 잡았다. 분위기가 괜

찮아질 거라고 생각했는데 아니었나 보다. 우리는 무작정 뛰면서 거리를 다시 거슬러 올라갔다. 더 이상 어느 쪽이 우리 편이고 어느 쪽이 우리 편이 아닌지 알 수 없었다.

파리의 거리를 무턱대고 달렸다. 시위자들 때문에 여기저기에 버려진 자동차들을 피해야 했다. 지금 프랑스의 수도는 수많은 관광객들이 모두 한곳으로 몰려들고 있는 꼴이었다.

우리는 조금 더 조용한 장소에서 상황을 살펴보기로 하고 멈춰 섰다. 멜라니는 나에게, 계속 뛰었는데 그렇게 갑자기 멈춰 서면 심장에 무리가 가니 계속 천천히라도 걸어야 한다고 말했다. 멈춰 서는 속도를 조금씩 늦추고 호흡을 가다듬어야 한다고. 잠수부가 감압 없이 갑자기 수면 위로 올라오면 안 되는 것처럼 말이다. 맥박이 내려간다, 180, 160, 140……. 어디까지 내려가야 하지? 도핑한 사이클 선수는 맥박이 분당 60이라던데……. 정확하게는 생각이 나지 않았다.

우리는 결국 어느 분수대 근처에서 멈췄다. 분수대는 물이 계속 흐르고 있었다. 12월인데 기온은 너무 따뜻했다. 이렇게 따뜻한 날씨 때문에 시에서 분수를 멈추지 않았을 수도 있다. 흐르는 물을 보니 나는 목이 말라왔다.

마실 수 없는 물

내 몸 상태가 정상이었다면 이런 물을 보고 마시고 싶은 생각이 들지는 않았을 것이다. 하지만 지금 나는 너무 더웠다. 체온을 내리기 위해 센 강에 뛰어들까 하는 생각까지 들었다. 시원한 기분으로 올라올 수는 있겠지만 한두 가지 피부병이 생길 위험이 있다. 그래도 최소한 얼굴만이라도 시원하게 하고 싶었다.

멜라니가 나에게 팔짱을 꼈다. 멜라니는 우리가 시위 현장에서 보고 들은 것 때문에 내가 우울해하고 겁을 먹었다고 생각했다. 나는 겁먹지 않았다. 단지 연막탄 때문에 구역질이 나려 했을 뿐이었다. 도대체 연막탄 같은 건 누가 발명했을까?

나는 울지도 않았다. 정말이다. 그런데 멜라니가 나에게 다가와 준 이 순간을 조금 이용하고 싶었다. 그래서 그냥 가만히 있었더니, 멜라니가 더 세게 팔짱을 꼈다.

어머니가 언젠가 나에게 내 눈이 돌로 만들어진 것 같다고 말한 적이 있다. 내가 눈물을 흘린 적이 없기 때문이다. 어머니에게 나는 아를르의 비너스 같은 존재였다. 내 눈을 보면 굳이 무언가를 보려고 하는 것 같지 않다는 이유였다. 어머니가 나에게 '돌로 만들어진 눈'을 가졌다고 했을 때는 바로 어머니의 자매들 중 한 분이 돌아가셨다는 소식을 나에게 전했을 때였다. 어머니가 그렇게 눈물을 흘리고 있는데도 나는 꿈쩍도 하지 않았다. 세상을 떠난 이모도 괴팍한 성질이었지만 불행하게도 여전히 살아 있는 다른 이모도 역시나 정이 가지 않았다. 가족들 중 몇몇은 정말 끔찍했다. 나의 어머니도 거기에 포함되었다. 어쩌면 나는 그 상황에 맞게 눈물 몇 방울 정도는 만들어 흘려줄 수도 있었을 것이다. 하지만 나의 이모는 눈물 한 방울도 흘릴 가치가 없는 사람이었다. 세상에서 가장 인색한 사람이었으며 관용이라고는 없는 사람이었다.

나는 이모를 스크루지 이모라고 불렀는데, 그때 당시 내가 아직 사드의 작품을 읽지 않았기 때문이었을 것이다. 스크루지는 내가 아는 가장 고약한 인물이었다. 그는 뒤늦게 자신의 악함을 깨닫고 새로운 삶을 살게 되지만 이모는 그렇지 않았다.

이모네 집에 가면 모든 벽장이 열쇠로 잠겨 있었다. 그래서 사촌들은 스크루지 이모 곁에서 먹을거리를 구걸해야 했다. 나를 쳐다보는 이모는 마치 부패한 동물의 내장을 먹은 것같이 보였다. 그만큼 이모의 얼굴은 혐오 그 자체였다. 친애하는 스크루지 이모가 치명적인 식중독에 걸려 그만 죽고 말았을 때는 이모를 애도해야 했었는지도 모른다. 빌어먹을! 정말 동물의 내장을 먹었던 것인지도 모르겠다…….

그래서 돌로 만들어진 눈, 비너스의 눈이라고 했던 것이다. 나는 눈물을 낭비하지 않고 최대한 아끼면서 이모에게 경의를 표하고 싶었다. 어머니는 의학적인 면에서는 한계가 있었지만 은유에 대해서는 그렇지 않았다. 나의 두 눈은 돌로 되어 있지만 그 '방수성'도 시간이 갈수록 쇠퇴했다. 특히, 연막탄에 약했다! 멜라니도 어머니에게 이미 이 이야기를 들어 알고 있었다. 멜라니가 나의 고향집을 방문했을 때였다. 내가 사랑하는 사람을 위해 어머니는 마치 아름다운 광고라도 하는 것처럼 상세한 설명을 해주었다.

"우리 아들은 돌로 만들어진 눈을 가졌단다."

어머니는 계속 말을 이어갔다.

"아를르의 비너스를 본 적이 있지? 시선을 돌리고는 아무것도 보고 싶어 하지 않아."

세상에, 내가 여자 조각상과 비교를 당하다니! 미켈란젤로의 다비드상과 같은 남자 조각상도 많이 있는데 말이다. 그 역시 정면을 바라보지 않고 있다. 나와 비슷하다고 하려면 다비드상이 더 적합할 것이다. 다비드상의 근육이 나보다 훨씬 더 발달되어 있다는 사실은 물론 나도 인정한다. 게다가 어머니가 다비드상을 모르는 것도 아니다. 그런데도 왜 굳이 여자 조각상을 골라 나와 비교를 했던 걸까?

다행히도 멜라니는 이런 비유가 와 닿지 않았던 모양이다. 엄마의 대단할 것도 없는 은유가 멜라니에게는 통하지 않았던 것이다. 내 눈물도 조각상도 멜라니의 관심을 끌지 못했다. 멜라니는 대신 나의 미소, 섬세함을 좋아했다. 그리고 내가 그녀와 항상 어디든 동행하고, 그녀의 의견에 대부분 동의하고, 인간관계에서 지속성이 있는 면을 더 좋아했다.

시위가 있던 날 오후, 비로소 고함 소리와 수많은 군중들 사이에서 자유로워진 나는 멜라니의 품에 안겨 있는 게 좋았다. 비록 거짓 눈물 덕분에 가능한 일이었지만 말이다. 이런 소소한 거짓말은 타인에게 아무런 고통도 주지 않는다. 이로써 나는 연막탄과 이를 발명한 사람을 사랑하지 않을 수 없게 되었다!

—이제 좀 괜찮아?

멜라니가 나에게 물었다.

—계속 한참을 달렸더니 멈추는 게 힘들었어. 이제 나도 다시 운동을 시작해야 하나 봐.

—그래, 그럼 내가 몇 가지 조언을 해줄게. 체계적인 트레이닝 프로그램이 필요할 거야. 아주 낮은 난이도에서부터 시작해.

—응, 당신이 이렇게 알려주니 든든하네.

—이메일로 프로그램을 보내줄게. 나는 부모님 댁으로 돌아갈 거야. 안전한 곳에서 조용히 쉬고 싶어. 이따가 전화할게.

멜라니는 마치 어린아이에게 하듯 나에게 비주(bisou) 인사를 하고는 떠났다. 나는 멜라니가 멀어지는 것을 바라보았다. 멜라니가 뒤를 돌아보며 말했다.

—지금 쓰고 있는 후드 벗어. 그러지 않으면 경찰들이 당신을 연행해 갈지도 몰라.

우리는 지옥에서 벗어났고 멜라니는 마치 우리가 곧 슈퍼마켓에서 다시 만날 것처럼 말했다. 스포츠 정신으로 나를 교육하겠다는 멜라니의 생각은 그 자체로는 그리 나쁘지 않다. 단지 내가 그 말을 했던 건 꼭 운동을 하고 싶다는 의미가 아니었다는 게 문제다. 멜라니는 나의 의도와 다르게 받아들였던 것이다. 상대가 하는 말의 섬세한 의미를 더 이상 이해하지 못하고 있다는 사실이 바로 우리 불화의 징후였다. 문장의 미묘한 의미를 이해하지 못하고 각각의 단어와 표현을 문자 그대로만 파악하는 것이다. 사랑의 끝은 언어의 끝과 그 시기가 같았다.

나는 멜라니의 조언에 그저 기계적으로 미소 지었다. 나는 후드를 그냥 쓰고 있었다. 인권의 나라에서 사람들은 드레스 코드에 있어 절대적으로 자유로울 수 있는 걸까?

나는 더 상쾌한 공기를 마시고 싶어졌다.

◆ ◆ ◆

나는 가브로슈처럼 죽지 않았고 나는 그런 내가 상당히 자랑스러웠다. 문학은 비극적인 이야기를 많이 다룬다. 왜냐하면 삶이라는 게 원래 그런 것이기 때문이다. 작가들은 창작을 위해 비참한 현실에서는 멀리 떠나 있다. 빅토르 위고는 바리케이드 위에서 직접 투쟁하지 않았다. 그는 그렇게 할 수 없었고 대신 글을 썼다. 두 가지의 행동 방식을 섞는 것이 아주 불가능한 일은 아닐 것이다. 하지만 직접 투쟁하는 것과 글을 쓰는 일을 둘 다 하는 경우는 드물다. 사무실에 앉아 벽난로에서 불이 타닥타닥 타오르는 소리를 들으며 글을 써도 독자들에게 작가가 앞장서서 이끌고 있다고 믿게 할 수 있는 것이 바로 천재성이다. 바깥에서는 싸움이 일어나려고 해도 창문이 굳게 닫혀 있기 때문에 작가는 바깥의 소음에 방해받을 일이 없다. 이처럼 문학은 창문의 다른 쪽에서 일어나는 삶과 같다. 그런 점에서 볼 때 문학은 우리를 도와줄 수 있다. 문학은 '거의' 삶이나 마찬가지이기 때문이다. 다만 작품을 자신의 상황에 맞추어보아야 한다. 이 '다만'이라는 단어가 내 직업만의 묘미다. 현존하는 수많은 작품들 속에서 이 안타까운 인간이라는 존재에게 말을 건네줄 소설이나 시를 찾아 제공해야 한다. 나는 작품이 '말을 건넨다'는 표현까지 쓴다. 이것은 절대 허튼 소리가 아니다. 우리에게 말을 건네는 작품들은 그것을 읽는 독자와 함께 진정으로 친밀한 관계를 형성한다. 작품의 텍스트는 귀가 아니라 눈을 통해 우리에게 스며든다.

지하철역 방향으로 걸으면서 나는 주머니에서 에밀리 디킨슨의 시 선집을 꺼냈다. 은둔의 삶을 살았던 이 젊은 아가씨는 누구 못지않게 세상을 잘 이해했다. 창문을 통해 본 세상이었다. 인간의 본질을 꿰뚫는 그녀의 짧은 행들은 피부에 메스 자국이 남듯 인간이라는 존재에 깊은 흔적을 남긴다. 나는 주머니에 항상 책 한 권을 넣고 외출하곤 했다. 파리의 넓은 대로 덕에 나는 책을 읽으면서도 아무하고도 부딪치지 않을 수 있었다. 그리고 부차적으로는 굳이 사람들을 관찰하지 않아도 되었다. 도시의 중요한 특징은 사람들이 가식적으로 바쁜 척한다는 것인데 책을 읽으며 길을 걷는 동안에는 그들의 가식에 신경을 쓰지 않을 수 있다. 중요한 존재가 되기 위해서는 바빠야 한다. 바쁘게 살아가는 삶은 예측이 가능하다. 하지만 천천히 여유를 가지며 살아가는 삶은 아무도 예상하지 못한다. 그래서 아무에게도 관심을 받지 못하는 삶을 살아가게 된다. 사람들은 관심받고 싶어서 달리는 척, 서두르는 척, 전화통에 불이 나는 척을 한다. 하지만 에밀리 디킨슨은 아무것도 하지 않았으며 파리에서 살지도 않았다.

나는 미워할 시간이 없었다 —
곧 무덤이 나를 당혹스럽게 할 것을 알았기 때문에 —
그리고 인생은
'전투'를 수습하기에
충분히 길지 않다 —
그리고 사랑할 시간도 없다 —
하지만
무엇인가를 해야 하기 때문에 —
사랑의 사소한 걱정거리만으로 —
충분히 행복할 거라고
나는 생각했다 —

나만의 독서 시간은 한 남자의 목소리 때문에 중단되고 말았다. 내가 아는 사람의 목소리였다. 남자 둘, 여자 둘의 네 명의 무리가 나를 앞질러 갔다. 나는 더 이상 에밀리 디킨슨의 목소리에 귀를 기울일 수 없었다. 왜냐하면 조금 전에 내 귓가를 스친 목소리의 주인공이 누구인지에 온 신경이 가 있었기 때문이다. 목소리에는 강한 자신감이 배어 있었고 본인의 목소리를 듣는 걸 즐기는 사람 같았다. 심지어 말하고 있는 것은 그 사람 하나뿐이었다. 다른 사람들은 잠자코 그의 말을 듣고 있었다. 나는 걸음을 재촉하여 더 가까이 다가갔다. 내 한 손에는 여전히 책이 들려 있었는데, 이런 모습은 아무도 나를 염탐꾼으로 여기지 않게 해주는 효과가 있었다. 책은 정직한 사람의 상징이 되는 경우가 많기 때문이다. 강도는 권총을 손에 들지 제임스 조이스의 전집을 들고 은행으로 들어가는 일은 절대로 없을 것이다.

"어서 금고를 열어라. 안 그러면『피네간의 경야(Finnegans Wake)』전문을 읽어줄 테다!"

이렇게 말하는 강도는 아마 없을 것이다.

나는 더 바짝 다가섰다. 그 남자의 목소리가 더욱 선명하게 들려왔다.

—내 말 좀 들어봐, 프랑크, 어떻게 여자 둘이서 아니면 남자 둘이서 그 짓거리를 할 수 있을까? 나는 시간이 갈수록 더 이해를 못 하겠어. 정말 미친 짓 같아. 오랫동안 함께 일을 해온 게이가 하나 있거든. 어쨌든 좋은 녀석이긴 한데……. 뭐 어차피 일 이야기만 나눠보았지만 말이야. 그 녀석이랑 사생활에 관한 이야기를 못 하겠더라고. 사적인 이야기를 하면 불편한 건 어쩔 수가 없어서 말이야. 그래도 그 녀석한테 대놓고 불편하다고는 말 못 하지. 혹시 내가 불편하게 느끼는 걸 눈치 챌까 봐 꽤나 조심했다니까! 나는 그냥

그가 게이라는 걸 인정하고 받아들이는 척했던 거야. 두 남자가 일요일 오후에 꽃을 들고 오는 게 전혀 이상할 게 없다고 생각하는 것처럼 행동했어. 이제는 그 녀석과 다른 동성애자들에 대한 이야기를 하는 것도 거리낌이 없을 것 같아.

나는 그의 이야기를 아무런 분석도 하지 않고 듣고 있었다. 그저 누가 말을 하고 있는 것인지 알고 싶었다.

—로베르, 그건 네가 지혜로워서 그럴 수 있는 거야. 스스로를 가두지 않으면 더 정직할 수 있어. 너는 네가 되려던 모습이 되었구나. 나 같은 경우는 불행히도 아직 그렇게까지는 못 하겠더라. 사무실에 레즈비언 두 명이 있어. 그런데 나는 그 여자들을 보면 혐오감을 느껴.

무리 중 다른 남자가 자신 없는 목소리로 말했다. 그는 마치 발표를 할 때 미리 써놓은 종이를 펼치고 글자 위에 손가락을 올린 채 큰 소리로 읽어나가듯이 말을 했다. 그의 원고는 그에게 너무 어려워 보였다. 오히려 듣고 있는 내가 그의 말을 더 잘 파악하고 있는 것처럼 느껴졌다.

그가 '로베르'라는 이름을 말했지만 딱히 떠오르는 사람은 없었다. 대화는 계속되었다.

—곧 그렇게 될 날이 올 거야. 걱정하지 마. 어쨌든 오늘 그들에게 좋은 교훈을 준 거야. 강한 인상을 남겼을걸. 이제 아무 말 못 하겠지. 입양, 결혼, 저 사람들이 그걸 해서 뭘 어쩌겠다는 걸까? 그들은 자신들이 소설 속에 살고 있다고 믿는 거지……. 아, 나 독서치료사와 치료를 시작했어. 시립 도서관 책은 전부 읽은 대단한 사람이야. 내가 이렇게 유식한 사람과 이야기할 수 있을 거라고는 생

각 못 했거든. 어떤 결과를 얻게 될지는 두고 보면 알겠지. 아, 그리고 진짜 혁신적인 세탁기를 주문했어. 대단한 물건이야.

아! 로베르, 로베르 샤프만! 시간이 늘 모자라다고 하던 시계 판매원! 오블로모프! 내 머릿속에 이 두 이름이 동시에 떠올랐다. 앞으로는 그의 이름 앞에 몇몇 형용사들이 나란히 추가되어야 할 것 같다. '멍청한', '이해심이 없는', '상스러운'…….

둔한 사람들이 대개 그렇듯이 그는 세탁기, 독서 치료, 동성애에 대한 자신의 증오심과 같은 온갖 주제들을 한꺼번에 논할 수 있는 사람이었다. 물론 이야기 상대들도 별 신경을 쓰지 않았다.

로베르는 가식적으로 동성애를 인정하듯 살아왔기 때문에 이 시위에 일종의 의무감으로 나온 것이다.

나는 에밀리 디킨슨의 책을 여전히 한 손에 들고 모른 척 숨어 있었다. 그리고 아무 말 없이 로베르의 무리를 따라갔다. 그러다가 갑자기 한 여자가 뒤를 돌아보았다. 내 존재에 대해 눈치를 챈 것 같았다. 나는 곧바로 몸을 숙여 신발 끈을 다시 묶었다. 그러고는 아무렇지도 않은 듯이 몸을 일으켜 다시 천천히 걸으며 여류 시인의 시집을 읽기 시작했다. 책이란 정말 대단한 무기다. 조금 전에 뒤돌아보았던 여자는 더 이상 신경 쓰지 않았다. 만약 내가 의혹을 받았더라면 나는 기꺼이 그들의 면상에 『피네간의 경야』를 던져버렸을지도 모른다.

황제의 눈물과
왕비의 눈물

무슨 일을 해도 모두 성공하는 사람들이 있다. 그들은 사랑, 돈, 건강, 직업적 성취, 아름다운 집, (잡초 하나 없는) 완벽한 잔디, '스타트' 버튼을 누르자마자 시동이 걸리는 자동차(심지어 시동을 걸기도 전에), 세련되게 정리된 머리칼을 갖고 있다. 그들은 걱정거리라고는 가져본 적이 없다. 아주 작은 가전제품을 보상받을 때도 눈살 한번 찌푸릴 일이 없다. 그들은 신발 때문에 발가락이 상하는 일도 없다. 바캉스를 떠날 때도 비행기가 지체된다든지 파업을 한다든지 하는 문제가 생기지 않는다. 그들이 예약을 하는 경우에는? 무조건 '성공'이다. 기차도 지하철도 전혀 문제를 일으키지 않는다. 모든 게 제시간에 온다. 모든 게 좋다. 다행인 것은 모든 사람들이 이런 기회를 가지는 게 아니라는 사실이다. 그래야 치료사들도 할 일이 생기니까 말이다.

나의 삶은 전혀 달랐다. 내 자동차는 자기가 원할 때 시동이 걸렸다. 내가 사는 아파트는 내 것이 아니고 거칠게 숨을 쉬는 한 집주인 여자의 것이다. 잔디는……, 무슨 잔디? 임대 광고에서는 발코니라고 되어 있었지만 실제로는 그냥 '창가'가 있다. 환기를 시키고 멜라니의 화분들을 위한 장소일 뿐이다.

나는 자녀에 대해서는 할 말이 없다. 휴가에 대해 말하자면, 계획이 엉망진창으로 되어버리는 경우가 많았다. 이를테면 일명 '스페인 임대 사기 사건' 같은 경우인데, 분명 인터넷에서 숙소를 확인하고 비용을 지불했지만 막상 가보니 집이 없었다. 지금 생각해보면 아마 수십 명은 족히 되는 기자들이 이 사건의 피해자를 찾아내 증언을 듣기 위해 시내 곳곳에서 나를 찾고 있었을 게 분명하다. 아마 운이 조금 따라주었다면 텔레비전 프로그램에 출연했을지도 모른다. 마약과 매춘을 다룬 프로그램들 사이에 내 얼굴이 잠깐 나올 수도 있었다.

그날은 아르투르 쇼펜하우어 전집에 빠져들 생각이었다. 무언가에 실망을 느끼게 되었을 때 나는 종종 위대한 사상가들의 책을 펼치곤 했다. 그들의 책을 읽고 나면 이내 이전의 나로 돌아올 수 있었다. 그런데 소용없었다. 또다시 땀을 뻘뻘 흘리는 로베르가 떠올랐다…….

나는 이미 그의 실체를 알게 되었다. 시위에서 내가 본 로베르는 거만한 사람이었다. 그럼에도 나는 그를 계속 봐야만 했다. 내담자가 형편없는 소리를 해대더라도 치료사는 그를 포기해서는 안 되기 때문이다. 프로 정신을 잃지 않기 위해서도, 또 돈을 벌기 위해서도 그래야 한다. 이런 합리화가 철학적으로는 형편없다고 하겠지만 나는 철학 교과서로만 사는 게 아니다. 나는 살아가야 한다. 먹어야 하고, 각종 청구서 요금들도 납부해야 하고, 책 속뿐만 아니라 세상 속에서도 살아야 한다. 내가 철학적으로 개념을 완벽하게 정립하지 못한 마르틴 하이데거처럼 산다고 해도 할 수 없다. 그래도 위대한 철학자인 그도 삶에서 한두 가지 정도는 후회하는 게 있어서 다행이다.

정말 힘든 하루였다. 나는 신경 안정제 두 알을 삼켰다. 나는 깨어나지 못할까 봐 두려워서 원래는 안정제를 먹지 않는다. 프랑스 사람들은 신경 안정제계의 챔피언들이라는 말까지 있을 정도로 이 약을 먹는 데 주저하지 않는다. 하지만 나는 예외의 경우였다. 신경 안정제에 의존하지 않고 엄격한 규율 속에서 삶을 산다는 의미로 발롱도르(Ballon d'or)가 주어진다면, 나는 그 상이 내 거라고 주장하기에 충분한 사람이었다. 나는 침대로 들어가 누웠고 40분 뒤에 라디오가 꺼지도록 맞추어두었다. 건방진 로베르에 대한 생각이 머리를 떠나지 않았다. 두 시간 후, 잠은커녕 또 공상에 빠져들었다. 나는 다시 라디오를 켰다. 뉴스에는 불행한 소식들이 이어지고 있었는데 정작 뉴스를 전달하는 사람의 목소리는 따분하게 느껴질 정도로 단조로웠다.

〈프랑스 전역에서 일어난 시위로 인해 많은 사고가 발생했습니다. 파리에서 중상 세 명, 그 외 지역에서 두 명으로 집계되고 있습니다. 동성 간 결혼 허용과 동성 부부의 입양에 반대하는 사람들이 시위 행렬을 공격했습니다.

따뜻한 날씨는 여행업 종사자들에게는 끔찍한 재난입니다. 스키장은 텅 비었습니다. 언제 내릴지 모를 눈발을 기다리며 대부분의 스키장은 폐장 상태입니다.

스포츠 소식입니다. 피파는 내일 제네바에서 열릴 시상식에서 가장 명망이 높은 발롱도르 트로피를 수여할 예정입니다. 프랑스

의 공격수 안토니 폴스트라가 최종 후보에 올랐습니다.〉

◆ ◆ ◆

웃으려면 마음의 여유가 충분히 있어야 한다. 광대뼈 근처의 근육을 쓰기 위해서는 '연료'가 필요하다. 나는 내담자들과 있을 때 함께 웃지 않는다. 자발적으로 에너지가 떨어진 상태로 있기로 마음먹는다. 내가 내담자들과 함께 웃는다면 그건 나 자신에게 여유가 있다는 것일 뿐 내담자들을 위한 것이 아니기 때문이다. 나와 같은 직업 활동에서 이렇게 웃지 않는 것은 내가 처음이 아니다. 나보다 앞서 예수가 그렇게 활동한 대표적인 예라고 할 수 있다. 예수는 사람들을 대할 때 이런 자세를 잘 유지했다. 이를 통해 예수의 활동 기간은 짧았지만 대단한 업적을 남길 수 있었던 것이다. 나는 예수의 후계자이다. 하지만 개인적으로는 그렇게 대단한 업적을 바라지는 않는다. 내담자들이 만족스러워하고 멜라니가 나와 함께한다면 나는 그걸로 충분하다. 그 외에 열두 명의 제자라든지 수염 같은 건 필요 없다. 그 제자들 중에는 배신자가 한 명 이상 있을 게 뻔하며 수염은 나에게 어울리지도 않기 때문이다.

나의 대학 교수들 중에서 키가 자그마한 남자 교수가 한 명 있었는데, 그는 신경질적으로 웃을 때가 많았다. 그래서 그 교수와 독서 치료를 해야 할 때는 우울한 분위기의 책을 제시했다. 두껍지 않고 간결한 문체의 작품으로 치료를 하는 것이다. 하하호호 웃는 즐거운 분위기의 독서 치료와는 대조적이다.

"자, 알렉스, 오늘은 디드로와 함께 즐겨보자!"

아침 일찍, 탁자 위에 지쳐 쓰러져 있는 나를 발견한 교수가 말했다.

이 교수는 나를 잘 알지 못했다. 나는 힘에 부칠까 두려워 재미있는 원고들은 피하고 싶었다. 디드로의 작품을 싫어해서가 아니었다. 웃고 에너지를 써가며 밤을 새우지 않기 위해서였다. 그건 생각만 해도 진이 빠졌다.

나로서도 웃지 않으려고 하는 게 쉽지만은 않다. 내가 책을 통해 배운 것이 있다면 웃음은 작가들의 좋은 원동력이라는 사실이다. 어떤 내담자들의 경우 자신의 삶이 망가진 이야기들을 할 때가 있는데, 그 순간에는 정말 웃지 않으려고 최대한 노력한다. 연료 계기판이 빨간 눈금에 와 있으면 다행이다. 그것은 광대뼈 주위 근육이 둔화되어 있다는 이야기다. 만약 그들 삶의 비극이 최고조에 달한 순간을 이야기하다가 순간 어이없는 말실수를 했다고 해서 내가 웃음을 터뜨린다면 그들이 나에게 무슨 말을 더 하겠는가? 더 최악은 한창 진지하게 대화를 이어가고 있는 중인데 신물이 올라오는 바람에 이야기의 흐름이 끊겨버렸을 때라고 할 수 있겠다.

어머니가 구독하던 건강 잡지에 따르면 신물이 올라오는 건 세기병이라고 한다. 우리가 예민한 존재들이라는 사실을 떠올리게 해주는 게 바로 신물이다. 만약 위대한 세기의 비극을 탄생시켰던 극작가들이 인물의 동작이나 상황 설명에 신물이 올라오는 내용을 넣었다고 상상해보라. 아마 그중 절반은 역사 속에서 이미 사라져버렸을 것이다.

티투스 : 황제의 눈물과 왕비의 눈물을

모든 세계가 기꺼이 인정해주기를!

(신물이 올라온다) 나의 왕녀여, 우리는 헤어져야 한다.

베레니스 : 아! 잔인하도다,

이제 나에게 잔인함을 선언할 시간이 되었는가?

당신은 무엇을 했는가?

아, 슬프도다! 나는 사랑받는다고 믿었다.

당신에게 익숙한 나의 영혼은 보는 즐거움으로

(신물이 넘어온다) 더 이상 당신만을 위해 살지 않으리……

(라신, 『베레니스(Bérénice)』 4막 5장)

어머니는 내가 눈물을 전혀 흘리지 않으니 당연히 웃지도 않을 거라고 생각했다. 예수와의 공통점을 하나 더 발견하게 되었다고 생각할 수도 있었을 것이다. 어떤 상황에서도 변함이 없는 아이, 부모에게는 이 얼마나 실망스러운 일인가! 하지만 나는 어머니와 함께 있을 때 기쁨을 느낀 적이 없었을 뿐이다. 어머니와 함께할 때만 아니면 나는 오히려 명랑한 사람으로 보였을지도 모른다. 물론 처참한 연애의 시기만 빼면 말이다. 나는 책을 읽을 시간이 워낙 많아서 그 시간을 통해 다른 사람들과 나에 대해서 알 수 있었다. 또 작가들과 그들이 쓴 원고를 통해 지혜를 얻을 수 있는 것도 너무 행복했다. 하나의 작품은 또 다른 작품을 불러온다. 문학이란, 바닥이 깊은 우물과도 같다. 사람을 못살게 굴지 않는 따뜻하고 마음을 편안하게 해주는 우물이다. 그 안에는 우리를 수면 위로 끌어올려 줄 수 있는 보물이 들어 있다. 책은 나에게 세상으로부터 격리되지 않도록 세상을 더 잘 이해할 수 있는 방법을 가르쳐주었다.

예를 들어, 나의 가정 문제는 헨리 배시포드의 소설 『아우구스투스 카프(Augustus Carp)』를 읽고 사라졌다. 주인공의 아버지는 영국 웨일스에서 주인공의 고모들을 쫓아낼 기막힌 아이디어를 생각해 낸다. 아, 만약 내가 이런 일을 할 수 있다면 얼마나 좋을까! 내 가족의 4분의 3을 돌아갈 수 있다는 희망도 없고 지나치게 온화하기만 한 아일랜드로 쫓아낼 수 있다면……. 불행히도 주인공의 고모들은 계속해서 재발하는 무사마귀처럼 결국에는 다시 돌아오는 것으로 배시포드 가(家)의 이야기는 끝이 났다.

나는 이 책에서 우리 가족의 이야기와 비슷한 몇몇 대목들을 멜라니에게 당장 읽어주고 싶었다. 우리는 함께 폭소를 터뜨렸고, 비록 순간이었지만 멜라니도 나의 가족을 싫어하게 되었다. 우리는 장밋빛 잇몸을 드러내며 웃고 있었다. 서로의 생각에 동의한다는 의미였다. 우리의 입술은 서서히 가까워졌다. 문학 덕분이었다. 멜라니는 이 책이 너무 재미있고, 필력이 아주 훌륭하고 좋은 소설인 것 같다면서 꼭 전부 읽어보겠다고 약속했다. 하지만 그것보다 이 책이 우리에게 선사한 근사한 선물은 바로, 키스였다.

폴리포니
(Polyphonie)

—어제 시위에서 소동이 있는 걸 보고는 선생님 생각이 났어요. 선생님이 거기 계실 것 같아서요. 그래서 저녁 무렵에 문자 메시지도 보냈는데 답장이 오지 않아서 걱정을 많이 했어요. 단지 오늘 약속이 취소될까 봐 걱정했던 것은 아니에요. 별일은 아니고 선생님께서 무사하신지 걱정돼서요.

—사람들 사이에서 떼밀리다가 핸드폰을 잃어버리는 바람에 답장을 보내지 못했어. 네 말대로 소동이 있었지만 다행히 나는 잘 빠져나왔어. 어떤 사람들은 맞기도 했지. 나는 아니야. 네가 걱정한 일은 나에게 일어나지 않았어. 걱정했다니 정말 감동이구나. 사실 이 소동으로 나를 걱정한 사람은 너밖에 없을 거야.

솔직히 말하자면, 나는 핸드폰을 잃어버린 적이 없었다. 내가 멜라니에게 전해주어야 했던 그 편지처럼 말이다. 그런데 어차피 멜라니는 내가 이 편지를 가지고 있는지조차 알지 못하기 때문에 나에게 편지를 달라고 할 수도 없었다. 멜라니가 이 편지의 존재를 모른다고 해서 해가 될 일은 아무것도 없었다.

사실 얀의 메시지는 잘 받았다. 하지만 나는 시위에서 돌아갈 때 얀과 이야기를 나누고 싶지 않았다. 얀은 나에게 내담자일 뿐, 그 이상은 아니었다. 나는 얀과 치료 약속 이외에는 소통을 하고 싶지 않았다. 나는 그저 집으로 돌아가 나의 비참한 환경에 대해 심사숙고하다가 프랑스 남부 지역 캠핑장들의 '뜨거운' 밤과 같은 것을 보도하는 텔레비전 프로그램에 넋을 빼앗긴 채 저녁 시간을 보내고 싶었다. 나는 텔레비전 화면 아래에 내 모든 개인적인 문제들을 내려놓고 싶었다. 사실 핸드폰은 딱 한 번밖에 울리지 않았기 때문에 방해가 될 것도 없었다. '선생님, 괜찮아요? 얀.' 문자 내용은 그게 다였다. 내가 멜라니와 시위에 간다는 사실을 알고 있었던 어머니도 나에게 연락하지 않았다. 어머니는 분명 내가 그 소동의 현장에 있다는 사실 따위는 잊은 채, 전 세계에서 열 명쯤 되는 전문가들 사이에서만 유명한 난해한 문학 이론서에 빠져 있었을 게 뻔하다. 소수의 지적 엘리트들만을 위한, 〈중대한 텍스트, 중요한 텍스트, 개념 파악에 있어서의 혁명…….〉 나는 문득 어머니가 빅토르 위고의 『할아버지가 되는 법(L'Art d'être grand-père)』을 갖고 있다는 게 참 우습다는 생각이 들었다. 어머니 본인이 겨우 어머니에 어울릴까 말까 한데 할아버지가 되는 법을 읽고 있다니!

—그건 선생님께서 잘못 생각하신 걸 거예요. 선생님을 생각하는 분들이 분명 많을걸요. 지구 곳곳에 선생님을 생각하는 사람이 있을 거예요. 이를테면, 선생님의 어머니요. 원래 어머니들은 자식 생각뿐이잖아요. 나도 우리 엄마의 뇌 한 부분에 아예 박혀 있을 거예요. 제일 중요한 부분에 평생 새겨두었죠. 그 외에는 생체 기능을 위한 몇 센티미터 정도밖에 남지 않았을 거예요.

—그래, 네 말이 옳을지도 모르지. 자, 어쨌든 이제 우리 소설 이야기로 돌아가 볼까?『호밀밭의 파수꾼』. 주인공 홀든에 대해 어떤 생각이 들었니? 어떤 인상을 받았는지 궁금하구나.

얀은 내가 내 어머니와 어떤 식으로 관계를 유지하는지 알아서는 안 되었다. 어머니뿐만 아니라 내 사생활과 관련된 그 어떤 것도 알면 안 된다. 나는 얀을 돕기 위해 거기 있었다. 얀이 나를 돕기 위해서가 아니다.

—홀든은 굉장한 소년이에요. 뉴욕을 거니는 홀든을 보는 게 너무 좋았어요.

—홀든을 아주 친근하게 느꼈구나!

—네, 우리는 나이가 거의 비슷한 것 같아요.

—주인공이 청소년이라서 이 소설을 선택한 것도 있거든. 하지만 그것뿐만이 아니야. 나는 뉴욕이 존재의 은유라고 생각해. 이 소설 다 읽었니?

—아니요, 아직 다 못 읽었어요.

—그렇다면 다행이다. 다 읽기 전에 이 사실을 기억했으면 좋겠어. 뉴욕이 바로 삶을 의미한다는 사실을 말이야. 우리는 홀든이 변해가는 파란만장한 삶의 여정을 따라가게 돼.

—선생님의 조언 기억할게요. 홀든의 삶이 지금까지는 재난 상태예요. 긍정적인 게 아무것도 안 보이더라고요. 그래서 읽다 보면 맥이 빠지기도 해요.『사기꾼 토마』 이후로 선생님이 저를 너무 애지중지하시는 것 같아요. 하하, 농담이에요! 사실 저는 최악의 경우를 기대했거든요. 선생님도 역시 이렇게 암울한 소설들이 나를 이 구렁텅이에서 꺼내줄 거라고 생각하시는 거예요?

얀은 조언을 받아들일 줄 아는 독자의 단계를 통과해 눈 깜짝할 사이에 나에게 도발하는 독자의 단계에 와 있었다. 이러한 변화가 일어날 때마다 나는 끊임없이 적응해야 한다. 그래서 나는 얀과 편안하게 소통할 여유를 가질 필요가 전혀 없는 것이다. 공중 위에서 줄을 타는 줄타기 곡예사처럼 위험이 늘 도사리고 있다. 나부터 긴장을 놓지 않고 집중해야 한다.

천부적인 재능이 있어서 균형을 유지할 수 있는 것이 아니다. 그리고 내가 자유를 느낄 수 있는 범위 안에서만 이루어지는 것도 아니다. 만약 얀이 너무 삐기듯 나오면서 내가 서 있는 줄을 흔들려고 한다면 오히려 얀이 내 발길질에 차일 수도 있다. 우리는 둘 다 줄을 건드리면 안 된다.

—『호밀밭의 파수꾼』은 맥 빠지는 소설이 아니란다! 소설 초반부터 끝까지 호흡이 유지돼. 오늘은 책의 결말에 대해서 말해주지는 않겠지만 같이 몇몇 대목을 읽었으면 좋겠다.

—제가 읽기를 원하세요?

얀은 남아 있는 입으로 어렴풋이 미소를 지어 보였다. 반 미소……. 굳이 표현을 해야 한다면 이렇게밖에 말할 수 없을 것이다. 만약 얀의 이런 얼굴이 교실에 걸려 있다면 아이들은 겁을 먹겠지……. 영국의 표현주의 화가 프랜시스 베이컨의 일그러진 자화상 같았다.

—내가 소리를 낼 수 있는지 선생님께서는 저에게 물어보시지 않네요. 자주 있는 일은 아니지만 사람들을 만나게 되는 경우에 사람들이 항상 물어보는 질문이거든요. 그들은 왜 말을 할 수 없는 건지 의아하게 생각해요. 당연하죠, 그들은 말을 할 수 있거든요!

그들은 천천히 입술을 움직이면서 최대한 분명하게 발음해보려고 하죠. '소리 하나를 내려면 이렇게 해봐야지.' 그렇게 말하는 것처럼 말이에요.

그들의 말은 시각 장애인에게 왜 안 보이냐고 지적하는 것과 같다. "자, 과장 좀 그만해. 천장에 붙어 있는 걸 왜 못 봐, 보이잖아……." 이런 식으로 말이다.

—나는 그런 질문에 관심이 없어. 내가 그런 질문을 하지 않았던 것은 바로 그 때문이야.

—저는 선생님께 들려드리고 싶어요. 어디를 읽을지는 선생님이 정해주세요.

—네가 원하는 대로.

나는 어렵게 소설의 제12장을 펼쳤다. 내가 얀에게 읽어주고 싶은 바로 그 장이었다. 나는 이런 경험을 해본 적이 거의 없었기 때문에 손까지 떨렸다. 당신이 연체동물을 싫어하는 사람인데도 불구하고 해산물 레스토랑에 초대되었다고 상상해보라. 게다가 당신이 나서서 초대한 약속이다. 문어, 성게, 조개 등 바다가 품을 수 있는 모든 것들로 범람하는 접시를 들고 다가오는 종업원을 상상해보라. 당신은 그 레스토랑을 떠나고 싶지만 예의상 그렇게 하지도 못한다. 당신은 상상할 수 있는 최악의 상황들을 떠올려본다. 기절을 하거나 긴급한 전화를 하는 척하는 모습을……, 아니다, 자신의 이미지를 손상시킬 수는 없다. 그래서 그냥 잠자코 앉아 있다. 자, 이상한 동물들이 당신의 접시에서 계속 움직인다. 독서 치료사 자격증은 나에게 얀의 말에 귀를 기울이라고 했다. 나는 꿈에서 얀을 여러 번 본 적이 있었는데 그때 들었던 얀의 목소리는 금속

성의 높은 소리였다. 하지만 왜 그런 목소리였는지는 나도 잘 모르겠다. 내 꿈에 불쑥불쑥 나타나 나의 수면을 방해하는 내담자는 얀이 처음은 아니었다. 그런 내담자들은 많았다. 나는 그들에게 문을 열어두었다. 나는 한번 상담을 하고 나면 나의 의도들을 다시 변경하고 또 개선하기도 했다. 그러면 치료는 잘되어 갔다. 문학은 그들에게 분명 좋은 영향을 주었다. 잠이 깰 때까지는.

—선생님은 제가 책을 읽는 걸 듣는 게 두려우세요?

—아니야, 아니야. 어제 일로 조금 혼란스러워서 그럴 뿐이란다. 자, 여기 있어. 바로 이 대목이야. 102쪽.

얀은 소리를 내지 않고 눈으로 책을 보기 시작했다. 얀의 눈은 활발하게 책을 훑더니 갑자기 모든 움직임을 멈추었다. 이제 읽을 준비가 된 것이다.

그때부터였다. 얀의 방 안이 이상한 소음들로 가득 찼다. 단어라고는 들리지 않고 단지 소리들뿐이었다. 마치 돌멩이 1킬로그램을 입에 넣고 목구멍 가장 깊은 곳으로 하나씩 하나씩 밀어 넣은 것 같았다. 얀의 목소리는 꿈에서처럼 앙칼지지 않았다. 투박하고 거친 목소리였다. 이전에는 거의 들어본 적이 없는 소리여서 나는 당혹스러웠다. 얀은 너무도 힘겹게 노력을 해서 겨우겨우 소리를 내고 있었다.

내가 어릴 때, 어머니는 샤를 페로의 동화 『요정 이야기(Les Fées)』를 자주 읽어주었다. 나는 가짜 공주 때문에 형벌을 받은 여주인공이 어느 날 그렇게 죽어버리는 건 아닐까 싶어서 두려웠다.

〈내가 당신에게, 말을 할 때마다 입에서 돌이 나오는 능력을 줄게요.〉

바로 이 순간, 동화가 현실이 되어버린 것이다.

—내 크 오 라… 탄… 태 아 씨 매… 우 나 크아 는 데… 누 구 아 네 서 소 그 으 르 게 어 내 기 라 고…….

얀은 더 이상 읽어나가지 못했다. 물 한 모금을 마시고 난 후 글을 썼다.

—선생님, 듣기 불편하시죠? 이게 바로 제 목소리예요. 매일 아침마다 몇 분 동안 발성 연습을 해야 해요……. 사실 제 목소리를 들으면 사람들이 발성 연습이라고 할지는 모르겠지만……. 저는 제가 아직은 사람이라는 존재라는 사실을 스스로에게 확인시키고 싶거든요. 저처럼 끔찍한 목소리를 가진 문학 속 인물이 있을까요? 아마 세이렌…….

만약 고통이 소리와 함께 발생하는 사람을 봤다고 한다면, 그것은 아마 얀의 목소리를 들은 것일 것이다.

—아니, 지금은 딱히 떠오르지 않네. 그리고 얀, 나는 불편하지 않아. 나는 네가 나에게 네 목소리를 들려주기 위해 감정을 누르고 있다는 걸 알아. 정말 감동이구나. 그건 네가 나를 인정한다는 신뢰의 신호라고 생각하거든. 그리고 솔직하게 말한다고 해도 네 목소리가 정말 못 들어줄 정도는 아니야.

—그래도 가수를 하려면 아직 멀었죠. 선생님도 아시다시피 엄마는 내가 '말하는' 목소리를 듣는 걸 싫어해요. 처음에는 내 목소리를 들으면 우시더니 어느 날 저에게 말씀하시더라고요. 내 입에서 나오는 소리를 더 이상 듣고 싶지 않다고요.

—네 어머니에 대해 뭐라고 말하고 싶지는 않구나. 하지만 네

어머니가 그렇게 하신 건 네가 이해해주었으면 좋겠어. 그러는 편이 나을 거야. 아마 잘못 생각하신 걸 거야. 자, 이제 같이 이야기해볼까? 이번에는 내가 읽어줄게.

내가 올라탄 택시는 매우 낡았는데 누군가 안에서 속을 게워내기라도 한 것처럼 더러웠다. 밤늦게 나서기만 하면 이상하게도 항상 이렇게 지저분한 차만 걸린다. 게다가 토요일 밤인데도, 거리가 너무 한산하고 조용했다. 이렇게까지 길에 사람이 다니지 않는 건 본 적이 없었다. 가끔씩 남녀가 서로 끌어안은 채 길을 건너고 있거나 불량배처럼 생긴 녀석들이 여자 친구들을 끼고 떼 지어 지나가면서 별일도 아닌 일에 하이에나처럼 깔깔대고 웃으며 지나가는 모습만 보일 뿐이었다……

나는 쉬지 않고 오랫동안 읽었다. 얀은 주의 깊게 듣고 있었다. 하지만 너무 긴장하고 있는 것 같은 느낌이 들었다.

— 계속해도 되겠니?

— 네, 선생님. 계속 읽어주세요.

크리스마스 공연이 끝나자 빌어먹을 영화가 시작되었다. 영화가 너무 지독해서 한시도 눈을 뗄 수가 없었다. 영화의 내용은 이름이 알렉 어쩌고 하는 영국 남자에 대한 이야기였다. 전쟁에 나갔다가 병원으로 후송되는데 그만 기억을 잃고 말았다는 것이었다. 그는 병원을 나와 지팡이를 짚고 다리를 절뚝거리며 온 런던 시내를 돌아다녔지만 자신이 누구인지 도저히 기억하지 못했다. 사실 그 남자는 공작이었다.

그 사실을 그는 까맣게 모르고 있었던 것이다. 그러다가 버스를 탔는데 그 안에서 우연히 성실해 보이고 마음씨 좋은 여자를 만나게 된다. 그리고 여자의 모자가 바람에 날아가고, 그가 모자를 붙잡아 주었다. 두 사람은 버스의 2층에 나란히 앉아서 찰스 디킨스에 대한 이야기를 나눈다. 둘 다 찰스 디킨스를 좋아했기 때문이다. 그런데 신기하게도 남자는 찰스 디킨스의 『올리버 트위스트』를 가지고 다녔고, 여자도 그 책을 가지고 있었다.

얀이 책 위에 종이를 올려놓았다. 내가 책 읽는 것을 중단시키려는 것이었다.

—잠깐만요, 선생님.

얀이 다시 쓰기 시작했다.

—이 책이 선생님의 성서네요! 사랑, 문학, 모든 게 여기 있어요. 선생님이 소설책을 주머니에 넣고 다니는 걸 봤거든요. 선생님도 지금 사랑에 빠져 있나요?

—나는 제롬 데이비드 샐린저를 정말 존경해. 그의 인생도, 그의 작품도 존경하지. 내가 주머니 속에 소설책을 넣어 다니는 건 오랜 습관이야. 사랑에 관해서라면 별로 흥미 있는 주제가 아닌 것 같구나. 누구나 죽을 때까지 사랑을 계속하지. 많은 사람들이 다양한 모습으로 사랑을 해. 사랑은 우리의 가장 깊은 곳에 자리하고 있어. 더 이상 사랑을 하지 않는다고 생각된다면 그건 잘못 생각하는 거야. 사랑은 단지 잠을 자고 있을 뿐이거든. 얀, 네 사랑에 대해 한번 이야기해볼래?

—선생님께서 이해하고 계신 사랑의 개념이 정말 마음에 들어

요. 제 사랑은 아주 오래전부터 잠들어 있다고 치면 되겠네요. 양동이에 얼음물을 담아서 쏟아부어 준다면 아마 깨어날지도 모르겠어요. 저는 두 번 사랑을 했어요. 사고 전 그리고 사고 후에요. 사고 전에는 학교에서 만난 에믈린이에요. 다른 사람들에게는 진부한 이야기겠지만 저로서는 정말 믿을 수 없는 대단한 이야기죠. 자세한 말은 아끼겠어요. 에믈린은 나를 귀엽다고 생각했어요. 나는 에믈린에게 키스했죠. 사고 후 찾아온 사랑은 발렁틴이고요. 에믈린보다 천 배는 더 사랑했어요. 그런데 발렁틴은 나를 모를 거예요. 나에게 말을 건 적이 단 한 번도 없었거든요. 발렁틴을 향해 가고 있어도 나를 쳐다보지 않았어요.

—발렁틴에게 네 감정을 이야기해봤니?

—아니요. 벽에 대고 말한다고 한번 생각해보세요. 프레스코 벽화로 뒤덮여 있는 벽이라 해도 내 말에 대답 한번 안 해줄 거예요.

—후회되니? 발렁틴과 다시 연락을 해볼 수 있을 텐데 말이야. 홀든을 생각해봐. 그의 결심에 대해서도 생각해보고. 홀든은 모든 걸 잃은 것 같았을 때도 절대로 포기하지 않았어.

—용기가 없어서 고백하지 못했던 것에 대해서는 후회하지 않아요. 지금으로서는 단지, 발렁틴에게 두세 마디 정도는 말을 걸어봤어야 했는데……, 그런 생각은 들어요. 저는 어제보다 오늘이 더 용기가 없거든요.

—네가 발렁틴에게 편지를 쓰고 싶다면 내가 도와줄 수 있어.

—모르겠어요. 읽고 쓰는 걸 항상 하니까 편지 쓸 생각을 하니 피곤해요. 그래도 선생님, 저는 선생님이 필요해요.

—도와줄게, 걱정하지 마.

— 한번 해볼게요. 만약 제가 편지를 쓰게 된다면 선생님께서 발렁틴에게 전해주실 수 있나요?

— 이보세요, 그건 독서 치료사인 내가 할 일이 아니랍니다. 당신은 나의 내담자예요. 그리고 저는 집배원이 아니고요.

나는 장난스럽게 말했다.

— 선생님의 유머는 정말 재미있어요. 선생님께 제가 많은 걸 요구하고 있다는 걸 알아요. 선생님, 조르지는 않을게요. 그런 건 저답지 않은 행동이거든요. 하지만 내가 어딜 갈 때마다 엄마가 계속 쫓아다니실 거예요. 아마 발렁틴의 집까지 따라올걸요. 비밀은 물 건너가는 거죠.

— 편지를 전해줄 수 있는 친구는 없니?

— 한 명도 없어요. 저는 아무도 믿지 않아요. 선생님만 빼고요.

나는 치료사가 자신의 자리를 지켜야 한다는 것을 알고 있다. 내담자들의 사생활에 끼어들어서는 안 되며 내담자들 역시 치료사의 사생활에 들어오면 안 된다. 독서 치료에 운송 업무가 들어 있지 않다는 것도 물론 알고 있다. 또 대학 시절의 평가 방법을 생각해보면, 내가 얀의 요구에 긍정적으로 대답한다면 그건 바로 빵점일 거라는 사실도 나는 알고 있다. 하지만 나는 더 이상 대학에서 공부하는 학생이 아니기 때문에 평가를 받을 일도 없다. 내 학위는 이미 내 치료실에 당당히 자리하고 있고, 매일 치료실에 들어설 때마다 우쭐한 기분으로 바라본다. 그리고 얀은 나의 가장 예민한 곳을 건드렸다. 사실 얀이 발렁틴에게 편지를 전하지 않는다고 해서 내가 괴로울 일은 아니었다. 얀이 핵심을 찌른 건 얀이 편지를 전할 때 얀의 어머니가 어떻게 나올지에 대한 이야기였다. 얀은 발렁틴에게 편지를 쓰고자 하는 자신의 의지를 어머니가 어떻게 바라볼지에 대해 두려워했다. 나 역시 꽤 오래전부터 내 어머니와의 관계가 복잡했다. 내가 청소년이었을 때 지금의 얀처럼 누군가가 나를 도와주기를 바랐던 적이 있었던 것 같다.

◆ ◆ ◆

발렁틴은 얀의 집에서 아주 가까운 아파트에 살고 있었다. 내가 아파트 안으로 한 걸음 들어서자마자 관리인이 내 앞으로 다가왔다. 언뜻 보니 관리인은 공용 부분을 유지 보수하는 것 말고도 양치기 개처럼 오고 가는 발길들을 감시하는 일까지 하는 듯했다. 겨우 먹고살 만한 월급과 1월에 주어지는 보잘것없는 새해 선물을 위해 다른 사람들을 감시하는 삶이라……. 선물들 안에 함께 들어 있는 작은 카드에는 '새해 복 많이 받으세요!'라고 적혀 있을 것이다. 관리인은 총 금액이 얼마나 들어 있는지만 들여다보느라 이 카드들은 열어보지도 않을 것이다. 그러다가 너무 인색한 사람들 때문에 관리인의 얼굴은 붉으락푸르락할지도 모른다.

"10유로!! 이 사람들 진짜! 이제 나한테 뭐라도 부탁하기만 해봐라!"

이 관리인의 삶이 정말 그럴지는 모르겠지만 어쨌든 지금 그는 자기의 일을 하기 위해 내 앞을 가로막아 섰다. 정말이지 시위 이후로 사람들이 내 길을 막는 게 왜 이리 잦은 건지. 다행히 그에게는 경찰증이나 주황색 완장은 보이지 않았다. '관리인'이라는 글씨가 검은색으로 크게 쓰여 있을 뿐이었다.

—안녕하세요, 제가 도와드릴 일이 있을까요?

마침내 관리인이 나에게 말을 걸었다.

—발렁틴 양의 집을 찾고 있는데요.

—운이 좋으시네요. 발렁틴 양이 방금 들어갔거든요. 댁은 2층입니다.

—감사합니다, 즐거운 저녁 보내세요.

—별말씀을요.

관리인의 목소리는 상냥했지만 내가 만약 계단에 종이를 던지거나, 더 심각하게는 저녁 시간에 지나치게 시끄럽게 떠들면 곧바로 고발할 준비가 되어 있다는 듯 단호하기도 했다.

나는 순식간에 젊은 절세미인과 마주하게 되었다. 발렁틴은 내가 찾아온 것에 아주 놀랐지만 내 말을 주의 깊게 들었다. 나는 내 소개를 하고 여기에 온 이유에 대해 설명했다. 발렁틴은 내 말을 중간에 끊지 않고 끝까지 들었고, 얀의 편지를 받아 들었다. 그런데 내가 실수로 멜라니에게 전해줄 편지를 잘못 꺼내고 말았다. 나는 다시 얀의 편지를 꺼내어 두 개의 편지를 교환하고는 멜라니의 편지를 주머니에 집어넣었다. 이런, 출발이 좋지 않군…….

나는 멜라니에게 전해줄 편지를 책갈피로 끼우고 다녔다. 나는 책장 귀퉁이를 접는 것을 싫어한다. 이런 행동은 작품을 고역스럽게 하는 고문이라고 생각하기 때문이다. 어머니의 책들은 어머니가 읽기를 마칠 때마다 그 부분의 책장을 일정한 비율로 접는 나쁜 습관 때문에 결국에는 수많은 책장들이 찢어지고 말았다. 만약 어머니가 책장의 윗부분에서 읽기를 멈췄다면 그나마 다행이었다. 반대로 아랫부분에서 멈추면 거의 책장 전체를 접게 되는 것이다.

게다가 어머니는 중세 세디유(cédille) 전문가인 친구에게서 온 전화를 매우 긴급한 것처럼 받으면서 책장을 접어두곤 했는데, 나로서는 도저히 이해가 되지 않는 일이었다.

청소년 시절에 고향집 서재에서 소설을 읽으려고 하면 무슨 전통 접지술이라도 연습하는 것 같은 기분이 들었다. 어머니의 이런 습관에 질려버려서 나는 결코 그러지 않겠다고 다짐했다. 가족 안에서 알게 모르게 물든 습관은 자연스럽게 대물림될 수밖에 없다는 가설을 스스로 끊어내겠다는 결단이었다. 이혼 가정의 아이들이 꼭 이혼한다, 살인자는 살인자를 낳는다…….

그래서 책갈피는 내 직업상 불멸의 벗이 되었다. 그런데 세월이 감에 따라 내 삶 속으로 너무 많은 책들이 들어오면서 책갈피를 대신할 수 있는 모든 것을 활용하게 되었다. 봉투나 명함을 이용하기도 하고 기차표, 지하철 티켓 등도 이용한다. 그리고 가끔은 사진을 끼워놓기도 한다. 그 결과 내 책은 다 읽고 나도 아무런 흔적이 남지 않았다.

—얀은 참 좋은 아이예요. 같이 수업을 듣긴 했지만 저는 얀과 이야기를 해본 적이 없어요.

—얀이 발렁틴 양에게 무언가 이야기하고 싶어 해요. 발렁틴 양도 얀이 힘든 삶을 살아왔다는 것을 알고 있겠죠.

—얀의 편지는 읽어볼게요. 그런데 집배원이신가요?

—아니요, 저는 독서 치료사예요. 프랑스에서는 잘 알려지지 않은 직업이죠. 집배원은 너무 바쁘게 움직여야 하는 일이라서 저랑은 안 맞는답니다.

—전에 독서 치료사에 관한 기사를 읽은 적이 있어요. 아주 흥

미로운 직업이라고 생각해요. 저는 심리학을 지망하고 있어요. 독서 치료사와도 그렇게 거리가 있는 분야는 아니죠. 심리학을 전공하고 싶어서 내년에 대학에 가려고요.

—아주 좋네요. 원하는 분야에서 꼭 성공하길 바랍니다. 원한다면 이따가 내 연락처를 남겨둘게요. 저의 치료실로 실습을 나올 수도 있을 거예요.

—그러면 좋…….

집 안쪽에서 누군가의 목소리가 들려왔다. "무슨 일이냐?"

—아, 아빠, 아무것도 아니에요. 실수요, 실수.

아까 그 목소리가 또다시 들렸다. "도대체 관리인은 뭐 하는 사람인지 모르겠군."

'아무것도', '실수'……, 비록 이 단어들이 나를 호의적으로 표현한 것은 아니었지만 나는 별로 놀라지 않았다. 그저 아버지가 괜한 신경을 쓰지 않게 하기 위해 한 말이라는 것을 나도 잘 알았기 때문이다. 그건 나 또한 바라는 바였다.

—이렇게 편지를 전해주셔서 감사해요. 얀에게는 대신 인사 전해주세요.

—내 이야기에 귀를 기울여줘서 고마워요. 인사는 잊지 않고 전하죠. 내 연락처를 알려드릴까요?

—다음에요, 꼭이요.

—원하실 대로요.

아파트 아래로 내려오니 관리인이 또 눈에 띄었다. 관리인은 화분을 매만지고 있는 척했지만 내가 내려온 것을 이미 눈치 챈 것 같았다. 내가 가까이 다가서자 그는 그제야 하던 일을 멈추고 뒤로 돌아섰다.

—발렁틴은 아름다운 소녀예요. 거기에 똑똑하기도 하고요. 그리고 예의도 바르답니다. 저와 마주칠 때마다 인사를 건네죠. 그게 쉬운 일 같지만 모든 사람들이 그렇게 하는 건 아니거든요. 어떤 사람들에게 저는 보이지 않는 존재랍니다. 건물 한가운데 놓인 우산꽂이처럼 말이에요. 그 사람들은 나를 그냥 툭 치고 지나가 버려요. 하지만 요즘 사회가 그런 걸 원하니까요.

—사람들 참 너무하네요. 그런데 발렁틴 양이 괜찮은 사람이라는 건 맞는 말씀이에요.

비록 발렁틴이 나를 '실수'라고 규정했지만 나는 발렁틴이 매력 있는 소녀라는 것을 인정하지 않을 수 없었다. 나는 내 말을 들어주고, 내가 말을 할 때 잘 이해하려고 눈을 크게 뜨고 바라보는 여자들을 좋아했다. 발렁틴은 아버지의 우렁찬 목소리가 들리기 전까지 그렇게 나의 말에 귀를 기울였다. 마치 귀가 아닌 눈으로 말을 듣고 있는 것처럼 말이다. 내가 스물다섯 살 이전으로 돌아간다면 아마 이 귀여운 발렁틴에게 반했을지도 모른다. 얀과 나는 서로 발렁틴을 차지하기 위해 목숨을 내놓고 싸웠을 것이다. 아, 내가 또 실수를 했군. 다시 말해야겠다. 얀은 나와 싸우지 않을 것이다. 물론 나도 마찬가지일 것이다. 발렁틴은 같은 반 남학생들 중에서 가장 인기가 많은 남학생에게 빠져 있을 테니. 항상 미소를 띤 얼굴에 파티가 열리면 기타로 삼화음 코드를 잡으며 연주를 하는 그런 남학생일 것이다. 발렁틴은 한 손에 책을 든 녀석이나 얼굴이 엉망이 된 소년은 쳐다보지도 않을 것이다. 원래 소녀들은 그런 아이들보다 우유부단한 음악가를 더 좋아한다. 그나마 다행인 것은 모든 소녀들이 그렇지는 않다는 것이다.

나는 얀에게 문자 메시지를 보냈다.

'편지 전달 완료.'

내가 핸드폰을 주머니에 미처 넣기도 전에 얀에게서 답장이 왔다.

'감사합니다, 선생님.'

얀은 내가 언제쯤 연락을 줄지 기다리면서 핸드폰을 손에서 놓지 않고 있었던 게 분명했다. 핸드폰만 붙들고 있을 수밖에 없을 때가 있다. 이토록 작은 물건이 사람들에게 너무나도 필요한 물건이 되었고 혹시나 잃어버리면 어쩌나 하는 걱정을 늘 하게 되었다. 핸드폰을 잃어버리게 되면 전 세계 곳곳으로 이런 메일을 보내고 싶은 심정일 것이다.

'제가 핸드폰을 잃어버렸어요. 지금 정말이지 죽을 맛이에요…….'

비록 당신이 이런 사람을 한 번도 만난 적이 없다 하더라도 핸드폰을 잃어버리는 것은 세계적으로 큰 재앙임이 분명하다. 이를테면 현대의 흑사병인 셈이다. 나는 전 세계 곳곳의 실험실에서 연구원들이 절대로 핸드폰을 잃어버리지 않는 방법을 연구하느라 애쓰는 모습을 상상해보았다. 안티 핸드폰 분실 백신을 개발하는 날이 곧 도래할지도 모른다.

영웅

—안토니, 우리 약속은 어제 저녁이었어요.

—아, 네, 죄송해요. 일이 좀 있었어요.

화장실을 가야 하니 고속도로 휴게소에서 멈춰달라고 했는데 꼭 잊어버리는 사람들이 있다. 그들은 자동차에 올라타면 목적지까지 그냥 달린다. 혹은 주유소에 들렀다가 잠시 차에서 내린 사이 사라져버리는 경우도 있다. 주유소 구석구석을 찾아보지만 그들에게 이미 당신은 존재하지 않는다. 주유소에 세워진 자동차들을 하나하나 확인해본다. 그러나 이내 당신이 혼자이며 동행했던 사람이 당신의 존재를 잊었다는 사실을 깨닫고는 본능적으로 내달린다. 하지만 그는 이미 떠났다. 그리고 당신이 그를 찾아 헤매는 동안에도 그는 갈 길만 계속 간다.

안토니와 만나기로 한 날, 나는 안토니에게 계속 전화를 했다. 집착이라 해도 할 말이 없을 정도로 무려 부재중 전화 43통을 남긴 것이다. 부재중 전화 43통……, 스토커로 신고당해 경찰서에서 최후를 맞이하게 되더라도 할 말이 없을 짓이다. 그것도 심지어 남자를 남자가 스토킹하다니. 게다가 상대는 축구 선수다! 나에게 이보다 더 비극적인 결말이 어디 있겠는가! 차라리 안토니의 아내에게 한 짓이라면 처벌을 준다 해도 달게 받을 수 있을 것이다. 정말이지 대단한 러시아 미인이었으니까 말이다. 나는 가십 잡지에 반 누드 모습의 그녀를 본 적이 있었는데 로저 무어가 연기했던 제임스 본드와 어울리겠다 싶을 정도로 무척 아름다웠다. 그런데 그런 아름다운 여인도 아닌 운동선수를 스토킹한 죄목이라니…….

— 죄송할 것까지는 없어요. 다음에는 문자 하나만 보내주면 돼요. 그러면 돼요.

— 네, 약속할게요. 어제 취소된 약속에 대해서도 비용을 지불할게요, 걱정하지 마세요.

— 걱정하지 않아요. 이건 단지 협조의 문제예요. 저는 아무 이유 없이 약속을 취소하지 않거든요.

내 입에서 '협조'라는 단어는 상대에 대한 존중을 의미했다. 안토니와 그의 동료들이 입은 팀 유니폼의 항공사 마크와 가전제품 회사 마크 사이에도 '존중'이란 단어가 기재되어 있었다. 오히려 안토니에게 익숙한 단어였을 것이다. 안토니와 동료 선수들은 그들의 유니폼에 새겨진 이 단어를 보았을까? 상대편에 대한 존중, 차이에 대한 존중……, 그들이 경기를 할 수 있는 것도 어쩌면 이 '존중'이 전제가 될 때 이루어질 수 있는 것이다.

연락이 닿지 않았기 때문에 우리의 약속은 표면적으로는 취소된 것이라고 볼 수밖에 없었다. 나는 이렇게 약속이 틀어지면 마치 너무 묽은 음식에 전분 가루를 넣어 점성을 높이듯이 치료에 더욱 집중해 치료의 질을 높이려고 노력한다.

—아, 네, 죄송해요. 일이 좀 있었어요.

안토니는 처음에 했던 대답을 '복사하기' 후 '붙여넣기' 했다. 우리의 대화가 고갈되어 가는 동안 나는 잡지 한 권을 손에 집었다. 멜라니가 깜빡 잊고 두고 간 듯한 『스포츠마그(Sportmag)』라는 잡지였다. 표지에는 '달리기에 대한 광기'라고 쓰여 있었고 조금 더 작게 '스포츠맨들과 문화'라는 소제목이 달려 있었다. 멜라니는 이 잡지를 잊어버린 게 아니라 나를 생각하는 마음에 일부러 두고 간 것이었다. 안토니와 함께 있으면서 내가 이 잡지를 훑어본다는 것은 나의 내담자의 존재를 잊어버렸다는 걸로 보일 수도 있을 것이다. 하지만 나는 지금 겉으로만 잡지를 살펴보는 척한 것이지 신경은 안토니에게 가 있었다.

—자, 그럼 일단 됐고, 칼립소와 키르케에 대해서는 어떤 생각이 들었는지 이야기해볼까요?

—다 읽지는 못했어요. 몇 대목만 읽어보았을 뿐이에요.

—어떤 대목이었나요?

—구체적으로는 떠오르는 건 없어요.

안토니 폴스트라, 대단한 공격수이지만 멜라니가 놓고 간 잡지에서는 팬티 바람일 뿐이더니 지금은 거짓말을 하고 있었다. 나에게 들켰으니 실패한 거짓말쟁이……. 그런데 그는 지금 조금도 부끄러워하지 않는다.

—오디세우스는 칼립소에게 거짓말을 해요. 그가 그녀를 페넬로페만큼 사랑한다고 믿게 했거든요. 원하신다면 함께 읽어보죠.

—네, 들어볼게요.

칼립소의 은신처에서 헤르메스는 오디세우스를 발견하지 못했다. 그는 뱃머리에서 울고 있었을 것이다. 고결한 영웅인 그는 매일 이 자리에 앉아 눈물을 흘렸고 오열했고 슬픔 때문에 고통스러워했다. 그때 그의 시선은 그의 눈물이 뿌려진 불모의 바다를 향해 있었다.

—선생님이 왜 그 부분을 고르신 건지 알겠어요. 오디세우스는 칼립소의 집을 떠났지만 어떠한 희생을 치르더라도 그의 고국으로 다시 돌아가고 싶어 해요. 아주 잘 보이네요. 선생님은 제가 외국으로 떠나기를 원하지 않죠. 그러면 제가 불행할 거라고 생각하시죠…….

—절대로 아니에요. 솔직히 말하자면 저는 스포츠에 관심이 없어요. 안토니 씨가 프랑스에서 활동을 하든, 스페인이든 화성이든 나의 삶이 변하지 않을 테니까요. 저는 안토니 씨 이름이 있는 보드라운 유니폼도 없고 안토니 씨 소속 클럽의 회원도 아니에요. 안토니 씨, 이런 사실을 확실히 알아두세요. 축구에 대해 아무것도 몰라도 살 수 있어요. 축구 규칙이 없어도, 인기 연예인이 없어도, 스포츠 팀이 없어도 우리의 삶은 흘러가요…….

—저는 믿기 힘드네요.

—하지만 사실이에요. 오디세우스가 칼립소의 집에 있을 때의 이야기가 저에게는 흥미로웠어요. 훨씬 더 인간미가 있거든요. 그는 왕이고 군인이며 요새를 약탈하는 자예요. 게다가 가족이 그리워서 눈물을 흘리며 질질 짜는 귀여운 남자이기도 하죠. 거기에서는 그가 결점이 있는 모습이 오히려 좋아요. 그도 사람이에요, 연약한 사람이요. 그런 면 때문에 독자들은 여러 세기 전부터 그를

좋아했어요. 만약 오디세우스가 한결같고 흔들림도 흐트러짐도 없는 캐릭터였다면 이렇게 현대까지 이르도록 사랑받을 수는 없었을 거예요. 영웅을 만들어내는 건 바로 이 결점이랍니다. 이해하시겠어요?

—네, 이해가 가네요.

—안토니 씨는 영웅이에요. 스스로의 결점들을 두려워하면 안 돼요. 바로 그 결점들이 안토니 씨의 힘을 만들어낼 것이고, 당신을 아름답게 만들어줄 거예요……. 벌거벗은 모습의 광고판보다 훨씬 더 그렇게 해줄 거라고요.

—아, 선생님은 그 광고가 팬티를 위한 거라고 생각하시는군요. 저는 그 광고가 정말 마음에 들어요. 남성성을 극대화시킨 모습이거든요. 하지만 선생님 말씀도 맞아요. 그런데 저처럼 남성적인 세계 안에서 지내야 하는 사람은 자신의 결점을 인정하기가 어려워요.

—저도 알아요. 하지만 너무 강하거나 너무 연약한 남자들은 빨리 사라져버린다는 것을 잊지 마세요. 우리의 마음을 동요시켰던 건 칼립소의 집에서 울보였던 오디세우스예요. 더 읽다 보면 그가 한 거인에게 모욕을 주는 내용이 나와요. 떨지도 않고 말이에요. 안토니 씨는 자신의 차이를 받아들여야 해요. 왜냐하면 동료들이 영웅이 아니라 안토니 씨가 영웅이니까요. 자신감을 가져야 해요. 제 개인적인 의견으로는 팬티 광고가 다소 노골적이라는 생각이 들어요. 하지만 뭐 좋아요, 제 생각일 뿐이니까요. 저는 그 팬티를 구매할 의향이 있는 사람이 아니니까 제가 이렇게 생각하는 게 큰 의미는 없을 거예요.

—잘못 알고 계신 거예요! 선생님은 정말 중요한 고객이에요. 선생님도 팬티를 입잖아요? 어쨌든 선생님의 조언을 따를 수 있도록 노력할게요. 하지만 쉽지 않을 것 같아요.

물론 나도 팬티를 입는다! 하지만 내 팬티는 그 광고에 나오는 팬티들과 당연히 달랐다. 더 점잖고 더 소박하며 눈에 거슬리는 글씨들도 없고 '안토니 폴스트라'라는 빨간색의 일곱 글자도 없다. 팬티 위에 다른 사람의 이름이 있다는 것은 왠지 자리가 뒤바뀐 것 같은 느낌이 들어 이상하다. 운동선수 같은 체격을 가지지 못한 사람이라서 굴욕적이기까지 하다. 나는 안토니가 플로베르나 볼테르의 이름이 적힌 티셔츠를 입고 보란 듯이 포즈를 취한 모습을 상상할 수 없다. 각자 원하는 대로, 그게 아무리 괴상하더라도 각자의 옷을 차려입으면 된다. 너무 지나친 자본주의 사회에서는 팬티까지 간섭을 받아야 하나 보다.

—그라운드에서 가장 해내기 까다로운 동작이 뭔가요?

—논스톱 킥이요.

—이유는요?

—왜냐하면 볼이 땅에 닿지도 않고 계속 움직이거든요. 볼의 속도, 회전율을 미리 예상해야 하고 내가 원하는 방향으로 볼을 차기 위해서 몸의 균형도 잘 잡아야 해요. 그렇다 보니 동작이 항상 상대를 느닷없이 공격하는 것 같아요.

—내가 안토니 씨에게 요구한 건 어려운 게 아니에요. 볼은 없지만 안토니 씨와 다른 방향으로 가는 사람들이 있죠. 안토니 씨는 목적지에 다다를 수 있을 거예요.

—오디세우스는 고향인 이타키 섬으로 돌아오기까지 얼마나 걸

렸나요?

—20년이요.

—이타키 섬으로 돌아오기까지 20년이 걸렸다……. 저는 그것보다는 덜 걸렸으면 좋겠네요. 아, 오디세우스는 방향 감각이 좋지 않았잖아요.

—맞아요, 방향 감각이 아주 둔했죠. 안토니 씨가 여행을 하게 된다면, 아마 모든 여행을 오디세우스보다는 훨씬 편안하게 할 수 있을 거예요.

—사실, 어디로 갈지 고민 중이에요. 아직 결정이 난 건 없지만요.

안토니는 아마 프랑스를 떠날 것이다. 이건 분명한 사실이었다. 그는 오디세우스처럼 좀이 쑤셔 가만히 있지 못하는 성향이었다. 안토니는 오디세우스와 다르게 출항을 하기 위해서 뗏목을 만들 필요가 없다는 것만 빼면 말이다. 안토니는 은행 카드만 있으면 충분하다.

비밀스러운 서신,
세비녜 부인은
죽었다

아나는 초인종이 울리자 문 앞으로 달려갔다. 누가 감히 벨을 누르는 거지? 머릿속에서 피가 끓어올랐다. 아나는 화가 나 문을 거칠게 열었다. 그런데 문이 열리자마자 집배원이 아나에게 소포 꾸러미 하나를 내밀었다. 아나는 말 한마디 할 시간도 없었다. 그리고 집배원은 뒤돌아서는가 싶더니 아나의 면전에 편지 한 통을 내밀었다.

— 이것도 댁의 편지가 맞나요?

아나는 봉투 위에 적힌 아들의 이름을 발견했다.

— 네, 맞아요. 우리 집에 온 편지네요.

— 댁에 얀이라는 사람이 있는 줄 몰랐네요. 우편함에는 얀이라는 이름이 없어서요. 이름을 써놓으셔야 하겠는데요. 그래야 편지를 전달하기가 더 쉬울 것 같아요. 제가 분초를 다투며 일하는 사람이라서요, 아시죠? 모두가…….

— 이름을 적어놓도록 하겠지만 사실 아들이 우리 집에 사는 건 아니에요. 잠시 들른 것일 뿐이거든요.

아나는 자신이 얼마나 놀라고 당혹스러워하고 있는지를 숨기느라 여간 힘든 게 아니었다. 얀이 편지를 받은 건 이번이 처음이었다. 이 집에 젊은 남자가 살고 있다는 것을 아는 사람은 아무도 없었다. 얀은 정말 드물게 집을 나서곤 했다. 친구들을 초대하는 일도 없었다. 우편함에 이름을 적지 못하게 했던 건 얀이었고 차라리 이름이 없는 게 아나도 마음이 편했다. 일종의 암묵적인 동의였다. 아나는 현관문을 다시 닫고 얀의 방으로 향했다. 이 으리으리한 저택에서 살아온 지난 10년 동안 아나는 긴 복도를 숱하게 오고 갔다. 아마 그 거리를 따진다면 몇 킬로미터는 될 것이다. 날마다 아나는 아들의 식사를 가져오거나 빨래를 챙겨서 오고 가고 또 음료를 챙겨다 주는 등 여러 시중을 들기 위해 복도를 활보했다.

아나는 얀의 계속적인 편두통을 악화시키지 않기 위해서 소리를 내지 않고 시중을 들었다. 아나는 얀이 반쯤 열어둔 방문에 다가갔다. 얀이 이렇게 문을 열어두면 아나가 마음 놓고 방으로 들어가도 된다는 신호였다. 얀은 자기 일을 방해하는 것을 제일 싫어했다. 만약 신경이 거슬리는 순간이면 극도의 흥분 상태에 사로잡혀 움직임을 제어할 수 없게 되어서 미친 사람처럼 왔다 갔다 했다. 하지만 이번에는 문이 열려 있었다.

얀은 아나에게 등을 돌린 채 컴퓨터 모니터를 마주하고 앉아 있었다. 아나는 얀에게 다가가 책상 위에 편지를 내려놓았다. 얀은 뒤를 돌아보지 않았지만, 얀이 편지봉투를 보았다는 것은 알 수 있었다.

—네 앞으로 편지가 왔어.

—봤음. 땡큐.

얀의 대답은 너무 단답형이어서 키보드를 두드리는 시간이 얼마 걸리지도 않았다. 이런 단답형 문체는 얀이 정말 혼자 있고 싶을 때 주로 쓰는 것이었다.

얀의 '땡큐'는 '나를 좀 내버려 둬'라는 의미였다.

하지만 아나는 움직이지 않았다. 아나는 누가 이 편지를 보낸 것인지 기어코 알아내고야 말겠다는 생각에 그 자리에 버티고 섰다.

—광고 전단지.

얀이 썼다.

—광고를 손 글씨로 주소까지 써서 보냈다……. 브라보, 얀, 너 엄마를 아주 우습게 아는구나. 나는 그렇게 호락호락한 사람이 아니야. 누가 보낸 거니?

얀은 숨을 크게 내쉬었다. 얀은 엄마와의 충돌을 피할 수 있을 거라고 막연히 생각하고 있었다. 자동차들이 오고 가는 도로 한가운데서 다가오는 자동차가 속도를 늦춰 충돌을 피할 수 있을 거라 여기고는 맨홀 뚜껑 위에 서서 꼼짝도 하지 않고 있는 꼴이었다. 잘못 생각해도 단단히 잘못 생각했던 것이다. 시간이 흘러도 자동차들은 속도를 줄이지 않고 보행자의 다리는 그 자리에서 굳어버린다. 움직일 수가 없다. 보행자는 의심하기 시작한다. 그는 두려움을 떨쳐버리려 애쓴다.

"내가 눈에 잘 띌 거야. 운전자가 나를 발견하게 될 거야."

점점 시간이 갈수록, 의심은 점점 커져만 간다. 그런데 운전자가 문자 메시지를 쓰는 데 정신이 팔려 도로를 보지 않고 있다는 것을 깨닫고 만다. 그래서 그는 그냥 도로 위에 주저앉기로 결심한다. 나름 '전략적'인 부위에 충격이 가해지도록 하기 위해서였다. 팔,

다리……. 팔이 없어도, 다리가 없어도 살 수는 있다. 하지만 머리가 없으면…….

얀은 다툼을 피할 수 없으리라는 것을 깨달았다. 그렇다면 엄마가 덜 공격적으로 나오도록 해야 했다. 그렇게 하기 위해서는 더 이상 단답형으로 대꾸해서는 안 되었다. 얀은 하고 싶은 말을 정확하게 쓰기로 마음먹었다. 이런 식의 짤막한 문장 때문에 엄마가 더 예민해질 수도 있기 때문이다.

—엄마, 나에게 먼저 전해주지도 않고 편지를 읽은 거예요? 그런 행동은 감옥에 갇혀 있는 포로들에게나 하는 거라고 생각해요. 아니면 적어도 이 편지에 대해 물어보지 말았어야죠.

—그렇게 공격적으로 반응하지 마. 이 집에서 너는 현재도 나중에도 포로일 수 없어. 내가 알기로는 너처럼 그렇게 자발적으로 갇혀 있는 포로는 없어. 너는 네가 포로처럼 생각되는 모양인데, 내 생각은 달라. 게다가 나는 네 편지를 읽지도 않았어. 단지 누가 이 편지를 너에게 보낸 것인지 네가 말해주기를 바랄 뿐이야.

—엄마, 엄마의 그런 호기심 자체가 고약한 취미라는 거예요. 나는 엄마가 이 편지를 읽고 싶어 했다는 게 이해가 안 돼요. 하지만 편지에 관심이 간다니까, 이따가 엄마가 직접 읽어주세요. 엄마가 저에게 읽어주시는 거예요. 엄마는 이 편지의 시작을 모르잖아요. 이건 답장이에요. 내가 먼저 누군가에게 편지를 썼던 거라고요.

—그럼 이때까지 엄마한테 아무 말도 안 했다는 거야?

—왜 엄마한테 애기해야 하죠?

—내가 너를 도와줄 테니까. 조언 같은 거 말이야.

—저는 도움이 필요 없어요.

얀은 책상 서랍을 열고 종이 무더기를 뒤지기 시작했다. 그중에서 열 장 정도를 책상 위에 꺼내놓았다. 그 종이 위에는 온통 줄이 그어져 있었지만 무슨 글씨를 적었던 건지 알아보는 데는 문제가 없었다.

—저는 이 방에서 최종 편지를 완성했고 이 종이들이 그 증거예요.

—알렉스 선생님이 우체통에 넣어주셨니?

—아니요, 선생님께서 이걸 직접 전해주셨어요. 선생님은 원하지 않으셨어요. 선생님은 내가 해달라는 대로 해준 것뿐이에요. 선생님을 문제 삼지 마세요. 그리고 이 종이들을 읽어보세요. 그러면 엄마가 알고 싶은 건 전부 알 수 있을 거예요.

얀이 엄마에게 종이를 내밀었다. 사실 얀은 엄마의 마음을 불편하게 해주고 싶어서 굳이 읽으라고 강요하는 중이었다. 다른 사람의 편지에는 관심을 끄는 것이라는 걸 엄마에게 이해시키고 싶었다. 누군가 잠을 자고 있다면 쳐다보지 않는 게 예의인 것처럼 말이다. 얀은 그런 호기심은 의도가 불건전하다고 생각했다. 너무 아들하고만 생활을 하다 보니 아나는 이런 원칙, 상식, 예의들을 잊어버렸다. 흡사 노부부가 둘이서 살고 있는데 둘 중 한 명이 욕실에서 샤워를 해도 욕실 문을 굳이 닫을 필요성을 느끼지 않는 것과 비슷한 이치였다. 문이 열려 있어도 대놓고 쳐다보면 안 되는 것이다.

◆ ◆ ◆

발링틴에게,

네가 나를 ~~떠올릴 수 있는지~~ 기억하는지조차 나는 모르겠어. 우리는 고등학교에 함께 다니고 있어. (어쩌면 '함께'라는 말은 정확한 표현이 아닐지도 모르겠다. 그냥 같은 건물에 있다는 편이 낫겠어.) 나는 이상한 얼굴을 가진 남자아이야. 솜씨가 서툰 어린아이가 만든 반죽으로 빚은 얼굴처럼 생겼지. 그리고 입 밖으로는 단 한 마디도 내뱉을 수가 없어. 이제 기억이 났을 수도 있겠다.

지금은 내가 이 편지를 손 글씨로 쓴 이유가 궁금하겠구나. 나는 워드프로세서라는 게 너무 ~~냉정하고~~ 차갑고 비인간적인 느낌이 들거든. 내 글씨체가 초등학생 같지. (이제는 더 이상 초등학생이 아닌데 말이야.) 어쩌면 초등학교 선생님 글씨체 같기도 해. (선생님이 되어볼 일은 절대로 없겠지만 말이야.) (웃음을 터뜨리게 하는 글씨체!)

나의 독서 치료사 선생님이 찾아간 것 때문에도 깜짝 놀랐을 거야. 똑똑한 분이셔. 선생님은 나에게 ~~독서를 권하면서~~ 책을 읽게 하면서 나에게 자신감을 심어주려고 하셨어. 치료가 성공했다고는 말할 수 없을 것 같아. 왜냐하면 나는 아직도 의기소침한 사람이거든. 의기소침한 것으로는 누구에게도 안 질 자신이 있어. 그렇다고 내가 독서 치료를 받고 있는 이야기를 하려고 너에게 연락을 한 건 아니야. 다시 말하지만, 우리가 ~~단 둘이서~~ 이야기를 나눈 적이 있었을까? 내 생각에는 없었던 것 같아. 거의 확실해. 너에게 감히 다가가지 못했었거든. 아, 먼저 내가 대화를 하려면 모든 걸 글로 써야 한다는 걸 말해야겠구나. 그래서 수업시간 두 시간 동안에는(또는 쉬는 시간이나 점심시간에도) 이야기를 나누기가 복잡하다고 할 수 있을 거야. 앞으로는 시간 여유가 있을 것 같아. 더 이상 수업을 하러 가지 않거든. 나는 다른 사람들의 시선을 견딜 수가 없어……. 아니 어쩌면 나를 쳐다보지 않는 걸 참지 못하는 것일 수도 있어. ~~무관심.~~ (어감이 너무 센가. 발렁틴이 여기까지만 읽고 그만둘지도 몰라!!!)

내 기억으로는 네가 나를 쳐다본 적은 없었던 것 같아. (마치 발렁틴이 일부러 나를 피하는 것을 즐긴 것처럼) 자, 이제 너는 이해가 되기 시작하겠지. 이제 내가 너에게 사랑 고백을 할 거라는 걸 말이야. 그래, 너를 사랑하는 마음이 있었다는 걸 말하고 싶어. 일본에 이런 말이 있대. (깊은 인상을 심어주기 위해 약간의 문화적 이야기) 방 안에서 인생을 보내면 매우 다양한 분야에 관심을 가질 수 있다고. 집념이 강한 사람이 동굴 안에 갇혀 벽화를 그려내듯 말이야. 일본 사람, 일본……. 일본에서는 개인의 감정이 표출되지 않는 식으로 표현을 한대. 말 뒤에 진짜 모습을 숨겨둘 수 있는 거지. (사실) 이게 더 쉬워. 하지만 우리는 프랑스에 살고 있으니까 나는 너에게 숨김없이 직접적으로 글을 쓸 거야. 나는 너를 사랑했었어. 너를 유혹해보려고 애썼던 다른 사람들처럼 나도 그랬어. 복도에서 나와 마주친다면 누구라도 사랑을 느끼지 않을 거라는 걸 나도 잘 알고 있어. 공포, 혐오감, 의심……, 이런 감정들을 더 쉽게 느끼겠지. (약간의 동정심 유발)

나는 시인이 아니기 때문에 너에게 반짝반짝 빛나는 내용으로 편지를 쓸 줄은 몰라. 단지 나는 내가 읽은 소설 이야기를 하고 싶어. 그 소설 속 주인공은 평생을 다른 사람들에게 거짓말을 하며 살 뿐만 아니라 자기 자신도 속이며 살아. 이 소설의 제목이 궁금하다면 알려줄게. 장 콕토의 『사기꾼 토마』라는 책이야. 나는 네가 문학을 좋아하던 게 기억나. (발렁틴을 부각시키고 치켜세워 주기) 나는 토마가 되어보았어. 충격적이었어. 정말 새로운 발견이었거든. 다행히도 말이야! 나는 더 이상 거짓말쟁이가 되고 싶지 않아. 자유롭게 나를 표현하며 살고 싶어. 생기 없는 점토 위에 그려진 내 모습 그대로를 보여주기 위해서. (어휘를 약간 고급스럽게 사용하면 강한 인상을 남길 거야.)

너는 분명 남자 친구가 있겠지. 자연스러운 일일 거야. 내가 절망적으로 혼자라는 사실처럼 지극히 당연한 일이지. 네가 나를 동정하라고 이런 말을 하는 건 아니야. (거짓말!) 그저 나는 너에게 한 가지 제안을 하고 싶을 뿐이야. 나는 네게 말도 안 되는 이유를 들먹이면서 강요하고 싶지는 않아.

그래서 나는 지금 너에게 한 가지 이야기하려고 해. 내가 시간을 끈 게 기대감을 높여주었을지 모르겠다. 네가 이미 알아차렸기를……. 너는 자유롭게 의사 표현을 할 수 있어. 발렁틴, 나를 한 번 만나줄 수 있겠니? (한 번, 두 번, 세 번???? 열 번쯤? 수백 번? 함께 바에 앉아 있거나, 의자에 붙어 앉기도 하면서 우리가 이야기를 나누고 그런 만남이 이어져 10년 동안 유지될 수 있다면 얼마나 좋을까.) 딱 한 번만 만나주었으면 해. 우리는 술 한잔 하면서 그리운 지난 시절에 대해 이야기(나를 위한 은유)할 수도 있을 거야.

이런 얘기를 꺼내는 게 쉽지 않았어. 미안해.

얀

◆ ◆ ◆

아나는 편지를 내려놓고 당황한 얼굴로 아들을 쳐다보았다. 얀은 잠시도 지체하지 않고 발렁틴의 답장을 아나에게 내밀었다. 편지는 아직 봉인된 상태였다.

— 엄마가 발렁틴의 답장을 읽어주실 수 있어요?

— 내가 그래도 되는 건지 모르겠구나.

아나는 발렁틴이 어떤 이야기를 썼을지 몰라 편지를 읽기가 두려웠다. 자신의 아들에 관한 말들, 아들이 충격을 받을지도 모를 이야기들이 담겨 있을지도 몰랐다.

— 저를 위해 읽어주세요, 제발요.

— 미안해, 이 편지에 대해 너에게 먼저 물어봤어야 했구나. 미안해, 내가 너무 지나쳤던 것 같아.

— 지금은 내가 엄마에게 읽어달라고 하는 거예요. 두려워하지 마세요. 큰 목소리로 이 편지를 읽어주세요. 저는 발렁틴의 답장이 어떤 내용인지 몰라요. 만약 듣기 괴로운 내용이라면 저는 더더욱 엄마가 필요할 거예요. 엄마의 입을 통해 듣다 보면 편지 내용이 직접적으로 나를 향한 것이라는 느낌을 받지 않을 수 있을 것 같아요. 소설책을 읽을 때처럼 말이에요.

얀은 엄마가 곤란한 상황에 처하기를 바랐다. 얀은 성공했다. 아나는 손이 축축해졌고, 입술이 바짝 말랐다. 하지만 아들 앞에서 체면을 구기고 싶지 않았다. 이런 상황까지 오게 된 것은 아나 자신 탓이었다.

◆ ◆ ◆

얀에게,

네 편지를 받고 사실 그렇게 놀라지는 않았어. 솔직히 나는 네가 누구인지조차 정확하게 기억이 나질 않았거든. 네가 너에 대한 많은 정보를 주지 않았더라면 나는 떠올리지 못했을 테니까 말이야. 너는 사람들의 이목을 잘 끌지 않나 봐. 나도 그래.

네가 알려준 덕분에 많은 걸 알게 되어서 행복해. 도움이 많이 되었어, 고마워! 나처럼 대학에 가려고 마음먹은 사람에게는 일반 상식이 매우 중요해. 그 외에 네가 나에 대해 가졌던 감정을 알게 된 것에 대해서는 조금 난처한 기분이 들어. 나는 아무것도 몰랐거든. 내가 이런 쪽으로 좀 순진한 면이 있어. 이렇게 고백을 받는 경우가 아주 드물어. 막상 이런 일이 생기니까 마음이 마냥 편하지 않구나. 그리고 나는 남자 친구가 있어. 그런데 장거리 연애 중이라 외로운 건 어쩔 수 없는 것 같아. 남자 친구는 릴에서 공부를 하고 있어. 우리는 남자 친구가 주말에 돌아올 때만 만나. 그런데 아무리 외로워도 이런 상황에서 너를 만나는 건 경우가 아닌 것 같아. 남자 친구가 질투가 심하거든. 내가 남자 친구 곁에 없는데 남자 친구가 다른 여자 친구를 만난다고 생각하면 나 역시 기분이 좋지 않을 것 같아.

게다가 너를 만난다고 해도 솔직히 너에게 무슨 말을 해야 하는 건지도 잘 모르겠어. 우리는 아직 이야기를 나눈 적도 없으니 친구라고 할 수도 없잖아. 우리가 친구가 될 수 있을지도 잘 모르겠거든. 네가 또 편지를 보낸다면 나도 답장은 할게. 그렇다고 너무 서둘러 쓰지는 말았으면 좋겠어. 아빠가 몇 주 전에 나를 사립 고등학교에 등록시켜서 과제가 엄청나게 많아. 나는 내가 가고 싶은 길을 성공적으로 가기 위해서 할 수 있는 건 모두 해보고 싶어.

내 말 때문에 네가 너무 실망하지 않았으면 해. 그건 내가 원하는 게 아니야.

같은 학교에 다닐 때 이렇게 알게 되었으면 좋았을 텐데……, 하지만 지나간 건 지나간 거니까 너무 아쉬워하지는 말았으면 해. 내가 말이 서툴러서 미안하지만 이게 내 좌우명이기도 하거든.

이제 편지를 마무리할게.

이렇게 편지를 보내줘서 고마워.

발렁틴

추신 : 네가 나에게 말해준 그 책은 읽어볼게. 나는 여전히 문학을 사랑하거든. 그리고 장 콕토의 책 중에 다른 책 한 권 추천할게. 『무서운 아이들(Les Enfants terribles)』이라는 책이야.

◆ ◆ ◆

얀은 발렁틴이 이 편지를 작성하는 상황이 눈앞에 그려졌다. 문학 교수들은 이런 걸 가리켜 '언표 상황'이라고 하는데 사실 이런 개념은 교실 밖에서는 전혀 도움이 안 되며 그저 학생들이 한 교과목에 대해 싫증을 느끼도록 만들기 위해서 창조된 개념일 뿐이다. 이 때문에 학생들이 프랑스어 교육으로 진로를 정하지 않는 것일 수도 있다.

발렁틴은 두껍고 하얀 구스 이불로 덮인 침대 위에서 책상다리로 앉아 있다. 구스 이불은 그 부드러움 때문에 프랑스에서 인기가 높다. 발렁틴은 데님 셔츠를 입고 있다. 왜 하필 데님 셔츠냐 하면, 얀이 창문을 통해 보았던 소녀들이 데님 셔츠를 입고 있었기 때문이다. '데님 셔츠를 입은 소녀'는 얀이 가장 쉽게 떠올릴 수 있는 소녀의 모습이었다. 그리고 발렁틴은 활동하기 편한 바지를 입고 있다. 밝은 색상의. 발렁틴이 스커트나 원피스를 입은 적이 없다는 사실이 얀에게 떠올랐기 때문이다. 바지는 다리가 아주 두꺼운 경우 단점을 가려주지만 발렁틴은 워낙 마른 몸매라 다리도 분명 야위었을 것이다. 얀은 이제 발렁틴에게 사랑에 빠져서는 안 된다는 생각에, 혹시 있을지 모를 단점들을 일부러 떠올려보았다. 어쩌면 태어날 때부터 작은 점들이 있을 수도 있고 멍도 있을 수 있을 것이다.

하지만 발렁틴이 침대 위에서 책상다리로 앉아 편지를 썼을 것이라는 얀의 상상은 사실과 달랐다. 발렁틴의 아버지가 발렁틴에게 백라이트가 들어오는 멋진 맥 컴퓨터를 사주었기 때문이다. 얀은 컴퓨터를 사용하는 발렁틴의 모습을 떠올릴 수 없었다. 이 컴퓨터는 발렁틴이 앞으로 학업에 열중하고 꼭 잘해내고야 말겠다는 약속과도 같았다. 어쨌든 발렁틴은 아버지 덕분에 희미한 불빛 아래에서도 두 눈을 해치지 않을 수 있었다. 눈 건강은 중요한 거니까!

발렁틴은 손으로 편지를 썼을까? 물론 아니다. 발렁틴이 다니는 사립 고등학교에서는 키보드로만 글을 작성한다. 펜은 더 이상 사용되지 않는다. 어쩌면 훗날 펜은 젊은 사람들이 구경할 수 있도록 박물관에 전시될지도 모를 일이다. 그리고 어린이들은 이 펜을 보고 고대의 석관만큼이나 신비롭다고 여기면서 두 눈을 동그랗게 뜰지도 모른다.

얀이 가장 크게 실망한 것이 바로 이 부분이었다. 발렁틴의 손글씨를 볼 수 없었던 것이다. 500장짜리 A4 용지 묶음에서 꺼낸 한 장 위에 컴퓨터의 '0'과 '1'의 난해한 결합으로 인해 발렁틴의 편지가 탄생했다. 인간미라고는 느껴지지 않는 편지였다. 발렁틴을 느낄 수 있는 게 전혀 없었다. 맞춤법조차 틀리지 않았다. 실수라고는 없었다. 비싼 값을 주고 산 맞춤법 교정 소프트웨어가 그 역할을 톡톡히 해낸 것이다.

◆ ◆ ◆

얀은 자신의 '사랑 사형식'을 보좌한 엄마를 원망하지 않았다. 발렁틴의 편지를 읽기 전에 얀은 수천 분의 일이라도 발렁틴과 만날 수 있게 되면 좋다고 생각했다. 아나에게는 아무 책임이 없었다. 애초에 발렁틴이 승낙할 가능성은 없었던 걸까? 서툰 몇 문장으로 자신의 존재조차 모르는 여자를 어떻게 설득할 수 있겠는가.

아나는 전화 핑계를 대고 얀의 방을 나왔다. 아나 역시 이 편지 낭독이 사형식처럼 느껴졌다. 색색의 리본이 달린 투우사의 짧은 창을 내리꽂는 역할, 그것을 아나가 맡았던 것이다. 얀은 전화를 하러 나간다는 아나의 말을 믿지 않았다. 아나는 전화를 싫어하는 사람이었다. 그리고 아나가 전화 통화를 할 상대가 누가 있겠는가. 얀의 집은 오로지 권태뿐이고 똑같은 일만 반복될 뿐 아무 일도 일어나지 않았다. 그런데 전화 통화를 할 일이 있었다면 지금까지 모를 리 없었다. 만약 아나가 슈퍼마켓의 트리 아래에 놓인 가짜 선물 상자처럼 비어 있는 일과 중에 전화가 올 일이 있었다면 이미 얀에게 몇 십 번이고 그 사실을 반복해서 말했을 것이다. 전날 아침, 정오, 오후 4시, 오후 6시, 저녁, 잠들기 전…… 그리고 당일 날 아침에도…….

얀은 연습 삼아 써보았던 편지들과 함께 발렁틴의 답장을 정리해두었다. 그리고 컴퓨터 앞에 앉아 편지를 쓰기 시작했다. 발렁틴에게 보낼, 마지막 편지였다. 발렁틴과의 대화를 마무리하는 의미의 편지였다. 이 편지에 발렁틴이 답장을 주든 주지 않든 상관없었다. 최소한 얀이 실망했다는 사실에 대해서는 말하고 싶었다. 발렁틴은 얀과의 몇 분 걸리지도 않을 대담을 거절했다. 이 얼마나 치사한 일인가. 발렁틴은 심장이 있기는 할까? 얀의 손가락이 움직이자 글이 쏟아져 나왔다. 먼지투성이 모니터 위로 글씨들이 흘러내렸고 문장기호의 숫자도 점점 늘어났다. 얀은 홀든을 생각했다. 그리고 그의 고된 표정과, 그 밖의 것들을…… 떠올렸다. 홀든은 자신을 혼란스럽게 하는 사람들에게 차갑게 대할 수 있는 말솜씨가 있었다. 얀은 그런 홀든이 부러웠다.

자신을 표현하기 위해 작은 수첩을 가지고 다니는 말 못 하는 홀든을 떠올려보았다. 말을 할 때마다 대꾸를 기다리려면 족히 5분은 기다려야 하고 글을 보고 읽어야 한다. 철자법도 확인하게 된다. 'appeler' 동사는 인칭에 따라 'l'이 하나일 때가 있고 두 개일 때가 있는데 말로 할 때는 어차피 발음이 같기 때문에 신경 쓸 일이 없다. 그런데 말 못 하는 홀든이 등장하는 책이었다면 제롬 데이비드 샐린저의 소설은 50부밖에 팔리지 못했을지도 모른다. 이 소설가의 우편함에는 편지 한 통이 삐져나와 있을 것이다.

작가님, 안녕하세요.

소중한 작품『호밀밭의 파수꾼』을 우리에게 보내줘서 감사합니다.

재미있는 작품인 건 분명하나 아쉽게도 앞으로의 출판 계획에는 포함시킬 수 없을 것 같습니다…….

얀은 떠오르는 생각들에 미소를 지었다. 키보드를 두드리는 속도가 점점 더 빨라졌다. 얀은 지금 발렁틴에게 복수를 하기 위해 속도를 내고 있었다. 손으로 쓸 생각은 하지도 않았다. 발렁틴은 얀의 손 글씨 편지를 받을 자격이 없다. 만약 얀이 발렁틴에게 자신의 장애를 숨겼더라면? 얀이 신분을 위장해 편지를 보냈더라면? 그랬다면 발렁틴은 얀을 만나주었을까? 그래! 그랬을 것이다. 얀은 양심을 팔아 실로 대단한 가짜 이야기를 만들어냈어야 했던 것이다. 기억으로만 발렁틴의 모습을 떠올려 그린 초상화가 몇 점 있었다. 얀은 이 그림들을 발렁틴에게 주고 싶었다. 만약 그랬다면 발렁틴은 그림에 감탄하며 얀을 만나러 왔을지도 모른다는 생각이 들었다. 어떻게 자신이 학교에서 아주 잠깐 스쳤을 뿐인 동급생 소년의 뮤즈가 되었는지 보러 왔을지도 모를 일이다. 그러면 그 초상화들을 보면서 그림을 그린 얀의 솜씨를 탓하거나 보완해달라거나 했을 수도 있지 않았을까…….

얀은 마침내 편지에 마침표를 찍었다. 그러고는 '삭제' 키 위에

검지를 올려놓았다. 얀은 화면 속 커서가 지금껏 애써 쓴 문장들을 집어삼키는 것을 가만히 보고 있었다. 모니터의 제일 윗줄까지 전부 다……. 커서는 단 한 글자도 잊지 않고 지우겠다는 결심이라도 한 것처럼 끈기 있게 계속하다가 한 줄 올라가고, 또 지우고, 올라가고를 반복했다. 편지 내용은 아무것도 남지 않았다. 새하얀 공간만 남아 있었다. 얀은 '파일', '인쇄', '확인'을 순서대로 클릭했다. 그러자 하얀 페이지가 이렇게도 아무런 흔적이 없는 자신의 모습에 놀란 듯 프린터를 빠져나왔다. 얀은 하얀 종이를 봉투 속에 넣고 그 위에 발렁틴의 주소를 적었다. 이로써 이제 얀에게는 분노가 남아 있지 않았다.

이제 아나는 한 시간 뒤면 이 편지를 부치러 우체국으로 가게 될 것이다. 앞서 겪은 일 때문에 아나는 아들의 이 부탁을 차마 거절하지 못했다. 비록 거짓말이긴 하지만 전화 통화를 하겠다며 나갔던 아나는 생각이 많아졌다. 아나는 앞으로는 얀에게 더 많은 자유를 주어야겠다고 마음먹었다. 그리고 발렁틴이라는 소녀는 얀을 불쾌하게 만듦으로써 많은 것을 잃게 되었다고 생각했다. 헌신적인 시어머니와 파리의 멋진 아파트와…….

한 시간 전부터 12월의 비가 세차게 내리고 있었다. 이런 날씨에 외출을 해야 하다니, 평소 같으면 거절할 수도 있었을 것이다. 하지만 얀이 슬픔이 가득한 눈빛으로 아나에게 부탁을 했다. 안 그래도 상처가 있는 아이인데 이번 일로 더 큰 상처를 받은 것만 같았다. 그런 아들을 걱정하는 아나에게 비 오는 날씨쯤은 아무것도 아니었다.

—엄마, 저는 오늘 이 답장을 보내고 싶어요. 발렁틴이 내일쯤

받아 볼 수 있게 말이에요.

아나는 창밖으로 억수같이 쏟아지는 빗줄기를 바라보았다. 비가 얼마나 세차게 내리치는지 땅을 두드리는 소리가 어마어마했다. 하늘이 땅을 벌하고 있는 것 같은 느낌마저 들었다.

— 엄마가 다녀올게. 네 편지는 오늘 발송될 거야. 우산만 챙겨서 얼른 나갈게.

— 고마워요, 엄마. 너무 늦게 출발하면 안 돼요. 이미 늦었거든요. 우체국이 문을 닫을까 봐 걱정이네요.

아나는 우산을 찾으러 갔다. 그런데 늘 우산을 놓아두던 자리에 우산이 없었다. 벌써 몇 주 동안 비가 내리지 않았기 때문에 최근에는 우산을 사용한 적이 없었다. 여름을 보내는 동안 우산은 분명 그 자리에 있었을 것이다. 그런데 사실 아나의 기억력이 예전 같지 않아서 우산이 없다는 사실에 아나 자신도 그리 놀라지는 않았다. 아나는 요즘 부쩍 자기 약은 물론 아들의 약까지 잊어버리는 일이 잦아졌다. 그리고 열쇠라든지, 생활하면서 필요한 모든 물건들도 마찬가지였다.

아나는 1층의 다른 방들을 살펴보았다. 아무리 찾아 헤매도 우산은 발견할 수 없었다. 아나는 세탁실을 뒤져보기로 결심했다. 전등이 잘 들어오지 않았기 때문에 아나는 무서워서 평소에는 그곳에 잘 가지 않았다. 전기공도 수리하지 못하는 접촉 불량이 계속 반복되었던 것이다. 전구가 세탁실을 환하게 비추다가 한 20초쯤 지나면 불이 그냥 꺼져버렸다. 그래서 아나는 세탁실에 갈 일이 있으면 순식간에 들어갔다가 나왔다. 문을 열고, 스위치를 누르고, 접근 가능한 첫 번째 위치에 물건을 둔다. 그리고 뒷걸음질 치면서 밖으로 나와 문을 닫는 것이다.

아나는 모성애로 두려움을 억누르고 불이 꺼질 때마다 몸을 일으켜 계속 다시 불을 켜면서 후미진 곳을 뒤져보았다. 오래된 커다란 가구 아래를 보기 위해서는 마침내 무릎까지 꿇어야 했다. 이 가구는 아나의 남편이 거대한 공구 상자로 이용하던 것이었다. 거기에는 이런 게 있을 거라고는 생각조차 할 수 없을 만한 수많은 공구들의 세상이 담겨 있었다. 홀 쏘, 별 이상한 모양의 용도를 알 수 없는 물건들, 전구 소켓들이 들어 있는 상자, 연마기 등……. 포장도 채 뜯지 않은 것들이었다. 아나는 사용하지도 않을 이런 도구들을 왜 사고 싶어 하는지 도저히 이해가 되지 않았다. 아나의 남편은 아마 매장의 다른 고객들에게 자신이 대단한 목공 일을 하는 것처럼 보이고 싶었던 것 같다. 사실은 그렇지도 않으면서 말이다.

아나는 접근하기 힘든 깊숙한 곳에 손을 넣어보려고 몸을 더 구부렸다. 그러자 아나의 볼이 세탁실의 차가운 바닥에 닿았다. 이런 장소에서 이렇게 에너지를 쏟아봐야 도대체 무슨 소용이 있는 것일까? 세탁실 바닥의 느낌은 결코 좋지 않았다. 냉골인 데다 먼지투성이였다. 아나는 여기도 가끔은 난방을 돌려야 할지 잠시 생각했다. 방치해둔다고 좋을 건 아무것도 없다. 물론 사람도 마찬가지다. 그런데 몇 센티미터 앞에 작은 종이가 떨어져 있는 것이 보였다. 왼쪽 눈은 땅바닥에 너무 바짝 붙어 자연스레 감겨버렸고, 아나는 오른쪽 눈으로 그 종이를 읽어보려 했다.

—너무 늦지 마세요, 엄마. 고마워요.

얀이었다. 언제 왔는지 얀이 아나 앞에 서 있었다. 편지에 얼마나 중요한 내용을 썼기에 이럴까 싶어 아나는 지체하지 않고 다녀와야겠다고 생각했다. 무섭게 쏟아지는 비가 두려울 뿐…….

장대비를 뚫고 아나는 길모퉁이에 위치한 작은 우체국으로 갔다. 편지는 빗물에 젖지 않도록 웃옷 안에 잘 넣어두었다. 우체국은 운영이 되는지 의심스러울 정도로 작았다. 우편요금 계기도 없는 우체국이었다. 안으로 들어가기 위해서는 벨을 눌러야 했다. 아나가 벨을 누르자 바로 출입구가 열렸다. 우체국 직원은 이미 와 있던 세 명의 고객들 때문에 정신이 없었다. 아나는 누군가 응대해주기를 바라면서 다시 한 번 벨을 눌렀다. 하지만 아무런 반응이 없었다. 아나의 안경 위로 빗물이 흘러내리고 있었다. 아나는 마침 주머니에 들어 있던 키친타월을 꺼내 빗물과 김 서린 안경을 닦고 코도 풀었다. 우체국 안쪽에서 무슨 일이 있는지 살펴보려고 했지만 등을 돌리고 있는 고객 한 명에게 가려져 보이지 않았다. 할 수 없이 아나가 조심스럽게 노크를 하자 그 고객이 돌아보고는 아나를 경멸하듯 아래위로 훑어보았다. 아나는 다시 한 번 벨을 눌렀다. 벨 소리가 바깥에까지 울려 퍼졌다. 그런데도 아무도 아나에게 신경을 쓰지 않았다. 그 순간, 문 위에 표시되어 있는 두 개의 픽토그램이 아나의 눈에 들어왔다. 헬멧을 쓴 남자와 무기를 가진 또 다른 남자, 이 두 그림 위에는 선이 그어져 있었다. 이렇게 괴상한 차림을 한 사람은 우체국 직원과 만날 수 없다는 의미였다. 이제 김이 서리고 물방울이 맺힌 안경을 쓴 여자의 출입도 금지한다는 의미의 픽토그램을 추가해야 할 듯했다.

다행히도 마침내 그 남자 고객이 볼일을 다 보고 나왔다. 그는 어마어마한 크기의 소포를 들고 있었는데 마침 그의 앞에 서 있던 아나와 부딪치고는 이내 투덜거렸다. 이렇게 커다란 소포를 들고 지나가기에는 문이 너무 좁다고 생각하는 것 같았다. 아나도 계속 기다리기만 한 상황에 빗물에 흠뻑 젖기까지 해서 화가 나 있었다.

15분 정도 더 기다린 후에야 아나는 물 한 방울 묻지 않은 편지에 우표를 사서 붙일 수 있었다. 아나는 자신의 이런 헌신적인 모습이 너무나 뿌듯하고 만족스러웠다. 얀이 분명 고마워할 거라고 아나는 확신했다.

얀이 방 창가에 서서 비를 맞으며 돌아오는 아나를 바라보고 있었다. 아나는 몸 안쪽이라도 비에 젖지 않기 위해 잔뜩 움츠린 자세로 걷고 있었다. 그런데 얀의 손을 보니 무엇인가가 들려 있었다. 세상에, 아나의 우산을 손에 쥐고 돌리고 있는 것이 아닌가!

고전 작품은 영원하다

치료실에 나타난 로베르는 기분이 아주 경쾌해 보였다. 이번에는 숨을 헐떡거리지도 않았고 땀을 뻘뻘 흘리지도 않았다. 내가 문을 열자마자 로베르는 이렇게 말했다.

"숙제를 잘 해 왔답니다!"

그날의 로베르의 모습이 떠올랐다. 그날의 로베르는 결혼식장에서마저 상스러운 넋두리를 해댈 거라 여겨질 만큼 참 무례한 사람이었다. 이런 사람과 상담을 해야 했다. 하지만 나는 다행히도 프로 정신으로 무장되어 있기 때문에 이성을 되찾을 힘이 있었다.

'참자, 알렉스, 참아.'

나는 속으로 되뇌었다.

로베르는 안락의자로 가서 마치 자기 것인 양 자리를 잡았다. 그러고는 더 보란 듯이 거의 드러눕다시피 앉아서는 손에 들고 있던 신문을 낮은 탁자 위에 올려두었다. 내 신경은 계속 탁자로 향했다. 왜냐하면 탁자가 얼룩 하나 묻어 있지 않은 흰색이었기 때문이다. 로베르의 축축한 손가락에 묻어 있을지 모를 신문 잉크 때문에 혹여나 검은 자국이 남지 않을까 걱정되었다.

'참자, 알렉스, 참아야 하느니라.'

—자, 이제 오블로모프에 대해 이야기를 좀 해볼까요?

—오블로모프는 참 비천한 인간이에요! 그런데 저는 그런 그가 싫으면서도 아무것도 하지 않는 그를 보는 게 그렇게 좋을 수가 없었어요.

—이런 인물은 수많은 독자들로 하여금 매력을 느끼게 하는 동시에 혐오감도 주는 것 같습니다. 그렇게 말씀하는 분이 로베르 씨가 처음은 아니에요.

—맞아요, 딱 그거예요. 매력적이면서 혐오감! 오블로모프는 일에 대한 가치를 대수롭지 않게 여기죠. 일이란 우리 사회의 동인이자 내 삶의 엔진이에요. 오블로모프는 내가 언젠가 해보고 싶었던 것을 하더라고요. 온 세상 사람들이 아침에 일어나 일터로 떠날 때, 나는 따뜻한 곳에서 널브러져 뭉개고 있는 거 말이에요. 그가 그러고 있었어요. 창밖을 바라보면서 지나가는 이웃이 얼어 있는 땅 위에서 넘어질 뻔하는 모습을 보며 깔깔댔죠.

—로베르 씨가 바로 그 미끄러져 넘어져버린 이웃에 해당되나요?

—그렇다고 이야기할 수밖에 없네요. 서글프지만 현실이 그래요. 우리 동네에서 제일 처음으로 출근하는 사람이 저거든요. 그렇게 된 지는 이미 오래되었어요!

—저는 오블로모프가 로베르 씨에게 삶의 다른 방식에 눈을 뜨게 해주었다고 생각해요. 물론 내 말은 일터를 떠나 집 소파에 누워 여유를 가져보라고 조언하는 게 아니에요. 로베르 씨를 힘들게

만들고 싶지 않아요. 로베르 씨 부인께서도 이런 극단적인 변화는 이해하지 못할 거예요. 아마 제가 로베르 씨에게 이상한 주술을 썼다며 저를 고발할지도 모르죠. 사실 저는 로베르 씨가 자잘한 '터치'들로 인해서도 변할 수 있다고 생각해요. 혹시 점묘법이라고 아시나요?

—아니요.

—'작은 터치'의 기교를 사용하는 화법이에요. 점을 하나하나 계속 찍어나가면 작품이 그려지죠. 그러려면 수천 개의 점이 필요해요! 그러니까 로베르 씨도 수천 개의 점을 하나씩 찍어나가듯 천천히 변할 수 있다는 거죠.

—제게 이미 이런 변화가 시작되었다고 한다면요? 제가 아내와 함께 외출을 했다니까요!

로베르는 사반세기 전부터 실업자였다가 '도박 역사상 가장 큰 당첨 금액'이 걸려 있는 국영 복권에 당첨되었다는 소식을 친구에게 알리는 것처럼 말했다.

—정말 잘하셨네요. 오블로모프가 영향을 주었나 봐요.

—선생님께서는 잘 믿기지 않겠지만 오블로모프라는 인물은 나를 즐겁게 해요. 저도 오블로모프를 따라 쉬면서 시간을 보내봤어요. 15년 만에 처음이에요. 아내는 나에게 무슨 일이 있는 줄 알았대요. 우리는 친구 부부와 함께 파리의 거리를 기분 좋게 거닐었어요. 이런 시간을 가진 건 아주 오랜만이에요…….

—파리는 친구들끼리, 연인들끼리 데이트하기에 완벽한 도시죠.

로베르와 함께하는 장점이라면 내가 아무런 위험 부담 없이 진부한 이야기를 계속해나가도 된다는 것이다. 내가 의견을 낼 때마다 그는 내 말에 전적으로 동의한다는 의미로 계속 고갯짓을 했다. 아래로 위로, 위에서 아래로 끄덕끄덕 리듬을 타며 움직였다. 나는 순간 파리라는 도시는 시위대를 해치기 위해 만들어졌다고 덧붙이고 싶었다. 하지만 이번에도 나는 나의 투철한 프로 정신을 발휘해 이런 욕구를 겨우 참아냈다. 솔직히 말하면 용기가 부족해서였을 수도 있다. 결국에는 폭력과 부상으로 얼룩졌던 시위를 로베르가 마치 친구들과의 산책쯤으로 여기고 있다는 사실에 화가 났다.

—물 한 잔 마실 수 있을까요?

—물론이죠.

나는 부엌으로 가서 물을 한 잔 담아 왔다.

마르그리트 유르스나르의 단편 『과부 아프로디시아(La Veuve Aphrodissia)』가 갑자기 떠올랐다. 내연 관계에 있던 애인을 살해한 자들을 독살하려 하는 어느 여성의 이야기로, 마르그리트 부인의 마키아벨리적인 잔혹성을 엿볼 수 있다.

나는 아프로디시아처럼 로베르가 마실 물 잔에 침을 뱉는 일까지는 하지 않았다. 그 대신 낡은 물통에 몇 주 동안 담아두었던 물을 가져다주었다. 시든 제라늄에 주려고 담아놓았는데 너무 오래되어 이상한 기포들이 잔뜩 보이는 탁한 물이었다. 완벽한 살인자들은 매우 조용한 생활을 한다고 한다. 예를 들어 좋은 가장이기도 한 보험업자가 있다. 그가 사무실을 나서는 길에 혼자 걷고 있던 젊은 여자와 마주친다. 그 후 보험업자의 동선이라고는 자동차 트렁크와 근처 숲뿐이다. 그럼에도 살인이 발생하고 만다. 너무도 조용히…… 사건은 벌어진다. 사건이 일어나고 나서야 살인자에 대해서도 희생자에 대해서도 떠들썩할 뿐이다.

로베르는 살인자가 아니었다. 하지만 마냥 사람 좋아 보이는 모습 속에 극단주의적인 면이 숨어 있었다. 시위가 있던 그날 오후, 로베르는 슬리퍼를 신은 채 아내와 함께 평화로운 분위기 속에서 저녁식사를 했다. 마침 시위와 관련된 뉴스가 방송되고 있었다. 만약 누군가 그 순간 로베르 부부의 모습을 카메라로 찍었더라면, 그들이 브라운관 속 시위자들에게 욕설을 퍼붓는 모습을 감상할 수 있었을 것이다.

—알렉스, 고마워요. 시원하네요. 수돗물인가요?

—네, 저는 생수를 사지 않아요. 제 생각에는 뭐랄까 플라스틱 맛이 나는 것 같아서요. 자연적이지 않은 느낌이 들어요.

—선생님 말씀이 맞아요. 저희도 생수를 사 먹지 않아요. 저는 빠른 시일 내에 연수화 장치를 설치해야겠다는 생각을 하고 있어요. 지구를 위해 할 수 있는 작은 일부터 시작해보고 싶어요. 플라스틱을 사용하지 않는 것도…….

—바로 그거예요! 지금 마시고 계신 그 물이 연수 장치를 통해 나온 물이랍니다. 정말 차이가 느껴지나 보네요.

나는 거짓말을 조금 보탰다. 외판원들이 꾸준히 와서 이 장치를 설치하라고 권유했지만 나는 넘어가지 않았다. 나는 그런 사람들이 방문하면 그들이 말을 하도록 그냥 내버려 둔다. 왜냐하면 그들은 부득이하게도 이 일에 종사하는 사람이며 그런 사람들 앞에서 굳이 불쾌한 기분을 드러내고 싶지 않기 때문이다. 나는 그저 그들의 연설이 끝나고 나면 미소를 한번 지어 보인 뒤 한마디 던진다. 이 말에 그들은 단번에 미련을 버리게 된다.

"저는 세 들어 사는 사람이에요."

프랑스에서는 차마 내뱉기가 부끄러운 말이다. 왜냐하면 이 말을 하는 순간 상대는 순식간에 당신을 아주 별 볼 일 없는 사람으로 생각하게 될 것이기 때문이다. 하지만 그들이 아무리 떠들어대도 나는 애초부터 연수기를 설치할 생각이 없었기에 잠깐의 수치심은 별 상관없었다. 어쨌든 로베르는 이 액체의 정체를 알지 못한 채 마냥 천진난만했다.

사실 잔인함이란 인간에게만 있는 것이다. 사자가 먹이를 잡아먹을 때 어느 특정 부위, 이를테면 간을 물어뜯어야 먹잇감이 가장 고통스러울 거라는 생각에 간을 무는 게 아니지 않은가. 그런데 인간인 나는 로베르가 그 물이 인간이 먹기에 더럽다는 것을 알면서도 그가 마치 정평이 난 특급 와인이라도 마시듯 물을 들이키는 모습을 보며 즐거워하고 있었다. 로베르는 소믈리에가 와인을 맛보는 것처럼 먼저 물의 향을 맡고 입안에 한 모금을 물고 맛을 음미했다. 그리고 물의 퀄리티를 더 잘 인지하기 위해 팔을 뻗어 물 잔을 멀리 두고 바라보는 것도 잊지 않았다.

(비밀스러운) 액체의 구성

- 물

- 다양한 불순물(부패한 파리 사체 포함)

- 박테리아

로베르는 물을 조금 더 마시고 나서야 다시 『오블로모프』 이야기로 돌아왔다.

—제가 정말 놀랐던 것은 바로 책 속 인물들이 문학을 완전히 배척한다는 점이에요. 선생님이 저에게 이 책을 권하신 건 모험이었어요. 더 이상은 읽지 않으려고 했다니까요. 선생님은 작가들은 쓸데없는 존재라고 생각하고 연월일과 관련된 신문이나 읽어야 하는 사람의 이야기를 제 손에 넘기신 거나 마찬가지였어요. 그는 문학에는 전혀 관심이 없었어요.

—독서 치료사는 위험을 기반으로 하는 직업이에요. 로베르 씨가 말씀하신 그 대목은 저도 잘 알아요. 로베르 씨가 원하신다면 그 대목을 함께 읽어볼까요? 제 기억에는 대략 200쪽 근방인 것 같은데요.

우리는 각자의 책을 들여다보면서 그 부분을 찾아보았다. 이반 곤차로프가 우리에게 문학을 전혀 이해를 못 할 수 있다고 말했던 부분을 누가 빨리 찾나 시합이 시작되었다. 사실 나는 오블로모프 같은 사람들과 정반대다. 나는 글을 빨아들이는 스펀지와 같다. 각각의 소설, 각각의 시들이 내 세포 속으로 들어와 혈액과 섞이는 사람이다. 어쩌면 정말 혈액 검사를 해보면 이를 증명해줄 만한 결과가 나올지도 모른다!

"그의 혈액 속에는 글이 가득 차 있다. 현재 이미 글에 중독이 된 상태로 회복이 불가능하다!"

생물학자는 아마 이렇게 소리칠 것이다.

—찾았어요! 190쪽이네요. 선생님이 예상하신 것과 별로 차이가 나지 않아요.

로베르가 빨리 찾기 시합에서 이기자 행복해했다. 아주 면학적인 학생의 모습이었다.

—제가 한번 읽어볼게요. 몇 년 전만 해도 이렇게 못했을 텐데 이제는 할 수 있을 것 같아요. 큰 소리로 책을 읽는 건 정숙하지 못한 것 같았거든요. 텍스트 뒤에 몸을 숨길 수도 없고 말이에요. 하지만 저는 선생님을 믿어요! 제가 서툴러도 선생님께서는 비웃지 않으실 것 같아요.

로베르는 목을 가다듬기 위해서 물 한 모금을 마셨다.

책을 읽기 직전의 순간은 위태로운 느낌마저 드는 게 사실이다. 적막이 감돌아 사람을 아주 긴장하게 만든다. 마침내 목소리가 흘러나오기 시작하여 고요함이 깨지고 나면 이전의 조용함은 순식간에 사라진다. 그 후부터는 목소리가 목소리를 부르는 상황이 되어 버린다. 나는 로베르가 책을 읽을 때 놀릴 생각이 전혀 없었다. 우리는 문학 수업 중인 것이 아니었기 때문이다. 그런데 로베르가 나를 신뢰한다는 말에 기분이 참 좋았다. 이 얼마나 행복한 일이며 자랑스러운 일인가! 모든 치료사들이 이런 말을 듣고 싶어 할 것이다. 회복을 약속하는 주문과도 같았다. 우습게도 로베르에게 지저분한 물을 부어 주고 난 뒤에 내가 이런 말을 듣게 된 건 참으로 유감이었다. 나는 그냥 쉽지 않은 직업에 종사하면서 일부러 재미를 느낄 필요도 있다고 생각하기로 했다.

일리야 이바노비치는 가끔 손에 책을 들기도 했다. 하지만 그때마다 그 책이 어떤 책인지는 중요하지 않았다. 독서가 반드시 필요한 일이라는 것은 자명한 사실이다. 그러나 그는 독서를 사치이며 안 해도 사는 데는 별 지장이 없는 그런 일로 여겼다. 벽에 그림을 걸든 말든 혹은 산책을 나가든 말든 상관없다는 식으로 독서 또한 그렇게 생각했다. 따라서 그는 어떤 책이 손에 들리든 아무런 상관이 없었다. 기분 전환을 위해 필요한 물건을 보듯이 책도 그렇게 보았다. 그에게 독서란 단지 심심하고 할 일이 없어서 하는 일이었다. (……) 가끔 그냥 지나가다가 형이 죽으면서 남긴 많지 않은 책을 발견하고는 굳이 고르려는 생각도 없이 그냥 손에 걸리는 대로 집어 든다. 골리코프가 손에 잡히든 아니면 꿈에 관한 최근의 책이 걸리든 헤라스코프의 『로시아다』가 걸리든, 그것도 아니면 수마로코프의 비극이 걸리든, 그리고 3년 전의 신문 쪼가리가 걸리든, 그는 똑같은 만족감을 표현하며 중얼거린다…….

로베르를 보면 여전히 불쾌감이 느껴지는 것이 사실이지만 비교적 잘 읽어낸 것도 사실이었다. 의외로 그의 책 읽는 목소리는 따뜻하고 매력적이었으며 평소에 말을 할 때와는 또 다르게 들렸다. 나는 문학과 저널리즘을 부정하는 이 대목을 읽는 로베르의 목소리를 유심히 들었다.

— 오블로모프는 모든 것에 연연하지 않아요. 로베르 씨가 하고 싶은 게 바로 이것 아닌가요? 그렇죠?

— 맞아요! 바로 그거예요. 이런 인물들은 스트레스 없는 세상에서 마치 산책하듯 살아가죠. 그들은 예상하지 않았던 것들도 쉽게 받아들여요. 그런 사람들을 정말 닮고 싶어요. 편히 쉬고 싶거든요. 오로지 일 생각만 하는 것도 이제는 그만하고 싶어요.

— 줄곧 예측하고 대비해서 미리 일을 해오셨죠?

— 네, 계속 그래왔어요. 고객들을 상대할 때 저의 한마디 한마디는 매우 중요해요. 제가 하는 말이 판매 실적에 영향을 미치거든요. 대화 주제도 시시하면 안 되고 격에 맞춰 표현을 해야 해요. 저

는 고객이 어떻게 반응할지를 항상 먼저 떠올려요. 그들이 나에게 무슨 말을 할지를 예상하죠. 그래야 그들이 말을 했을 때 곧바로 대꾸할 수 있거든요. 정말 진이 빠지는 삶이에요.

—어떻게 보면 로베르 씨는 배우 같기도 해요. 배우는 상대 연기자의 행동을 예측하고 대비해요. 그런 면에서 닮았어요. 고객이 알아채지 못하는 상태에서 예상하고 행동하시잖아요. 배우도 자신의 이런 기교를 관객이 절대로 눈치 채지 못하게 해요. 그렇게 하지 못한다면 영화나 연극은 존재할 수 없을 거예요. 무대는 사라지는 거죠.

—맞아요, 내가 항상 먼저 행동하고 있다는 것을 고객은 절대로 알아채면 안 돼요. 고객은 내가 그에게 전적으로 충성하며 다른 데 신경 쓰지 않고 그를 대하는 지금 이 순간에만 집중하고 있다고 생각해야 해요. 그런데 사실 내 마음 깊은 곳에서는 지금이라는 시간은 어떻게 흘러가든 아무 상관이 없고 오로지 다음, 잠시 뒤에는 어떻게 행동해야 할지에만 신경이 곤두서 있을 뿐이죠. 오로지 결과만 중요해요.

—사실 그 자리는 간이고 쓸개고 다 내어놓게 되는 자리죠.

—판매직에 종사하는 사람이라면 어쩔 수 없어요. 하지만 선생님의 직업도 마찬가지일 것 같은데요. 정도는 조금 덜하겠지만요. 선생님이 제 어려움들에 대해 논의하는 방식이 저는 정말 마음에 들어요. 선생님은 정말 인간미가 있는 분이에요. 제 말에 귀를 기울여주시고요. 이런 기회를 가져본 적이 없어요. 어떤 치료사들은 만나보면 참 냉정하고 환자와도 거리를 유지하더라고요. 최근에 만났던 치료사는 정말 인정머리 없는 사람이었어요. 제가 혼자 진

료실에 앉아서 30~40분을 기다렸거든요. 그가 진료실에 왔을 때 이미 저는 기다리다 기다리다 지쳐서 거의 반수면 상태였어요. 진료고 뭐고 그냥 빨리 집에 가고 싶은 마음뿐이더라고요. 게다가 그 사람은 저에게 물 한 잔을 안 권했다니까요!

— 다른 치료사들의 방식에 대해서는 제가 뭐라고 할 수 있는 말이 없네요. 각자의 행동 방식이 다른 거니까요. 독서 치료법에는 치료 동기가 분명히 있어야 하고요.

— 선생님이 그렇게 말씀하시는 이유에 대해서는 이해하지만 정작 선생님 표정에는 그런 치료사들을 정말 이해할 수 없다는 게 다 보여요. 뜨악하신 듯한 표정이었어요.

'뜨악'이라는 표현에 그가 나를 친근하게 여기기 시작했구나 하는 생각이 들었다. 아이들 사이에서나 주로 사용하는 말을 나에게 쓰다니 말이다.

— 잘못 보신 것일 수도 있어요. 어떻게 보면 그런 치료사의 행동이 정말 문제가 된다고 말할 수도 없는 것이거든요. 어쨌든 로베르 씨와 저의 이 공동 작업은 결실을 맺을 거예요. 그래야 제가 하는 일이 의미가 있게 되잖아요. 자, 일에 빠져 사는 삶에서 조금 벗어나 보기 위해 앞으로 계획한 건 무엇인가요?

— 휴가요! 휴가를 떠나지 못한 지 10년이에요. 저는 아내를 위해 깜짝 놀랄 만한 것을 미리 마련해두었어요. 아내는 오래전부터 그리스에 가고 싶어 했거든요. 우리에게 맞는 맞춤 여행을 준비 중이에요. 호텔에만 갇혀 있지 않고 정말 그 나라와 섬들의 진정한 모습을 발견하는 여행이 될 거예요. 이를테면, 특파원처럼 말이에요.

로베르와 특파원, 이 두 단어는 전혀 어울리지 않았다. 하지만 로베르와 그리스는 잘 어울렸다. 동성애와 양성애를 자연스러운 것으로 받아들이던 고대 그리스를 동성애 혐오자 로베르가 여행을 하다니……. 나는 로베르에게 여행을 떠나는 비행기에서 플루타르코스의 작품을 읽으라고 할지도 모르겠다.

> ……인간의 아름다움을 사랑하는 사람이라면 남자와 여자를 옷차림에 따라 구별하듯 성적 관계에 있어서도 그 역할이 다르다고 가정하지 않을 것이다. 대신 두 성별 모두에 대해 호의적이고 공정한 인식을 가지게 된다.

— 오, 아주 좋네요. 그리스가 얼마나 특별한 나라인지 알게 될 거예요. 그리스의 섬들은 정말 굉장하죠.

— 선생님, 저는 정말이지 큰 결심을 한 거예요. 선생님은 잘 모르시겠지만요. 제가 일 말고 다른 것에 관심을 가지게 되었다니, 이건 혁명이나 다름없어요. 아내가 정말 많이 놀랐어요. 저는 아내에게 새 세탁기를 사주기까지 했어요. 전에 쓰던 세탁기가 고장이 나서 이제는 작동이 안 되거든요. 성능이 가장 좋은 세탁기를 고르기 위해서 인터넷에서 몇 시간 동안 검색했는지 몰라요.

시위 후 그랬던 것처럼 로베르는 오늘도 새로 장만한 세탁기 이야기를 하면서 흥분하고 있었다. 그는 『오블로모프』의 책장 사이에 세탁기 설명서를 끼워 넣고 공부라도 한 것처럼 내용을 거의 외우고 있었다. 이렇게 외운 내용을 떠벌이기 위해서 길에서 마주치는 모든 사람들을 붙들고 설명을 해댔을지도 모른다. 그 사람들을 생각하니 얼마나 불쌍한지…….

그리고 로베르의 아내는 페미니즘의 처단자나 다름없는 남편으로부터 최신 모델의 세탁기를 선물받고 행복했을 수도 있다. 그녀는 아마도 로베르의 가장 값비싼 셔츠들을 세탁기에 넣고 가동을 시작하면서 남편에게 감사했을지도 모른다. 세탁기 안에서 꽃피우는 로베르 부부의 사랑 이야기라, 눈물 나게 아름다운 사랑이 아닐 수 없었다.

나는 이렇게 열변을 토하며 세탁기 이야기를 해대는 로베르에게 무슨 대꾸를 해야 할지 몰랐다. 아내보다 가전제품에 더 애정을 쏟는 이 남자에게 도대체 뭐라고 답해야 하는 걸까? 보리스 비앙의 〈진보의 하소연(La Complainte du progrès)〉이라도 불러주어야 하나? 사랑의 상징은 세탁기가 아니라 심장이라는 것을, 큐피드는 세탁기가 아니라 심장을 겨냥한다는 사실을 알려주어야 할까?

나는 현관까지 나가 로베르를 배웅했다. 로베르는 기분이 정말 밝아 보였다. 층계참에서는 파르베르 아주머니에게 인사까지 했다. 아주머니는 마침 장을 보고 오느라 한 손에는 물 한 상자를, 또 다른 손에는 세제 한 통을 들고 힘겹게 층계를 오르고 있었다. 순간 아주머니네 집에도 연수 장치를 설치해야겠다는 생각이 로베르의 머릿속에 번뜩 스친 것 같았다. 로베르가 다시 뒤를 돌아 나를 쳐다보더니 윙크를 했다. 우리 둘만의 암묵적 동의의 표현이었다.

—알렉스.

—네.

—그리스를 다녀오고 나면 다음에는 멕시코로 갈 거예요. 잉카족도 만나보고 싶어요.

나는 로베르가 드디어 떠났다는 사실에 안도하며 거실로 돌아왔다. 로베르가 남유럽과 아메리카의 땅을 밟으면 왠지 오염이 될 것 같았다. 그가 발걸음을 옮길 때마다 지나간 지역은 비로소 숨을 돌릴 수 있게 되고, 그가 이제 막 발을 내딛게 되는 나라는 오염이 시작되는 것이다.

로베르가 탁자 위에 놓고 간 신문이 눈에 띄었다. 커다란 제목에서 묻어난 검은 잉크 자국이 보였다. 이렇게 새하얀 탁자 위에 흔적이 남다니! 도저히 화가 나서 마음을 진정시킬 수가 없었다. 나는 원래 집안일에 예민한 사람이 아닌데 그렇게까지 짜증이 나다니 이상한 일이었다. 정말 신기하게도 집 안 여기저기가 지저분한 건 다 참아도 이 하얀 탁자 위에만은 조그만 얼룩도 두고 볼 수 없었다. 이 탁자가 탁자치고는 너무 하얗다는 건 나도 알았다. 아무리 작은 컵과 아무리 작은 접시라도 이 탁자 위에 흔적을 남기지 않을 수 없을 것이다. 그렇더라도 그런 자국을 그냥 둘 수는 없었다. 나는 부드러운 수건으로 닦으면 깨끗해지겠지 생각하며 탁자로 다가갔다. 그런데 언뜻 무슨 글씨가 보였다.

아토ㄴ 포ㅅ ㅏ: 추ㄱ를 그 ㅏ두겠ㄷ!

기사 제목을 완벽하게 인쇄하기에는 로베르의 땀이 충분하지 않았던 모양이다. 그래도 나는 무슨 제목인지 쉽게 알 수 있었다. 오디세우스가 그의 동료들을 포기하고 바다로 뛰어들었다는 소식이었다. 결국 안토니가 축구를 그만두었다!

엄청난
거짓말

얀이 발렁틴과 연락을 끊었다는 사실을 아나에게 알리려고 했을 때, 아나는 욕실 라디에이터 주변의 물기를 닦아내고 있었다. 아나가 얼마나 열심이었느냐 하면, 난방기 파이프 사이사이 구석구석을 말끔히 닦아내기 위해 수건으로 변신이라도 할 기세였다. 그 정도로 아나는 습기라면 질색을 했다.

얀은 이야기를 꺼내기 위해 아나에게 종이를 건넸다. 종이 질이 좋아 보이지는 않았다. 만지면 손가락이 더러워지는 앞면만 인쇄된 전단지들이었다. 하지만 얀은 태블릿보다는 이런 종이가 진심을 전하기에 더 좋다고 생각했다. 그런데 진심을 전하기에는 아나가 물기 닦는 일에 너무 열을 올리고 있었다. 아나는 아들이 쓴 글을 보는 둥 마는 둥 하더니 중요한 내용은 없다고 생각했다. 그런데 자기를 밀어낸 그 누군가에게 굳이 포기하겠다는 내용의 편지를 쓴 이유는 무엇이었을까? 침묵하는 것만으로도 충분했을 텐데 말이다. 그런데 하필 얀이 내민 전단지에는 우산 광고가 실려 있었다.

그렇게 폭풍우가 몰아치던 날에, 사실 그리 급하지도 않은 편지 때문에 자신을 우체국에 보내다니, 얀이 너무 심했다고 아나는 생각했다. 아나 자신도 예전에 사랑의 감정 때문에 힘들었던 적이 있기는 하지만 그렇다고 이런 일에 부모를 끌어들이지는 않았다. 아무튼 젊은 세대는 구세대를 골치 아프게 만드는 존재다.

얀의 아빠 티에리를 만난 건 가톨릭 청년 축제인 세계청년대회(JMJ)에서였다. 꽉 조인 벨트에 몸매가 드러나는 옷차림을 한 아나는 정말 아름다웠다. 아나와 티에리는 연인이 되기 전에 먼저 마음이 통하는 친구 사이가 되었고, 그 이후에 아나는 미래 배우자가 될 이 광고업자의 매력에 점점 빠져들었다. 그들은 몇 주 동안 불이 나게 편지를 주고받았다. 티에리는 기독교적인 존중과 예의로 아나를 대했다. 그리고 빨간 꽃다발을 건네던 날, 마침내 두 사람은 손을 맞잡았다. 곧이어 가족과 친지들은 갑작스럽게 두 사람의 청첩장을 받아 들고 당황해야 했다. 날씨만 괜찮다면 좋으련만!

두 사람은 서로를 존중하며 멋진 부부 생활을 누린 끝에 아이의 탄생이라는 큰 선물을 받게 되었다. 귀여운 아들이었다. 아이는 똑똑했고 조잘조잘 이야기도 잘했으며 초롱초롱한 눈을 쳐다보고 있노라면 그 속으로 빠져들 것만 같았다. 얀이라는 이름은 카메룬의 한 마을로 아이들을 가르치러 떠난 나이 든 선교사, 삼촌에 대한 경의를 표하는 의미로 선택한 것이었다.

그런데 아이가 점점 자라나자 어느 순간 감시당하고 있는 듯한 느낌이 들 때가 많아졌다. 아이의 눈빛은 마치 사람들의 약점을 잡아내려는 듯했고, 이 약점을 세상에 폭로해 곤경에 빠뜨릴 것처럼 두렵기까지 했다. 하지만 매주 일요일 미사 때면 신부님은 아이라는 존재가 정말 놀라운 창조물이라는 메시지를 반복했다. 그래서 아나는 이런 두려움에도 불구하고 무한한 사랑을 주리라 마음먹었다.

캄캄한 밤에 그 놀라운 '창조물'이 부부의 방으로 갑작스레 들어오기도 했다. 아이는 침대 아래쪽에서 꼼짝도 하지 않고 서 있었다. 아나는 곧 아이의 존재를 알아챘다. 소아과 의사를 만나보았지만 별로 심각한 이야기는 없었다. 아이는 안정감을 느낄 필요가 있을 뿐 그 이상도 그 이하도 아니라는 것이었다. 하지만 아나는 아들의 마음속에 더 심각한 악의 씨앗이 싹을 틔우고 있다는 것을 예감했다.

그렇다면 그들의 행복은 왜 망가진 걸까? 얀은 왜 행복을 거부하고 주변 사람들을 곤혹스럽게 만드는 것일까? 그는 왜 그 누구에게도 애정 표현을 하지 않았을까? 얀이 행복 자체를 싫어하는 것일지도 모른다는 의심까지 들었다. 소아과 의사, 아니 소아과 의사'들'은(처음 소아과 의사가 '무능력'했기 때문에 그 이후에도 많은 소아과 의사들을 만날 수밖에 없었다.) 아이의 이런 행동은 아이가 커가는 데 필요한 과정이라고 했다. 하지만 아이의 엄마인 아나는 심각한 문제라는 것을 직감했고 아들과 함께라면 쉬운 게 하나도 없겠다는 사실을 깨달았다.

티에리는 아무것도 알아차리지 못했다. 아니, 아나의 표현을 빌리자면 일부러 알아차리지 못한 척했던 것일 수도 있다. 티에리는 얀을 여기저기로 데리고 다녔다. 심지어 출장을 갈 때도 얀을 데리고 갔다. 하지만 어린 얀이 아버지와 함께 있다고 해서 평소의 모습과 다른 아이가 되지는 않았다. 얀은 티에리의 고용주가 내어준 고성능 자동차를 타고 아버지의 옆자리에 앉아 스위스, 벨기에, 이탈리아를 여행했다. 그렇게 많은 시간을 함께했어도 두 사람은 부자 관계가 아니라 서로 상대의 목소리에 귀 기울이지 않는 직장 동료 같았다. 여행은 길고 조용했다. 티에리가 아들과 대화를 시작하려고 질문을 하거나 풍경이 아름답다는 말을 해도 얀이 대꾸를 하지 않았기 때문이다. 하지만 티에리는 얀과 함께 있고 싶었다. 그럼에도 불구하고 얀은 귀여운 아들이었다.

해가 갈수록 두 남자의 여행은 횟수가 늘었지만 아나는 탐탁지 않았다. 부자가 여행을 떠나면 아나는 갑작스럽게 혼자 남았다. 아나는 상심하여 밖으로 나가고 싶지도 않았고, 일상을 떠나고 싶지도 않았다. 게다가 매번 티에리는 아나에게 함께 가자는 말조차 꺼내지 않았다.

몇 년 동안 이런 생활이 계속되었다. 그 사고가 일어나기 전까지…….

사실 사고는 언제든 일어날 수 있다. 티에리는 중요한 고객에게 평면 모니터를 위한 광고 프로젝트를 소개하기로 되어 있었는데, 혹시 지각을 할까 봐 서둘렀던 것이다. 사고 순간, 티에리의 자동차는 완전히 압축되다시피 했다. 그리고…… 얀의 얼굴도 그러했다. 티에리는 다리에만 찰과상을 입은 채 차에서 겨우 빠져나왔다. 구조원들에 따르면 그 차에서 빠져나온 것 자체가 기적이었다고 한다.

사고 이후의 삶은 고요해졌다. 집은 한창 영화를 상영 중인 영화관처럼 캄캄했고 사람이 살아가는 소리라고는 아무것도 들리지 않았다. 그리고 영화의 결말을 전혀 예상할 수 없는 스릴러물을 보고 있는 것처럼 긴장감이 맴돌았다.

얀은 더 이상 말을 할 수 없게 되었다. 티에리는 스스로 입을 닫았다. 아나도 마찬가지였다. 어쩔 수 없는 경우에만 몇 마디 할 뿐이었다. 일반적으로 병원 진료를 가야 할 때가 그랬다. 삶이 지워졌고 사라져버렸다. 그들에게 가정생활이란 더 이상 존재하지 않았다. 이렇게 집 안으로 밀려들어 온 공허함의 중심에는 바로 얀이 있었다.

티에리는 후회했다. 아나는 티에리를 원망했다. 하지만 입원해 있는 아들 곁을 함께 지켜야 했다. 그러던 어느 날 얀이 기적처럼 깨어났다. 얀은 아나에게 말을 해보려고 해도 마음처럼 되지 않았다. 아나는 병원에서 제공해준 안락의자에 앉아 있었다. 아나는 2주 전부터 그렇게 병원 의자에서 지냈고, 식사를 했고, 또 잠을 잤다. 아나는 이토록 불편한 의자에 앉아 이렇게나 많은 시간을 보낼 줄은 상상도 하지 못했다. 고가의 가구점에서만 가구를 사는 그녀였다. 아나는 인간의 엉덩이를 수용 가능한 가장 기본적인 의자도 있을 수 있다는 것을 알게 되었다. 편안함이나 미적인 면은 전혀 고려되지 않은 의자였다.

얀은 말을 해보려고 했지만 소용없었다. 마치 숨이 찬 것처럼 헐떡거리는 소리만 나올 뿐이었다. 얀은 앞으로 엄마에게 말을 할 수 없을지도 모른다는 사실을 예감했다.

15분쯤 후에 의사가 왔다. 의사는 얀에게 이제 대화를 하고 싶을 때는 칠판과 펜을 사용하라고 권유했다. 사실 얀에게는 딱히 다른 방법이 없었다. 가끔 짙은 절망 속 더 깊은 곳에서 아주 적은 양의 경쾌한 에너지를 발견할 때가 있다.

이런 에너지 덕분인지 얀이 떨리는 손으로 삐뚤빼뚤하게 문장 하나를 썼다.

'아빠는 어디에 있어요?'

아나는 아들의 글씨를 보니 마음이 따뜻해졌다. 아버지를 향한 얀의 사랑이 느껴지는 것 같았다.

'아빠는 어디에 있어요?'

아나도 몰랐다. 조금 전까지만 해도 거기에 있었는데 어느새 사라지고 없었다. 사실 티에리는 아들 얼굴을 차마 쳐다볼 수 없었던 것이다.

—얘야, 걱정하지 마. 아버지는 괜찮아. 사고를 당했지만 무사해. 의사분들이 너도 낫게 해줄 거야. 걱정하지 마.

아나는 눈물을 흘렸다. 그리고 연신 소화제를 들이켰다. 지금 자신이 한 말이 얼마나 엄청난 거짓말인지를 너무나도 잘 알고 있었기 때문에 가슴이 답답했다. 굳이 의학적 설명을 하지 않아도 얀은 본능적으로 자신의 불행을 자각하게 되었다. 치료는 불가능했다. 얀의 입술은 사라져버렸고 입술이 없는 부위는 두꺼운 붕대로 가려져 있었다. 입 '구멍' 안에는 전부인지 부분인지 잘려 나간 혀가 남아 있었다. 이런 상태로는 정확한 발음으로 이야기할 수 없을 것이다. 얀의 입원실에는 거울이 없었다. 거울 역시 입술처럼 사라져버렸다. 벽에는 못들만 남아 있었다. 거울이 달려 있었다면 얀은 거울 앞에 서서 얼굴을 덮고 있는 것 모두를 벗겨버리고 싶었을

지도 모른다. 혀를 잡아당겨 보거나 혀가 얼마나 남았는지 길이를 재어볼 수도 있었을 것이다. 아이들이란 하지 말라고 하면 더 하고 싶어 하는 경향이 있기 때문이다.

아나가 외출했을 때였다. 저녁 무렵 티에리가 아들의 머리맡으로 다가왔다. 사고 후 그의 몸도 성하지 않았지만 병원에서는 이제 그에게 퇴원을 해도 좋다고 했다. 밤이 되었다. 너무 밝으면 얀이 매우 불편해했기 때문에 얀의 입원실에는 불을 켜지 않았다. 그래도 단조로운 소리가 나는 기기들에서 불빛이 조금씩 흘러나왔지만, 너무 희미해서 사람이 움직이기는 어려웠다.

티에리는 라디에이터에 기댄 채 서 있었다. 그는 앉으려고도 하지 않았다. 그저 빨리 떠나고 싶은 마음뿐이었다. 얀은 티에리에게 아무 말도 쓰지 않았다. 그런 아들에게 티에리는 별 의미 없는 몇 마디만 던지고 바로 나가버렸다.

세월이 흐르고 그날도 아나는 어슴푸레한 빛 속에 서서 늘 똑같은 하루를 시작할 준비를 하고 있었다. 그런데 얀이 아나에게 종이 한 장을 내밀었다.

—아빠랑 엄마는 이야기했어요?

—너에 대해서?

얀이 고개를 저었다.

—너에 대한 이야기 말고 우리가 무슨 이야기를 하겠니. 우리에게 중요한 건 너뿐이야.

—다른 게 있어요.

—글로 한번 써봐.

얀은 아나에게 하고 싶은 말을 길게 작성해나갔다. 주저함은 없었다. 글씨가 자연스럽게 흘러갔다. 그 어떤 것으로도 얀의 글을 막을 수 없을 것 같았다.

티에리에게는 애인이 있었다. 아니, 어쩌면 두 번째 부인이라고 하는 편이 나을지도 몰랐다. 아나가 당연히 티에리와 얀 단둘이서 떠났을 거라고 생각했던 그 모든 여행들이 사실은 세 명이 함께한 여행이었다.

티에리. 얀. 클레르.

클레르가 얀의 종이 위에, 그리고 마침내 얀의 삶 속에서 자신의 정체를 드러냈다. 얀의 가슴속에는 분노가 자리하고 있었다. 얀은 두 남녀의 불륜을 가리기 위한 가리개에 불과했던 것이다. 얀은 티에리의 바람잡이였다. 지난 몇 년 동안 얀은 이와 관련된 말을 단 한 마디도 내뱉지 않았다. 단지 분란을 일으키고 싶지 않았던 것뿐이었다. 큰 소리가 나지 않도록 하기 위해 얀은 침묵을 택했다. 그런데 얀 자신은 이렇게 고통을 받고 있는데 다른 사람들, 특히 엄마인 아나는 어쩜 그렇게 평안하게 살아갈 수 있는 거지? 여행을 이렇게나 많이 반복하는 동안 어떻게 아무것도 모를 수가 있지? 아나가 멍청했던 것이라고 말할 수밖에 없는 걸까?

아나는 얀이 써준 글을 두 번이고 세 번이고 반복해서 읽었다. 지금까지 살아오면서 이렇게 비참했던 순간이 있었을까! 아나는 이제 더 이상 티에리를 원하지 않았다.

그녀의 머릿속에서 티에리는 운전을 하고 있고 얀은 뒷자리에 혼자 앉아 있었다. 아나는 또 똑같은 생각에 사로잡혀 있는 것이 분명했다. 운전석 옆에 앉은 클레르라는 여자가 티에리를 바라보고 있는 모습도 떠올랐다.

—얀, 미안하구나.

—아빠는 항상 그 여자랑 함께 있었어요. 사람들은 그 여자가 내 엄마인 줄 알았고 아빠는 굳이 아니라고 말하지 않았죠. 나는 말도 못 하고 참고만 있었다고요.

—얀, 엄마가 말이야, 네 아빠와 이야기를 좀 해야 될 것 같아.

하지만 그런 일은 일어나지 않았다. 아나는 티에리에게 도대체 무슨 말을 해야 할지 몰랐다. 아나와 티에리는 두 사람이 이별을 했다는 사실에 대해 아무런 이야기도 하지 않기로 암묵적으로 동의했다. 그들은 아들을 속였다고 생각했다. 하지만 얀은 그렇게 쉽게 속는 아이가 아니었다. 티에리는 집에 잘 오지 않게 되었고 아나는 차츰 '우리가'라는 말 대신 '내가'라는 말을 더 많이 사용하게 되었다. 이는 부부 관계가 끝났다는 것을 알려주는 문법적 신호였다.

아나가 쓰러질 듯 휘청거리더니 땅에 주저앉지 않기 위해 수건 건조대를 붙잡고 매달렸다. 하지만 결국 천천히 바닥으로 쓰러지고 말았다. 몸이 무겁게 느껴져서 더 이상 두 다리로 버티고 서 있을 수 없었기 때문이다.

얀은 처음으로 그저 작고 야윈 여자일 뿐인 엄마에게 동정심이 생겼다.

얀은 글을 썼다.

—엄마, 엄마는 강한 사람이에요. 몸을 너무 떨고 있네요. 내 방으로 같이 가요.

—고마워. 나를 좀 일으켜줄래?

아나는 자신이 너무 약해졌다는 사실을 실감했다. 그 오랜 시간

묵혀왔던 분노와 온갖 감정들이 솟구쳐 올랐다. 얀은 온 힘을 다해 아나를 일으켰다. 그리고 순간 아나에게 했던 일을 후회했다. 아나는 아들의 어깨에 기댄 채 아들의 방으로 가는 긴 복도를 따라 걸었다. 연약한 두 사람이 함께 집 안을 거닐고 있었다. 그들은 우산꽂이를 지나쳤다. 우산이 그 자리에 꽂혀 있었다. 얀은 애써 그것을 쳐다보지 않았다.

나는 두 명의 애인이 있다

멜라니의 소식을 계속 기다려보았지만 소용없었다. 그래서 나는 멜라니의 부모님 댁으로 가보기로 결심했다. 주머니 안에 편지를 집어넣었다. 나에게 왜 왔느냐고 물어보면 둘러댈 수 있는 핑곗거리가 되어줄 것이다. 나와 멜라니 부모님과의 사이는 여전히 좋았다. 그들은 딸에게 감탄에 감탄을 쏟아내는 분들이었다. 어머니와 나의 관계에 비추어 보면 정말 비교가 되었다.

예전에는 멜라니와 둘이서 함께 가던 길을 지금은 혼자서 가고 있지만 폴 베를렌의 시 「3년 후(Après trois ans)」에서처럼 바뀐 건 아무것도 없었다.

> 비틀거리는 좁은 문을 밀고,
> 아침 햇살이 부드럽게 비치는
> 작은 정원을 산책했다……

멜라니 부모님 집의 정원은 외부 유지보수 분야의 전문 잡지에

나 실릴 법한 걸작이다. 심지어 12월에도 이들의 정원에서는 생명의 활기를 느낄 수 있었다. 주변의 잔디는 온통 잡초로 뒤덮여 있고 겨울의 소외감만 느껴져서 더욱 대조적이었다. 나는 나의 '예전' 장인이 만들어놓은 일본식 돌길에 감탄하며 정원을 가로질렀다. 뜨거웠던 그날의 오후가 떠올랐다. 장인은 미리 생각해둔 정원의 모습을 실현하기 위해 구멍을 파고 있었다. 쉴 틈도 없이 일을 하다가 너무 수고한다며 아내가 물을 한 잔 가져다주면 그제야 겨우 허리를 폈다. 그날 이후 장인은 잔디 위를 걷는 것을 엄격하게 금지했다. 지금은 그 금지에서 벗어났는데도 장인의 목소리가 아직도 들리는 듯했다.

"잔디 조심!"

나는 조심스럽게 문을 두드렸다. 집주인 마르셀린 아주머니는 무언가 알려야 하는 게 있으면 이른 아침부터 문을 마구 두드려댔다. 마치 마약 밀매상의 집을 찾아온 프랑스 특공대 지젠느(GIGN)처럼 말이다. 나는 그렇게 하고 싶지 않았다. 그런데 안에서는 아무런 대답이 없었다. 그래서 집 뒤에 누가 있나 보기 위해 집 주위를 한번 돌아보아야겠다고 마음먹었다. 모든 게 조용했다. 고양이 한 마리가 조용하게 쥐를 뜯어먹고 있었다. 그 쥐는 마치 시장에서 파는 크레이프만큼이나 볼품이 없었다. 고양이는 나를 쳐다보면서도 식사를 멈추지 않았다. 나는 고양이를 좋아하지 않는다. 고양이도 그 사실을 알았는지 내 존재에 대해 별로 관심을 보이지 않았다. 나는 거실의 문 겸용 창 쪽으로 다가갔다. 그리고 집 안을 들여다보기 위해 창문에 얼굴을 바짝 갖다 댔다. 사실 이런 행동이 문을 부수려는 듯 두드리는 것보다 훨씬 더 부끄럽고 무분별한 수치스러운 행위였다. 마르셀린 아주머니보다 나을 것도 없었다. 권한도 없으면서 집 안을 관찰하는 것은 부도덕하고 바보 같은 행동이다. 혹시나 멜라니의 부모님이 벌거벗고 있거나 한창 다투는 중이라면 깜짝 놀랄 수도 있는 일이었다. 어쩌면 새로운 남자 친구와 함께 있는 멜라니를 볼 수 있을지도 몰랐다. 혹시 속옷 차림의 멜라니를 보는 게 아니라면 그 외의 가능성들은 나에게 별로 의미가 없었다. 소파 위에 놓인 스웨터가 내 눈에 들어왔다. 내가 멜라니에게 선물로 주었던 것이다. 나는 스웨터를 쳐다보느라 계속 거기에 서 있었다.

그때였다. 내 어깨에 누군가 손을 올려 나는 정신이 번쩍 들었다.

— 그 댁 분들은 지금 안 계세요. 뭐 하실 말씀이라도 있나요?

뒤를 돌아보니 내가 아는 이웃이었다. 이 이웃의 정원은 너무 형편없어서 잡지에 실릴 자격 따위는 주어질 리가 절대로 없었다.

— 안녕하세요? 저는 멜라니를 보러 왔는데 여기에 없다는 말씀인가요? 전해줄 우편물이 있거든요. 우편함에 두고 가야겠네요.

—혹시 모르시는 건가요?

— 멜라니가 이제 여기에 살지 않나요?

— 안 좋은 일이 있었어요.

— 그게 무슨 말씀인가요?

— 지난 저녁에 시위를 하고 돌아오다가 폭행을 당했다고 해요.

나는 말문이 막혀버렸다. 그동안 나는 아무것도 모르고 멜라니의 문자 메시지만 기다리고 있었던 것이다. 정체도 모를 이 편지를 핑계 삼아 그녀를 다시 만나러 왔는데…….

—그런 일이 있었는지 저는 몰랐어요.

—더 이상 함께 있지 않으시……. 저희는 왜 그쪽이 안 보이는지 궁금했어요. 슬프군요. 우리는 그쪽이 인상이 참 좋은 사람이라고 생각했어요.

나는 항상 인상이 좋다. 하지만 나는 여기까지 와서 멜라니와의 결별을 떠올리고 싶지 않았다. 그런데 이 이웃은 멜라니의 비극, 나에 대한 호감, 그리고 우리의 관계가 끝났다는 이야기까지 어떻게 이렇게 순식간에 언급할 수 있을까? 어떤 사람들의 마음속에서는 타인에게 정말 중요한 가치를 지닌 이야기들이 마구잡이로 한꺼번에 뒤섞여 버린다. 마치 온갖 제품들을 마구 쑤셔 넣어둔 카트처럼 말이다.

—멜라니는 어떤가요?

—멜라니 어머니의 말로는 지금 상태가 심각하다고 하더군요. 더 이상은 저도 모르겠어요. 정말 가슴 아파하는 것 같았어요. 차마 더 물어보지 못했죠. 그들이 병원에 가 있는 동안 제가 댁을 살펴보고 있답니다. 멜라니는 크레테유의 앙리-몬도르 병원에 입원해 있어요. 시설이 정말 좋은 병원이죠. 제 아내도 거기에서 정맥류를 치료받고 있거든요. 의사분들이 아주 실력이 뛰어나요. 1년 안에 삼십대의 다리로 돌아갈 수 있을 거라고 했답니다. 그렇게 될 거라고 굳게 믿고 있어요. 멜라니도 좋아질 거라 믿으세요.

앙리-몬도르 병원에 대해 내가 아는 건 두 가지였다. 지하철역을 나설 때부터 병원의 거대한 몸집이 눈에 들어온다는 것과 샤를 트레네가 이 병원에서 세상을 떠났다는 것이다. 당시 이 가수가 그

병원에 입원해 있고 살아서 퇴원할 수 없다는 사실을 알았을 때, 나는 병원으로 가볼까 하는 생각을 했다. 나는 오래전부터 샤를 트레네와 그가 지은 어린이를 위한 시들을 너무나 좋아했다. 하지만 어머니는 그를 싫어했다. 어머니는 그가 진지하지 않고 순진하기만 하고 시대에 뒤떨어지는 사람인데도 프랑스에서는 이상하게 너무 과대평가되고 있다고 말했다. 그러니 내가 샤를 트레네 때문에 병원에 가보고 싶다고 했을 때 어머니가 나를 비웃은 건 당연한 일이었다.

"그래, 가서 별 볼 일도 없는 예술가를 한번 만나보고 오렴. 임종도 지켜보고 말이야. 그런데 아들아, 이제 그 사람은 너에게 노래를 불러주지 못할 거라는 것쯤은 알고 가렴."

그리고 어머니는 샤를 트레네의 〈정겨운 프랑스(Douce France)〉를 콧노래로 불렀다.

어머니는 늘 그랬듯이 연민이라고는 없는 사람이었다. 그런데 아이들이 항상 부모의 말을 따르지는 않는다! 2월 어느 날 오후, 나는 병원으로 향했다. 다른 사람들의 시선을 끌지 않으려고 시치미를 떼며 나는 복도를 활보했다.

링거를 단 채 치료를 받는 환자들 사이를 어슬렁거렸다. 담배를 피우러 카페테리아로 가는 사람들도 있었다. 모두들 환자복 차림에 얼굴엔 우울함이 가득했다. 나는 샤를 트레네도 저렇게 우스운 모습으로 있겠구나 생각했다. 그처럼 대단하게 활동하던 사람이 이런 모습을 다른 사람들에게 보이는 것이 어쩌면 힘들지도 모르겠다는 생각도 들었다. 〈남겨진 사랑에는(Que reste-t-il de nos amours)〉을 작사한 분이 환자복 차림으로 크레테유의 앙리-몬도르 병원 카페테리아에 있는 모습이라니! 아니, 그분은 복도에서 서성이지는 않겠지. 그러기에는 너무 쇠약해버렸을 테니까 말이다.

결국 나는 샤를 트레네의 입원실을 그냥 지나치고 말았다. 그 방 입구에는 덩치가 크고 정장을 입은 사람이 경호를 하고 있었다. 순간 샤를이 눈에 들어왔다. 몇 미터 거리에 그가 있었다. 확실했다.

나는 애써 태연하게 복도 끝까지 걸었다. 그런데 막상 문이 보이지 않는 벽 앞에서 멈춰 서고 나니 당황스러웠다. 앞으로는 더 갈 수 없었기 때문에 이제는 뒤로 돌아야 했다. 무턱대고 옆쪽에 있는 입원실로 들어갈 수도 없는 노릇이었다. 왔던 길을 다시 돌아가던 나는 경호원과 눈이 마주쳤다. 그는 나를 의심스러운 듯 쳐다보았다. 나는 누군가를 차갑게 외면한 적이 없다.

— 이봐, 젊은이, 이 근처에서 얼씬거리지 마.

그가 나에게 말했다.

그의 말에 기분이 상한 나는 이유도 없이 얼씬거리는 이상한 사람이 아니며 가정 교육을 잘 받은 사람이라고 퉁명스럽게 대꾸했다. 사실 그건 거짓말이었다. 나는 부모님에게서 그 어떤 교육도 받아본 적이 없다. 심지어 나의 어머니는 〈정겨운 프랑스〉를 망가뜨리면서 쾌감을 느끼는 사람이었다.

나는 커피를 한잔 마시려고 카페테리아로 갔다. 그런데 갑자기 블레즈 상드라르의 시 「뉴욕의 부활제(Les Pâques à New York)」와 비슷하게 '크레테유의 2월'이라는 제목의 시를 지어도 좋겠다는 생각이 들었다. 나는 제목을 짓는 데 재능이 있었다. 크레테유에서 2월……, 하지만 나는 본격적으로 시를 지어보고 싶은 마음은 들지 않았다. 지금 이 순간, 나에게 중요한 것은 속을 따뜻하게 해줄 커피뿐이었다. 독서 치료사들도 어차피 다른 사람들과 똑같은 인간일 뿐이다.

계산하기 위해 순서를 기다리면서 나는 카페테리아에 비치되어 있던 잡지의 표지를 보았다. 그중에 하나가 눈에 들어왔다.

'샤를 트레네, 위독.'

기사 제목과 함께 샤를이 병세가 악화되어 쇠약해진 모습이 담긴 사진이 실려 있었다. 최근에 알게 된 친구가 그를 부축해주고 있었는데 샤를보다 훨씬 더 젊은 이 남자는 샤를이 사망하는 경우 자신의 몫을 달라고 요구하고 나서기도 했다. 트레네는 이 카페테리아에 발걸음을 하지 않는 편이 낫겠다는 생각이 들었다. 더욱이 커피가 너무 뜨거워서 손에서 컵이 녹을 지경이었다. 손에 쥐고 있기도 힘들었다. 이렇게 뜨거운 커피를 마시려면 심각한 화상 환자를 위한 병동에 입원할 각오를 해야겠다는 생각마저 들었다. 그리고 위장병으로 입원할 수도 있었다. 플라스틱 컵이 녹아 위로 들어가면 통증을 느낄 게 뻔하기 때문이다. 나는 마치 야간 경비원처럼 다른 사람들을 바라보고 관찰하느라 한동안 카페테리아에 머물렀다. 하지만 다른 사람들에게 '마시지 마세요, 위험해요!'라고 설득할 힘은 없었다.

그런데 샤를 트레네의 입원실 앞에 감수성이라고는 없는 사람을 보초 세워두는 것은 센스가 없는 조치라는 생각이 들었다. 차라리 아주 기괴한 물건들을 배치하고 호랑이 한 마리를 묶어두거나 장난꾸러기, 오페라 가수들이 함께 있으면 어떨까 하는 상상을 해보았다.

내가 그의 입원실로 들어가 내 소개를 할 수 있다면 나는 금방 그와 친해져서 이름을 부르는 사이가 되었을 것이다. 그리고 그를 창가로 데리고 가서 아래로 떨어지지 않도록 주의하면서 우리 둘은 함께 지붕 위까지 올라갈 것이다. 이런 행동은 그렇게 위험천만하지 않다. 왜냐하면 어차피 현실이 아니기 때문이다. 샤를은 병원의 슬리퍼를 신고 있을 테고 나는 바닥이 닳은 운동화를 신고 있을 것이다. 마침내 높은 곳에 서게 된 우리는 두려움에서 벗어나기 위해 서로의 손을 잡을 것이다. 마치 숲속을 거닐고 있는 두 어린아이들처럼 말이다. 거대한 지붕 위에서 우리는 크레테유와 저 멀리 파리를 응시할 것이다. 거대한 상점들, 창고들, 기찻길, 버려진 건물들……, 모든 세상이 우리 발아래에 존재하게 될 것이다. 나는 평소에 지붕 위로 올라가면 책부터 꺼내지만 샤를 트레네와 함께라면 그럴 필요가 없을 것이다. 샤를 트레네라는 사람 자체가 많은 이야기를 담고 있는 책이나 마찬가지니까.

잡다한 쓰레기들을 태우는 연기가 흘러나오는 높은 굴뚝 근처에서 우리는 그의 초현실주의적 노래들로 콧노래를 부르며 밤을 새울 것이다. 말하는 동물들, 창가에서 바라보는 아이들의 이야기가 담긴 익살스럽고 신기한 노래, 뛰어난 지혜가 담긴 노래, 기발한 생각들이 담긴 노래……. 그리고 해가 떠오르면 나는 문제를 일으키지 않기 위해 샤를과 함께 그의 입원실로 돌아갈 것이다. 경호원은 문 앞에서 졸고 있을 테니 아무 소리도 듣지 못할 것이다. 그러면 우리는 다시 신축성이 좋은 침대 시트를 타고 입원실을 빠져나올 것이다. 그렇게 해도 아무런 문제가 생기지 않을 것이다. 꿈속에서는 모든 게 유연하다. 현기증도 없고 미끄러지지도 않는다. 꿈을 꾸지 않는 다른 사람들은 이런 상상이 터무니없고 어이없다며 비웃겠지만 우리에게는 자연스러운 일일 것이다. 마지막으로 나는 샤를을 입원실로 데려다주고, 곧이어 간호사가 와서 그가 잠들어 있는 것을 확인하기 위해 문을 열 것이다.

다음 날, 샤를 트레네는 끝내 직접 만나지 못했다는 후회를 나에게 남긴 채 세상을 떠났다.

어디서든
재회할 수 있다!

43.

나는 이 숫자와 특별한 관계가 있다. 이 숫자는 내 삶에 자주 등장했다. 마치 내 이마에 구멍이 뚫려 금속판으로 미봉해두었더니 그 위에 찰싹 달라붙은 거대한 자석과도 같이.

43.

내 전화번호에도 이 숫자가 두 번이나 들어간다. (전화국이 불가사의한 세력과 공모를 했거나, 다른 사람들처럼 전화번호가 다 다른 숫자면 혹시 내가 외우지 못할까 봐 그런 것이 아닐까 하는 생각도 해보았다.)

나는 프랑수아르네 드 샤토브리앙의 『무덤 저편의 기억들(Mémoires d'outre-tombe)』 속 내용처럼 폭풍우가 몰아치던 어느 날 저녁 18시 43분에 태어났다.

노분을 알리는 돌풍으로 거세진 파도가 포효하는 소리 때문에 나의 울음소리가 들리지 않았다……

이것이 우리의 유일한 공통점이다. 표현력은 내가 부족하지만, 더 겸손하다. 그리고 나는 미라보가 너무 못생겼던 건 아니기 때문에 샤토브리앙이 넌지시 그렇게 말할 수 있었다고 생각한다. 그런데 요즘 누가 샤토브리앙을 읽겠는가? 누가 미라보를 알 것이며, 그의 얼굴이 못생기지는 않았다 해도 이상하기는 하다는 사실을 그 누가 알겠는가? 교수, 연구원, 또는 숫자 하나에 괴로운 독서 치료사나 알고 있을까. 혹은 사십대들…….

기차표를 예매할 때마다 나는 43번으로 자리를 잡는다. 그리고 모임에 갔을 때 좋은 이야깃거리가 되어주기도 한다. 가끔은 '43의 저주'라며 말을 꺼내면 사람들이 호기심에 귀를 기울인다. 거짓말은 군중의 호감을 산다.

중학교 시절 펜팔로 사귄 친구가 있었는데 오스트리아 여자아이였다. 그 친구에게 전화를 하려면 국제전화 국가번호 43을 눌러야 했다. 하지만 그 펜팔 친구는 호감을 주는 아이가 아니었고, 국제전화비 때문에 부모님 돈만 날리게 되었다. 그때 이후로는 오스트리아와 오스트리아 사람들에 대해 거부감을 갖게 되었다. 다소 동물적이고 비이성적인 감정이었다. 지금도 특별한 이유도 없이 이런 감정은 지속되고 있다.

나는 독서 치료 공부를 12등으로 마쳤는데, 그게 또 43명 중에서 12등이었다. 친구들 사이에서 12등이라는 보잘것없는 석차보다 43이라는 전체 인원에 더 의미를 두어야 한다는 것에 대해서 나는 의심의 여지가 없었다. 그런데 내가 개인적으로 판단해보거나 다른 학생들의 이야기를 들어보았을 때도, 나는 5등 안에 들 자격이 충분했다. 4등이나 3등……. 이렇게 또 43이 만들어진다.

이런 예는 수도 없이 많다. 하지만 나는 이제 앙리-몬도르 병원행 217번 버스에서 내릴 때가 되었고, 43을 둘러싼 이런 주술적 사고는 여기서 멈춰야 했다. 당장 눈앞에는 4도 3도 보이지 않았다.

그런데 5분 뒤에 병원의 안내 데스크에서 멜라니의 입원실이 43호라는 것을 알게 되었다. 이런 상황이 너무도 빈번하게 일어났기 때문에 나는 조금도 놀라지 않았다.

◆ ◆ ◆

멜라니의 입원실 앞에는 경호원이 한 명도 없었다. 아주 오래전에 샤를 트레네는 떠났으니 경호원이 있을 이유가 없었다. 하얗고 음산한 문을 보니 솔직히 열고 들어가고 싶지 않았다.

나는 손을 가져다 대는 정도로 조심스럽게 문을 두드렸다. 아무도 들어오라는 소리를 하지 않았다. 정말이지 이제는 익숙한 상황이었다. 방은 문병 온 사람 없이 비어 있었다. 멜라니의 부모님도 없었다. 만나고 싶지 않았는데 다행이었다. 그들에게 무슨 말을 해야 할지 몰랐기 때문이다. 침대만 보였다. 정말 다행이었다. 좋은 사보험을 들어놓았던 덕을 보겠구나 싶었다. 멜라니와 내가 함께 살았던 어느 날 저녁에 멜라니는 뮈튀엘(mutuelle)*에 가입하기 위해 전화 통화를 하고 있었다. 나는 멜라니에게 큰 몸짓을 지어 보

---

*프랑스는 소득 수준에 따라 부담하는 국가의료보험이 대부분의 의료비를 보장해주고 있으며 일부 자기부담금은 뮈튀엘이라는 비영리 조합 형태의 민간보충보험을 통해 보장된다.-옮긴이

이며 전화를 끊으라고 불만을 토로했다. 식탁에는 이미 내가 두 시간 동안이나 공들여 만든 식사가 차려져 있었다. 요리를 한 사람은 그의 노력에 대해 전적으로 존중받고 싶어 한다. 그런데 전화 통화 때문에 이런 정성을 무시하다니 정말이지 고약한 습관이었다. 한 명과는 전화상으로, 또 다른 한 명과는 몸짓으로 의사소통을 하는 것은 에너지 낭비가 아닐 수 없었다. 게다가 전화 통화 상대자는 다른 한 명의 존재를 알지도 못했다. 어쨌든 멜라니는 전화를 끊지 않았고 한참 동안 세부적인 이야기를 나누더니 마침내 보험 가입에 오케이를 했다. 나는 분노했다. 준비했던 스튜 요리는 차갑게 식어 먹을 수 없게 되었다. 그날 밤 우리는 크게 다투었고 결국 서로에게 저주를 퍼부으며 각자의 자리, 즉 각자의 침대로 가는 것으로 그날의 싸움이 끝이 났다. 다음 날 아침, 멜라니는 나에게 사과를 하지 않았지만 나는 비굴하게도 변명을 했다. 나는 더 이상 멜라니의 전화 통화에 간섭하지 않기로 약속할 수밖에 없었다. 멜라니는 다짐 또 다짐을 받았다. 그런데 며칠이 지나고 치즈 수플레를 만들어 먹으려고 하던 참이었는데 이런 일이 또 되풀이되고 말았다…….

새 뮈튀엘 계약서에는 서명이 되어 있었다. 그리고 나는 침대에 누워 있는 멜라니를 보면서, 그녀가 그때 남편 말고 뮈튀엘을 택하길 잘했다는 생각이 들었다. 어차피 내가 만든 수플레는 정말 맛이 없었다.

멜라니가 온갖 선과 튜브들 사이에 있는 모습을 보니, 회복이 쉽지만은 않을 것 같았다. 멜라니는 잠들어 있었고 나의 인기척에도 깨지 않았다. 잠들어 있는 멜라니와 그런 그녀를 가만히 바라보고 있는 나……. 만약 멜라니가 깨어 있었더라면 자고 있는 사람을 그렇게 빤히 쳐다보면 안 되는 거라고 잔소리를 했을 것이다. 하지만 멜라니는 일어나지 않았다. 침대 끝에 놓여 있는 진료 확인서가 눈에 들어왔다. 그동안 멜라니가 어떤 일들을 감내해야만 했는지에 대한 이야기가 담겨 있었다. 마치 냉동식품으로 음식을 내오는 음식점의 가짓수 많은 메뉴처럼 그 내용이 무척 길었다. 전식, 본식, 후식으로 이어지며 한없이 계속되는 메뉴들처럼 멜라니를 고통스럽게 하는 부상들이 끝도 없이 열거되어 있었다.

멜라니의 대단한 체력과 인내심은 나를 항상 놀라게 했다. 멜라니는 아픈 적이 별로 없었다. 어쩌다 몸이 안 좋아도 일을 했고 열이 나도 출근을 했다. 빈사 상태에 처해 있는 국가의료보험이 두 손 들고 반길 일이다. 사실 멜라니는 별로 동의하지 않았지만, 이것은 튜튼족 특유의 강인함을 보여주는 면모라고 할 수 있다. 반면 나는 나의 혈통에 대단한 경의라도 표하려는 것인지 '연약함'의 진정한 본보기가 되어 있었다. 나는 어딘가가 조금이라도 아프다 싶으면 가차 없이 침대행이었다. 나는 침대에 누워 있는 게 너무 좋았다. 온 세상이 일에 찌들어 있을 때 나 홀로 침대에 누워 있으면 이보다 더 행복할 수 없었다! 생리적인 일을 해결해야 하거나 주전자에 물을 끓일 일이 있을 때에만 겨우 몸을 일으켰다.

그런데 이번에는 멜라니가 국가의료보험 재정에 커다란 구멍을 내게 생긴 것이다. 멜라니가 아무런 힘도 없이 내 앞에 누워 있었다. 나는 멜라니를 너무도 보고 싶었고 안고 싶었다. 멜라니가 여기 있고 비록 그녀가 알 수는 없어도 내가 안으려고만 하면 안을 수 있을 것이다. 하지만 내가 원했던 것은 그게 아니지 않은가!

나는 멜라니의 얼굴을 살피기 위해 가까이 다가갔다. 내 입술과 멜라니의 얼굴이 불과 3센티미터 정도의 거리에 있었다. 멜라니의 얼굴은 온통 멍이 들고 부어올라 있었다. 나는 쉼 없이 달리고 달리던 이전의 멜라니를 사랑했다. 나에게 악다구니를 해대던 그 멜라니를 말이다. 그렇다면 나는 이렇게 누워만 있고 차마 눈 뜨고는 보기 힘든 상태의 멜라니를 사랑할 수 있을까? 사실 이런 질문에 대답을 한다는 자체가 의미가 없다. 멜라니의 모습이 어떻든 간에 나는 멜라니를 마치 주머니에 조심스럽게 넣어 간직하는 귀중품처럼 지켜야 했다. 마침 간호사가 입원실에 들어왔다.

—안녕하세요? 친구분이세요?

—아, 안녕하세요? 네, 이제는 친구죠.

간호사는 나의 대답에 별 의미를 두지 않고 기계적으로 대화를 이어갔다.

—그러시군요. 아시겠지만 이런 경우는 기적이나 다름없어요. 폭행한 사람들이 멜라니 씨를 악착같이 따라와 이렇게 했다더라고요.

간호사는 꼼짝도 하지 않는 멜라니의 주위에서 바쁘게 움직였다. 입원실 한가운데에 누워 있는 멜라니가 대화에서도 중심에 있었다. 멜라니의 모습은 생기라고는 찾아볼 수 없는데 그래도 살아 있다니……, 그래서 기적이라고 말하는 것인가 보다.

—어떻게 이런 일이 일어날 수 있는지 이해하기가 힘드네요…….

—그런데 멜라니 씨가 입원한 후로 처음 뵙는 것 같아요.

—일 때문에 외국에 있었거든요. 장인, 장모님께서 이제야 말씀

을 해주셨어요. 제가 걱정하지 않기를 바라셨나 봐요.

—그러실 수 있죠. 의사 선생님을 만나 이야기를 들어보실래요?

—아니요, 나중에요. 신경 써주셔서 감사합니다. 멜라니가 깊이 잠들었네요.

—일부러 코마 상태처럼 해드린 거예요. 안 그러면 너무 고통스러우실 테니까요.

그리고 간호사는 말없이 방을 나가 카트를 밀며 다른 방으로 건너갔다.

◆ ◆ ◆

—이번에는 변장을 안 하셨네요?

—네, 그냥 청바지에 스웨터를 입고 왔어요. 이런 차림이 오히려 주목을 덜 끌더라고요. 사람들은 축구 유니폼을 입은 내 모습에 더 익숙하니까요. 내가 평범한 옷을 입은 모습은 상상하지 않나 봐요.

—거지로 위장한 오디세우스를 보리라고 기대하는 사람은 거의 없죠. 우리는 우리를 초월하는 사고 체계에 지배당하죠.

—선생님은 모든 걸 오디세우스로 연결시키네요.

—그게 제 직업인걸요. 안토니 씨도 그래서 저에게 대가를 지불하는 것이고요.

—맞아요. 그리고 감사해요.

—우리는 안토니 씨의 어린 시절에 대해 이야기를 나눠본 적이 없네요.

—저는 추억에 대해 큰 의미를 두지는 않아요. 그리고 호메로스

도 오디세우스의 어린 시절에 대해 이야기하지 않던걸요!

—잘못 알고 계신 거예요. 오래된 상처가 바로 어린 시절의 흔적이죠. 이런 흔적이야말로 영웅의 정체성을 만들어줄 거고요. 추억은 어디에나 있어요. 추억이 우리를 만드는 것이고요. 그 누구도 추억에서 벗어날 수는 없어요.

안토니는 생각에 잠기더니 이내 침을 꿀꺽 삼켰다.

—제가 태어난 곳은 가난한 지역이에요. 물론 우리 집도 가난했고요.

—가끔 다시 가보시나요?

—아니요, 절대로 안 가요.

—왜죠?

—이미 말씀드렸듯이 추억에는 관심이 없어요.

—안토니 씨 부모님께서는 아직 거기에 살고 계신가요?

—물론 아니죠! 제가 돈을 조금 벌자마자 부모님께 더 조용한 지역에 집을 사드렸어요.

안토니의 대답은 축구 그라운드에서의 강슛처럼 거셌다. 나는 보잘것없는 골키퍼처럼 그만 골을 먹고 말았다. 하지만 마음을 가라앉히고 다시 말을 이어갔다.

—그럼 어린 시절의 친구들은 아직 거기에 있나요?

—네, 아직 있어요. 동네를 떠나지 않았어요. 그들은 거기에서 무언가를 기다리며 살아요.

—무엇을 기다리나요?

—모르겠어요. 그냥 기다려요, 거기에 사는 모든 사람들은 기다리고 있어요.

순간 나는 『고도를 기다리며(En attendant Godot)』 이야기를 꺼낼까 말까 주저했지만 결국 언급하지 않기로 했다. 안토니는 당황한 것 같았다.

— 그럼 안토니 씨는 무엇을 기다리나요?

— 저는 돈을 많이 벌면서부터 아무것도 기다리지 않아요. 다른 사람들이 나를 기다리죠. 기자들, 팬들, 나를 통해 얼굴을 알리고 싶은 정치인들…….

— 기다림을 통해 건설적인 삶이 펼쳐질 수 있어요. 오디세우스는…….

— 또 오디세우스로 이어지네요.

— 오디세우스는 기다림 없이 오디세우스일 수가 없어요. 고향으로 돌아가기를 기다리고 또 기다렸지요.

안토니의 핸드폰에서 메시지 알림음이 울리는 바람에 대화가 끊어졌다.

— 죄송해요. 기자와 인터뷰 약속을 해놓았는데 그가 메시지를 보냈나 봐요. 이 기자도 나를 기다리는군요.

안토니가 살짝 미소를 지으며 말했다. 그 말이 나에게는 "거봐요, 제가 거짓말을 한 게 아니라니까요."라고 말하는 것처럼 들렸다.

안토니는 기다리는 사람들이 있을 때 그 사람은 힘을 가지게 된다고 했는데 전적으로 옳은 말이었다. 절대로 그 반대가 될 수는 없다.

중학교 시절, 마지드라는 잘생겼지만 미련하고 겉멋만 부리는 아이가 있었다. 여자아이들이 생일이나 또는 질풍노도의 시기 특별한 의미가 있는 날에 파티를 열면 마지드는 항상 늦게 도착하려고 했다.

만약 우리가 저녁 8시에 초대를 받았으면 마지드는 저녁 9시에 도착했다. 심지어 손에는 기타가 들려 있었다. 나는 마지드의 의도를 알고 있었다. 내가 모두의 관심을 받는 시간은 마지드가 도착하기 전까지의 60분이란 시간뿐이었다. 여자아이들 무리가 지각한 뮤지션을 향해 옮겨 가기 전까지 나는 쉬지 않고 계속 말을 했다. 그러다가 마지드가 도착하면 내 앞 종이 식탁보 위에는 탄산수와 애피타이저만 덩그러니 남아 있었다. 나는 차가워진 음식을 바라보며 고독과 마주할 수밖에 없었다. 여자아이들을 즐겁게 해주는 악기 소리가 한없이 '고급스럽게' 들렸다. 나는 왜 고급 악기를 연주하는 법을 배우지 않았을까? 그리고 왜 나는 기어코 시간에 맞춰 도착하려고 했을까?

—안토니 씨, 안토니 씨는 어린 시절의 동네로 돌아가 보아야 할 것 같아요.

오블로모프와 쥐,
액어법(zeugma)

로베르의 집 지하창고가 온통 물바다였다. 그야말로 난리가 나버렸다. 로베르의 아내가 이 처참한 현장을 발견하고는 로베르를 불렀다.

"로베르으!!!"

아내는 평소에 아무것도 아닌 일로 불러대는 일이 많았기 때문에 로베르는 아내가 저러다가 말겠지 생각하며 그냥 잠자코 있었다. 로베르는 계속『오블로모프』를 읽어나갔다.

올가는 꼼짝도 하지 않고 곧 다가올 행복을 꿈꾸기 시작했다. 하지만 그녀는 자신의 미래 설계에 대한 소식에 대해서 오블로모프에게 입도 뻥긋하지 않기로 마음먹었다.

그녀는 그의 나태한 마음속에서 사랑이 어떤 극한 변화를 보일지, 그가 어떻게 마음의 부담을 완전히 떨쳐버릴 수 있을지, 그리고 그가 곧 닥칠 이 행복 앞에서 자신의 고집을 꺾고 시골에서 보내온 기분 좋은 편지를 손에 들고 환한 얼굴로 거의 날다시피 달려와 그녀의 발밑에 편지를 내어놓을 때까지의 모습을 끝까지 지켜보고 싶었다…….

"로오베에르으으으!"

'빌어먹을! 왜 또 부르는 거야? 도대체 내가 가만히 있는 꼴을 못 본다니까! 신발이 없어졌다, 수건이 사라졌다, 자동차 열쇠가 안 보인다, 별 큰일도 아니면서 도와달라고 불러대는 저 고약한 습관 같으니라고!'

로베르는 속으로 이렇게 생각했다. 값비싼 소파에 드러누워 있는 그가 그렇게 부른다고 해서 무엇을 할 수 있겠는가?

"로오베에르으으으!"

미소를 짓고 있던 로베르는 결국 몸을 일으켰다. 로베르의 미소는 마침 읽고 있던 책의 대목이 특별히 마음에 들었기 때문이었다. 그는 손에 책을 든 채 일단 급한 불을 끄고 보자 마음먹었다.

— 여보, 어디에 있어?

— 지하창고로 빨리 와. 진짜 큰일 났어.

로베르는 아내의 심각한 말투에 분위기를 맞추기 위해서 잔뜩 진지한 표정을 지었다. 지금은 무슨 상황인지 아는 것보다 아내의 기분이 어떤지가 더 중요했다. 하지만 아내가 왜 그렇게 불러댔는지 그 이유를 알게 되기까지는 그리 오랜 시간이 걸리지 않았다. 지하로 들어서면서부터 발가락이 물에 잠기고 발뒤꿈치 그리고 발목까지 물에 잠겼던 것이다. 지하창고가 물바다가 되어 있었다. 로베르는 어찌할 바를 몰랐고 아내 역시 타이타닉 호의 좁은 통로를 겨우 빠져나와 눈앞에 펼쳐진 바다를 발견한 여자처럼 공포에 질려 있었다.

— 진정해, 여보, 진정해.

— 어떻게 진정하라는 거야. 이걸 한번 봐. 세탁기는 저쪽으로 가버리고 여기는 홍수가 났어!

물을 아주 조금만 사용해 세탁을 한다던 혁신적인 세탁기에서 물이 넘쳐 사방으로 흘러버린 것이었다. 로베르는 지하철역에 붙어 있던 세탁기 광고를 떠올렸다. 혁명이라더니! 그 혁명 덕분에 로베르의 발목 아래로는 다 물에 잠긴 상태였다.

— 당신은 물러서 있어. 내가 해결할게.

로베르는 사실 세탁기는 물론이고 배관에 대해서도 문외한이었지만 아내 앞에서는 자신이 이 일에 적임자인 것처럼 말했다. 이 일을 해결하는 순간 로베르는 아내에게 손재주가 대단한 남자로 급부상할 수 있을 것이다. 참으로 아름다운 보상이 아닐 수 없었다. 부부의 친구들 무리에서도 그는 자랑거리가 될 것이다. 부부동반 모임에서는 게걸스럽게 음식을 먹으면서 『오블로모프』를 탐독했다는 이야기를 하는 것보다야 이런 일을 해결했다는 게 어깨에 더 힘이 들어갈 수 있는 일이었다.

"한번 생각해봐요, 로베르가 도착했고 단 2분 만에 해결 방법을 찾았다니까요. 로베르가 없었다면 이미 집은 끝장이 났을 거예요."

아내는 뛰어난 과장법으로 로베르를 전설의 인물로 만들어줄 것이다.

로베르는 잘 알지도 못하면서 상황을 분석했다. 로베르는 물에 뛰어들었고 물이 새는 부분을 찾아 막아보려고 했다. 그의 손에는 여전히 『오블로모프』가 들려 있었다. 물에 흠뻑 젖은 채로 수도꼭지를 돌리자 손이 계속 미끄러졌다. 하지만 해내야만 했다! 익사당하기 전에 수문을 잠가야 했다. 로베르는 계속 오른손으로 수도꼭지를 조이려고 애썼지만 아무 소용이 없었다. 머릿속이 까마득해져 아무런 생각도 떠오르지 않았다. 그런데 오히려 영혼이 나간 그 순간에 생각지도 못한 방법이 떠올랐다. 『오블로모프』! 해결책은 바로 책에 있었다. 소설 내용에서 방법을 찾을 수 있다는 이야기가 아니다. 책, 즉 책의 종이를 사용하는 방법을 말하는 것이다. 로베르는 책장을 서너 장 찢어 수도꼭지의 물기를 닦아냈다. 종이는 물바다 위로 냅다 던져버리고 또 세 장을 찢어 한 번 더 닦아냈다. 마침내 로베르는 물을 잠그는 데 성공했다. 그러고는 아내를 쳐다보았다.

그런데 아내는 그런 로베르를 질책하는 눈빛으로 바라보고 있었다.

—당신은 작동도 제대로 되지 않는 이런 멍청한 기계에 무슨 그런 큰돈을 들인 거야?

—하지만 여보, 이건 그냥 기계가 아니야. 이건 혁명…….

—나를 여보라고 부르지도 마. 나는 이런 기가 막힌 일을 저지르는 사람의 여보가 아니라고!

—내가 이 물 다 닦고 문제도 해결할게.

—당연히 그래야지!

아내는 예전 세탁기가 없어진 데 대해 마음이 많이 상해 보였다. 하지만 감당할 수 없는 슬픔은 없는 법! 아내는 테라스나 청소하면서 상한 마음을 달래야겠다고 결심하고는 서둘러 밖으로 나갔다.

로베르는 아내를 원망하지 않았다. 아내가 그렇게까지 화를 낸 것도 다 로베르를 생각해서였다. 아내는 오래전부터 로베르를 미치도록 사랑했다. 그러니 이런 일로 두 사람의 사이가 틀어질 리는 없었다. 로베르는 위쪽에 높이 달려 있는 선반에 『오블로모프』를 올려두었다. 벽이 석고보드로 되어 있어서 로베르가 꽤나 힘들게 설치한 선반이었다. 결국 선반은 여러 번 떨어졌는데 지금은 언뜻 보아 아무 이상이 없어 보였다. 로베르가 방금 책을 올려놓았지만 평상시에 기울어져 있는 정도 이상으로 더 기울어지지는 않았다. 로베르의 집 지하창고 안에는 가로로 누워 있는 피사의 사탑이 있었던 것이다. 로베르는 이처럼 정확성을 요구하는 기술보다 조금 전에 겪었던 것과 같이 예측 불가능한 순간에 오히려 냉정을 유지할 줄 아는 사람이었다. 심지어 물을 잠가야겠다는 의지로 그렇게 바쁜 와중에도 『오블로모프』의 시작 부분 책장을 찢는 통찰력을 발휘했다. 아직 읽지 않은 부분은 찢고 싶지 않았던 것이다.

로베르는 지하창고에 차 있는 물을 퍼내기 위해 프랑스의 모든 지하창고에 꼭 있을 법한 냄비 하나와 보통 크기의 용기를 찾아보았다. 로베르의 아내는 유난히 꼼꼼한 편이었는데 용기들도 한꺼번에 모아 찾기 쉽게 정리해두었다. 덕분에 로베르는 이 두 가지 물건을 쉽게 찾을 수 있었고 곧바로 작업에 착수했다. 물 잔처럼 생긴 용기는 냄비에 물을 붓기에 매우 유용했다. 하지만 얼마 지나지도 않았는데 냄비에 물이 가득 차버렸다. 만약 더 큰 냄비가 있었다면 물을 더 많이 담아서 버리러 가도 되었을 것이다. 하지만 이 냄비로는 계속 왔다 갔다 하면서 버릴 수밖에 없었다. 로베르는 신중에 신중을 기하면서 테라스로 통하는 작은 창 쪽으로 다가갔다. 창문 손잡이를 조금씩 당기면 위에서 아래로 열 수도 있었다. 로베르는 잔뜩 힘을 주어 창문을 당겼다. 마침내 문이 열렸다. 이 순간에도 로베르는 창문 틈에 기름칠을 하면 창문 여는 게 더 수월하겠다는 생각을 했다.

그런데 로베르가 냄비를 집어 들기 위해 몸을 숙이는 찰나, 지하 창고를 유유히 헤엄치고 있는 쥐 한 마리가 보였다! 몇 주 전부터 로베르가 찾아 헤매던 바로 그 쥐였다. 치즈를 놓아두는 가장 기본적인 덫부터 초음파가 달린 고도의 기술력으로 개발된 덫까지 죄다 피해 다니던 바로 그 녀석이었다. 쥐는 마치 일요일 아침 시립 수영장에서 열심히 수영에 열중하는 할머니처럼 물속을 가로지르며 로베르를 비웃고 있었다. 이 녀석이 그런 할머니와 다른 건 수영모를 쓰지 않았다는 것뿐이었다. 로베르는 이 녀석이 살아서는 이곳을 빠져나가지 못하게 하겠다는 생각에 마음이 들떴다. 그야말로 독 안에 든 쥐였다. 로베르는 저 조그만 적이 곧 죽을 거라는 너무도 건방진 생각을 하고 있었다!

로베르는 바깥으로 조심스럽게 냄비의 물을 쏟아 버리기 시작했다. 그리고 아예 위쪽으로 더 올라서서 편하게 물을 버려야겠다는 생각에 발 받침대에 올라간 뒤, 냄비를 수직으로 기울였다.

— 로오베에르으으! 당신 미쳤어? 다 젖어버렸잖아!

갑작스럽게 물이 아내에게 쏟아져버린 것이다. 언젠가 아내와 화해할 수 있을 거라는 기대감은 모조리 사라지고 말았다. 12월의 날씨에, 아니, 날이 춥지 않다 하더라도 등에다 물을 쏟아부었으니……, 부부 사이가 더 나빠지면 나빠졌지 전혀 도움이 되지 않는 바보 같은 짓이었다.

로베르는 어린아이들이 혼나기 전에 늘 하는 “내가 안 그랬어.”라는 말이라도 하고 싶었다. 하지만 불행하게도 이 집에는 로베르와 아내 말고 다른 사람은 없었으며 혹여 이 말을 한다 하더라도 지금의 상황을 더 악화시킬 뿐이었다.

— 미안해…….

로베르는 기어들어 가는 목소리로 떨면서 겨우 입을 열었다. 사실 제6학년 이후로 이런 식으로 말해본 적은 없었다.

불현듯 어느 시의 첫 구절이 떠올랐다. 정작 암기 평가를 받던 날에는 기억나지 않던 구절이었다. 40년이 지난 오늘에야 그 시구를 떠올리게 되다니……. 로베르는 정말 막힘도 없이 읊조렸다. 제기랄! 그때 그 선생이 무덤에 묻혀 있지만 않다면 그의 귀에다 대고 진짜로 시를 외웠다고, 거짓말이 아니라고 소리칠 수 있었을 텐데! 그때는 아무도 로베르의 말을 믿어주지 않았다!

매정했던 선생도 없고 그때의 친구들도 없었다. 로베르가 그때 시를 외우지 못했던 건 사람들 앞에 서야 한다는 공포 때문이었지 연습을 하지 않아서가 아니었다.

> 그는 머리로는 아니라고 말하지만
> 가슴으로는 그렇다고 말한다.
>
> (자크 프레베르의 「열등생(Le Cancre)」)

로베르는 이 시를 잘 외우고 있었다는 사실을 확인하자 가슴이 벅차올라 눈에는 눈물까지 맺혔다. 그는 눈물을 흘리지 않기 위해 하늘을 향해 눈을 치켜떴다. 하지만 지하창고에는 수영하는 쥐와 로베르 말고 다른 사람은 없다는 사실을 깨닫고 다시 고개를 내렸다. 하지만 이 감동을 함께 느껴줄 존재는 없었다. 쥐는 시를 좋아하지 않는 것이 분명했기 때문이다. 생 존 페르스의 시집이 미끼로 놓인 쥐덫을 구입해본 적이 없다는 사실이 바로 그 증거였다. 『아나바즈(Anabase)』, 이 난해한 작품의 의미를 찾느라 쥐들이 아니라 학생들이 학살을 당했더랬다.

이런 생각에까지 이르자 로베르는 마치 바닥에 시가 적혀 있기라도 한 것처럼 느껴졌는지 이 이해하기 어려운 시를 발로 짓이겨 주어야겠다고 결심했다. 그는 가능한 한 가장 센 힘으로 짓밟기 위해 왼발로 박차 오르며 뛰어올랐다. 그리고 오른발로 착지를 했다가 다시 반대쪽 발로 차고 뛰어오르는데 신발이 젖은 탓에 그만 그대로 미끄러져 뒤통수를 박고 말았다. 만약 이런 일 때문에 죽음에 이른 사람의 이름이 신문 사망자 란에 실리게 된다면 기자들 사이에서는 너무나도 불행한 추락이었다며 두고두고 회자가 될 것이다. 게다가 이 사고를 목격한 유일한 이가 바로 생쥐였다는 건 로베르의 사고를 더욱 우습게 만드는 요인이었다.

생쥐는 로베르가 움직이지 않는 것을 보았고 일단 가만히 있었다. 그러고는 슬며시 로베르의 어깨 쪽으로 다가가 가슴 위로 올라갔다. 길이가 긴 그의 얼굴을 가만히 바라보다가 콧구멍에 눈길이 갔다. 코피가 조금 흐르고 있었다. 집 안에서는 로베르의 아내가 훈계하는 소리, 욕설을 내뱉는 소리가 들렸다. '바보', '멍청이'는 그나마 들어줄 만한 욕이었다. 그런데 안타깝게도 로베르는 아무 소리도 듣지 못했다. 쥐는 그녀의 발자국 소리가 나자 잔뜩 겁에 질렸다. 그래서 집 안의 식자재를 놓아두는 철제 선반 위로 올라갔는데 운이 좋게도 그곳의 쟁반에는 쌀과 파스타 상자가 담겨 있었다.

로베르의 아내는 로베르에게 따지기 위해 화가 난 얼굴로 지하창고로 들어섰다.

로베르의 머리가 피에 젖어 있었다. 선반 위에서는『오블로모프』 책과 생쥐가 몸을 말리고 있었다.

삶은,
결국…… 그리고 책들!

12월 15일, 내가 곁에 있을 때 멜라니가 깨어났다. 마침내 우리가 눈을 마주쳤을 때 나의 첫마디는 "당신에게 온 편지, 내가 가지고 있어."였다. 멜라니가 어렴풋이 미소를 지었고 나는 그만 무너지고 말았다. 나, 알렉스, 비너스상처럼 돌로 만든 눈을 가진 소년이었던 내가 울음을 터뜨린 것이다. 나는 이렇게 울어본 적이 단 한 번도 없었다. 석공이 올라가 어마어마하게 큰 망치로 조각상의 얼굴을 산산조각 낸 것처럼 나도 부서져버렸다.

만약 어머니가 울먹이는 나의 모습을 지켜보았다면 깜짝 놀랐을 것이다. 하지만 다행히도 크레테유 병원이 독점으로 생중계하는 비공개 장면이었기 때문에 어머니가 이 사실을 알 가능성은 전혀 없었다. 사실 어머니의 마음속 깊은 곳에는 아들을 다른 사람들의 고통에 무감각한 아이로 규정해버리고자 하는 가혹함이 있었다.

내가 멜라니에게 편지 이야기를 했던 건 거짓말이 아니었다. 나는 그 편지를 내 책에 책갈피로 끼워 다녔기 때문이다. 나는 그 편지를 머리맡 테이블 위에 놓았다.

그 후로 방문할 때마다 나는 멜라니에게 같은 질문을 했다.

"내가 책 읽어줄까?"

그러면 그때마다 멜라니는 미소를 지으며 고개를 가로저었다. 멜라니는 깨어 있는 시간이 한정되어 있었기 때문에 우리가 실제로 대화다운 대화를 이어나갈 시간은 없었다.

멜라니의 부어오른 입술 사이로 '응', '아니', '고마워', '괜찮아' 같은 말들만 흘러나왔다. 시위가 있었던 그날처럼 나는 멜라니의 말 하나하나에 귀를 기울였다. 멜라니의 목소리가 나를 불렀고 멜라니는 그 소리를 통해 자신이 살아 있다는 것을 기억했다. 그녀는 살아 있었고 나와 함께 있었다. 그리고 멜라니는 움직일 수 없었기 때문에 도망갈 수도, 나를 피할 수도 없었다.

매일 밤마다 멜라니의 부모님이 집으로 돌아가고 나면 내가 멜라니의 방으로 들어갔고 그때부터는 시시하기는 해도 우리만의 무대가 펼쳐졌다. 문이 열렸다가 닫히면 멜라니를 제외한 주변 인물이 바뀌었다.

그런데 생각해보면 멜라니는 혼자 있는 시간이 너무 부족한 듯했다. 이런 상황이 멜라니에게 좋은 것인지에 대해서는 알 길이 없었다. 아픈 사람 곁에서 돌보는 사람들은 그렇게 함께하는 시간이 익숙하겠지만 사실 정작 본인의 동의를 구한 건 아니라는 생각이 들었다.

나는 멜라니에게 음악도 조금 듣게 해주었다. U2는 물론이고 샤를 트레네의 부드러운 샹송도 들려주었다. 그리고 나머지 시간에는 내가 말을 많이 했다. 아무도 나에게 말을 멈추라고 하지 않았다. 그리고 나는 큰 목소리로 세바스티앙 자프리조의 『아주 긴 일요일의 약혼(Un long dimanche de fiançailles)』이라는 책도 읽었다. 멜라니를 생각하면 이 책이 자주 떠올랐고 지난 역사에 대해 이야기하는 책이라 좋았기 때문이다. 오스고 호숫가의 마네크와 마틸드, 나무에 새긴 편지들, 어느 군인을 찾고 있는 장애 소녀, 그를 다시 찾을 수 있을 거라는 확신……. 만약 마틸드가 마네크와 다시 만나는 데 성공한다면 나도 멜라니를 다시 일으켜 세울 수 있을 것 같았다. 그리고 나의 품 안에 그녀를 안을 수도 있을 것이다.

어린 시절의 웅성거림 속에, 파도가 부서지는 소리에 파묻혀 있던 마네크가 그 소리를 들었는지 마틸드는 알지 못했다. 마틸드는 열두 살 때도, 열다섯 살 때도 마네크에게 매달린 채 그 파도 속에서 첨벙거리곤 했다. 4월의 어느 오후, 마틸드가 열여섯 살이었을 때 둘은 처음으로 사랑을 나누었다. 마네크가 전쟁터에서 돌아오면 결혼하자고 둘은 약속했다.

나는 마틸드와 아주 달랐다. 나는 적절한 거리를 두며 책을 읽어나갔고, 멜라니는 마네크와 함께 인간이 얼마나 쇠약하고 인생이란 또 얼마나 피로한 것인지에 대해 공유할 수 있었다.

—책 읽어줄까?

—아니, 이따가.

—다음 내용 듣고 싶지 않아?

—사실 듣고 싶어, 읽어줘.

우리의 대화가 너무 길어지면 멜라니는 점점 힘이 없어졌다. 그리고 멜라니가 말을 할 때 소리를 들어보면 사실 목소리라기보다 어쩌면 입술에서 새어 나오는 소리라고 하는 게 옳은 표현일 듯했다. 습격을 당하기 전 그녀의 목소리와 전혀 달랐다. 멜라니 특유의 부드러운 분위기도 찾아볼 수 없었고 우아한 가슴도 사라지고 없었다. 하지만 가장 끔찍한 것이 바로 그녀의 목소리였다. 멜라니의 예전 모습들이 매 순간마다 계속 사라지고 있었다. 멜라니는 자신의 미래에 대해 내가 대답해줄 수 있다고 생각하는 것 같았다. 하지만 의사들조차 멜라니의 앞날에 대해서 그 누구도 그 어떤 것도 장담하지 못했다. 멜라니 본인은 확실한 대답을 너무도 듣고 싶어 했지만 의사들이 하는 말이라고는 통계에 의한 불명확한 이야기들뿐이었다. 혈종이 줄어들면 목소리가 돌아올 거라고 했다. 얼굴 역시 '재건'될 거라고 했다. '재건'은 성형외과에서 사용하는 용어다. 하지만 무엇을 재건한다는 거지? 멜라니의 얼굴은 정상이 아니었다. 생기가 넘치던 멜라니의 얼굴은 흡사 프랑스 여배우 루이스 브룩스나 자클린 들뤼박의 얼굴처럼 보기 좋았다. 자클린 들뤼박의 그윽한 두 눈을 닮아 멜라니의 두 눈도 부드럽고 의연했다. 과학적으로는 모든 게 회복되는 게 맞았다. 평범한 사람들과 그저 어울려 살아갈 수만 있으면…… 그걸로 족했다.

◆ ◆ ◆

〈모든 이들에게 차별 없는 결혼을 허용하라는 시위에 나섰다가 습격을 당한 희생자가 여전히 생사를 오가고 있다고 합니다. 용의자들은 아직 체포되지 않았습니다. 곧 다가올 크리스마스에는 상점들이 문을 닫지 않는다고 합니다. 프랑스 축구의 스타 선수가 은

퇴 선언을 한 후 프랑스 축구는 여전히 충격에서 빠져나오지 못하고 있습니다. 안토니 폴스트라의 소식을 아무도 접하지 못하고 있는 상태입니다…….〉

물론 내무부 장관은 온갖 수단을 다 동원해 빨리 체포하도록 노력하겠다고 약속했다. 이런 경우에는 늘 그래왔던 것처럼 말이다.

정치인들은 침묵하는 편이 나을 때가 있다. 기자들도 마찬가지다. 왜냐하면 그 희생자가 멜라니이기 때문이고, 더구나 멜라니는 생사를 오고 가고 있지도 않으며 용의자들은 아마도 체포되지 않을 것이기 때문이다. 시위 중 난동을 부리던 사람들이 이미 기물을 잔뜩 파손하고 난 후 이 사건이 발생했다. 시위가 끝나갈 무렵이었다. 행렬과 거리가 멀었고, 목격자도 없고 감시 카메라도 없었다. 이 사형식이나 다름없었던 습격 사건에서 남아 있는 건 멜라니의 부풀어 오른 몸뚱이 외에는 아무것도 없었다.

— 잠깐만 기다려봐. 라디오는 꺼두는 게 낫겠어.

— 저 여자 운 좋네.

— 정말 그렇게 생각해?

— 응, 머리에 그렇게 발길질을 당하고도 살아 있잖아. 그러기 쉽지 않거든.

'운'이라는 말을 이런 상황에서 사용해도 되는지 나는 이해가 되지 않았다. 하지만 아마 그날 아침에 경찰이 왔을 때도 나에게 똑같은 말을 했던 것 같다. 사실 경찰도 이 '운'이라는 말 말고는 딱히 할 수 있는 말이 없었을 테니까 말이다.

— 커피 드릴까요?

—고맙지만 괜찮습니다. 저는 커피를 마시지 않아요. 커피를 마시면 예민해져서요. 그러니까 아무것도 생각나지 않으신다는 거죠? 그리고 멜라니 씨와 헤어지던 당시 주위에 수상한 사람도 없었고요?

—없었어요. 이미 했던 이야기지만 만약에 조금이라도 위험한 조짐이 있었다면 멜라니와 함께 있었을 거예요.

—우리는 정말 정보가 없어요. 조사는 복잡하고요. 시위가 있던 날, 파리에 사는 동성애 혐오자들은 전부 뛰쳐나온 것 같아요. 사람들이 너무 많았어요.

—맞아요. 시위 반대자들이 너무 많았고 또 너무 과격했죠……. 제가 멜라니와 헤어진 후 만난 사람이 딱 한 사람 있었는데 반대 진영에 있는 사람이었어요. 몇 주 전부터 제가 치료해온 사람이에요. 이 사건과 아무런 관련이 없는 사람이지만 아마도 그가 사건을 풀 수 있는 방향을 알려줄지도 모르겠어요.

—의사이신가요?

—아니요.

—방금, 치료를 하셨다고 말씀하셔서…….

—저는 독서 치료사예요.

—책을 수선하시나요?

내 직업에 대해 이렇게 생각하는 경우는 처음이었다. 하지만 참 독특하고 재미있는 발상이었다. 이렇게 심각한 상황만 아니었다면 정말 도회적 환경에서 책이 어떤 고통을 당하고 있는지에 대해 쓸데없는 논의를 했을지도 모른다. 그리고 어쩌면 실제로 내 서재에서 수선을 했던 책들 몇 권을 꺼내 살펴보았을 수도 있을 것이다.

하지만 지금은 그럴 때가 아니었다.

—저는 책을 가지고 사람들을 고쳐요.

—아……. 그렇군요.

나의 설명에도 그는 내 직업에 대해 이해를 하지 못한 듯했다. 사실 관심 자체가 없는 것 같았다.

—네.

—그분의 이름을 알려주실 수 있나요?

—샤프만, 로베르 샤프만이요. 그런데 그 사람에게 나에 대해 이야기하지 마세요. 우리 둘 사이에 문제가 생길 수도 있으니까요. 그런 일은 없었으면 좋겠어요.

—걱정 마세요. 혹시 펜을 가지고 있나요?

—물론이죠.

—평소에는 제 스마트폰에 다 메모를 하는데 고장이 나서 말이죠. 핸드폰을 바꿔야 할 것 같아요. 오랜만에 아날로그 시대 방식으로 써보네요. 수첩 말이에요. 이 수첩을 펼쳐본 지 족히 3~4년은 됐을 거예요.

경찰은 잃어버린 시간의 유물과도 같은 물건을 보게 된 데 만족스러워하는 듯했다. 그는 상당한 실력의 그림들이 가득한 종이 위에 굵은 글씨로 '샤프만 로베르'라고 적었다.

—샤프만 씨라는 분은 직업이 뭔가요? 혹시 다른 사람들과 혼동할 수도 있으니 알고 있는 게 좋을 것 같아서요.

—명품 시계를 판매하는 사람이에요.

—마침 잘됐네요, 저도 아름다운 시계를 정말 좋아하거든요.

—모두들 그렇죠.

조사원은 '샤, 프, 만'을 지나치게 과장해서 발음했다. 그 모습을 보니, 어린아이들이 음절을 분해하는 방법을 배우느라 각 음절을 발음할 때마다 박수를 치는 장면이 떠올랐다.

— 로, 베, 르, 샤, 프, 만. 멜라니 씨의 신분증에서 지문이 채취되었거든요. 어쩌면 범인을 밝혀낼 수도 있을 것 같습니다.

멜라니의 신분증이 두 조각으로 찢어져 멜라니의 몸 위에 던져져 있었다. 그들은 멜라니를 끝장내려고 했다. 하지만 멜라니는 끝까지 맞섰고 절대로 당하고만 있지 않았다.

— 이번 시위에서 특별히 하신 일이 있나요?

— 우리는 그저 시위에 참가했을 뿐입니다.

— 그렇다면 두 분은 일반적인 부부이신데 왜 이런 위험을 무릅쓴 거죠?

— 일반적인 부부가 해서는 안 될 일을 했다는 말씀인가요?

— 일부러 자극적으로 여쭤본 건 아니에요.

— 멜라니는 자주 나를 데리고 시위에 참가했어요. 멜라니는 원래 상당히 사회 참여적인 사람이고 사회 문제에 민감한 사람이에요. 저는 멜라니를 보호하기 위해 함께 갔던 거예요.

— 그런데 왜 혼자…….

— 네?

— 아, 아무것도 아니에요.

나는 경찰의 말을 탓할 수 없었다. 결과적으로 나는 보호자다운 행동을 전혀 하지 못했으니까 말이다. 하지만 아무리 그렇다 하더라도 내 앞에서 굳이 그렇게까지 말을 할 필요는 없지 않나…….

나는 어디에서 사라지는가

내담자들 중에는 즐거운 마음으로 치료실을 찾아오는 사람들이 있다. 나를 찾아오면 기분 좋은 시간을 보낼 수 있다는 것을 알기 때문이다. 하지만 불행히도 그렇지 않은 사람들도 있다. 그런 사람들은 우리를 난처하게 하고, 우리가 그들을 참호 속으로, 그것도 폭격을 받고 있는 참호 속으로 몰아넣는다고 생각한다. 얀은 두 번째 부류에 해당했다. 그날 오후 얀의 집으로 가면서 나는 우리가 마침내 문학적 모험의 끝에 다다랐다는 생각이 들었다. 우리는 이 모험을 잘 수행한 걸까? 부분적으로는 잘 해낸 것 같았다. 얀 스스로도 어려움이 있었고 내가 제어할 수 없는 거친 면이 있는 아이였기 때문에 이 정도로 해온 것만으로도 그리 나쁜 모험은 아니었다는 생각이 들었다. 얀의 곁에서 보내는 한 시간은 마치 사포를 가지고 결을 부드럽게 만들어가는 과정처럼 기분 좋은 시간이었다. 게다가 얀도 그게 무엇이든 굳이 억제하지 않으려고 애쓰면서 솔직하게 임했다. 몸도 마음도 그대로 드러냈다. 모든 게 여과 장치 없이 통과했다. 태양광에 그대로 노출되고 운석이 떨어져도 보호

받지 못하는 오존층 없는 지구가 되었던 것이다. 얀은 누군가의 검열도 받지 않은 채 하고 싶은 말을 모두 글로 썼다. 꼬마 홀든은 나에게 비교적 덜 공격적이고 덜 위험한 것 같았다. 인간관계에도 상대성이 존재한다는 것을 깨달을 수 있는 경험이었다. 만약 소설 속 홀든이 도움을 받기 위해 나에게 왔다면 얀의 이야기를 읽어보라고 조언했을 것이다. 그러면 홀든은 그가 누리고 있는 자유의 크기가 얼마나 큰 것인지 가늠할 수 있게 되었을지도 모르겠다. 그리고 홀든은 얀을 미워했을지도 모른다. 하지만 홀든은 뉴욕에 살았고 센트럴파크에서 오리를 찾고 있을 테니 나를 찾아올 일은 없을 것이다.

나는 책 속에 빠져 살았기 때문에 책 속 인물들을 직접 만날 수 있다고 생각하기도 했다. 마치 노년이 된 발자크가 자신이 만들어낸 인물들에게 말을 거는 것처럼 말이다.

—안녕, 홀든. 잘 지냈니?

—안녕, 알렉스. 잘 못 지냈어. 요즘 정말 모든 게 뒤죽박죽이야.

—얀이라는 아이의 이야기가 있는데 한번 읽어봐. 아주 어려운 시간을 보내온 아이거든.

—솔직히 말해서, 또 만약 다른 사람들처럼 바보 같은 아이라면 관심 없어. 제기랄, 도대체 이런 이상한 녀석들에게서 무엇을 발견하는 거야? 알렉스, 너는 그들을 사랑하니?

—내가 하는 일이라서 그래.

—아, 이런! 네가 하는 일이 정말 별 볼 일 없구나. 나는 이런 인간들을 만날 바에 그냥 하루 종일 아무것도 안 하는 게 더 나을 것

같아. 그런데 혹시 위스키 있어?

—내게는 그보다 더 나쁜 것들이 있어. 수면제, 향정신성 의약품들이지. 며칠 동안은 현실에서 벗어나게 해줄 수 있을걸.

—그렇게 말하니까 너 참 마음에 든다. 이제 너도 학교에서 쫓겨난 나처럼 길거리를 떠돌면서 네가 늘 되풀이하며 늘어놓는 이야기를 들어줄 인간들을 찾아다닐지도 모르겠네.

—네 말이 맞아. 책에 너무 깊이 빠져들면 내가 정말 너 같다는 생각이 들어. 그리고 약 상자를 꺼낼 때도…… 방황하며 힘들어하던 네가 된 것 같아.

—그러니까 나에게 위스키랑 퓨레 좀 나눠줘. 바깥 날씨가 너무 더워. 곧 크리스마스잖아. 나는 24일에 한잔 할 거야. 그리고 센트럴파크를 절대 떠나지 않는 오리들 곁에서 담배를 피울 거야. 나는 오리들과도 아무런 어려움 없이 이야기를 나눌 수 있어.

◆ ◆ ◆

—선생님은 우연의 일치를 믿나요?

—모르겠어요. 한 번도 생각해보지 않은 문제네요.

—저는 믿어요. 그리고 근래 들어 더 믿게 되었어요.

나는 아나가 얀이 오기를 기다리면서 왜 내게 이런 이야기를 하는지 이해하지 못했다. 이렇게 시작된 대화는 대부분 아무런 도움이 되지 않을 때가 많았다. 아나가 '우연의 일치'라는 무의미한 주제를 꺼내자 나는 중학교 때 극도로 의기소침했던 어느 선생님이 가르친 철학 수업에 대한 나쁜 기억이 떠올랐다.

아나는 말을 이어갔다.

—요즘 저는 책을 무척 많이 읽어요. 오랫동안 책에 흠뻑 빠지지 못했거든요. 왜냐하면, 독서라는 게 마치 깊은 구렁 속으로 빠지는 것처럼 위험하게 느껴져서요. 선생님 직업이 바로 책을 읽는 것이죠.

—누군가가 책을 읽기 시작했다고 말하는 걸 듣는 것은 저에게 좋은 소식이랍니다.

—선생님은 한 작가의 글에 파묻혀 나도 모르게 그 소설 속으로 빠져들어 가는 기분을 이미 느껴보셨죠?

—그럼요, 느껴봤죠. 고전을 읽을 때 책에 완전히 사로잡혀서 섬광 같은 걸 본 듯한 기분이 들 때가 있어요. 이런 경험을 말로 표현하기는 복잡한데 신비주의적이고 경이로운 무언가가 있어요. 위대한 작가들은 초자연적인 존재예요. 그들은 우리의 의식에 영향을 줄 수 있는 능력을 가지고 있죠. 그런데 어머님의 마음을 그렇게 훔친 게 어떤 책인가요?

—모파상의 작품들이에요. 정말이지 이루 말할 수 없는 감동에 젖어 책을 덮었어요. 얀에게도 읽어보라고 했고 우리는 아주 기분 좋은 시간을 가질 수 있었어요. 정말 얼마 만에 느껴보는 행복인지 모르겠더라고요.

—혹시 『벨아미(Bel-Ami)』?

—네, 맞아요! 조르주 뒤로이는 별난 사람이에요. 용기 없는 모습을 보니 남편이 떠올랐어요.

아나는 자신이 자유로워진 느낌이 들었다고 했다. 아나가 나를 보며 미소를 지었다. 아나와 악수로 인사를 하면서 아나가 평소처럼 땀을 흘리지 않고 있다는 것을 알아챘다. 아나의 손은 항상 축축했는데 지금은 그렇지 않았다. 끈적이지 않고 부드러웠다. 이건 아나가 마음의 평정을 되찾았다는 신호였다.

— 얀이 이런 책을 읽는 걸 좋아한다는 거죠? 제가 모파상은 생각하지 못했네요. 모파상의 작품들을 읽었어야 했는데!

— 선생님에게 아쉬운 마음을 전하려고 했던 말은 아니에요. 저희에게 많은 도움을 주신걸요. 요즘은 얀과 제가 함께 전진하고 있는 기분이 들어요.

— 그런 말씀을 들으니 저도 행복하네요. 치료사는 항상 내담자분들의 상태가 호전되기를 바라죠. 그렇지 않다면 그건 그냥 약장사일 뿐이에요! 그럼 이제 치료를 중단하기를 원하시는 건가요?

— 네, 맞아요. 그동안 고생해주신 비용은 준비해놨어요. 혹시 계산에 실수가 있으면 말씀해주세요.

— 어련히 잘 하셨으려고요. 어머님을 믿어요.

나는 얀과의 만남을 계속하고 싶었고 가능하다면 내가 기한을 결정하고 싶었기 때문에 아쉬운 마음이 들었다. 나를 해고하는 순간에도 충분히 예의를 갖추는 아나의 모습에서 참 교육을 잘 받은 사람이라는 생각이 들었다. 아나는 매사에 항상 다른 사람을 존중했다. 그런데 또 달리 생각해보니 나는 방금 해고를 당한 것이다. 차라리 현관에서 나를 자르는 게 더 나았을지도 모른다. 현관문 걸쇠를 걸고는 코끝만 내밀고 이야기했어도 이렇게 집 안 깊숙한 곳에 들어와서 해고를 당하는 것보다는 나을 것 같았다.

"댁으로 돌아가세요. 이제 선생님이 필요 없어요. 자, 여기 진료비나 받으세요."

이렇게 말하면서 말이다.

그리고 나는 땅바닥으로 내동댕이쳐졌을 수도 있을 것이다. 내 모습이야 우스워졌을지 모르지만 어쨌든 집 안으로 들어가 여유롭게 의자에 앉을 필요도 없이 벌써 집으로 돌아갔을 텐데. 나는 아나에게 이제 막 열매를 맺기 시작했고 이렇게 빨리 중단하면 안 된다고 말하고 싶었다. 하지만 아무 소용 없을 것 같았다. 아나는 이미 결정을 내린 상태였다. 내가 할 일은 더 이상 나를 필요로 하지 않고 이제는 엄마와 함께 문학 이야기를 하고 싶어 하는 줏대 없는 녀석을 기다리는 것뿐이었다. 나를 필요로 하지 않는 건 엄마나 아이나 똑같았다.

모파상! 미쳐도 단단히 미쳐 정신병원에 구금되었던 작가! 작가의 폭력적인 아버지는 어머니를 때리기까지 했다. 아나는 이 사실을 알고 있을까? 광기에 사로잡힌 작가, 모파상!

—사람들을 너무 믿지 마셔야 해요. 현대 사회에서 신뢰는 더 이상 쓸모없는 구식이 되어버렸어요. 오랫동안 믿었던 한 남자는 나를 배신했어요. 저는 그를 우상처럼 생각했죠. 아버지로서도 모범적인 표본이고 남편으로도 완벽한 사람이라고 여겼어요. 일요일에는 꽃다발을 가져다주고 작은 공원에서 아들을 산책시키던 남자였죠. 요즘 엄마들이 욕심을 내는 그런 남자요. '그래, 이런 사람이 아빠지. 아이도 돌보고 아이와 놀아주기도 하잖아. 내 남편은 그러지 않아.' 다시 말하지만 그건 표본일 뿐이에요! 그 표본이 이중생활을 해왔고 아들을 죽일 뻔했죠…….

—저는 어머님의 의견에 부분적으로만 공감할 뿐이에요. 어머님은 제가 이해할 수 없는 매우 고통스러운 일을 겪으셨죠. 제가

모든 사람들을 믿는 건 아니에요. 하지만 어머님은 믿어요. 우리가 그동안 신뢰를 바탕으로 만나왔으니까요. 그런데 정말 얀이 이리로 오기로 했나요? 이미 꽤 오랫동안 기다린 것 같아서요.

나는 정말이지 바로 옆 창문을 통해서라도 어서 이 집에서 뛰쳐나가고 싶었다. 문까지는 너무 멀었다. 그저 눈에 띄지 않고 도망가 버리고 싶었다. '눈에 띄지 않고'라는 표현으로는 내가 그때 얼마나 불편했는지를 다 설명할 수 없다. 나는 사라져버리고 싶었다. 칼립소의 집에서 오디세우스가 베일 뒤로 숨어버린 것처럼……. 주위를 둘러보니 하얀 식탁보가 눈에 들어왔지만 재빨리 낚아챌 용기 따위는 나에게 없었다. 하긴 저 식탁보를 뒤집어쓴다고 해서 내가 보이지 않게 되는 것도 아니다. 꼴만 더 우스워질 게 뻔했다.

—얀이 그렇게 약속했거든요. 얀도 선생님이 여기 계신 거 알아요. 곧 올 거예요.

◆ ◆ ◆

얀은 기다리게 하는 걸 좋아했다. 얀은 아나와 알렉스가 그가 도착하기를 기다리며 이야기를 주고받고 있다는 것을 알고 있었다. 얀은 마치 이렇게 기다리게 하는 게 무슨 특권이라도 되는 것처럼 여기며 다른 사람들을 화나고 짜증나게 했다. 얀은 언젠가 그의 어머니가 그를 기다리느라 잃어버린 시간이 얼마나 되는지 계산해본 적이 있었다.

하루에 한 시간. 일주일이 7일, 한 달이 4주, 1년은 열두 달, 그렇게 10년……. 10년 동안 3360시간이었다. 3360시간 동안 아나는 안락의자에서, 복도에서, 문 뒤에서 얀을 기다렸다. 얀은 주동자가 되어 자신의 어머니를 벌했다. 다른 사람을 기다리게 하는 건 얀의 자존심과도 같았고 권력이기도 했다. 기다리게 한다는 것은 강한 지배력을 의미한다. 의사는 환자가 열이 나고 관절이 아프고 구토를 해도 두 시간이나 기다리게 한다. 당신이 할 수 있는 건 없다. 고통스러워하는 다른 사람들 사이에서 체념한 채 아무 말 없이 앉아 있어야 한다. 왜냐하면 곧 의사를 만나게 되면 당신에게 약을 처방해주고 또 쉬라고 말해줄 것이며, 의사의 말을 들으면 당신은 곧 좋아질 것이기 때문이다. 그래서 기다려야만 한다.

돈을 빌려 집을 사고 싶을 때도, 집을 살 돈을 빌려줄 은행원을 기다려야 한다. 당신은 곧 사게 될 아름다운 집을 떠올리면서 설레는 마음으로 계속 다리를 떨고 있다. 은행원은 통화 중이다, 기다려야 한다. 그가 통화 상대자에게 목소리를 높여 이야기한다. 당신은 고급스러운 문 뒤에 서서 은행원이 누구와 통화하는지 생각해본다. 기다려야 한다. 아무 말도 하면 안 된다. 쉿!

기다림의 욕조라는 게 있다면, 아나는 지금까지 그 안에 온몸을 담그고 살아왔다. 게다가 아들 때문에 옴짝달싹도 하지 못하고서 말이다. 얀이 테티스였고 아나가 아킬레스였다. 파리 한복판에서 주인공이 서로 뒤바뀐 신화를 만나다니!

얀은 알렉스에게 단 몇 줄이라도 편지를 써야 할 것 같았다. 비록 알렉스와의 만남이 얀의 상황을 조금이나마 개선시켰다 하더라도 이제 그만하는 것이 좋은 이유에 대해 설명을 해야 했다. 사실 얀은 독서 치료에 실망했다. 얀은 새로운 사실을 발견할 거라고 생각했다. 그리고 사람 좋고 문학에 심취한 젊은 치료사를 만났다. 그런데 딱 거기까지였다. 그래서 아나와 얀은 이제 치료를 그만하기로 결심했던 것이다. 하지만 얀은 이 판단이 합당한지에 대해서는 확신할 수 없었다. 엄마와 함께 결정했던 모든 것은 실패로 끝나는 경우가 많았기 때문이다. 엄마가 원해서 시도했던 모든 것들은 얀의 삶을 쓰레기통으로 만들어버렸다. 시도조차 하기 전에 성공하지 못할 거라는 확신이 들었고, 한번 해보자는 의지를 모조리 꺾어버렸다.

얀은 아나가 처음부터 알렉스를 두려워했다는 것을 알고 있었다. 아나에게 알렉스는 책을 들고 있는 위험한 사람이었다. 차라리 거리를 유지하는 치료사가 나았다. 얀의 상황에 그다지 관심을 가지지 않는 사람이 필요했다. 얀을 향한 아나의 손길을 거두게 하지 않을 그런 사람이 필요했던 것이다. 아나와 얀이 경험했던 치료사들은 다들 그런 사람들이었다. 하지만 그들에게는 책이 없었다.

얀은 문학 작품을 인용하면서 글을 써보기로 결심했다. 그게 알렉스의 마음에 들 거라는 것을 알았기 때문이다. 그의 독자인 알렉스를 계속 즐겁게 해주고 싶었고, 그가 존재한다는 것을 느끼게 하기 위해 알렉스가 읽고 싶어 하는 것을 쓰기로 했다. 그런 고민 끝에 얀이 내린 결론은 바로 보들레르의 시를 인용하는 것이었다. 『악의 꽃(Fleurs du mal)』의 마지막 시 「여행(Le voyage)」이었다.

심연 깊숙한 곳에 잠기니, 지옥이건 천국이건 아무려면 어떠한가?
미지의 깊은 곳에서 새로운 것을 발견할 수 있다면!

이 시는 얀의 마음 상태를 표현해주었다. 얀은 알렉스에게 나쁜 기억을 남기고 싶지 않았다.

얀에게 알렉스는 자기 방에서 잠깐이나마 함께 시간을 보낸 유일한 사람이었다. 심지어 그게 비디오 게임을 하기 위한 게 아니었다고 생각하니 얀은 웃음이 나왔다. 알렉스는 마치 얀의 얼굴에 사고의 흔적이 전혀 없는 것처럼 대했다. 얼굴을 뚫어지게 쳐다보지 않기 위해서, 책과 그와 관련된 글들 속에서 얀은 사라져버렸다. 하지만 얀은 그런 그를 이해했다. 알렉스가 원해서 그런 것은 아니었겠지만 결국에는 그 역시 다른 사람들과 그리 다르지 않았던 것이다. 알렉스는 언젠가 이런 말을 했다. 그는 누구도 차갑게 외면하지 않는다고……. 하지만 그건 그의 착각일 뿐이었다.

◆ ◆ ◆

얀은 우리를 방해하지 않으려는 듯 조심스럽게 방으로 들어왔다. 사실 아나와 내가 이야기를 나누지 않고 있었기 때문에 굳이 그럴 필요는 없었다. 나는 더 이상 덧붙일 말이 없었고 그건 아나도 마찬가지였다. 아나는 책장에서 모파상의 단편집을 찾는 척했고 나는 얀을 기다리는 척했다. 아나는 나에게 『시체 곁에서(Auprès d'un mort)』를 읽게 하고 싶어 하는 것 같았다. 그런데 왜 항상 이렇게 우중충한 글을 고르는 것일까? 내가 그렇게 우울하게 생겼나? 그렇더라도 나는 이 책에 등장하는 쇼펜하우어의 시체와 함께 저녁 시간을 보낼 필요는 없지 않은가! 『부바르와 페퀴셰(Bouvard et Pécuchet)』도 있고 『바보들의 음모』도 있는데 말이다. 내가 읽고 싶은 책은 바로 이런 것들이었다.

아나의 서재는 너무 정리가 잘되어 있어서 찾고 싶은 책을 떠올리기만 하면 곧바로 찾아낼 수 있었다. 물론 알파벳 순서에 완전히 익숙할 때만 가능하다. 아나는 마치 저장 강박증 디오게네스 증후군에 시달리는 사람처럼 오랜 세월에 걸쳐 수천 권의 책들을 잔뜩 쌓아놓고 있었다.

적막이 나를 불안하게 했다. 들리는 소리라고는 내 귓가에서 울리는 윙윙거리는 소리뿐이었다. 이런 적막 속에서도 내 곁을 지키는 소리에 고맙기까지 했다.

얀이 아나에게 종이 한 장을 내밀었다. 아나는 이 종이에 대해 아는 눈치였다. 그러더니 모파상의 책도 그냥 놓아둔 채 곧바로 방을 나갔다. 아나는 아마도 부엌으로 가서 혼자 계속 이 방에서 무슨 일이 일어나는지 신경 쓸 게 분명했다.

얀은 앉지 않았다. 나를 마주하고 섰다. 이런 위치에서 얀을 본 건 이때가 처음이었다. 얀의 얼굴에 남아 있는 흉터들이 아래에서 위로 클로즈업되어 보였다.

—어머니가 다 설명해드렸나요?

—응.

—언짢게 해드린 게 아니었으면 좋겠어요.

—내 걱정은 하지 마. 계속 치료를 해나가고 싶기는 했지만, 긍정적인 면을 간직하자. 내 생각에는 네가 계속해왔던 독서가 효과가 있었다고 생각해. 그것만으로도 이미 좋은 시간들이었어.

—선생님, 선생님은 정말 대단한 분이세요. 저는 바흐의 브란덴부르크 협주곡을 들었어요. 음악에 흠뻑 빠져 감상했죠. 선생님은

바흐 좋아하세요?

바흐를 좋아하세요? 브람스를 좋아하세요?

> "브람스를 좋아하세요?"
>
> 이 짧은 질문이 갑자기 거대한 망각을 모두 일깨우는 것 같았다. 그녀가 잊고 있었던 모든 것, 그녀가 의도적으로 피해왔던 모든 질문들을 폭로하는 것 같았다.
>
> (프랑수아즈 사강, 『브람스를 좋아하세요...(Aimez-vous Brahms...)』)

—음악을 즐기기는 하지만 클래식 음악에 대해서는 아는 게 별로 없어.

—음악에 빠져들기 위해서는 대단한 걸 알 필요는 없어요. 저는 바흐의 음악을 귀로 듣는 게 좋지 머리로 듣는 건 싫거든요.

어떤 사람들은 마치 자신의 모습을 병풍으로 가리듯 문화 뒤에 자신을 숨긴다. 그들은 병풍으로 상대들을 뭉개버린다. 나의 어머니는 문화 전문가였다. 어머니에게 문화란 마치 대량 '제명' 무기 같았다. 어머니는 중세의 유대 율법학자 필론의 전집을 읽지 않은 사람들은 무시했다. 필론의 책은 인터넷 판매 순위에서 마지막 자리를 차지하는데도 말이다. 그 덕분에 어머니 주변에는 사람이 없었고 혼자일 때가 많았다.

얀은 브란덴부르크에서 길을 잃었고 나는 파리의 싸늘한 어느 집에서 길을 잃었다. 좋은 집안 출신의 이 젊은 친구는 사실은 전자음악에 빠져 방황했던 적이 있다는 이야기 같은 건 하지 않을 게 분명했다. 또는 뜨거운 햇살 아래에서 보내는 월요일에 대해 찬양하거나, 노르망디 지역에서 머물 때의 좋은 점을 노래하는 샹송에 대해서도 말하지 않을 것이다. 이런 것들은 너무 대중적이기 때문이다. 얀에게는 이야기의 기준이 필요했다. 교과서에서나 볼 수 있는, 그 누구도 이의를 제기하지 않을 수 있는 기준들 말이다. 내가 바흐에 대해 기억하는 건 이름이 너무 어려운 엘리아스 고트롭 하우스만이 그린 바흐의 공식 초상이다. 왜냐하면 내가 어렸을 때 바흐라는 이름과 그의 초상화의 조합이 나에게는 무섭게 느껴졌기 때문이다. 필요 이상으로 큰 가발, 그의 이중 턱, 포동포동한 손, 상당한 금액의 돈을 준다 해도 아무도 그와 악수하려고 하지 않을 것 같은 그의 너무 불쾌해 보이는 표정……. 바흐라는 이름과 초상화 속 모습은 나에게 공포로 다가왔다. 어머니가 그의 음악을 계속 들었기 때문에 마치 그가 우리 집에 함께 사는 것만 같았다. 어쨌든 결론은 바흐는 미라보만큼이나 못생겼다는 것이다. 나는 집 안에 그의 거드름을 피우는 듯한 음악이 울려 퍼질 때를 대비해서 소음 방지용 귀마개를 장만하여 완벽하게 소리를 차단하곤 했다. 바흐의 음정이 들리기 시작하면 나는 마치 이를 퇴치하는 약을 뿌리듯 곧바로 나만의 바흐 퇴치법을 실현했다.

—그럼 우리 또 봐요, 집 말고 다른 곳에서요.

—아니, 그럴 수 없을 것 같아. 나는 일적인 이유가 아니면 내담자들을 다시 만나지 않아.

—아쉽네요. 그럼 마지막으로 제가 적은 글 좀 읽어주세요.

—꼭 읽을게.

—후회하지 않겠죠?

—후회는 없을 거야. 나와 헤어지는 걸 슬퍼하는 것 같지만 어

찌됐든 이런 결정을 내린 건 너잖니.

—헤어짐은 늘 고통스러워요. 아, 그건 그렇고 혹시 안토니 폴스트라라는 축구 선수 아세요?

—응, 이름만.

—그가 어디론가 사라져버렸대요. 온 프랑스가 그를 찾느라 난리예요.

—정말로 그렇게 됐구나.

—이별은 언제나 힘들어요. 자, 선생님, 다른 상담이 기다리고 있을지도 모르니 이제 그만 놓아드려야겠네요. 솔직히 저와 이야기를 나누려고 내가 글을 쓰는 동안 기다리는 건 진 빠지고 짜증나는 일일 거예요……. 그동안 제 대답이 너무 늦어질 때 혹시 제 목이라도 조르고 싶지는 않으셨나 모르겠네요.

—아니야! 그게 내가 하는 일인걸. 그런데 생각해보니 우리가 처음 만났을 때부터 어쩌면 목이라도 졸랐어야 했는지도 모르겠구나. 네가 일부러 나를 애먹이고 있다는 걸 깨달았을 때 말이야. 안토니 폴스트라에 관해서 말하자면, 세상과 거리를 두겠다고 선언했던 사람이 보란 듯이 세상의 중심에 나온 것을 목격한 것만큼이나 당황스럽구나. 사라질 줄 아는 것도 기술이야. 안토니는 잘해낸 거야! 안토니의 홍보 담당 고문은 금은 세공사인가 봐. 안토니를 참 잘 단련시킨 것 같아.

—그런데 정말 홍보 담당 고문이 독서 치료사이면 좋을 것 같지 않나요?

—아, 그래, 내가 그 생각은 못 했구나.

—한번 생각해보세요. 독서 치료사의 조언을 듣는 프랑스 최고

의 축구 선수라니! 바보 같은 스포츠계는 아무 쓸모가 없게 되어버릴지도 모르죠.

—상상력이 참 풍부하구나. 얀, 이제 가봐야겠다. 네가 준 글은 가지고 갈게. 시간 될 때 꼭 읽어볼 거야. 조금 삐딱하게 나오는 내 담자와 마주하는 바람에 일할 맛이 안 날 때 읽어야겠구나.

—그래도 선생님께서 불쾌하게 생각하지 않으셔서 마음이 놓여요. 아, 그리고 어머니가 비용은 드렸나요?

—응, 그럼, 물론이지.

—제가 어머니께 원래 정했던 금액보다 많이 드리라고 했어요. 감사의 표시로요. 그리고 어차피 아버지 돈이거든요.

나는 한 손에 수표를 들고 길가로 나왔다. 『벨아미』의 조르주 뒤로이보다는 주머니 사정이 괜찮았다. 나는 멜라니를 다시 만나기 위해 가능한 한 빨리 뛰어가고 싶어졌다. 내 인생은 영화가 아니기 때문에 얀을 처형하는 장면 따위는 등장할 수 없었다. 하지만 파리 거리를 뛰어가는 장면 정도는 충분히 나올 수 있고, 배경 음악으로 데이비드 보위의 〈모던 러브(Modern Love)〉가 깔리고 있다고 상상할 수도 있었다. 나는 미친 듯이 사방으로 팔을 휘둘렀지만 의욕만큼 다리가 말을 듣지 않았고 금세 숨이 차올랐다. 나는 잘 뛰지 않았다. 관례나 다른 사람들의 시선, 판단, 그 판단들에 어떤 고통이 뒤따를지가 두려워서 하고 싶은 게 있어도 못 할 때가 많았다.

나는 내 주소록에서 얀과 아나를 삭제할 수 있었다. 이제 나에게는 더 이상 없는 존재들이다. 그들은 이제 자신들을 위해 존재할 뿐이다. 사악한 한 쌍 같으니라고. 바흐의 음악이 배경 음악으로 흘러나오는 가운데, 지하 세계의 신이자 제우스의 형제인 하이데스와 그가 납치해 지하 세계로 데리고 온 페르세포네가 눈앞에 보이는 듯했다.

또다시 도주

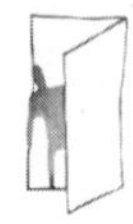

나는 웹캠이라는 것에 익숙한 사람이 아니다. 반면 멜라니는 원격 대화를 할 수 있는 응용 프로그램인 스카이프에 우리 둘의 공동 계정을 만들고 웹캠을 활용했다. 계정은 내 이름으로 만들었는데 예전 학교 친구들이 혹시나 멜라니를 찾을 수도 있다는 생각에서였다. 자기 마누라에게 싫증이 나서 옛날의 빛바랜 사랑을 되찾겠다며 남의 마누라에게 들러붙는 놈들이 있을지도 모를 일이었다. 그런 놈들은 분명 아주 조심스럽게 접근해서 과거의 추억을 들먹이며 온통 거짓말만 늘어놓는다.

멜라니가 이 프로그램을 사용하는 목적은 그런 놈들과 전혀 달랐다. 예전 직장의 여자 동료들 중에 고국을 떠나 브라질에서 거의 숨어 살다시피 하는 아르망스라는 친구가 있었는데 그녀와 이야기를 나누기 위해서였다. 외모를 보면 너무 완벽한 사람이어서 현실에 있는 사람이 맞나 싶은 그런 아가씨였다. 그런데 멜라니의 말에 따르면 머리끝에서 발끝까지 싹 뜯어고쳤다고 했다. 접속이 되면 우리 집을 아주 환하게 만들 정도였다. 인공 가슴과 보톡스는 내

알 바 아니었다. 사실 원격으로 보니 새로 고친 부분이라든지 세세한 부분들은 잘 보이지도 않았다. 멜라니가 그녀와 대화를 시작했을 때 나도 화면을 통해 그녀에게 인사를 했다. 그런데 그녀는 내 인사에는 아랑곳하지 않고 쓸데없는 말만 늘어놓았다. 솔직히 나 역시 그럴 때가 있었지만 나는 누군가와 연락이 닿으면 적어도 둘의 대화를 이어나가기 위해 상대가 흥미를 가질 만한 이야기를 해보려고 노력한다. 나조차 관심 없는 내 손톱 색깔에 대한 칭찬을 하는 사람이라면 정말이지 질색이다.

스카이프의 혐오스러운 벨이 거실에 울려 퍼지면 아리따운 아르망스가 해변에서 이제 막 돌아와 멜라니와 이야기하고 싶어 하는구나 하고 나는 생각했다. 만약 멜라니가 병원에 있는 동안 아르망스가 연락해온다면 멜라니에게 닥친 이 사고에 대해 말해줄 수 있을지도 몰랐다. 그런데 그날 화면에 나타난 얼굴은 그녀가 아니었다.

역시 완벽한 얼굴의 젊은 남자였다. 그는 갑자기 사라져버린 스타이자, 이보다 아름다울 수 없는 도망자이며, 스물일곱 살의 퇴직자에다, 영화에서 오디세우스를 연기했던 젊은 커크 더글라스를 보는 듯한, 안토니 폴스트라였다! 나는 나의 거실에서 그를 만났다! 축구 팬들이 그토록 보고 싶어 하는 그를. 그리고 기자들은 그를 쫓기 위해 세계 각처로 뛰어다니고 있었다. 어느 날 갑자기 내 담자가 사라져버린 게 전혀 실감 나지 않던 참이었는데 세상에나, 내 컴퓨터 속에 안토니 폴스트라의 얼굴이 보였다……. 나는 개를 키우지 않지만 개를 데리고 밖으로 나갈 때나 입을 것 같은 차림으로 축구 스타와 마주하고 있었다. 파리지앵은 물론 파리지엔느의 신화가 파리에서 멀리 떨어진 외국에 살아 있다니! 여전히 그 누구보다도 남성적인 모습으로 잘 살고 있는 것 같았다. 많은 사람들이 파리지앵이라고 하면 안토니처럼 늘 멋진 모습으로 살아야 한다는 압박감에 짓눌려 고통받거나 목 부분에 단추가 달린 셔츠를 완벽하게 다림질해 입고 팔꿈치를 걷어 올린 모습으로 살아가야 한다고들 생각한다. 그런데 나 역시 파리에서 태어났지만 그런 모습들과는 거리가 멀다. 나는 엉덩이에 비해 서너 배는 더 큰 반바지에 빛이 바랜 티셔츠를 입었다. 나의 이런 모습은 일종의 희귀 동물과도 같았다.

—안토니! 이렇게 빨리 다시 보게 될 줄은 생각도 못 했어요.

—그라운드에서도 그렇고 생활 속에서도 그랬지만 제가 워낙 서프라이즈를 좋아하거든요. 그런데 혹시 제가 방해를 한 건 아닌지 모르겠어요. 혹시 외출하셔야 하는 거 아니에요?

—아니요, 아니요, 절대 그런 일 없습니다. 프랑스에서 가장 어린 은퇴자님, 다음 기네스북에 이름이 등재될지도 모르겠네요.

—다들 저를 금세 잊어버릴 텐데요. 고물 세탁기처럼 말이에요. 선생님은 그러시면 안 돼요.

로베르에 이어 이번에는 안토니가 세탁기 이야기를 꺼내다니, 세탁기가 전 지구를 끊임없이 괴롭히고 있구나 싶었다.

—어쨌든 안토니 씨가 모든 것을 포기하기로 결정한 데 저는 아무런 책임이 없기를 바랍니다. 안토니 씨의 팬들과 기자들의 요즘 반응을 보니…….

—선생님은 아무 책임이 없어요. 그런데 오디세우스, 오디세우스는 책임이 있어요!

—그래요?

—『오디세이아』를 읽으면 이해하기 힘든 부분들이 있었어요. 오디세우스는 세계를 돌아다니느라 삶의 일부분을 잃게 되었잖아요. 저도 마찬가지고요. 오디세우스는 가족을 사랑했을 뿐이죠. 저도 그렇고요. 저는 내 것들을 만끽하지 못하는 삶에 싫증이 났어요. 저는 절대로 길을 잃었던 게 아니에요. 저는 제가 원할 때면 언제든지 배를 정박할 수 있어요. 더 이상 바다를 항해하지 않기로 결정한 거고요.

—안토니 씨의 의지가 그렇다면 더 이상 제 판단은 필요하지 않겠죠. 이제 안토니 씨의 삶은 안토니 씨 자신의 손에 있게 된 거예요. 칭찬받아 마땅한 삶의 자세고요.

—감사합니다.

그때였다. 갑자기 누군가의 목소리가 들려왔다.

"아빠, 우리 바닷가에 갈까?"

곱슬곱슬한 머리카락에 얼굴에는 잠수경을 쓴 꼬마가 윗도리는 벗은 채 모습을 드러냈다. 꼬마가 안토니의 팔을 끈질기게도 잡아당겼다. 그라운드에서 만약 상대 팀 선수가 안토니에게 같은 강도로 압력을 행사했다면 그는 심판에게 이런 거친 공격에 대해 항의했을 것이고 일부러 더 과장하며 쓰러졌을 것이다. 그리고 그 선수를 퇴장시키라고 심판에게 요구했을 수도 있다. 하지만 지금 퇴직자에 불과한 안토니는 그저 바닥에 누워 아무런 항의도 하지 않았다. 그는 아들에게 단지 "기다려."라는 말만 내뱉을 뿐이었다. 아들은 뒤쪽에 당당하게 자리하고 있는 크리스마스 트리로 향했다. 이 트리는 웹캠으로 전체가 다 보이지 않을 정도로 거대했다. 안토니의 집 거실은 오스만 대로의 라파예트 백화점 입구와 비슷했다.

— 지금 보이는 바로는 프랑스가 아니네요.

— 우리는 정말 도망쳤답니다. 뜨거운 햇볕을 쬐며 지내고 있어요. 여기는 브라질이에요.

— 아, 저에게는 솔직하게 말씀해주시네요! 저는 이제 브라질에 사는 친구가 생긴 셈이고요.

— 저는 이 나라가 너무 좋아요. 이 나라의 햇볕, 이 나라의 색깔…….

내가 독설가적인 면이 있는 사람이었더라면 브라질의 사망률, 빈민가, 약물에 빠진 아이들에 대한 이야기를 덧붙였을 것이다. 하지만 나는 그런 침울한 면들까지 들먹이면서 안토니의 행복을 망치고 싶지 않았다. 사람들이 퇴직을 하게 되면 보통은 예민한 적응기간을 가진다고 한다. 그런데 이런 시점에 안토니의 이상향과도 같은 브라질에 대해 중상 모략하는 것은 자칫 그를 우울하게 만들 수도 있었다. 나는 브라질에 사는 치료사 친구가 없기 때문에 더군다나 그를 힘들게 만들면 안 되는 일이었다. 내가 아는 사람이라고는 저 멀리에서도 실루엣이 뚜렷한 가슴을 가졌고 늘 샌들을 신고 다니는 아르망스뿐이었다.

— 역시 축구의 나라죠.

순간 적막이 흘렀다. 안토니는 긴장했다. 아마도 예전 기억들 때문이었을 것이다. 볼을 차는 자신의 모습이 떠올랐을 것이다. 경기장 전체가 안토니에게 환호를 보내던 모습도……. 축구라는 단어를 내뱉지 말았어야 했다. 차라리 빈민가를 언급하는 편이 나을 뻔했다.

— 아, 제 대리인이 선생님의 계좌로 비용을 입금했어요.

은퇴한 안토니가 이야기도 꺼내기 꺼려 하는 축구라는 단어를 언급했을 뿐인데 입금 이야기까지 이어져버렸다. 스포츠계에서 선수와 대리인은 마치 함께 속박되어 갤리선을 젓는 두 명의 죄수 같은 관계가 아닐까.

—급할 게 없는데요.

—저는 뭐든 빨리 지불하는 게 좋아요. 그리고 제가 빠른 시일 안에는 프랑스로 돌아가지 않을 거라서요.

"아빠, 가요!" 꼬마가 다시 졸랐다. 안토니는 아이를 무릎 위에 앉혔다.

—선생님, 전부 감사해요. 이제 가야겠어요. 마지막으로, 요즘 『일리아드(Iliade)』를 정말 읽고 싶어졌어요. 선생님은 어떻게 생각하세요?

—탁월한 선택이에요.

기념비적인 작품에 대해 '탁월한 선택'이라고 말하는 것은 미켈란젤로에게 조각을 참 잘했다고 말하는 것과 비슷한 맥락이다.

"미켈란젤로, 네가 만든 다비드상이 나쁘지는 않은데 우리를 똑바로 쳐다보지 않는군."

그 누가 다비드상을 보며 이렇게 말하겠는가. 안토니의 질문에 대한 나의 대답은 너무나도 진부했다. 하지만 딱히 떠오르는 답변도 없었다. 호메로스도 이런 내 말에 굳이 반대하지 않을 것이다. 안토니는 오디세우스처럼 은신하기로 결심하고 정체를 감추었다. 안토니는 브라질이란 나라가 지긋지긋해지거나 더 이상 그에 대해 이야기하는 사람이 아무도 없을 때가 되어서야 돌아올지도 모른다. 안토니와 오디세우스, 이 두 사람에게 공통점이 많다는 건 확실했다. 나는 단지 안토니가 영웅 오디세우스보다 덜 잔인하기를 바랄 뿐이다.

—아, 알렉스, 마지막으로 하나 더요.

—네, 말씀하세요.

—비행기를 타기 전에 아들을 데리고 제가 어린 시절 살던 동네에 갔어요.

—제 조언을 따르신 거군요.

—네, 맞아요. 가보길 잘했어요. 왜 그렇게 생각한 줄 아세요?

—아니요.

—나를 기다리고 있는 사람이 아무도 없더라고요. 어린 시절 친구들이 시간을 보내던 장소에도 가보았어요.

—친구들이 거기 있던가요?

—네, 저는 그들 곁에 앉아보기도 했어요. 그들은 그저 그들의 삶을 살고 있을 뿐이었어요. 아무것도 바뀌지 않은 것 같은 기분이 들었어요.

선량한
사람들조차
포기하다

—알렉상드르 씨, 제로 경찰서장님이 곧 나오실 거예요. 여기서 기다려주세요.

안내 직원이 경찰서 한쪽 구석에 놓인 의자를 가리켰다. 딱 봐도 불편해 보이는 의자였다. 옆을 보니 기다리는 사람들이 또 있었다. 멜라니 때문에 병원에서 시간을 보내다 보니 나는 요즘 희생자들에게 관심이 많아졌다.

한 여성이 친구를 달래고 있었다. 친구의 자동차를 다른 차량이 들이받고서는 도망가 버렸다고 했다. 또 어떤 남자 한 명은 붕대를 감은 채 통로에 서 있었는데 자신이 오랜 친구에게 두들겨 맞았다며 고래고래 소리를 질러댔다.

나는 멜라니의 조사에 진전이 있는지 보러 온 것이었다. 멜라니는 하루하루 좋아지고 있었다. 말할 때 입 안에 돌멩이가 들어 있는 것처럼 불편했던 것도 이제 예전보다는 훨씬 편하게 말을 할 수 있었다. 나에게 경철서장 제로를 만나는 임무를 준 것도 바로 멜라니였다.

붕대를 감은 남자가 입을 여니 치아가 빠진 것이 보였다. 하지만 그가 받은 공격 때문은 아닌 듯했고 이미 오래전에 빠져 있었던 것 같았다. 그가 나에게 다가와 개인적인 이야기를 털어놓으며 자신의 걱정을 나누고 싶어 했다. 내 어깨를 툭툭 치며 말했다.

— 그쪽도 피해를 입었어요? 딱 봐도 알겠네요. 저 같은 경우는 친구가 죽어라 패더라고요. 우리가 안 지가 벌써 20년인데 말이에요. 이게 다 고물차 때문이에요. 다행히도 다른 친구가 나를 도와줬어요. 내가 친구가 좀 많거든요. 보시면 알겠지만 나는 싸움을 좋아하는 사람이 아니에요. 절대로 사람을 때리지 않아요.

— 맞아요. 폭력은 아무것도 해결하지 못해요. 저 역시 절대로 싸우지 않아요. 그래서 나 자신이 자랑스럽죠. 힘이란 전쟁의 싹이나 마찬가지예요.

— 네, 하지만 그래도 맞다 보니까 방어는 해야 할 것 같다는 생각이 수도 없이 들었어요.

그의 말이 맞았다. 자신을 지켜야 할 필요는 있었다.

— 그쪽은 누구한테 맞은 거예요?

— 사실, 아무도, 저는…….

최근에 나는 얼굴에 무언가가 떨어지거나 부딪힌 적이 없었다. 그렇다고 화장을 하지도 않았다. 아마도 내가 너무 창백해 보였던 걸까? 그는 왜 내가 맞았다고 생각했을까?

— 그럼 그쪽이 누구를 때린 거예요?

— 아니에요, 저는 경찰서장을 만나러 왔어요.

— 아, 제로를 만나러 왔군요. 좋은 사람이에요. 곧 알게 되겠지만요.

— 저도 그렇게 생각해요.

그리고 그는 다른 쪽으로 몸을 돌리고는 더 이상 나에게 신경 쓰지 않았다. 그는 나를 방해하고 싶어 하지 않았다. 어떻게 생각해보면 이런 사람이야말로 대학 교수의 집안에서는 태어날 가능성이 절대로 없는 진정한 신사라고 할 수 있을지 모른다. 내가 10개월 만에 처음으로 이가 났을 때 어머니는 가족 치과 주치의의 병원에서 거금을 주고 산 특수 칫솔로 날마다 칫솔질을 해주었다. 사실 이가 빠질 위험도 그다지 없었는데 내 치아는 꾸준히 관리되었다. 대학 교수 집안은 치과 의사, 편집자, 건축가 집안과 친구이고 이들은 교실에서 너무나도 얌전한 아이들처럼 치열이 하나같이 다 예뻤다. 그런데 이 경찰서에서 나와 함께 의자에 앉아 차례를 기다리는 사람들의 인생은 마치 타박상을 입은 것 같았다. 그들은 대학 교수 집안의 삶과 절대로 같을 수가 없었다. 나는 내 어머니가 학위를 취득한 게 자신의 지식을 나누거나 학생들에게 지식을 발견하도록 하고 싶어서가 아니라 그저 학위를 '수집'하고자 하는 목적이 컸다는 생각을 자주 했다. 그리고 가난한 사람들과 가까이 지내지 않기 위해서. 어머니는 학위 논문의 구두심사 때 가장 높은 평점을 받는 영광을 누리기 위해 학식이 높지 않은 존재들을 배척해왔을 뿐이다.

나는 이야기를 할 사람이 없었기 때문에 책을 읽기로 결심했다. 조르주 상드의 『프랑수아 르 샹피(François le Champi)』를 가지고 왔다. 전에는 이 작가의 책을 읽어본 적이 없었다. 어느새 내 옆자리는 다른 사람으로 바뀌어 있었다. 그는 마치 금방이라도 누군가가 자기에게 달려들까 봐 두려운 듯이 주위를 두리번거리고 있었다.

그러다가 나와 눈이 마주쳤고 놀란 듯 튀어나올 것 같은 눈으로 나를 뚫어져라 바라보았다.

―『프랑수아 르 샹피』네요!

―이 책을 아세요?

―내가 알면, 저주가 계속됩니다……. 그는 항상 이런 말을 했죠. 〈엄마는 내 침대 옆에 앉았다. 손에는 『프랑수아 르 샹피』가 들려 있었는데, 붉은색의 표지와 뜻을 알 수 없는 제목에서 다른 책들과는 다른 독특하고 신비스러운 매력을 느꼈다…….〉(마르셀 프루스트, 『잃어버린 시간을 찾아서 : 스완네 집 쪽으로 1』) 어쩌고저쩌고…….

―무슨 말씀을 하시는 거예요? 무슨 저주요? 이보세요, 저는 그쪽을 몰라요.

―아, 저도 그쪽에 무슨 감정이 있어서 그런 게 아니랍니다. 죄송해요. 저는 책들의 저주에 대해 말하는 거예요. 특히 『잃어버린 시간을 찾아서(À la recherche du temps perdu)』 말이에요.

―저는 그런 저주에 대해서 들어본 적이 없는데요.

―딱 한 가지만 말씀드리죠. 마르셀 프루스트를 조심하세요! 그는 우리들 사이에 있어요. 그리고 그는 아주 위협적이죠! 길 한가운데서 나에게 덤벼들었어요. 바로 한 시간 전에요. 그가 내 목을 조르려고 했다니까요.

―마르셀 프루스트가요? 하지만 그는…….

―아니요, 그는 죽지 않았어요. 사방에 그가 있어요.

그때 경찰이 다가왔다.

―바르텔 씨, 이쪽으로 오시죠.

그가 용수철이 튀어 오르듯 벌떡 일어났다.

드디어 내가 홀로 문학에 집중할 수 있는 시간이었다.

—안녕히 가세요. 만나서 반가웠습니다. 그런데 그 책 치우세요, 제발요.

마르셀 프루스트가 위협을 했다니! 사실 누군가 그에게 희생을 당했다 하더라도 그건 작가가 아니라 이 작가의 책 때문에 일어난 일이 아닐까 하는 생각까지는 할 수 있을 것도 같았다.

—따라오세요.

이번에는 내 차례였고 덕분에 쓸데없는 생각은 그만해도 되었다.

—그러니까, 멜라니 아탈 사건……. 앉으세요.

—감사합니다.

—기다리게 해서 죄송합니다. 요즘 정신이 없어서요.

—함께 있던 어떤 남자분과 이야기하면서 기다렸어요.

제로는 내가 그를 만나기 전에 무엇을 했는지 관심이 있는 척하며 이 색깔 저 색깔 정신없는 서류 파일 무더기 속에서 멜라니의 서류를 찾았다.

—이야기 나누길 잘하셨어요. 얘기라도 나누어야 덜 지루하잖아요. 그런데 제가 먼저 여쭤보지도 않았네요. 그게 순서가 맞는 건데 말이죠. 멜라니 씨 사건 때문에 여기 오신 분 맞죠? 다른 일이 있으신가요?

—아니요, 말씀하신 사건 때문에 온 게 맞아요. 번거롭게 새로운 서류 작성 같은 건 하지 않으셔도 될 것 같으니 안심하세요.

—다룰 사건들이 몇 십 개인데 손이 모자라네요. 자, 보여드릴 게 있어요…….

마침내 제로는 자홍색 봉투를 꺼냈다. 그 위에는 '멜라니 아탈'이라고 적혀 있었다.

— 자, 일단 거짓말은 하지 않겠습니다. 사건과 관련된 정보가 별로 없어요. 사건을 해결하기는 꽤 어려워 보이고요. 하지만 우리 팀은 정말 열심히 하고 있습니다.

— 하루에 5분, 서류로만 일하시는 건 아니죠?

— 농담하시는 거죠? 우리는 각 사건마다 정말 진지하게 임한답니다.

— 물론 농담입니다. 그런데 멜라니를 그렇게 만든 놈들을 잡을 수 있을 것 같나요?

— 모르겠어요. 그리고 저번에 우리에게 알려주신 사람 있잖습니까? 일이 생각했던 것보다 복잡해졌어요.

— 로베르 말씀하시는 건가요?

— 네, 로베르 샤프만이요. 그에게 사건과 관련된 이야기를 듣는 건 어려울 것 같습니다.

— 아, 그래요? 그가 서장님을 만나는 걸 거부하나요?

— 그렇게 말할 수도 있겠네요. 그가 죽었거든요.

— 죽어요?

— 네, 그렇다고 하더군요.

마치 110미터 허들 경기를 하듯 나쁜 소식들이 일정한 간격을 두고 잇달아 들려왔다. 그동안은 다행히도 장애물들 밑으로 지나왔던 것 같았다.

— 그런데 왜 갑자기 그런 일이 생긴 건가요? 얼마 전에도 그를 만났거든요. 건강이 좋았는데요.

—죽는 건 한순간이죠. 사전 준비 같은 건 필요 없어요. 죽음은 사랑이 아니니까요. 집 지하창고에서 잘못 넘어졌대요. 어이없는 사고죠. 미끄러지고는 그 자리에서 즉사했어요. 세상에 이런 일이! 로베르 씨는 이제 우리를 도와줄 수 없어요.

얼마 전까지만 해도 세탁기에 대해 말하면서 허세를 떨던 그였는데. 나는 로베르가 죽었다는 게 믿기지 않았다. 며칠 뒤 죽을 인간이라면 그처럼 가전제품 이야기하느라 시간을 낭비하지 않았을 것이다. 로베르 자신도 그렇게 금방 죽을 거라고 생각하지 못했던 것이다. 세탁기 이야기를 생각하니 너무 슬펐다. 좋건 나쁘건 시간에 대해 이야기를 나누는 것이 얼마나 허무한지에 대한 명언들을 본 적이 있다. 그런데 만약 오스카 와일드가 21세기에 살았다면 세탁기에 대해 이야기하는 것이 얼마나 공허한 것인지로 주제를 바꾸었을지도 모르겠다는 생각이 들었다. 심지어 세탁기에 대한 이야기를 하기 시작하면 곧 죽는 것이라고 생각하게 될지도.

—내일 만나기로 했었어요.

—오지 않겠군요. 장례식이 오후 2시라고 하더군요.

—세탁기도 같이 묻으려나?

나는 혼자 중얼거렸다.

—뭐라고요?

—아, 아무것도 아니에요. 마음이 안 좋아서요.

—저는 '세탁기'라고 들은 줄 알았어요. 세탁기가 거기에 왜 있어야 하나 생각하니 무섭네요.

—제가 의미 없는 말을 중얼거렸네요. 로베르 씨의 죽음이 저에게 너무 큰 충격이라는 말을 하려던 것이었어요.

경찰서를 나오면서 나는 핸드폰을 들고 로베르의 이름을 누를까 망설였다. 죽은 로베르가 전화를 받으면 이렇게 말할 것 같았다.

"여보세요, 알렉스! 이런 일이 생겨서 죄송해요. 내일 만나기로 했던 약속은 못 지킬 것 같아요. 집주인 아주머니께도 안부 좀 전해주세요."

죽은 사람에게는 전화가 없다. 만약 그들이 전화를 가지게 된다면 통신망 기술이 지금보다도 훨씬 더 강화되어야 할 것이다. 왜냐하면 죽은 자들은 할 말이 엄청 많을 것이기 때문이다.

◆ ◆ ◆

내가 성당에 도착했을 때는 이미 로베르의 장례식이 시작된 후였다. 샤를 트레네의 노래가 울려 퍼지고 있었다. 어느 지인이 사람들 앞에 나와 로베르가 샤를 트레네를 정말 좋아했다고 말했다.

〈십자가에 매달린 그리스도〉 같은 예술 작품들을 보고 싶을 때 말고는 내가 종교적인 건물 안으로 들어가는 경우는 없었다. 이런 예술 작품에 심취하게 되면 주위에 친구들이 줄어든다. 반대로 줌바 댄스에 빠져 있는 사람은 친구들이 줄어들 일이 없다. 대신 이런 취미는 유행을 타기 때문에 그만큼 순식간에 사라져버릴 수도 있다. 나는 샤를 트레네의 노래처럼 지속적인 것들을 좋아한다. 어떤 이들은 그런 나에게 이상한 것을 좋아한다며 손가락질을 할지도 모른다. 내가 혹시 여러 취미 생활의 모습들을 떠올려보다가 줌바 댄스까지 떠올리게 된다면 그것은 딱히 관심을 가져서가 아닐 것이다. 파리의 벽이란 벽마다 이렇게 활기 넘치고 시끌시끌한 춤을 취미로 삼으라고 유혹하는 포스터들이 수도 없이 붙어 있기 때문일 것이다. 줌바 댄스를 광고해대는 포스터들은 마치 14세기에 번졌던 페스트처럼 널리 확산되어 있다. 사람들이 지방 때문에 죽든 춤에 미쳐 죽든, 그건 제발 자신들이 선택할 수 있도록 내버려 두었으면!

나는 로베르의 장례식에 참석한 사람들 사이에서 그날 로베르와 함께 걸어가던 패거리들을 알아보았다. 그들의 눈빛은 우울했고, 장례식 진행에 방해가 되지 않으려고 귓속말로 이야기를 나누고 있었다. 신의 벌을 받을지도 모른다는 두려움 때문일 수도 있겠다는 생각이 들었다. 그들 중에 가장 오만하게 허세를 떨며 겉멋을 부리던 사람이 제대 근처에 놓인 열린 관 속에 누워 있었기 때문이다. 관 속에 누워 있는 로베르가 바로 '오블로모프'인 셈이었다. 며칠 전만 해도 내 앞에서 그렇게나 침착하게 말을 하던 사람이 어떻게 지금은 색 바랜 교회 깊숙한 곳에 누워 잠들어 있을 수 있는 것일까?

로베르가 『오블로모프』를 완독했을지라도 이제는 나에게 그 사실을 말할 수 없을 것이다. 신부는 잠들어 있는 로베르의 미덕에 대해 칭찬을 늘어놓았다. 모범적인 남자이자 이상적인 남편이었으며 친구들을 위해 희생하는 삶을 살았다고 했다……. 죽은 자들은 항상 살아 있는 자들보다 그 가치를 훨씬 더 높게 평가받는다. 그래서 사람들은 죽은 이들을 그리워한다. 하긴 그렇다고 해서 신부가 장례식에서 고인을 솔직하게 비판하는 모습은 더 상상하기 힘들다.

"형편없는 놈, 동성애자를 뒤쫓기나 하는 불쌍한 놈……."

신부의 입에서 이런 말이 나올 수는 없다. 종교적인 지위를 단 한 번에 끝장낼 각오가 되어 있지 않다면 이런 발언은 절대로 할 수 없을 것이다. 그렇게 되면 다음 단계는 바로 제명이다!

장례식이 점점 길어지자 나는 졸음이 몰려와 눈꺼풀이 무거워졌다. 감기는 눈을 어떻게 할 수가 없었다. 만약 하느님이 남의 장례식에까지 와서 졸고 있는 나를 본다면 벌을 주실 게 분명했다. 그런데 다른 모든 사람들이 질질 짜거나 그런 척이라도 하고 있다고 해서 나까지 그럴 필요는 없다는 생각이 들었다. 나는 그냥 되는 대로 처신하는 게 좋았다. 전문가들의 말에 따르면 선원들이 조는 것을 방지하기 위해서는 규칙적으로 최대 15분씩 수면을 취하는 것이 좋다고 했다.

같은 줄에 앉아 있던 여자가 통로를 뚫고 지나가려고 하면서 나에게 핀잔을 주는 바람에 나는 단잠에서 깨어났다.

—이보세요, 예의를 좀 갖춰주실 수 없나요? 영원한 이별을 위한 장례식 중에 코를 골다니요!

—아, 죄송합니다.

이런, 선원들을 위한 졸음 방지 기술이 나에게는 그다지 효과적이지 않나 보다. 그나마 내가 포효하는 40도 해역, 로어링 포티즈에서 항해를 하고 있지 않아 천만다행이었다.

그 여자는 '최후의 경의'를 표하기 위해 관 쪽으로 다가가기 시작하는 일행들과 함께 줄을 서려고 나가는 길이었다. 나는 로베르를 보지 않기로 결심했다. 사실 나는 그에게 경의를 표하고 싶지 않았다. 게다가 로베르에게 가장 듣고 싶은 『오블로모프』를 다 읽었는지에 대해서 이제는 어차피 들을 수 없게 되었으니까…….

장례식이 끝나자, 나도 줄을 서야 할 것 같았다. 나에게 코를 곤다며 잔소리를 해대던 여자가 나를 쳐다보고 있었기 때문이다. 내가 돈을 내는지를 지켜보려는 것이었다. 나에게 치료 비용을 내야 할 사람은 다름 아닌 로베르인데 내가 돈을 내야 하다니, 정말 너무하지 않은가. 그렇다고 미망인에게 고인이 되어버린 남편이 치료비를 내지 않고 죽었으니 대신 비용을 달라고 할 수도 없는 노릇이었다.

성당을 떠나기 전에 나는 신부에게 볼일이 있었다. 신부는 이 성당을 오래 다닌 것으로 보이는 사람들과 인사를 나누고 있었다. 그런 사람들은 모든 성가를 악보를 보지 않고 부를 수 있고, 때가 되면 알아서 일어서고 또 때가 되면 알아서 앉고, 그리고 신부와 긴 시간 동안 인사를 하고 나서야 성당을 나서기 때문에 쉽게 알아볼 수 있다.

너무 긴 시간 동안 장례식이 진행된 탓에 나는 감기에 걸릴 것만 같았다. 나만 추위를 걱정했던 걸까? 다른 사람들은 안 추웠던 것일까?

방송에서는 프랑스 신앙의 위기에 대한 이야기가 자주 나온다. 내 생각에는 성당의 석루조 옆에 태양광 패널을 설치해 히터를 사용할 수 있게 된다면 이 위기가 금방 해결될 수 있을 듯했다. 악은 내쫓고 사람들을 성당으로 돌아올 수 있게 하기 위해 온기를 모으는 것이다. 나는 거대한 돌로 만들어진 성당 바닥이 요즘 모던 인테리어계를 휩쓸고 있는 광택 콘크리트만큼 매끈하지 않다는 것을 미처 생각하지 못한 채 신부에게로 조금 더 다가갔다. 그 순간, 나는 두 개의 돌 사이에 발가락을 찧고 비틀거렸다. 나의 균형 감각은 정말이지 초라했다. 나는 넘어지면서 최후의 순간에는 손을 바닥에 짚어보려고 했지만 결국에는 땅에 얼굴을 부딪치고 말았다. 전혀 그립지 않은 걸음마를 배우던 시절의 기억이 떠오르는 듯했다. 보통 사람들은 성당에서 걸음마를 배우지 않는다. 나는 서재에서 첫 걸음마를 했다. 어머니가 학생들의 시험 문제로 낼 난해한 텍스트를 찾곤 하던 그곳 서재는 어머니의 절대적 자부심의 근원지나 마찬가지였다. 한 손은 성당의 차가운 바닥에 닿았고, 다른 쪽 손은 봉투를 쥐고 있었기 때문에 바닥에 닿지 않았다. 바닥의 느낌이 썩 좋지 않았다. 왜 아무도 성당의 바닥을 만져보지 않는지 그 이유를 알 수 있었다. 나의 사고 광경을 목격한 신부는 그의 신도들도 내버려 둔 채 마치 인명 구조대라도 된 것처럼 순식간에 달려왔다. 신부라는 자신의 지위에 걸맞은 행동을 해야겠다는 생각으로 나를 도와주러 온 것일 수도 있었다. 또 어쩌면 15분 전부터 계속 그를 주시하고 있던 나를 쫓아내기 위해서였을 수도 있다.

—아이고, 어디 다친 데는 없어요?

—괜찮습니다, 안 다쳤어요.

—큰일 난 줄 알았어요. 넘어지는 소리가 정말 컸거든요.

내가 좀 우습게 넘어졌던 건 사실이지만, 넘어질 때 우아한 사람이 누가 있겠는가? 나의 낙하 기술에 점수를 매기자면 10점 만점에 7점이었다. 순식간에 많은 사람들이 내 주위로 모여들었다. 다른 곳에서 넘어졌더라도 마찬가지였겠지만 성당에서 넘어지면 그보다 더 많은 관심을 받게 되는 모양이다. 제대 쪽에는 로베르가, 성당의 다른 끝에는 내가 누워 있었다. 사람들은 일어서 있는 사람들에게는 관심이 별로 없었다. 내가 몸을 일으키면 관심을 덜 받게 될 수도 있었다. 신부가 나를 부축해 잔뜩 몰려든 사람들 사이에서 벗어나게 해주었다. 그제야 나는 신부에게 말을 할 수 있게 되었다. 그런데 나도 모르게 신부에게 아빠라고 불러버린 것이다. 아버지도 아니고 아빠라니……. 사실 아빠라는 말이 더 부드럽고 더 든든한 느낌이긴 하지만, 안타깝게도 아빠라고 부르는 건 신부에게 실례가 되는 행동이다. 이 신부는 진짜 나의 아빠가 될 연령대가 아니었다. 생각해보니 나는 오랫동안 '아빠'라는 이 단어를 잊고 살아왔다. 나를 낳아준 아빠가 내가 너무 어릴 때 다른 여자와 새 삶을 시작했기 때문이다! 그는 나에게 그 여자를 소개할 때 전혀 거리낌이 없었다. 오히려 만족스러워하는 것처럼 보이기도 했다.

"알렉스, 자, 봐봐. 나는 나이 육십에도 이렇게 여자를 데리고 올 수 있단다."

내 생물학적 아빠는 이런 식으로 거드름을 피우는 사람이었다.

어머니는 그래서 20년 동안 아버지의 자유를 속박하려고 했던 게 분명하다. 아버지는 틈만 나면 개집에 묶인 목줄을 끊으려고 기회를 엿보았고, 기회가 왔다 하면 지체 없이 그 기회를 낚아챘다. 80미터 거리에 있던 늦깎이 졸업생 나타샤가 바로 아버지의 먹잇감이었다. 지금 나의 눈앞에 지나치게 부드러워 보이는 수단을 입고 서 있는 신부는 내 진짜 아버지와 전혀 닮은 구석이 없었다.

—이 봉투를 로베르 씨의 부인에게 전해주실 수 있을까요? 전하고 싶은 글이 담겨 있어요.

—직접 전하지 않는 이유가 있나요?

—그분을 방해하고 싶지 않은 것뿐이에요.

— 알았어요, 전해줄게요. 이런 상황에서는 모든 글들이 다 위로가 되죠.

신부는 성당 사람들에게서 종종 볼 수 있는 인위적인 미소를 지어 보였다. 그 미소에는 분명 네 할 일은 혼자서 좀 알아서 하라는 말을 나에게 하고 싶어 입이 근질근질한 속내가 담겨 있었다. 신부는 마치 성인(聖人)처럼 나에게 이 봉투를 부인에게 전해주겠노라 약속했다. 어떤 사람들은 직업 때문에 본능적으로 행동하지 못하기도 한다. 바로 신부라는 직업이 거기에 속한다. 만약 자동차 정비공장 주인이었다면 이런 부탁을 한 나를 폐차들이 잔뜩 세워져 있는 곳으로 낡은 타이어를 내던지듯 던져버렸을 수도 있다.

성당을 나오면서 나는 봉투를 전달하는 데 성공했다는 사실이 너무 만족스러웠다. 그것도 내가 직접 하지 않고 신부에게 떠넘겼다는 게 정말 기분이 좋았다. 나는 핸드폰 화면을 뚫어져라 쳐다보고 있는 한 커플 뒤를 지나갔다. A4 용지만큼이나 큰 화면이었는데 주머니에는 넣고 다니기 힘들겠지만 화질이 정말 좋아 보였다.

"봤지, 어떻게 그렇게 넘어지냐! 그것도 성당에서 말이야!"

그 남자가 갑자기 웃음을 터뜨렸다.

내 영광스러운 낙하 장면은 로베르의 친구 덕분에 후세에 길이길이 남게 된 것이다. 사람이 행복할 때 그 시간을 누릴 줄 알아야 한다. 왜냐하면 그 행복의 시간은 절대로 오래가지 않기 때문이다.

◆ ◆ ◆

그날 저녁, 친구들은 모두 집으로 돌아가고 로베르의 미망인은 비로소 홀로 조용히 남겨졌다. 그녀는 장례식이 끝나고 신부가 전해준 봉투를 뜯어보았다. 그리고 읽기 시작했다.

그렇다면 오블로모프는 어떻게 된 걸까? 그가 지금 어디에 있는 걸까? 도대체 어디란 말인가? 오블로모프의 육체는 납골 단지에 담긴 채 가까운 공동묘지에 잠들어 있다. 관목 숲 사이로 발길이 잘 닿지 않는 구석에서. 다정한 손에 의해 심긴 라일락 가지들이 무덤 위에서 졸고 있고 향긋한 쑥 내음이 진동했다. 마치 고요의 천사가 그가 꿈꾸던 꿈을 지켜주고 있는 것만 같았다.

아무리 아내가 사랑의 눈으로 지켜본다고 해도 매 순간 그를 지켜보고 있을 수만은 없는 일이다. 영원한 평온, 영원한 고요, 나태한 하루하루의 연속이 조용하게 삶의 엔진을 멈추게 만들었다. 일리야 일리이치는 그렇게 삶을 마감했다. 고통도 괴로움도 없었던 것 같았다. 그만 깜빡하고 태엽을 감아주지 않은 시계가 움직임을 멈춘 것처럼.

이 내용은 로베르가 죽기 전에 읽었던 책에서 발췌한 것이었다. 이반 곤차로프의 부드럽고 정확한 글 덕분에 미망인의 마음은 진정되었다. 로베르의 아내는 꽤 오랫동안 소설을 읽지 않았다. 그녀는 빈집에서 『오블로모프』를 찾기 시작했다. 위안을 얻고 싶었기 때문이었다.

지붕 위에 올라서서

집주인 마르셀린 아주머니는 알렉스가 지긋지긋했다. 그는 남자치고는 너무 여성스러웠다. 그리고 월세도 잘 밀렸다. 그래서 알렉스와 임대차 계약을 연장하지 않기로 결심했다. 새로운 세입자는 어려움 없이 찾을 수 있을 것이다. 파리에는 집을 구하려는 사람들이 넘쳐난다. 집주인은 벌써 얼마 전부터 후보자들을 면밀히 검토하고 있었다. 이제 막 실린 광고에 마치 메뚜기 떼처럼 수십 명의 서류가 밀려들었다. 일단 남자들은 제외시켰다. 젊은 여성에 학생이면 좋을 것 같았다. 집주인은 광고에 자신의 노모를 돌봐줄 수 있는 사람을 원한다고 명시했다. 그 대가로 집세를 조정해주기로 했다.

집주인은 경제적으로는 유복하게 살았지만 인간관계에 있어서는 너무나 초라했다. 얼마쯤은 운명론자의 기질을 지닌 그녀였기에, 사람이 모든 것을 다 가질 수는 없는 거라고 생각하기로 했다. 그녀는 고통스러웠지만 어머니가 끊임없이 반복했던 말, "너는 건강하니까 됐어. 그게 제일 중요한 거야."라는 말을 믿고 꾹 참아냈다. 그렇게 인내하면서 그녀는 아파트를 함께 청소해줄 수 있고 다림질도 같이 하고 노모를 목욕시킬 때 거들어줄 수 있는 '마음에 드는' 세입자를 기다렸다. 가끔 커피를 함께 마시며 다정하게 이야기도 나눌 수 있으면 그것도 좋을 듯했다. 한마디로 마음을 터놓고 지낼 수 있는 사람이기를 바랐다. 지금의 세입자는 그런 그녀의 바람과 전혀 다른 사람이었다. 독서 치료사 일을 한다는 덜떨어진 사람이었다. 독서 치료사라니, 무슨 그런 직업이 다 있는지! 사람들에게 책을 읽게 하기 위한 교양 있는 직업이라는데 그녀로서는 알 길이 없었다.

집주인은 알렉스에게 이별을 통보하기 위해 굳게 결심하고는 문을 두드렸다.

—마르셀린 아주머니, 이렇게 뵙게 되니 기쁘네요…….

—쓸데없는 소리 하지 말아요. 할 말이 있어서 왔어요. 두 달 뒤에는 집을 빼주세요. 계약을 연장하지 않겠어요. 내 집에서 나가주었으면 좋겠어요.

—네, 그건 집주인의 권리니까요. 알겠습니다.

—아주 좋아요.

—그런데 평소에 숨을 가빠 하시는 것 같은데, 괜찮으세요? 아주머니 댁과 저희 집까지의 거리는 불과 3미터 정도밖에 되지 않잖아요. 언제 한번 검진을 받아보시는 게……, 아니면 저에게 이런 말씀을 하시느라 긴장하신 것인지……. 그런 상태를 계속 방치하면 안 돼요. 어쨌든 저에게도 좋은 소식이네요. 더 넓고 여유로운 곳으로 이사를 해야겠다고 생각하고 있었거든요.

—나는 눈곱만큼도 스트레스를 받지 않았어요. 그저 이 망할 날

씨 때문에 그런 거죠. 그뿐이에요.

—아, 그럼 다행이네요. 아주머니의 결정은 잘 알았습니다. 곧 나갈게요.

—그렇게 해주세요. 마지막에 집 상태를 점검하는 날에는 아내분도 와야 할 거예요.

—그건 좀 어렵겠는데요.

—그래도 와야 해요.

—사고를 당해서요.

—두 달이면 회복할 수 있을 텐데요.

—그랬으면 좋겠어요.

집주인은 알렉스가 거짓말을 하고 있다고 생각했다. 멜라니가 오래전부터 더 이상 함께 살지 않는다는 사실을 털어놓지 않기 위해 변명을 하고 있다고. 그래서 알렉스의 말을 무시하고 자신이 하고 싶은 말만 했다.

—이제 집을 보러 오는 사람들이 있을 거예요. 그러려면 내가 집을 자유롭게 드나들 수 있게 해주어야 할 거예요. 그런데 내가 본 바로는 요즘 손님이 많지 않던데요.

—왜 그런 말씀을 하시는 거죠?

—그쪽 집에 드나드는 사람이 많지 않다는 걸 말하는 거예요.

—아주머니와는 상관없지 않나요?

—왜 상관이 없어요? 그쪽이 일을 하지 않으면 집세 내기가 힘들어지잖아요!

—마르셀린 아주머니, 아주머니는 제가 세 들어 있는 집의 주인이지, 저를 감시할 권리는 없어요.

—당신은 지금 내 집에 살고 있어요. 조심해야죠. 나는 세입자들을 지켜봐야 한다고요.

—그러시겠죠. 주중에 오후 6시 이후 집을 보실 수 있을 거예요.

알렉스는 문을 닫아버렸다. 집주인은 문 앞에 홀로 남겨졌다. 알렉스의 격한 반응에 놀라기도 했지만 '그녀가 하려던 말'을 다 했기 때문에 만족스럽고 뿌듯했다.

알렉스는 마침내 이곳을 나가게 될 것이다! 집주인은 전화기를 들고 번호를 눌렀다.

—여보세요, 마르셀린이라고 해요. 세입자를 구하는 데 지원해주신 분 맞죠? 서류를 보고 연락했어요. 제게 보여드릴 집이 많답니다. 요즘 파리에서 집 구하기가 너무 힘들죠. 아, 그리고 확인해드릴 게 조금 있는데요. 나는 나를 도와 이런저런 집안일을 해줄 사람을 찾고 있어요……. 아, 10분 뒤에 다시 전화 주시겠다고요? 물론 그러셔도 돼요. 그럼 이따가 전화해주세요.

◆ ◆ ◆

집주인은 불쌍한 여자다.

집주인은 불쌍한 여자다.

집주인은 불쌍한 여자다.

나는 이 문장을 계속해서 반복했다. '아주머니'라는 말도 빼고, '마르셀린'이라는 이름도 빼버렸다.

집주인은 불쌍한 여자지만 내가 살고 있는 이 집의 주인이다.

집주인은 불쌍한 여자지만 집을 가질 능력이 있었다. 심지어 여러 채의 집을 소유했다.

부동산을 축적한다 한들 무슨 소용이 있는가?

어머니는 항상 내가 집주인이 되기를 바랐다. 대부분의 사람들이 집을 소유한다. 하지만 나는 집이 없어도 상관없다. 내 주위를 둘러싼 벽돌, 전선, 스위치, 타일이 내 것이 아니라 해도 전혀 상관이 없다. 내가 가지고 싶은 건 오로지 책뿐이다. 수없이 많은 책을 놓기 위해서라면 땅이 있으면 좋겠다는 생각을 했다. 왼쪽에 수천 권, 오른쪽에 수천 권, 앞에도 뒤에도, 위에도 아래에도 책을 놓고 나는 그 가운데 있으면 된다. 이 얼마나 아름다운 집인가. 전선도 없고 스위치도 없고 타일도 없는, 글로 만들어진 집인 것이다. 예를 들면 팜파스에 이런 집을 짓고 싶다. 조용하고 따뜻한 곳에 나를 감시하는 집주인 따위는 없는 그런 집을 말이다. 하지만 멜라니는 내 곁에 있어야 한다. 거대한 대초원 팜파스에서 우리는 분명 행복할 것이다. 뜨거운 햇볕이 내리쬐는 여름이 와도, 그리고 냉혹한 겨울에도 책은 좋은 단열재가 되어줄 것이다. 나는 마지막으로 또 읊조렸다.

집주인은 불쌍한 여자지만 역겨운 악녀이기도 하다.

◆ ◆ ◆

상담일지

내담자명 / 마르셀린 파르베르

확인사항

특히 냉담한 사람이다. 동화 속에 등장하는 마녀를 떠올리면 된다. 결코 공주는 될 수 없다. 이런 사람에게도 독서 치료가 도움이 될까? 설마…….

해결의 실마리 찾기

추천서 / 어린이용 책이면 충분할 것이다. 어릴 때 어머니가 읽어주었던 이야기들이 기억난다. 젊고 어여쁜 아가씨가 되고 싶은 마녀의 이야기였다. 마녀는 자기가 끓이던 수프에 빠져 결국 젊지도 어여쁘지도 않게 되어버렸다. 여전히 못생긴 얼굴로 두꺼비, 뱀들과 함께 살아야 했다.

◆ ◆ ◆

나는 내가 세 들어 사는 건물의 지붕 위에서도 책을 읽었다. 집주인은 아무것도 알지 못했다. 아파트 복도에 뚜껑문 하나가 있었는데 나를 제외하고는 아무도 그 문에 관심을 가지지 않았다. 사실 멜라니는 이 집을 마음에 들어 하지 않았지만 내가 강력하게 주장하여 들어오게 되었다. 집을 보러 왔을 때 집주인에게 이 문을 사용해도 되는지 물어보았다.

"지붕에 올라가도 아무것도 없어요."

집주인의 대답은 이러했다.

멜라니는 내가 무엇에 관심을 보이는 것인지 알고 있었다. 멜라니는 나를 사랑했고 지붕 위로 올라가는 걸 즐기는 데 반대하지 않았다. 나는 단지 들키지만 않으면 되었다. 멜라니는 이런 나의 '활동'을 인정해주었다. 나의 독서 치료사라는 직업처럼 지붕 위로 올라가는 것도 조금 특이할 뿐 다른 사람들의 취미와 별반 다르지 않다고 생각했다.

나는 세상과 거리를 두고 싶을 때 지붕 위로 올라갔다. 그냥 올라가기만 하면 되니까 편했다. 하지만 파리의 지붕들이 보수가 잘 되어 있지 않기 때문에 그만큼 위험하기도 했다. 멜라니가 떠나고 재정적으로 힘들어지면서 지붕으로 올라가는 횟수도 줄어들었다. 왜냐하면 집주인이 알게 되는 날에는 당장 쫓겨나게 될 것이 뻔했기 때문이다. 하지만 이제는 집주인이 어차피 나에게 집을 나가라고 했다. 게다가 상담할 사람들도 더 이상 없고 멜라니도 나에게 예전 같은 마음을 품지 않는다고 생각하니 또 지붕 위로 올라가고 싶어졌고, 아래에서 살아가는 사람들을 바라보고 싶었다. 집주인에게 들킬 수도 있었다. 그러면 그냥 떠나는 거다. 어디로? 사실 지금으로서는 아무런 생각이 없었다. 아무래도 상관없었다. 어머니 집의 차고 정도가 가능할 것 같았다. 어머니는 거기에 내 어린 시절과 청소년 시절의 모든 물건들을 정리해두었다. 비록 단열이 엉망이긴 해도 정 머물 곳이 없으면 그리로 가면 될 것이다.

짐을 들고 지나가는 사람들이 내 발 아래에서 붐볐다. 그들 중 어떤 사람은 아마도 나만큼이나 인생에 환멸을 느꼈을지도 모른다. 하지만 그들은 가족들, 친구들과 외출을 하거나 크리스마스 선물을 사면서 그런 감정을 숨기고 있었다. 어머니와 아버지는 따로 살았기 때문에 크리스마스 같은 특별한 날이 되면 나는 초대를 두 번 받았다. 극작가 코르네이유의 작품 속 주인공이 딜레마에 빠지는 것처럼 나는 잠깐 동안 고민을 해야 했다.* 아빠냐, 엄마냐? 나는 차라리 중간을 선택하고 싶었다.

아버지는 나타샤와 함께 집에서 저녁을 먹자고 했다. 메뉴는 이미 채식주의 식단으로 정해져 있었는데, 오로지 나타샤 생각뿐인 아버지가 그녀의 식습관을 고려한 것이었다. 식사를 하고 나면 춤을 추었고 나는 덩그러니 앉아 있었다. 아버지는 춤을 추는 게 꽤 힘들었을 텐데도 예순이라는 나이는 신분증 위에만 존재할 뿐이라는 인상을 주고 싶어서 피로감을 애써 감추었다. 내 기억에 아버지는 원래 저녁식사를 하고 나면 바로 잠을 자는 사람이었다. 저녁 8시 이후에 자는 경우는 극히 드물었다. 어쨌든 그렇게 춤을 추고 나면 아버지는 나타샤의 품 안에서 커다란 아기처럼 잠이 들었다. 그래서 나는 아버지의 초대를 거절하게 되었다.

어머니는 생존해 있는 외가 식구들과 함께하는 파티에 나를 초대했다. 삼촌 두 명과 이모는 신체적으로도 정신적으로도 황폐해

---

*'코르네이유적 선택(choix cornélien)'이라고도 하는데, 17세기 프랑스 극작가 피에르 코르네이유의 『르 시드(Le Cid)』나 『호라티우스(Horace)』와 같은 작품 속에서 주인공이 상반된 의무 사이에서 한쪽을 선택해야 하는 상황에서 나온 표현이다.-옮긴이

진 나이였다. 어머니의 초대에도 어떤 대답을 해야 할지 이미 정해져 있었다. 이 사람들과 함께 식탁에 둘러앉아 있는 모습을 상상하면 나는 차라리 지독한 감기로 고생하면서 침대에서 꼼짝 않고 보내고 싶은 마음이 굴뚝같았다. 그래서 나는 예방 주사도 맞기 싫었다.

나는 주머니에서 실비아 플라스의 시집을 꺼냈다. 그리고 이 여류 시인의 시를 더 깊이 느끼기 위해 시 속으로 빠져들어 보았다. 하지만 나는 단 한 편의 시도 끝까지 읽지 못했다. 그녀의 삶이 너무도 처절했기 때문이었다. 아무리 삶이 힘들어도 아이들이 편안하게 잠들어 있는 동안 최후를 선택했다는 그녀의 이야기는 도저히 이해할 수가 없었다. 실비아 플라스의 상징적이고 문학적이며 준비된 죽음을 떠올리면 그녀의 시를 연구하는 사람들은 아주 시시콜콜한 부분들까지 분석할 수밖에 없다. 실비아 플라스는 가스를 마시고 자살하기 전에 아이들을 위해 아침식사까지 준비해두는 치밀함을 가진 여자였다. 모두가 잠에서 깨어나던 그날 아침, 그녀가 차려놓은 아침 식탁 위의 우유는 미지근해져 있었을 것이다. 『율리시스(Ulysse)』의 작가 제임스 조이스가 사랑하는 여자와 데이트를 한 날짜인 6월 16일에 맞춰 결혼을 할 정도로 문학에 중독되어 있던 실비아 플라스는 신화적인 여류 작가가 되기 위해 스스로 삶을 끝내버리는 무모함 또한 지닌 사람이었다. 실비아 플라스의 시집을 펼치면, 그녀의 시들도 읽어야 했지만 동시에 그녀가 가족들에게 선사했던 지독히도 아름다웠던 그날 하루의 예술 정신도 읽어야 했기 때문에 마음이 마냥 가볍지만은 않았다.

필요하다면, 밤새 깨어 있을 수 있어.

장어처럼 차갑게, 눈을 감지 않고.

(실비아 플라스, 「동물원 사육사의 아내(Zoo Keeper's Wife)」)

만약 내가 잡지를 사가지고 와서 운세를 펼쳐 보았다면 이런 내용을 읽었을 수도 있다.

'당신의 삶은 굉장합니다. 아주 큰 변화가 있겠는데요.'

이렇게 항상 미래에 대한 내용의 글을 작성하는 사람들은 삶의 긍정적인 면들을 발견할 수 있을 것이다. 그리고 이런 잡지의 구매자들은 죽은 사람들은 아닐 테고, 입맛에 맞는 내용들만 찾고자 하는 사람들일 것이다. 솔직히 내 입맛에는 맞지 않았다. 비록 실비아 플라스를 멀리하려고 결심하긴 했지만 지나치게 비인격적인 이런 내용의 글을 읽는 데는 한 푼도 쓸 수 없었다. 읽기를 그만두는 것이 어쩌면 해결 방법이었다. 그저 살아야만 했다.

◆ ◆ ◆

마르셀린 아주머니의 아파트에서도 역시 나는 지붕 위로 올라설 수 있었다. 지붕 위는 내 것이기도 했고 집주인의 것이기도 했다. 지붕은 그 누구의 것이라 하더라도 생김새가 똑같다. 각각의 벽을 세우고 나면 각각의 방이 생기고 그 위로는 지붕이 생기게 되는 것이다. 벽과 방은 여러 모습일 테지만 그 위에 만들어지는 지붕은 그 모습이 모두 같다. 나는 멜라니의 쌍둥이 형제를 항상 헷갈려 했는데, 내가 그 둘을 구별하지 못할 때 본인들을 화를 냈지만 멜라니의 어머니는 즐거워했다. 멜라니의 어머니는 그들이 실망하는 모습을 보는 것을 좋아했다. 사실 생김새보다는 고독한 상황을 어떻게 받아들이느냐를 보면 둘을 구별할 수 있었다. 쌍둥이 중 형은 혼자 있는 걸 좋아했다. 그는 동생 없이 시간을 보내고 싶어 했다. 반면 동생은 늘 친구들, 지인들, 사촌들에게 둘러싸여 지냈다. 그는 혼자 있게 되면 잘 견디지 못했고 자신의 존재에 대해 의심하게 될 수도 있었다.

내 집은 책으로 가득 차 있다. 내가 집주인과 사이가 좋았을 때 그녀의 집을 방문한 적이 있다. 그런데 단 한 권의 책도 발견하지 못했다. 대신 열쇠고리, 라이터, 우표, 옛날 엽서 등 온갖 수집품들이 끝도 없이 쏟아져 나왔다. 집주인은 나에게 하나하나 세세하게 소개하면서 너무도 즐거워했다. 그리고 이런 설명은 내가 방문할 때마다 처음부터 똑같은 레퍼토리로 다시 시작되었다. 마치 내가 이미 와보았다는 것을 까맣게 모르는 사람 같았다. 그녀의 집에는 항상 두터운 먼지들이 굴러다녔고 나는 연신 재채기를 해댔지만 그녀는 내가 왜 재채기를 하는지 전혀 알아차리지 못한 채, 어느 고물상에서 구했다며 이런저런 추억의 물건들을 죄다 꺼내 보여주느라 열을 올렸다. 멜라니와 내가 서명을 했던 계약에 이런 조항이 들어 있었던 것일 수도 있다.

'만약 이 집에 세 들어 살게 된다면, 당신은 집주인이 자신의 수집품에 대해 설명할 때 싫은 내색 없이 잠자코 들어야 한다.'

◆ ◆ ◆

집주인이 내 발밑에 있었다. 나는 복도 쪽으로 다가가 뚜껑문을 살며시 들어 올리려 하고 있었다. 나는 마음속에 거리낌이 전혀 없었고 마치 복수전을 펼치고 있는 기분까지 들었다.

나이 든 여자의 목소리가 들려왔다. 집주인이 아파트 안으로 들어오며 전화를 하는 소리였다. 그녀가 바로 아래쪽 복도로 들어섰다.

—이제 잘 들리나요? 아까는 방해해서 미안했어요. 자, 그렇다면 좋아요. 그러니까 집안일은 나를 도와 조금씩 해줄 수 있다는 얘기죠? 일주일에 두세 번이요? 아주 좋아요, 그 정도면 됐어요. 그럼 금요일 저녁 6시 이후에 집을 보러 오세요. 그럼 지금 살고 있는 세입자가 있을 거예요. 그리 친절한 사람은 아니지만 상관없어요.

나에게 이렇게 높은 곳에서의 산책 비법을 전수해준 퀘벡 친구는 항상 그 무엇이 됐든 염탐할 필요가 전혀 없다는 사실을 강조했다. 이 비법을 전수받는 조건이었다……. 그는 도시의 모습을 사진에 담았다. 그는 전문가들이 우리에게 보여주고자 하는 도시의 모습에 그치지 않고 다른 사람들이 보지 못했던 모습을 찍으려고 다양한 관점에서 셔터를 눌렀다.

나 같은 경우에는 듣는 관점을 다양화했다. 집주인은 나에게 말을 할 때는 절대로 이런 말투인 적이 없었다. 그런데 지금 전화 통화를 하고 있는 목소리만 들어서는 예의도 있고 아주 상냥한 사람 같았다. 흡사 그녀의 친절한 노모처럼 말이다. 그런데 다시 생각해 보니 그런 목소리에는 나를 최대한 빨리 쫓아내고 싶어 하는 그녀의 바람이 담겨 있었다. 집안일도 도와줄 수 있는 빈털터리 학생이 내 자리를 대신하게 될 것이다. 집주인은 그렇게 세입자를 바꾸고 득을 보게 될 수도 있었다.

통화가 끝났지만 나는 조금 더 들어보기로 했다. 집주인은 곧 예정된 약속에 대해 혼자서 중얼거렸다. 그리고 콧노래를 흥얼거리기까지 할 정도로 행복해 보였는데, 잘 들어보니 내가 너무도 좋아하는 노래인 샤를 트레네의 〈시인의 혼(L'âme des poètes)〉이었다. 곧이어 가사들도 들려왔다. 부드럽고 사랑스러운 목소리가 아파트 안을 울렸다. 집주인의 목소리였다. 불쾌감만 주던 사람이었는데 지금은 마치 아가씨처럼 노래를 부르고 있었다.

시인들이 사라지고 오랜 시간이 흐른 지금
그들의 노래는 아직
거리 속을 흐르고 있다네……

샤를 트레네의 노래는 불행히도 모든 사람의 것이었다. 만약 어느 날 판사가 집주인에게 부당 계약에 대해 처벌을 내리게 된다면, 나는 높은 벌금과 더불어 샤를 트레네의 노래를 부르지 못하도록 강하게 금지해주기를 바랄 것이다.

시작하지 못했던 이야기의 결말

멜라니에게,

멜라니, 당신을 만나게 되어 너무나 행복해요. 그날 밤 이후로 나는 당신 생각에 사로잡혀 있어요. 거짓말이 아니라 정말 거의 매 순간 당신을 떠올려요. 시계 초침이 째깍째깍 돌아가는 것만큼 꾸준히 말이에요. 비록 우리가 이야기를 나눈 시간은 얼마 되지 않았지만 당신의 미소, 당신의 우아함, 매력에 푹 빠져버렸어요. 그런데도 내가 이 리셉션에 안 오려고 했었다니…… 정말 큰일 날 뻔했지 뭐예요.

당신을 다시 만나고 싶어요. 당신 곁에 누군가가 있다는 건 나도 알고 있어요. 내 곁에도 누군가가 있거든요. 나는 유부남이에요. 하지만 이 모든 것을 바꿀 순간이 온 것 같아요. 나는 지금 삶의 갈림길에 서 있어요. 그리고 이런 역사적인 순간을 그냥 흘려보내고 싶지 않아요.

당신은 내가 이 편지를 쓰기까지 얼마나 망설였는지 상상도 못 할 거예요. 내가 이제야 사춘기 열병을 앓는 것이라고 생각할 테죠!

당신과 지하철역에서 헤어질 때 전화번호를 물어보지 못했어요. 그런데 다행히도 당신이 차 안에 명함을 떨어뜨렸더라고요. 그 명함 덕분에 이 편지를 직접 당신 집에 두고 올 수 있게 됐어요. 당신이 명함을 두고 간 건 우리 두 사람이 운명이라는 신호라고 생각해요. 나는 지난 몇 해 동안 살아가는 법을 잊어버릴 정도로 일에 시달렸어요. 당신의 조언에 따라 독서 치료사라는 친구분에게 연락을 해보려고요. 그분이 저를 도와줄 거라는 확신이 들어요.

이 편지를 읽고 꼭 나에게 답장을 해주었으면 해요.

로베르 샤프만

추신 : 갑작스럽게 몇 마디 덧붙이게 되어 미안해요. 당신 집 앞에 왔는데 당신이 말했던 그 독서 치료사라는 사람이 바로 당신의 공동 세입자인 알렉스 씨라는 걸 알게 되었어요.

◆ ◆ ◆

그러니까 로베르는 멜라니가 나에 대해 이야기했기 때문에 나를 찾아왔던 것이다. 그리고 그는 나와 멜라니의 관계를 전혀 알지 못했으며 멜라니를 처음 본 순간 반해버렸다. 멜라니는 새로운 내담자가 나타나면 나의 살림에 보탬이 될 거라고 생각했을 뿐, 이 시계 판매업자가 자신에게 관심을 가지게 될 거라고는 상상도 못 했던 것이다.

내가 편지를 다 읽고 나자, 멜라니가 말했다.

—세상에, 그 사람 미쳤나 봐.

나는 멜라니의 감정을 확인했다.

—그 사람에게 답장을 해야겠어. 진실도 말하고.

—무슨 진실?

—그 사람한테 나는 전혀 관심이 없다는 사실 말이야. 물론 실망하겠지. 상처를 주고 싶은 건 아니야. 전에 자기가 정말 예민한 사람이라는 걸 여러 번 말했거든.

—그가 상처받을 일은 없을 거야. 나 지난주에 로베르의 장례식에 다녀왔거든.

—그 사람이 죽었단 말이야?

—보통 살아 있는 사람의 장례식을 하는 경우는 없지, 아마?

—그가 죽었다고?

—응, 그것도 아주 어처구니없게. 발을 헛디디는 바람에 그렇게 됐대. 좀 덜떨어진 사람 같아.

—어떻게 그런 일이 있을 수 있지…….

—당신 지금 그 사람 때문에 슬픈 거야, 아니면 나 때문에 슬픈 거야?

—둘 다야. 그런데 사라져버린 사람 때문에 더 슬퍼해야겠지?

—그래, 당신 말이 맞네. 그는 좋은 사람이었어. 샤를 트레네를 사랑했지.

나는 멜라니에게 로베르가 했던 동성연애 혐오 발언에 대해 이야기하고 싶은 마음을 굳이 억누르고 싶지 않았다. 멜라니는 아직 몸 상태가 좋지 않았지만 나는 거짓말을 하고 싶지 않았다. 멜라니가 로베르를 그리워하는 일은 없어야 했다. 나를 그리워해야 했다.

—알렉스, 삶이 사소한 것들로부터 영향을 받는다는 걸 당신도

알지. 만약 시위가 끝나고 내가 혼자 돌아가는 대신 당신을 따라갔더라면 나는 로베르를 봤을 거야. 그랬다면 내 몸이 이렇게 멍 자국으로 뒤덮이지는 않았겠지.

—로베르는 아내가 있었어.

—그는 나에게 헌신하기 위해 아내를 센 강에 던져버렸을 거야. 쥐도 새도 모르게…….

—당신 미쳤구나. 그런 걸 보니 이제 몸이 좀 살 만해졌나 봐.

—문학 작품에는 그런 인물 없어? 아무도 모르게 정부와 살기 위해서 아내를 살해하는 남자…….

—당신은 정부가 아니야.

—그러지 못했던 것일 수도 있지.

—당신은 계속 그러지 않았을 거야.

—그래, 당신 말이 맞아. 그 사람과 나의 이야기는 일호도 고려할 가치가 없어. 시위에서도 묘지에서도 서로 만나지 못했어. 이건 상징적이라고 할 수 있어. 나를 이렇게 만든 사람들이 내 머리를 조금이라도 자칫 잘못 때렸더라면 나는 로베르와 함께 저승길에서 만났겠지. 폭도와 동성연애 혐오자의 만남이라…….

—그런데 로베르는 어떻게 만난 거야?

—우리 상사가 주최한 파티에서 한 번 봤어. 뭐더라, 아무튼 시계 브랜드 세일즈맨들이 왔었는데 그중에 그 사람이 있었어. 잠깐 이야기를 나누었는데, 상냥한 사람이었어. 자기 삶에 대해 이야기하더라고. 번아웃 증후군에 대해서도. 그의 아내는 이제 그를 쳐다보지도 않는다더라. 그런 그가 불쌍해 보였어. 우리는 같이 술도 조금 마셨지. 그리고 그가 나를 지하철역까지 차로 데려다준 거

야. 나는 그가 자기 삶이 힘들다고 하니까 그냥 들어줬던 것뿐이야…….

—로베르가 당신에게 빠졌다는 걸 정말 몰랐어?

—글쎄, 우리는 이야기를 나눴고 그게 다야.

—이야기를 나눈 것만으로도 이미 그에게는 지나친 관심인 거야.

—가끔 남자들은 무의미한 대화를 하는 것뿐인데 그걸 관심이라고 생각하나 봐.

—그런 남자들이 있는 거지, 일반화하지 마.

—당신 빼고 모든 남자들이 그렇다고 하자. 이제 됐어?

—응, 됐어.

◆ ◆ ◆

〈오늘 저녁, 우리 프랑스에서는 대부분 가족들과 크리스마스 축하 파티를 하겠군요. 크리스마스에 맞추어 때마침 추위도 찾아왔습니다. 눈 역시 기다린 지역이 많을 텐데요, 관광업 종사자들이 한숨 돌릴 수 있을 것 같습니다. 정치계도 마찬가지입니다. 의원들과 장관들은 오늘 휴가 중입니다. 현재 시간은 9시입니다. 자, …… 〉

나는 얀의 서류를 정리해 재활용 쓰레기를 모아두는 상자에 넣었다. 버리기 전에 며칠간의 유예 기간을 가지기 위해서였다. 얀의 서류 바로 위에는 로베르의 서류를 놓았다.

전날에는 로베르의 아내가 연락을 해왔는데 『오블로모프』 이야기를 꺼내며 고맙다는 인사를 했다. 그녀는 일찍이 『오블로모프』

발췌 부분과 이 책에 대해서 그리고 나에 대해 들었다고 했다. 로베르가 독서 치료 상담을 하는 생각만 해도 기뻐했다면서 고마워했다. 그리고 그녀를 위해 혁신적인 세탁기를 구매하는 등 남편의 자상한 배려들에 대해 이야기했다. 로베르는 주변 사람들을 즐겁게 해주는 사람이었다고 한다. 그 사고가 있기 전까지만 해도……. 로베르의 아내가 세탁실에서 로베르를 발견했을 때는 이미 숨을 거둔 후였다. 넘어지면서 뒤통수에 충격을 받은 것이다. 로베르는 어쩌다가 그렇게 어처구니없게 넘어졌을까? 마치 도약을 하듯 뛰어오르고 싶었던 것 같았다……. 그렇다면 도대체 무엇을 향해 그렇게 뛰어오른 걸까? 그리고 세탁실은 물에 잠겨 있었는데 그런 곳에서 왜 뛴 것일까? 도저히 이해가 되지 않았다. 로베르가 쓰러져 있는 것을 발견하기 전의 상황은 이랬다. 로베르의 아내는 그때 바깥에 있었는데 로베르가 그걸 모르고 아내 쪽으로 물을 버리는 바람에 아내의 옷이 다 젖어버렸다. 화가 난 아내는 로베르를 향해 마구 욕설을 퍼부었다. 로베르가 죽기 전 마지막으로 했던 행동이 바로, 물을 버린 것이었다. 그다음이 미스터리다. 로베르의 아내는 로베르에게 무슨 일이 일어났던 건지 전혀 알지 못했다. 그날 이후로 그녀는 자신이 보지 못했던 그 의혹의 몇 분에 관한 꿈을 매일 밤 꾸었다. 꿈은 매일 다른 시나리오였는데 전혀 설득력이 없는 내용이었다. 그녀는 물론 후회를 했다. 로베르에게 그런 식으로 말하지 말았어야 했다. 그녀는 손으로 머리를 쥐어뜯으며 괴로워했다. 집을 팔아버리고 싶었다. 그 집에는 로베르와의 추억이 넘쳐흘렀다. 곳곳에 놓여 있는 사진에도 로베르가 있었고, 로베르가 직접 가지고 온 물건들도 많았다. 그리고 쥐덫들도 있었다……. 세탁실 구석구석에는 쥐덫들이 둥둥 떠 있었다. 한 친구는 혹시 쥐들이 저주를 내렸을 수도 있다고 이야기했다. 하지만 로베르의 아내는 그 말을 믿지 않았다. 쥐가 어떻게 로베르를 넘어뜨릴 수 있단 말인가?

◆ ◆ ◆

크리스마스에 서점을 가고 싶어 하는 것은 정말 비상식적인 일이다. 평소에는 그렇게도 조용한 곳이 이때만 되면 오고 가는 사람들로 북새통을 이룬다. 그냥 책을 파는 슈퍼마켓이라고 해도 틀린 말이 아닐 것이다. 마치 저녁 만찬에 가기 전에 모이는 광장 같기도 하다. 고객들은 최신 유행하는 소설을 사러 오거나 꼭 읽어야 하는데 미처 읽지 못한 소설들을 찾으러 온다. 그리고 급하게 선물을 준비하러 오기도 한다. 그렇게 붐빌 걸 알면서도 나는 근처 서점에 들르기로 마음을 먹었다. 어차피 나에게는 매일 가던 서점일 뿐이니까…….

어느 장소에 자주 드나들게 되면, 비록 우리가 그 장소에 돈 한 푼 투자한 적은 없어도 마치 내 것인 것 같은 기분이 든다. 사실 사람은 모든 것을 자기 것으로 삼으려는 습성이 있다. 그래서 나도 내가 자주 드나든 이 서점을 내 서점이라고 부르곤 했다. 그런데 크리스마스 시즌이 되니 '나의 서점'이 평소와는 너무 다르게 사람들로 뒤덮여 있었다. 그리고 사방의 벽들이 '면사' 재질 느낌의 회색으로 새롭게 페인트칠 되어 있었다. 아마 이런 변화는 '진짜 단골'들만이 알아챌 수 있을 것이다. 서점 주인은 이전에 칠해져 있던

'짙은 핑크 빛'의 빨간색보다 이 회색 벽이 눈을 덜 피로하게 해줄 것이라고 했다.

이곳이 서점으로 변모하기까지의 여정은 특별했다. 무슨 말이냐 하면, 이 장소는 15년 동안 헝지스 지역의 가금 사육장으로서 위엄을 떨쳤던 곳이다. 오리들과 암탉, 수탉들이 하루아침에 책들로 바뀌어버린 것이다. 이 모든 변화는 사람들을 위한 것이었다. 서점 주인에 따르면 두 직업은 겉으로 보기에 전혀 다른 것 같지만 사실 들여다보면 그리 다르지 않다고 한다. 상품들이 다양한 편이지만 '잘 만들어진' 상품에 대한 기호는 서점이든 사육장이든 마찬가지다. 그리고 상품을 평가할 때 손에 들고 이리 돌려보고 저리 돌려보면서 만져보아야 하는 것도, 잠재 고객에게 물건의 가치를 입증해야 하는 것도 다 똑같다.

크리스마스 시즌에 서점들이 올리는 수익은 강제로 사료를 먹여 키운 거위의 간만큼 크다. 솔직하게 말해서 나는 서점 주인의 의견에 공감할 수 없었다. 책의 가치는 그 무게에 달려 있는 것이 아니다. 그리고 나는 해가 뜰 때 책이 노래를 부르는 소리는 들어본 적이 없다. 너무나 말이 많던 한 내담자를 통해 우연히 들은 이야기가 있는데, 이렇게 가금 사육장이 서점으로 변한 진짜 이유는 나이 든 고모가 그에게 물려준 엄청난 유산 때문이라고 했다. 고인이 사는 동안 가장 애착을 가졌던 것이 바로 책이었다. 그래서 고인은 한 가지를 조건으로 조카에게 재산을 물려주었다. 가금 사육을 하는 조카를 병아리들이나 죽이는 상스러운 살인자로 여겼던 고인은 건물에 서점을 열기를 원했고, 바로 우리 집에서 얼마 떨어지지 않은 거리에 들어선 것이다. 이런 대단한 기적을 이루어낸 것이 다름 아닌 돈이었다.

사람들은 저마다 떠들어대고 서로를 떠밀었다. 서점에 몰려든 고객들은 예의라고는 없었다. 나는 가장 좋아하는 분야인 문학 장르 쪽으로 갔다. 랭보의 자필이 담긴 멋진 책이 있었다. 회색 표지를 가진 이 책은 서점의 벽 색깔과 거의 같았다. 벽에 가져다 대면 책이 보이지 않을 정도였다. 청소년 시절부터 여기저기서 발견한 종잇조각 위에 쓴 것이라고 생각하면 책값은 너무 비쌌다. 그 청소년은 거의 부랑아에 가까웠고, 황폐한 숙소의 탁자 위에 종이 한 장과 연필을 올려놓은 채 무기력하게 앉아 있었을 것이다. 출판사들은 확실히 부조리를 좋아하고 독자들도 마찬가지다…….

그 순간, 예전에 나에게 상담을 받았던 필립 M이 눈에 띄었다. 그는 2년 전에 나를 찾아왔고 정말 열정적으로 책에 빠져들었다. 나는 랭보의 책 뒤표지를 잠깐 살펴보다가 필립에게 인사를 건넸다.

—필립 씨, 안녕하세요?

—아, 선생님! 이렇게 다시 만나다니 너무 반가워요. 선생님도 저처럼 급하게 크리스마스 선물을 준비하러 왔나 봐요…….

—아니에요. 전혀요. 저는 선물을 사지 않아요, 저를 위한 것이라면 또 모를까!

—하긴, 선생님 말씀이 정말 맞네요. 스스로 무엇을 좋아하는지 알아야 해요. 아, 그렇다면 선생님께서 저를 좀 도와주세요. 제가 지금 아내에게 선물할 책을 찾고 있거든요. 서점 주인에게 물어보려니까 너무 바쁘네요. 이렇게 사람이 많은데 여유가 있을 리 없죠.

—아내분을 위한 책이란 말이죠? 그럼 잠깐만요.

필립 M은 그때 부부 문제로 상담을 했다. 그는 아내를 더 이상 사랑하지 않는다고 생각했다. 필립은 문학이 그에게 상황을 조금 더 선명하게 볼 수 있게 해주었다고 말했다. 사실 나는 이런 사례를 다뤄본 적이 없었다. 정말 그에게 아내에 대한 사랑이 조금도 남아 있지 않은 건지 나로서는 알 수 없는 일이었다. 나는 오랜 고민 끝에 루이 아라공의 책을 골랐다. 그에게 도움이 되려면 그 시대의 아가씨들과 어울리려고 애쓰던 나이 든 호색한 롱사르의 시보다 루이 아라공의 시가 더 좋을 듯했다.

나는 마치 눈사태가 발생한 지역에서 엄청난 양의 눈을 헤집으며 구조에 나선 구조견처럼, 책 무더기 속을 뒤적이며 필립과 상담치료를 하던 때를 떠올렸다. 필립은 청소년 시절에 겪었던 할머니와의 갈등에 대해 여러 번 이야기했다. 성질이 고약했던 할머니는 어린 그에게 손찌검하는 걸 주저하지 않았다.

—찾았어요! 자, 이 책이에요. 아내분이 좋아할 거예요. 이 소설에는 조리법에 대한 아이디어들도 들어 있답니다. 마음에 꼭 드실 거예요.

—소설책이에요, 요리책이에요?

—둘 다예요, 필립 씨.

필립은 나에게 인사를 한 후 계산대로 갔다. 기다리는 줄이 줄어들지 않아 내가 추천한 책을 들춰 보는 필립의 모습이 보였다. 내가 외우고 있는 첫 구절이 떠올랐다.

〈밤이 되었다. 자크 마리는 걸음을 재촉했다. 그는 쥐티니 마을을 지나쳤다.〉

또다시 할머니의 유골로 만든 케이크 이야기가 떠올랐다.

필립이 책에 너무 빠져 있는 바람에 뒤에 있던 사람들이 양해를 구하지도 않고 그를 밀치다시피 하며 먼저 계산하기 시작했다. 크리스마스 전야제의 분위기로 가득한 이곳에서는 예의범절이라고는 찾아볼 수 없었다. 사람들은 모든 것을 잊어버린 듯했다. 심지어 지성과 교양이 담긴 책을 구입하려고 줄을 서 있는 사람들도 마찬가지였다.

그런데 내가 필립을 도와주는 모습을 본 사람들이 내가 혼자가 되자 곧바로 나에게 다가와 책에 대해 이것저것 묻기 시작했다. 그들은 나를 시즌 임시직원쯤으로 생각했다. 어차피 그들에게는 상관도 없겠지만 나는 내 진짜 정체가 무엇인지에 대해서는 말 한마디 하지 못한 채 여러 분야의 책 코너들을 가로질러 다녔다. 나는 굳이 곤란한 상황임을 드러내지 않았다. 내가 빅토르 위고의 사진이나 자크 타르디가 삽화를 그린 루이-페르디낭 셀린의 소설 등이 있는 곳에 서 있었을 때 서점 주인은 비로소 내가 무슨 일을 하고 있는지 눈치 챘다. 그는 손님과 이야기를 하다가 나에게 다가왔다.

—알렉스, 지금 뭐 하시는 거예요?

—고객 두세 분에게 안내를 해드리고 있어요.

—제가 그런 일을 해달라고 말씀드린 적이 없는데요.

—아, 방해가 되었나 보네요.

—네, 조금요. 각자 자기 할 일이 있는 거니까요.

—곤란하게 해드릴 생각은 아니었어요. 죄송합니다. 저는 이만 집으로 돌아갈게요.

—그러시는 게 낫겠어요. 서점 직원은 아니시니까요.

— 네, 저는 단지 '단골'일 뿐이죠.

— 네, '단골', 맞아요. 크리스마스 즐겁게 보내세요, 알렉스.

그리고 그는 서점 입구까지 함께 나와 나를 배웅했다. 사실 나는 서점 안에서 조금 더 시간을 보내고 싶었다. '나의' 서점 주인은(나는 소유형용사를 계속 유지했다.) 나쁘거나 공격적인 사람은 아니다. 단지 자신의 영역을 지키려는 것뿐이었다. 서점 주인이 출구까지 나를 데리고 가려고 커다란 손으로 내 팔을 잡는 바람에 팔이 경직되었다. 연약한 팔 위에 식인귀의 손이 올라 있었다. 미운 오리 새끼를 꺼내는 가금 사육장의 손 같았다.

나는 랭보의 자필 원고가 담긴 책을 손에 든 채 그렇게 인도에 서 있었다. 서점에서 너무 정신없이 쫓겨나는 바람에 계산도 하지 못했던 것이다. 어쩌다 보니 크리스마스 선물이 생겨버렸다. 축제일이 되면 상인들은 예민해진다. 서점 상인들이 특히 그렇다. 평소에는 많은 인파가 몰려드는 경우가 드물기 때문에 유독 이런 분위기에 적응하지 못하는 것 같다.

누군가가 내 어깨에 손을 살포시 올렸다.

— 랭보! 멋진데요, 선생님. 선생님 덕분에 루이 아라공을 알게 된 후부터 시를 자주 읽는답니다.

— 아, 필립 씨군요. 저 북새통에서 용케 살아 나오셨네요.

— 그러게 말이에요. 저 안에 있으니 숨이 다 막힐 지경이었어요. 그리고 아까 선생님께서 추천해준 소설책을 조금 읽어보았는데요, 정말 특이하더라고요. 그런데 엘자가 좋아할 것 같아요. 특이한 걸 좋아하거든요. 게다가 엘자가 선생님도 좋아하고요.

— 지금 그 말씀은 칭찬으로 들어도 되는 거죠?

— 그럼요, 물론이죠. 선생님 같은 분은 매일 만날 수 있는 게 아니니까요.

— 감사합니다.

나는 이 '감사합니다'라는 말이 너무 어색하게 느껴졌지만 딱히 다른 말이 떠오르지 않았다. 어쩌면 아무 말도 하지 않는 게 더 나았을 것 같다는 생각이 들었다.

— 정말 그렇게 생각한답니다. 선생님은 상담하러 오는 환자들에게 정말 헌신적이에요. 상인들을 보면 우리 선생님처럼 상대에게 그렇게 헌신적인 사람을 본 적이 없어요.

필립이 나에 대해 그렇게 말을 해주니 참 새삼스러웠다. 소유형용사를 붙여 말하는 것은 말하자면 거의 사랑하는 사이나 마찬가지다. 그런데 내가 한 시간 선에도 여전히 '나의' 서점 주인이라고 불렀던 그 사람은 필립의 말대로라면 헌신적이지 않았다. 하지만 필립의 말을 잘 들어보면 그 또한 나를 한낱 장사꾼으로 치부해버리는 면이 없지 않았다. 나는 독서 치료사이지 장사를 하는 상인이 아니었다. 어머니가 이 자리에 있었다면 이런 대화를 하는 걸 정말 반겼을 것이다. 사실 요즘 환자들은 고객이 되어버린 것도 사실이고, 독자들은 그저 소비자일 뿐이다. 모든 분야에 상업적 개념이 적용된 것이다. 그래서 나도 이런 시류에 맞게 젊은 사람들처럼 대꾸하고 싶었다.

— 일을 하려면 직업에 맞게 온 정성을 다해야 하는 거죠.

그런데 막상 말해놓고 보니 어쩔 수 없이 고리타분한 말을 하고 말았다.

—아내분께도 안부 전해주세요. 잘 계시죠? 여전히 운동을 좋아하시나요?

필립은 치료실에 오면서 멜라니와 여러 번 마주쳤다. 그때마다 멜라니가 조깅을 나서는 옷차림이었던 것이다. 필립은 층계참에서서 멜라니 앞에서 큰 소리로 루이 아라공의 시 몇 구절을 읊어댔다. 이 얼마나 어이없는 모습인가! '잘' 외우는지 어떤지 확인해보기 위해서였던 게 분명하다. 필립이 시 문하생처럼 목청을 높이는 바람에 결국 집주인 마르셀린 아주머니까지 문을 열고 나오고 말았다. 집주인은 필립이 한창 시 낭송 중인 신비주의 교파 신도라고 생각했다. 멜라니가 집주인에게 필립은 그런 걱정을 할 사람이 아니라는 사실을 말해주자 집주인은 곧바로 집으로 들어가 버렸다. 아니, 더 정확하게 말하자면 문 뒤에 바짝 붙은 채 서 있었을 것이다.

—요즘은 조금 덜해요.

—아, 다행이네요. 그럼, 가족과 함께 즐거운 크리스마스 보내세요. 메리 크리스마스!

—필립 씨도요, 메리 크리스마스!

대부분의 사람들은 "잘 지냈어?"라는 식의 질문을 던질 때 사실 정말 답을 듣고 싶어서 묻는 것이 아니다. 필립은 내가 대답을 할 때 원망이 섞여 있다는 점을 느끼지 못했다. 그는 아무것도 듣지 않았다. 나는 필립에게 멜라니가 지금은 병원에서 지내고 있다고 말할 수도 있었을 것이다. 그랬다면 필립이 가족과 함께 크리스마스를 보내라는 말은 하지 않았을지도 모른다. 필립의 머릿속에는 조깅을 하러 나서는 옷차림을 하고 있는 멜라니의 이미지만 박혀 있었을 것이다. 멜라니의 달리는 모습, 날렵하고 온화한 모습, 호흡은 안정적이고 동작은 절도 있는 모습을 떠올렸을 것이다. 그의 기억 속에서 멜라니는 우리 집 근처 공원까지 가는 길에 늘어서 있는 상점들을 따라 뛰고 있었다. 달리기를 할 때 멜라니는 머리를 올려 묶었기 때문에 목덜미를 스치는 머리카락은 거의 없었다.

그가 기억하고 있는 멜라니는 지금 나와 마주하고 있는, 이 입원실 문 뒤에 누워 있는 멜라니가 아니다.

◆ ◆ ◆

그때 조깅을 하던 그 여자는 평화롭게 잠들어 있었다. 지금 잠들어 있는 이 여자는 더 이상 뛰지 않았다. 나는 멜라니의 침대에 다가가 곤히 잠들어 있는 그녀를 바라보았다. 이렇게 누군가를 쳐다본다는 게 얼마나 불공정한 일인지 나는 알고 있었다. 이렇게 누워 있으면서 관찰당하는 느낌을 받고 싶은 사람이 누가 있겠는가?

멜라니는 이의를 제기할 수 없었다. 나는 잠이 들 때까지 계속 그녀를 바라보았다. 입원실은 너무 더웠다. 그리고 아무도 우리를 방해하지 않았다. 우리가 서로의 곁에서 잠을 자본 건 정말 오래전 일이었다.

나는 우당탕 하는 소리에 잠이 깼다. 환자들을 위해 준비해둔 물병을 미화원이 그만 쏟아버린 것이었다. 심지어 내 바지 위에다가 말이다.

—죄송합니다. 잠을 깨울 생각은 없었어요.

—그런데도 용케 깨우셨네요.

—잠깐만요, 제가 닦아드리겠습니다.

미화원이 걸레를 들고 내 넓적다리에 가져다 대었다. 이미 축축한 상태였던 걸레는 아무런 도움이 되지 않았다. 어쩌면 이 미화원이 이렇게 물을 쏟은 건 한두 번이 아닐 것이라는 생각이 들었다. 나는 조심스럽게 미화원의 손을 밀어냈다.

—닦아주지 않으셔도 돼요, 괜찮습니다. 저는 곧 갈 거예요.

—정말 죄송합니다. 요즘 제가 왜 이러나 모르겠어요.

—혹시 시 좋아하세요?

—아……, 학창 시절에 배우기는 했지만…….

—그럼 혹시 아르튀르 랭보를 아세요?

—지금 가지고 계신 그 책 표지에 있는 소년을 말씀하시는 건가요?

—네.

—정말 잘생겼죠.

—아시는군요.

—조금은요.

—자, 받으세요. 선물이에요. 서점에서 저에게 이 책의 값을 받지 않더라고요. 랭보의 자필 원고가 들어 있는 책이랍니다.

—정말 친절하시네요. 그런데 조금 전에 큰 실수를 했는데도 이렇게 선물을 받아도 될지 모르겠어요.

—일부러 그러신 것도 아니잖아요. 그리고 힘든 일이 있는 사람이라면 랭보는 도와주고 싶어 할 거예요. 자, 받으세요.

—정말 감사합니다. 저는 이 걸레 말고는 드릴 게 아무것도 없네요.

—재미있는 분이시군요. 그 걸레를 선물로 받았다고 치죠, 뭐.

나는 허벅지에 얼룩이 남은 채로 병원을 나왔다. 하지만 내가 아주 아름다운 선물을 한 것 같아 기분이 좋았다. 가끔은 가족보다 전혀 모르는 사람을 통해 더 많은 만족감을 느끼기도 한다.

정말 친애하는
아줌마

—여보세요? 엄마?

—아니야, 나는 아드리엔느 이모야.

—아드리엔느 이모세요?

—응, 엄마는 부엌에서 바쁘셔. 저녁을 준비하고 있거든.

—그렇군요. 그런데 엄마 좀 바꿔주실 수 있어요?

곧이어 이모가 차갑고 큰 목소리로 어머니를 부르는 소리가 들렸다.

—5분 뒤에 오실 거야.

—감사해요.

—너는 그래, 여전히 책으로 치료하는 일을 하고 있니?

—네, 계속 하고 있어요.

—잘 지내지?

—네, 아주 좋아요. 고마워요, 이모.

—언젠가 텔레비전에서 본 적이 있어.

—독서 치료에 관해서요?

—응, 아주 흥미로운 방송이었어. 의사들이 이 주제에 대해 이야기를 했지만 그들은 이 치료법에 대해 별로 신뢰하지 않는 것 같더구나.

—그렇게 생각하는 건 그들의 권리죠. 새로운 의학적 접근법이 등장할 때마다 매번 비방하는 사람들은 있어요. 결국에는 그들도 이해하게 될 거예요. 지금으로서는 제가 따로 뭐라고 이모께 드릴 말씀은 없고요.

—그래, 그렇게 되었으면 좋겠구나. 네 사업도 잘되고.

—독서 치료는 사업이 아니에요.

—말하자면 그렇다는 거지.

—엄마는 아직 안 오셨어요?

—아직 안 오시네. 냄비 소리인지 달그락거리는 소리가 들리네. 엄마가 그러던데 네가 요즘 좀 어려운 일이 생겼다고.

—그럼 이모는 엄마한테 그 소리를 들어놓고 잘 지내냐고 물어보신 거예요?

—그건 너와 대화를 시작하기 위해서 인사로 별 의미 없이 한 말이지.

—혹시 엄마가 오고 계신지 한번 봐주세요. 드릴 말씀이 있거든요.

—그래, 잠깐만 기다려.

아드리엔느 이모는 내 직업에 대해 병적으로 반감을 가지고 있었는데 바로 그 점이 어머니와 똑같았다. 약사로 일하다가 은퇴한 이모는 약국에서 40년 동안 벌어들인 돈으로 삶을 만끽하고 있었다. 이모는 자칭 '구식' 약사라고 불렀다. 이모가 40년간 약사로 일하면서 했던 일이라고는 이윤이 많이 남는 아스피린을 팔면서 별 효과도 없는 인후 스프레이를 권하는 것이었다. 그리고 궤양이나 또 다른 만성 질환을 야기할 수도 있는 기침을 가라앉게 하는 가루약을 권하기도 했다. 구식 약사는 이렇게나 인색한 사람이었던 것이다. 이모는 어머니에게 약 상자를 가져다주면서 청구서도 잊지 않았다. 자매간의 사랑도 가끔은 현금화되는 것인가 보다. 어쨌든 이모는 이렇게 모은 돈으로 쉬지 않고 세계를 여행했는데, 항상 크리스마스가 되면 돌아오곤 했다.

나는 마치 너무 소란스러운 이웃을 싫어하듯 이모를 싫어했다. 이모가 눈에 띄면 바로 경찰을 부르고 싶을 정도였다. 그러면 영화 〈록키〉에서처럼 경찰들이 이모를 가차 없이 바닥에 엎드리게 하고는 등 뒤로 수갑을 채워 체포했으면 하고 바랐다. 하지만 대단한 흥행을 거두었던 1편은 이모와 어울리지 않는다. 이모라면 흥행에 실패한 4편 정도가 딱이다. 이모는 멋들어진 타이틀을 씌워줄 만한 사람이 아니다. 더더구나 문학적으로는 대입시킬 인물이 전혀 없었다.

—네 엄마가 너무 바쁘구나. 전화를 받지 못할 것 같아. 엄마에게 하고 싶은 말이 뭐니?

—제가 엄마에게 직접 말하는 게 나을 것 같아요.

—그래, 그럼 오늘 저녁에 엄마와 만나면 직접 말하렴.

—아, 그게 사실 그것 때문에 전화한 거예요. 오늘 저녁에 가지 못할 것 같아서요.

—네 엄마가 아쉬워하겠구나. 너도 알지? 오늘은 크리스마스

잖니.

—네, 알아요. 엄마를 뵙지 못하니 저도 마냥 기분이 좋은 건 아니에요.

—크리스마스에 가족들끼리 모이는데 일 때문에 못 온다는 거니?

—아니에요, 일 때문에 못 가는 게 아니에요. 가족들 때문이에요. 특히 이모 때문에 안 가요. 이모를 보고 싶지 않거든요. 다른 식구들도 마찬가지고요.

—너는 항상 사람을 기분 좋게 하는구나, 매력 있어……. 엄마에게 네가 한 말 전부 전해줄게. 걱정하지 마.

—네네, 그러세요, 아줌마.

이모는 누군가가 자신을 '아줌마'라고 부르는 걸 유독 싫어했다. 이모 또래 여자들을 부를 때 가장 흔한 호칭인데 말이다.

어쨌든 나는 이모가 '아줌마'라는 말에 새로운 공격을 시도하려는 순간 전화를 끊어버렸다. 이모는 속이 훤히 들여다보이는 사람이고 정말 집요한 사람이다. 이모가 독서 치료에 대해 반감을 가지고 있는 건 사실 이모가 약사였기 때문이다. 약사들이 독서 치료 덕분에 소설책을 팔 수 있게 되는 것도 아니고, 팔 수 있다고 쳐도 도서정가제 때문에 돈벌이에는 큰 도움이 되지 않을 테니 말이다.

나는 태어나서 처음으로 크리스마스를 병원에서 보내게 되었다. 내가 어머니에게 전화를 했던 건 단지 내가 크리스마스 가족 모임에 참석하지 못한다는 말을 하고 싶어서가 아니었다. 멜라니가 아프다는 말을 하고 싶었다. '아드리엔느 아줌마'에게는 이런 이야기를 하고 싶은 마음이 눈곱만큼도 생기지 않았다.

상승

멜라니는 7층에 입원해 있었다. 그런데 크리스마스 이브에는 방문객들이 별로 없어서인지 엘리베이터가 점검 중이었다. 나는 그냥 계단으로 올라갈까 망설이면서 엘리베이터의 굳게 닫힌 문 앞에서 한참을 서 있었다. 재차 안 되겠다 싶으면서도 계속 기다렸다가 올라갈까 하는 생각이 들었다. 사무엘 베케트의 작품 『고도를 기다리며』의 한 부분이 생각났다.

〈자문해보아야 할 건 바로, '여기서 우리가 무엇을 하고 있는가'라는 질문이다. 그 답을 알 수 있는 기회가 드디어 생겼다.〉

—몇 층까지 가세요?

짐을 나르고 있던 사람이 나에게 물었다.

—7층이요.

—운이 나쁘시네요.

—엘리베이터가 곧 작동을 할 것 같아서 계속 서 있었어요.

—일부러 실망하게 만들어드리고 싶지는 않지만 당장은 힘들 거예요. 작동할 때까지 기다리려면 아마 내일까지 이러고 계실지

도 몰라요.

—그럼 계단으로 가야겠군요.

—아, 저와 같이 가시죠. 직원용 엘리베이터를 타려고 하거든요. 오늘 저녁에는 그것만 사용 가능하다고 하네요.

—마음 써주셔서 감사합니다.

—오늘은 크리스마스잖아요.

—오늘이 26일이었다면 저에게 엘리베이터를 같이 타자고 안 하셨을까요?

—당연하죠. 제대로 이해하셨네요. 하지만 그런 가정은 하지 마세요. 오늘은 24일이니 저와 함께 올라가실 수 있습니다.

그는 엘리베이터 옆에 있는 자물쇠에 열쇠를 넣고 돌렸다. 기적적으로 문이 열렸고 환자들의 침대를 위해 마련된 매우 넓은 공간이 눈에 들어왔다. 그는 나를 먼저 들어가도록 한 뒤, 커다란 수레처럼 생긴 것을 끌고 엘리베이터에 올라탔다.

—이 수레로 햄스터를 옮기시나 봐요?

—아, 네, 살찐 햄스터들이에요. 어린이들을 위한 것이죠. 어린이들은 병원 안에서만 지내요. 밖으로 나갈 수가 없잖아요. 이 수레는 수술실을 오고 가는 용도인데 정말이지 끌고 다니기가 너무 힘들어요. 바퀴가 진짜 5분마다 걸리는 것 같다니까요.

곧 5층에서 엘리베이터가 섰고 문이 열렸다. 그는 수레가 문턱을 넘을 수 있도록 힘껏 밀었다.

—전혀 실용적이지 않은 수레예요.

그가 한 번 더 힘을 주었다.

—도와드릴까요?

—잘 되겠죠, 뭐. 고마워요. 즐거운 성탄절 보내세요.

—네, 즐거운 성탄절 보내세요.

엘리베이터 문이 닫히자 그가 떨어뜨리고 간 열쇠 꾸러미가 눈에 들어왔다. 곧 7층에 도착했다. 엘리베이터 문이 열리고 멜라니의 부모님이 하염없이 엘리베이터가 오기를 기다리고 있는 모습이 보였다. 딸의 건강 상태가 나쁜 탓에 낙심하고 있었던 게 아니라면 그들은 직원용 계단이라도 이용해 이미 내려가고도 남았을 것이다. 멜라니의 어머니는 이 앙리-몬도르 병원에서 출산했기 때문에 이곳에 대해 아주 잘 알고 있었다. 나는 천천히 다가갔다. 그런데 문득 멜라니 어머니가 혹시 멜라니의 입원실에서 다시 한 번 출산 장면을 찍자고 하는 건 아닐까 걱정이 되었다.

—이걸 타세요. 엘리베이터가 전부 점검 중이에요. 제가 같이 타고 다시 내려가 드릴게요.

—아, 알렉스, 고맙다. 오랜만이구나.

—어서 타세요.

—정말 오랜만이야.

—그러게요. 너무 오랫동안 못 뵈었네요.

—멜라니를 혼자 두지 않아서 너무 고마워.

그들은 샴쌍둥이라도 되는 것처럼 한목소리로 말했다. 마치 40여 년간 함께 살아온 세월이 그들의 뇌를 하나로 만들어버린 것처럼 말이다.

—뭘요, 제가 해야 할 일인데요.

—고마워. 오늘 저녁에 멜라니와 함께 있을 거니?

—네.

—멜라니가 많이 우울해해. 혼자 있고 싶어 하는 것 같아. 올해는 크리스마스든 뭐든 파티 같은 건 하고 싶지 않다는구나…….

—멜라니가 크리스마스 이브를 혼자 보내지는 않도록 할게요. 제가 푸아그라와 샴페인도 조금 가져올 거고요.

—고마워, 알렉스. 너도 알다시피 우리는 너를 정말 사랑한단다.

나는 차마 '저도요'라는 대답을 할 수 없었다. 하지만 이런 아름다운 사랑 고백에 무덤덤하게 있을 수만은 없어서 그냥 바보처럼 웃기만 했다.

—다시 뵙게 되어 정말 기뻐요.

—네가 집에 온다면 언제든 환영이야.

—언제 한번 들를게요.

그리고 우리는 더 이상 주고받을 말이 없게 되었다. 모든 대화는 소재가 떨어지기 마련이기 때문에 너무 늦지 않게 대화를 마무리하고 떠날 줄 알아야 한다.

—사소한 것일 수도 있는데 너에게 할 말이 몇 가지 있어.

내게 할 말이라고 하면 그 집에 남아 있는 팬티 한두 개나 닳아버린 칫솔 이야기일 것이라고 생각했다.

—제 칫솔은 버리셔도 돼요. 많이 낡았을 거예요. 저는 바로 새로 샀으니까 신경 쓰지 않으셔도 돼요.

—다행이구나. 그런데 칫솔 이야기가 아니야.

나의 예전 '장모님'이 다시 말을 이어갔다.

—멜라니는 네가 보냈던 편지들을 모두 간직하고 있더구나. 한 백 통 정도는 되는 것 같은데, 혹시 그 편지들을 챙겨 가고 싶니?

—모르겠어요.

—그럼 다음에 이야기해주렴. 그 편지들은 멜라니가 건강했던 좋은 시절을 떠올리게 하는 것 같아.

—걱정하지 마세요, 멜라니는 곧 좋아질 거예요. 제가 확신해요.

이 말을 마치니 엘리베이터가 아래에 도착했다. 멜라니의 부모님은 1층 로비로 들어섰다. 나는 그들을 보내고 다시 5층으로 올라가기로 했다. 아까 짐을 나르던 사람을 만나기 위해서였다. 그런데 5층에 가보니 복도는 텅 비어 있고 정적이 감돌았다. 안타깝게도 그를 만날 수 없을 듯했다. 우리가 우연히 만날 가능성은 극히 적었다. 나는 그의 열쇠 꾸러미를 7층 간호사 사무실에 맡겨두어야겠다고 생각했다.

◆ ◆ ◆

—당신은 나를 너무 사랑하는구나. 그래서 이렇게 크리스마스 이브를 병원에서 지낼 준비를 하고 있는 거고. 알렉스, 정말 대단한 희생이 아닐 수 없어.

—아니, 이건 희생이 아니야. 조금 전에 병원에 도착하면서 복도에서 당신 부모님을 뵈었어. 당신이 혼자 있고 싶어 한다는 말을 부모님께 들었지. 하지만 나는 그 말을 믿지 않아. 당신은 부모님을 배려하는 거잖아. 그래, 그럴 수 있어.

—파티를 한다고 상처와 질병이 사라지지는 않잖아. 안타깝지만 사실이야. 그리고 우리 부모님도 연세가 있으니 쉬셔야지. 나는 앞으로도 한참을 부모님을 필요로 할 거니까…….

—나도 당신을 도울 거야.

—그래도 되는 건지 나도 잘 모르겠어.

—내가 그러고 싶어.

—당신은 건강하고 운동도 잘하는 젊었던 나를 좋아했어. 요즘 당신은 폐차나 다름없는 사람에게 말을 걸고 있는 것이나 마찬가지야.

—너무 비관하지 마. 그리고 나를 달리기에 입문시키겠다던 약속을 잊지 마. 또다시 우리를 쫓아오는 사람들이 있을 때 아주 유용할 거야.

—나는 평소에 그렇게 달렸는데도 결국 이렇게 되고 말았지. 그리고 앞으로 당신이 나와 달리기를 하게 된다고 해도 속도가 아니라 인내심을 배우게 될 거야.

—당신은 이미 충분히 인내해왔는걸. 앞으로는 조금만 참으면 될 거야.

—당신도 조금만 참아.

—나도 그럴 거야.

그리고 우리 둘은 말이 없었다.

—집주인이 우리의 임대차 계약을 갱신하지 않겠대. 두 달 후면 나는 이제 길거리에 나앉아야 해.

—바보 같으니라고! 집주인이 당신한테 미리 설명했었어?

—설명은 별로 없었어. 집주인 아주머니는 젊은 여자한테 세를 주고 싶은 것 같아. 집주인한테 충성을 다할 수 있는 그런 사람으로 말이야. 내가 어떤 사람을 말하는 건지 당신 잘 알지?

—아니, 잘 모르겠어.

—집주인 아주머니랑 아주머니의 어머니를 돌봐줄……, 편하게

부려먹을 수 있는 하녀 같은 사람 말이야.

—새 집은 구했어?

—크리스마스가 지나고 나면 본격적으로 찾아보려고 해. 이제 선택의 여지는 없어.

—방 세 개?

—나 혼자인데 뭘, 그렇게까지는 필요 없지. 방 두 개면 딱 좋을 것 같아.

—당신 책들은 어떻게 하려고?

—일부는 박스에 넣어두고 또 나머지는 엄마 집에 가져다 두려고. 꼭 있어야 하는 책들만 가지고 있으려고 해.

—무슨 책들인데? 당신 인생에서 없어서는 안 되는 책이 뭔지 나에게 말해줘 봐.

—음, 생각해본 적은 없는데 말해줄 수 있어. 밀란 쿤데라의 『삶은 다른 곳에(Život je jinde)』, 로베르트 무질의 『특성 없는 남자(Der mann ohne eigenschaften)』, 이탈로 스베보의 『제노의 의식(La Coscienza di Zeno)』, 오노레 드 발자크의 『절대의 탐구(La Recherche de l'absolu)』, 에밀 졸라의 『꿈(Le Rêve)』, 쥘 로맹의 『선의의 사람들(Les Hommes de bonne volonté)』, 폴 발레리의 『테스트 씨(Monsieur Teste)』, 프란츠 카프카의 『성(Das Schloss)』, 귀스타브 플로베르의 『부바르와 페퀴셰(Bouvard et Pécuchet)』, 에밀 졸라의 『목로주점(L'Assommoir)』, 프리모 레비의 『이것이 인간인가(Se questo è un uomo)』, 아르튀르 랭보와 폴 베를렌, 에밀리 디킨슨, 폴 발레리, 생존 페르스, 쥘 쉬페르비엘, 그리고 샤를 보들레르의 시들, 알프레드 드 뮈세와 몰리에르의 희곡, 빅토르 위고의 『노트르담 드 파리

(Notre-Dame de Paris)』, 볼테르의 단편들, 드니 디드로, 피에르 쇼데를로 드 라클로……, 쥘 르나르의 일기……, 폴 오스터…….

—알렉스, 그 책들만 놓으려고 해도 백 제곱미터는 필요할 거야. 원룸은 안 되겠어.

—당신 이런 속담 알지. 선택하는 것은 곧 포기하는 것이다.

—당신 포기할 수 있어?

—어렵지만 그래야지.

—내 소지품들은 어디에 둬?

—당신, 다시 나와 함께 살겠다는 말이야?

—책들 먼저 줄지어 세워놓고, 그 사이에 자리가 있으면.

—당신이 온다면야 전부 다 써도 돼.

—플로베르와 모파상의 사이쯤?

—전부 다 당신이 써도 돼, 정말.

◆ ◆ ◆

건강한 사람들에게 병원에서 먹는 저녁식사는 아마 평소에 먹는 간식이나 마찬가지일 것이다. 오후 6시가 되면 식사 운반대가 복도를 지나간다. 누워 있던 사람들의 귓가에는 번호가 매겨진 각각의 방으로 굴러가는 바퀴 소리, 그릇이나 컵이 부딪치는 소리, 식기 달그락거리는 소리들이 들려온다. 조금 이상해 보이기도 하는 이 시간이 환자들에게는 하루 중 꼭 필요한 순간이다. 이번 12월 24일에 나는 특별히 멜라니와 함께 저녁식사를 할 수 있도록 따로 허가를 받았다.

멜라니는 기분이 좋아 보였고 내가 마침내 그녀와 함께 식판에 담긴 식사를 같이 먹겠다고 기다리고 있는 모습을 보며 즐거워했다.

— 내가 샴페인이랑 푸아그라를 가지고 왔어.

— 수프 나오면 같이 먹자.

우리는 샴페인을 마시지 않고 기다렸다. 드디어 직원 아주머니들이 식판을 가져다주었고 우리는 둘만의 평온한 시간을 가질 수 있었다.

요리사는 아마 크리스마스 만찬 메뉴를 짜기 위해 식비를 조금 더 썼을 것이다. 얇은 막을 씌운 바르케트 안에서 새우가 나를 쳐다보고 있었다. 나와 친구들을 먹지 않는 편이 나을 거라며 설득하는 듯했다.

'이걸 만드는 과정을 한번 생각해봐. 아시아를 지나, 커다란 욕조, 색소를 생산하는 거대한 공장을 거쳐, 우주만큼 큰 냄비, 비행기를 타고 오기도 하고, 마침내 이렇게 제품이 되어 나오지. 그리고 우리를 먹어치우기 위해 움켜쥐는 차가운 손도 있을 거야.'

나는 새우를 먹고 싶은 생각이 들지 않았다. 이 오렌지색 음식 때문에 입맛이 떨어진 건 멜라니도 마찬가지인 듯했다. 그래서 나는 아나에게서 받은 돈으로 산 푸아그라를 꺼냈다. 이 자그마한 간이 내가 열심히 일한 이유가 되는 순간이었다.

나는 마치 보석 상자라도 열 듯 상자를 열었다. 그 안에서 형체라고는 남아 있지 않은 오리가 그동안 내가 외면했던 무엇인가에 대해 이야기하고 싶어 하는 것 같았다. 가끔은 불의에 눈을 감을 줄 알아야 한다. 이미 새우의 말에 귀를 기울였던 것으로 충분하다.

우리는 작은 유리컵에 샴페인을 담아 마셨다. 컵은 표면이 뿌옇

게 변해 있었다. 담아봤자 물이었겠지만 최소한 20년에 걸쳐 사용되었을 테니 그럴 만도 했다. 이 잔을 사용했던 사람들 중에 얼마나 많은 사람들이 죽었을까? 족히 수백 명은 될 것이다. 샤를 트레네도 이 컵을 썼을까? 사실 답을 모르는 게 나았다. 샴페인의 기포들은 나에게 아무 말도 하고 싶어 하지 않고 그저 내 목을 통해 삼켜지기만을 바랐다.

멜라니와 나는 웃고, 먹고, 샴페인을 마셨다.

—우리 좀 나갈까?

멜라니가 나에게 물었다.

—당신이 걸을 수가 없잖아.

—휠체어 타고 가면 되지. 여기서는 별로 특별한 일도 아닌데, 뭐. 샴페인 병을 찾는 것보다 훨씬 쉬울걸?

멜라니 말이 맞았다. 입원실과 불과 몇 미터 떨어지지 않은 곳에서 휠체어를 발견할 수 있었다. 나는 가까스로 멜라니를 휠체어에 앉혔다. 혹시나 내가 서툴러서 멜라니가 힘들지 않기를 진심으로 바라면서……. 복도를 지나는데 간호사들이 사무실에서 저녁식사를 하며 즐겁게 이야기를 나누는 소리가 들렸다. 우리는 마치 시시한 첩보 영화라도 찍는 것처럼 간호사들에게 들키지 않으려고 조심스럽게 그 앞을 지나갔다. 우리는 엘리베이터 앞에 도착했다. 나는 짐을 나르던 남자의 열쇠 꾸러미를 아직 가지고 있었다. 열려라, 참깨!

—어디에 가고 싶어?

내가 멜라니에게 물었다.

—대낮이면 16층에 갈 텐데. 지하 2층? 나도 모르겠어.

—카페테리아로 갈래? 별것 없는 곳이기는 하지만…….

—좋아.

그런데 카페테리아도 매점도 전부 영업을 하고 있지 않았다. 하긴 이렇게 특별한 날에 누가 맛도 없는 커피를 마시며 말라비틀어진 비에누아즈리를 먹고 싶겠는가?

—우리 광장으로 가볼까? 밖에 나가본 지 정말 오래된 것 같아.

—밖으로 나가는 건 좋지만 당신 추울 텐데.

—지금 추워?

—당신이 입원한 후부터 날씨가 완전히 바뀌었어. 이제 완연한 겨울이야.

—당신 지금 기상 캐스터처럼 말하고 있어.

—라디오를 너무 많이 들었나 봐. 광장에 가는 것보다 훨씬 더 좋은 생각이 있는데. 우리 올라가자. 나를 따르라!

—나를 따르라고? 당신 유머는 정말 재미있다니까.

엘리베이터 안에서 나는 멜라니에게 눈을 감아보라고 말했다. 그리고 내가 입고 있던 스웨트 셔츠를 벗어 멜라니에게 입혀주었다. 멜라니는 평소에 이런 옷은 맵시가 없고 빨래를 하면 변형이 된다고 좋아하지 않았다. 그런데 이날은 멜라니에게 참 고마운 옷이 되었다. 모든 것은 상황에 따라 그 가치가 달라지는 법이다.

—아무것도 안 보이지?

—응, 전혀 안 보여.

엘리베이터가 움직였다. 여행은 시간이 걸렸다. 마침내, 문이 열렸다.

—계속 눈 감고 있어. 곧 도착할 거야.

—됐어?

—자, 됐어. 이제 눈 떠봐.

우리는 헬리콥터가 착륙하는 병원 지붕 위에 올라와 있었다. 정말 매력적이었다.

—당신 정말 미쳤어? 누가 보기라도 하면 어떻게 하려고 그래.

—걱정하지 마. 그냥 즐겨!

우리 주위로는 도시의 불빛들이 반짝이고 있었다. 간판들도 피곤했는지 중간에 책장이 뜯긴 책처럼 군데군데 불이 나가 있었다. 가ㄱ점, 레 토랑…….

—크레테유가 이렇게 아름다운지 몰랐어.

—나도 마찬가지야. 만약 당신이 원한다면, 회복되는 대로 캐나다로 가자. 거기서도 지붕 위로 올라가 보는 거야. 정말 특별한 순간일 거야. 오늘 저녁은 말하자면 맛보기라고 할 수 있지.

사실 맛보기라는 말도 그다지 어울리는 말은 아니었다. 캐나다의 도시들과 이 교외 도시의 간극은 정말이지 엄청날 것이기 때문이다. 저렴한 비용으로 즐길 수 있는 맛보기로 생각하면 적당할 것도 같았다.

—당신과 캐나다에 정말 가보고 싶어. 지붕 위에 올라가는 것도…….

—멜라니, 지금 이 순간을 만끽하자. 이 광경을 보고 있는 건 우리뿐이야. 다른 사람들은 식탁 앞에 앉아 지루한 시간을 보내고들 있을걸.

—알렉스, 고마워. 같이 있어줘서 고맙고. 그런데 다들 당신이 생각하는 것만큼 지루해하고 있지는 않을 거야.

—춥지 않아?

—조금. 그래도 괜찮아. 당신 기억하지? 당신 어머니가 당신 눈이 돌로 만들어졌다고 하셨던 것 말이야.

—당연히 기억하지. 엄마에 비하면 랭보의 엄마는 성인군자야. 엄마는 왜 그런 소리를 하는지 모르겠어. 그런데 왜 지금 그 얘기를 꺼내는 거야?

—나는 어머니가 틀렸다는 걸 말하고 싶은 거야. 당신 눈은 돌이 아니라 잉크로 만들어졌어. 만약 당신이 운다면 검은색이나 파란색의 눈물이 흘러내릴 거야. 당신의 눈 속은 글로 가득 차 있어. 그리고 그 글들이 당신에게 속한 것은 아니지만 당신을 빛나게 해주는 것만은 분명해.

나는 멜라니와 마주 섰다. 휠체어에 앉아 있는 사람에게 키스를 하기란 쉽지 않다.

—키스해도 될까?

—당신이 원한다면……, 당신이 원한다면…….

그래서 나는 내 입술을 멜라니의 입술에 포개기 위해 무릎을 꿇었다. 나는 눈을 감았다. 지금 이 시간에 얀은 아나와 함께 저녁식사를 하고 있을 것이다. 어쩌면 얀은 칠면조 요리가 식었다느니 푸아그라가 씹는 식감이 좋지 않다느니 하며 어머니인 아나를 몰아붙이고 있을 것이다. 안토니는 햇볕에 그을리고 있을 것이며, 로베르는 이제 오블로모프는 잊고 조용히 잠들어 있을 것이다. 마르셀린 아주머니는 지금쯤 그녀의 어머니가 가져다주는 감자 요리를 앞에 두고 미래의 세입자를 기다리고 있을 것이다. 그러거나 말거나 아무 상관 없었다. 나는 멜라니의 입술을 받아들일 수 있게 되었다. 아름다운 도시 위로 불어오는 바람에 멜라니의 입술은 차가웠다. 그 순간, 나에게 중요한 것은 아무것도 없었다. 우리 사랑의 옛 모습과 옛 노래는 차가운 바람을 타고 이제 모두 사라져버렸다!

하늘로부터 샤를 트레네의 목소리가 들려오는 듯했다.

내 마음이 너를 향해 날아가
그리고 나는 홀로 다정하게
네가 마지막으로 함께했던
우리 서로 사랑했던 그때를
아주 짧은 시간을 떠올렸어,
언젠가 너는 돌아올 거야……

크레테유의 동방박사들

우리의 인생에 정말 중요한 순간들이 있다. 이런 순간은 너무도 강렬해서 현실 감각을 잃게 한다. 대구 간유가 마치 풍미 넘치는 요리같이 느껴지고, 말벌에 쏘여도 정답게 어루만지는 손길처럼 느껴진다. 하지만 이런 시간들을 즐기려면 놓치지 말고 정확하게 볼 줄 알아야 한다. 왜냐하면 한번 지나가 버린 시간은 돌아오지 않으며, 그렇게 잃어버린 시간에 대한 씁쓸한 맛은 입안에 계속 남아 있기 때문이다.

만약 동방박사들이 아기 예수를 만나게 된다면 그들은 그들의 왕 헤롯에게로 돌아가 예수를 어디에서 만났는지 이야기해야 했다. 별 하나가 그들을 인도했다. 그들은 그저 고개만 들고 별을 바라보기만 하면 길을 잃을 염려가 없었다.

헤롯왕이 아기 예수가 태어난 장소를 알게 된다면 아기 예수는 죽임을 당하게 되었을 것이다. 하지만 동방박사들은 중요한 순간임을 직감했다. 그들은 눈썹 하나 까딱 않고 대구 간유를 몇 리터는 마셨던 것일지도 모른다. 세상의 모든 말벌들이 그들에게 침을 쏘았을 수도 있다. 그들은 말벌들이 편하게 침을 쏘라고 팔을 걷어붙였을지도 모른다. 인생의 중요한 순간에 동방박사들은 헤롯왕의 존재와 그가 아기 예수를 죽이려 한다는 것을 모두 까맣게 잊어버렸던 것이다. 그들은 아기 예수 앞에서 고개를 숙였다. 우리를 여기까지 인도한 별이여, 덕분에 잘 왔네, 잘 가시게.

어머니는 나에게 이 동방박사들의 이야기를 자주 해주었다. 외우고 있던 성경 말씀을 인용하고는 도저히 가만있을 수 없었는지 곧바로 해설을 이어갔다. 그렇게 해설을 마치고 나면 성경 본래의 내용은 거의 사라져버리고 말았다. 그런데 세월이 흐르면서 어머니의 해설은 점점 흐릿해지고, 이제 성경 본래의 말씀만 남아 있다. 어머니는 글과 이야기를 내 머릿속에 묶혀두었던 것이다.

멜라니와 나는 우리 인생의 중요한 순간을 경험했다. 나는 그 사실을 알아챘고 멜라니도 마찬가지였다. 아기 예수가 태어난 그 순간처럼 우리에게도 중요한 순간이 찾아왔다. 우리를 이 순간까지 인도했던 동방박사들은 이제 돌아가고 없었다. 그리고 이 순간을 망쳐버리려던 헤롯왕도 이제는 없다. 그리고 오늘 밤만큼은 나는 책을 펼칠 필요가 없었다.

멀리서 헬리콥터 한 대가 불빛을 반짝이며 가까이 다가오는 것이 보였다. 신호는 항상 높은 곳으로부터 온다.

12월 24일 밤 11시였다.

멜라니가 방으로 돌아가자고 했다. 멜라니는 금세 잠이 들었다.

마침내 이긴 사람은 바로 가정부다

—여보세요, 안젤라 아줌마?

—아이고, 내 새끼, 네 목소리를 들으니 너무 기쁘구나. 꼬메 스따이?

안젤라 아주머니는 여전히 프랑스어가 조금 서툴렀고 가끔은 이탈리아어를 섞어서 말했다.

—네, 잘 지내요. 아줌마는요?

—힘들지, 너도 알다시피 내가 늙었잖니. 여기저기 안 아픈 데가 없단다. 오늘이 크리스마스구나. 행복해야 해.

—아줌마 말이 맞아요. 행복해야 해요.

—멜라니는 어떻게 지내니?

—여행 중이에요.

—일 때문에?

—네.

—네 엄마는?

—엄마도 여행 중이고요.

〈12월 25일입니다, 메리 크리스마스! 뉴스는 오늘도 계속…….〉

—잠깐만요, 라디오 좀 끄고요.

—오늘 혼자 있는 거니?

—네.

—뽀베리노! 집으로 오지 그러니. 같이 식사하자꾸나.

—항상 신경 써주셔서 감사해요, 아줌마.

—별소릴 다 하는구나. 알레산드로, 너는 아직도 내게 그저 꼬마 같단다.

—감사해요. 그럼 곧 갈게요, 아줌마.

—그래, 이따 보자.

안젤라 아주머니는 멜라니와 엄마가 여행을 떠났다는 내 이야기를 전혀 믿지 않았던 게 분명하다. 하지만 조심스러운 마음에 더 이상 나에게 묻지 않았다. 아주머니를 다시 만나게 되면 정말 행복할 것 같았다. 어머니와 아버지 사이에서 나는 결국 가정부를 선택한 것이다.

멜라니의 부모님은 오늘 멜라니와 함께 점심식사를 했다. 쌍둥이 둘만 남겨졌지만 그들은 어차피 그런 상황에 익숙했다. 창밖에는 눈이 내리고 있었다. 정말이지 대단한 광경이었다. 크리스마스에 맞춰 눈이 내리다니! 나의 인생은 좋아질 것이다. 멜라니의 삶도 그럴 것이다.

나는 책이 잘 마무리될 때가 좋다.

상담일지

내담자명 / 알렉상드르 판토크라토르

확인사항

쇠렌 키르케고르의 『유혹자의 일기』는 아무런 소용이 없었다. 알렉상드르는 이 책을 펼쳐보지도 않았다. 책꽂이에 금박 장식이 된 두 권의 책 사이에 납작하게 낀 채로 곱게 꽂혀 있다.

책이 모든 것을 할 수는 없다. 하지만 책은 현실에서 빠져나오기 위해 상상의 세계가 필요한 사람들과 동행해준다. 이야기는 이미 오래전부터 존재해왔다.

그런 부분에 대해 불신하는 사람들은 독서 치료사의 존재를 불편해하겠지만 앞으로 점점 더 많은 내담자들이 생길 것이며 더 많은 책들이 생겨날 것이다.

알렉상드르는 멜라니가 다시 자유롭게 움직일 수 있게 되면 달리기를 시작할 것이다. 오디오북이나 샤를 트레네의 노래를 들으며 달릴 것이다. 별도로 음악 치료를 겸하는 셈이 될 것이다.

가능한 노력

합리적으로 책 읽기.

아내가 곁에 있다면, 아내와 함께 시간을 보내기.

가족 전체와는 아니더라도 몇몇 가족들과 관계를 회복하기. 어머니와 가까워지기.

어머니의 부드러운 면을 보려고 애쓰기.

추천서 / 모든 책

주의 / 상담 일지를 쓰는 사람도, 내담자도 바로 나, 알렉상드르라는 사실!

알렉스가 내담자들에게 권장한 도서들

Louis Aragon, *Les Yeux d'Elsa* [1942], *Œuvres poétiques complètes*, tome I, Gallimard, collection « Bibliothèque de la Pléiade », 2007.

Joachim du Bellay, « Heureux qui comme Ulysse », *Les Regrets* [1558] *suivis des Antiquités de Rome et du Songe*, Le Livre de Poche, 2002.

Jean Cocteau, *Thomas l'imposteur* [1923], Gallimard, collection « Folio », 1973.

Albert Cohen, *Le Livre de ma mère* [1954], Gallimard, collection « Folioplus classiques », 2005.

Ivan Gontcharov, *Oblomov* [1859], traduit du russe par Luba Jurgenson, Le Livre de Poche, 1999.

Homère, *Odyssée* [vers le VIIIe siècle av. J.-C.], traduit du grec ancien par Victor Bérard, Le Livre de Poche, 1989.

Sören Kierkegaard, *Le Journal du séducteur* [1943], traduit du danois par Marie-Henriette Guignot, Ferdinand Prior et Odette Prior, Gallimard, collection « Folio Essais », 1989.

Milan Kundera, *La Lenteur* [1995], Gallimard, collection « Folio », 1997.

Michel de Montaigne, *Essais* [1595], Le Livre de Poche, collection « La Pochothèque », 2002.

J.D. Salinger, *L'Attrape-cœurs* [1951], traduit de l'anglais (États-Unis) par Annie Saumont, Pocket, 1994.

이 책 두 챕터 읽고
내일 다시 오세요

초판 1쇄 인쇄 2017년 12월 27일
초판 1쇄 발행 2018년 1월 5일

지은이 미카엘 위라스
옮긴이 김혜영
펴낸이 이희철
기획편집 김정연
마케팅 임종호
북디자인 디자인홍시
펴낸곳 책이있는풍경

등록 제313-2004-00243호(2004년 10월 19일)
주소 서울시 마포구 월드컵로31길 62(망원동, 1층)
전화 02-394-7830(대)
팩스 02-394-7832
이메일 chekpoong@naver.com
홈페이지 www.chaekpung.com

ISBN 979-11-88041-09-1 03860

값은 뒤표지에 있습니다.
잘못된 책은 바꿔드립니다.

이 도서의 국립중앙도서관 출판시도서목록(CIP)은 서지정보유통지원시스템 홈페이지(http://seoji.nl.go.kr)와 국가자료공동목록시스템(http://www.nl.go.kr/kolisnet)에서 이용하실 수 있습니다. (CIP제어번호 : CIP2017033597)